鴛鴦六七四

馬家輝

目錄

第二部
鴛鴦樓下萬花新
翡翠宮前百戲陳

第三部
當年結義金蘭日
紅花亭上我行先

導讀

百年海變一香江：香港的命與運

——我讀馬家輝《鴛鴦六七四》的感喟

文／詹宏志

「又據爾使臣稱，欲求相近珠山地方小海島一處，商人到彼即在該處停歇以便收存貨物一節。爾國欲在珠山海島地方居住，原為發賣貨物而起。今珠山地方既無洋行又無通事，爾國船隻已不在彼停泊。爾國要此海島地方亦屬無用……。」

這段口氣傲慢近乎無禮的話來自乾隆皇帝回覆給英吉利國王的敕書，時間是一七九三年的九月，乾隆皇帝是在熱河的承德山莊接見來自英國由馬戛爾尼伯爵（Earl George Macartney, 1737-1806）率領的使節團；英國使節團以祝壽為名，帶著大量新奇的禮物（包括一部天體運行儀與一部折射式天文望遠鏡），但實際上是想打開與中國的貿易關係；馬戛爾尼千里迢迢帶來英皇喬治三世的信，並當面請求與清廷互派駐在大使、設立通商口岸，更有意思的，英國人期望清朝皇帝能夠給他們在珠江口一個「小海島」……。

要一個「小島」，對新興的海權力量與貿易國家是一個重要的布局，十八世紀後半的英國海軍與商船已經有能力航行到世界任何角落，但船艦不可能不靠岸補給以及補充淡水，你必須在世界各個角落都有若干可掌握的據點，這就是類似檳榔嶼等的「海峽殖民地」（Strait Settlement）或擁有「珠山地方小海島一處」的背後思想。

這個「小島」的請求（以及其他各項請求），都被清朝政府拒絕了；中國當時還是不認為商業貿易有必要的社會，對新興的海權思想也無所悉。乾隆皇帝在回信就說，珠山地方既無洋行又無通事（翻譯人員），你們要這樣的小島幹嘛？不但釋出海島是不能開例的，天朝甚至認為貿易對中國也是多餘的，同一封敕書裡也說：「天朝物產豐盈，無所不有，原不藉外夷貨物以通有無。」法國歷史學家阿蘭．佩雷菲特（Alain Peyrefitte, 1925-1999）後來評論這段史實，忍不住嘆息說，馬戛爾尼使華是自由貿易文化最發達的國家和對此最無動於衷的國家之間的「傲慢相會」。

英國「要個小島」的念頭當然也受到澳門例子的激勵，但葡萄牙是向明朝租借澳門（1557），而且已經和中國相安無事超過兩百多年；英國人想要像葡萄牙人一樣「盡可能在靠近生產茶葉與絲綢的地區獲得一塊租界地或一個小島，讓英國商人可以長年居住，並由英國行使司法權」。雖然當時英國與葡萄牙在歐洲關係融洽，但在亞洲，英國人覺得「葡萄牙人想把所有其他外國人排擠出中國」；而葡萄牙人對馬戛爾尼偵察澳門的行動也有戒心，葡萄牙人認為「英國人必須得到另一個澳門，否則就會奪走我們的澳門」。

我為什麼不厭其煩要敘述這段歷史？因為「這個小島」的命運，並不是一八四〇年的第一次鴉片戰爭決定的，也不是一八四二年「南京條約」割讓的，比「事實」發生早了近五十年，英國人已經渴望取得「小海島一處」，而且被拒絕了。這個小島並不一定要是香港，因為它可以是珠山附近百千小島的任何一個；它甚至可以不在珠江口，因為英國人也提到這個海島「可以在舟山附近」。

但某種「上帝點名」的結果，這個英國人處心積慮想要取得的「小海島」，最後伴隨一場不名譽的戰爭落在我們今天所知道的「香港」（也不是一次完成，它一共經歷了兩個割讓的條約和一個租借合約，花了將近六十年，才建立今天香港的範圍）。如果不是這樣的「命運落點」，今天我們認識的璀璨「東方之珠」，很可能就是另外一處。

一八四二年剛被割讓的「小島」，只是個「荒蕪、地瘠山多且缺乏天然資源的小漁村」，村民約數千人；但英國人看上它水深港闊，四季不結冰，重要的是，它離「貿易目的地」一衣帶水，距離夠近，是通商的良好基地。一百多年後，你站在香港島中環一隅或搭乘一艘來自九龍的渡輪，抬頭看看那些密集群聚的摩天大樓，以各種樣貌風姿直入雲霄，遮蔽了天色與陽光，想像這些玻璃帷幕巨樓的價值與投資累積，不免要沉吟，昔日荒僻的蕞爾小島，是如何脫離珠江口其他窮荒島嶼的命運，迅速累積了這些巨大的財富與能量？

轉口港功能的「地理位置」只能解釋很小的一部分，大部分我相信跟人與歷史有關。香港，鄰近中國卻非中國，這才是奧妙所在。一五〇年間，香港由英國人管理，英國人本來只是帝國擴張，追求殖民與商貿的利益，並無「建設」或「改造」香港的善念，但英國是個多次憲政改革演進的老牌民主國家，治國有她基本的文明原則，雖然殖民者並不打算給「土著」等同的公民待遇，但依法行政，司法獨立，言論自由，公共衛生，基礎建設，國民教育，倒是一項都不缺⋯⋯。

但好像這樣已經足夠了，相形之下，隔壁是水深火熱、天災人禍、戰亂不斷、生民倒懸的巨大中國，每一個時代動亂都為淵驅魚，把大量的中國人都趕到香港來。現在回想起，治理香港的港英政府，也確是有本事的人，百年之間，香港人口增加了數千倍，每一次的難民潮都是瞬間湧入，港英政府不曾拒絕，也有治理能力能夠安置安頓。

來到香港的人大多是一無所有、走投無路的人，一開始他們也許只是想辦法活下來，然後他們就各憑本事或各有命運，當中有的人造就了一番風光，總體加起來，就交響奏成了一個世界奇觀。

香港就是這樣一則又一則「大江大海」的故事，當中值得一書的故事是太多了，光是她獨特的地形地景就太適合入鏡，拍成節奏瘋狂、情節詭譎的香港電影。我的香港朋友馬家輝，五十多歲才發願寫小說，一出手寫《龍頭鳳尾》，就把這種「香港瘋狂」的氛圍給抓住了，把人物放在熙來攘往的城市，把城市放在喧囂雜沓的歷史。香港人既是奮鬥的，又是命定的；而香港城本身也是，既是奮發向前的，也是注定沉淪的……。

馬家輝把故事時間放在香港的日據時期前後，那是一個獨特的歷史時間，香港有佔領者日本人，有滯留的英國人，有地下抗日的中國情報員，有地下治理營生的黑社會（包括杜月笙），還有滿城的漢奸和刀口下討生活的可憐人，他們各懷鬼胎，各有盤算，但他們都不能對抗時代加諸身上的命運。

前一部小說《龍頭鳳尾》寫的人物是廣東茂名南來的陸南才，這一部小說《鴛鴦六七四》寫的則是出身廣東寶華的哨牙炳，兩人都是走混江湖的堂口中人，前半段生涯無路可出，輾轉來到香港，奇緣際會先後成了「孫興社」（新興社）的當家龍頭；陸南才與英國情報員發展出一段驚天動地不可說的同性戀情，哨牙炳則性愛成癮，最大志願是管理妓棧，床伴不虞匱乏。他們沒有國族認同的迫切感，也沒有太多社會道德的羈絆，他們擁有的是本能，趨吉避凶的反應，以及食色滿足的本我。他們的起伏迭宕因而都跟外界有關（而非內在的信念），世界發生什麼事，他們只是本能因應，因而成為了環境與命運的鏡像反映。

這幾乎就是「香港本命」的隱喻，香港既美且醜，既富饒又艱難，但都不是香港人能做的決定，就如同昔日珠江口一個荒島，被指派成一個奇特的角色，經過百年海變之後，變得「富麗怪奇」，又熱又擁擠；多年之後，這個命運又急轉直下，最資本主義的社會，卻被要求變成有中國特色的社會主義，這個轉折幾乎是個捉弄。在香港，你可能富，可能貴，也可能美夢成真當上妓棧老闆，但你的人生是別人的一副牌，打成什麼局不是你能決定。

是鳩但啦，香港人還能夠怎麼辦？這個島嶼本是借來的，中英談判之後，你又發現「時間」也是借來的，你的整個人生就建立在這個「流砂」之上，馬家輝寫香港灣仔堂口故事，托身在歷史洪流之中，看起來生龍活虎，元氣淋漓，但我們卻讀出是個悲哀的故事，這是一個關於「身不由己」的故事。

楔子　壞事情不等於壞結局

一九六七年十二月廿四日，平安夜，香港發生了一樁怪事：灣仔堂口「新興社」龍頭哨牙炳在宴會的牌九局裡一連拿了三把大爛牌「鴛鴦六七四」，並且突然消失得無影無蹤。輸錢事小，失蹤事大，江湖中人多年以後依然津津樂道此事，已成傳奇。我在這本書裡說的，就是這個傳奇。

當天晚上是哨牙炳的半百壽宴，席設灣仔英京酒家，筵開十八桌，準備在席間宣佈「金盆洗手」，江湖引退，亦同時「金盆洗撚[1]」，從此不沾桃花。再過兩個月他將帶著老婆和女兒移民南非，自問這輩子誰都沒有虧欠，離開香港，輕鬆自在，開席前，兄弟和來賓依例賭錢消遣，哨牙炳萬料不到自己會陷入連取三把爛牌的尷尬局面，百般不服氣。

牌九局有三十二張骨牌，八門賭客，各取四張，以點數高低決勝負。「鴛鴦六七四」是最爛的四張牌，拿到它，九成九輸錢。「鴛鴦六」，指的是兩隻花色不一樣的六點；「七四」，指的是一隻七點和一隻四點。拿到這副牌並非什麼罕見之事，邪門的是連續拿到三把，爛，爛，爛，像在哨牙炳頭上亂斫了三刀。

當攤開第一把「鴛鴦六七四」，當莊的哨牙炳把桌上的鈔票推出去分給七門閒家，氣定神閒地說：「輸通莊[2]！唔撚緊要！兄弟們贏錢，炳哥照樣開心！」

洗牌，砌牌，擲骰子。哨牙炳爽快地翻轉分到前面的四張骨牌，一翻兩瞪眼，竟然又係一張四點、一張七點，以及一對「鴛鴦六」，他臉色一沉，執起其中一張六點輕敲額頭，忿忿道：「刁那媽，陰魂不散！難道我們有親？」

「和義堂」的矮仔華不識相，調侃道：「炳哥，一不離二，二不離三，小心陸續有來。」

哨牙炳的手下鬼手添連忙打圓場說：「炳哥今晚心情靚，故意派錢關照兄弟。」

哨牙炳把牌扔回桌上，猛喝一聲：「再來！我唔信咁邪[3]！」說畢俯身使勁把三十二張骨牌搓來推去，噼哩啪嘞，像遣喚千軍萬馬殺入敵陣。

牌揀疊起，哨牙炳喊出決定分牌次序的牌頭，語音裡有殺氣：「龍頭鳳尾！」然後瞪一眼矮仔華，道：「如果又係『鴛鴦六七四』，炳哥唔姓趙！」卻又對鬼手添笑道：「萬一炳哥輸甩袂、冇錢駛[4]，你們記得施捨幾個發財錢！」

鬼手添和賭客們用寥落而心虛的笑聲回應。俗語說得透徹，「撈得偏，信得邪」，今夜出席宴會的無不是江湖兄弟，沒有半個不敬神畏鬼。

哨牙炳其實也心虛，下午出門前在樓梯間不小心踢到一隻死老鼠，他立即吐口水，罵道：「大吉利市[5]！」早不踢晚不踢，偏偏在五十歲的大喜日子來踢，心裡七上八下，唯恐真來個不可思議的第三把爛牌。

哨牙炳高高執起三粒骰子，端到嘴前用力吹氣，隨著一聲「殺！」扔到桌上，骰子滾轉了一會兒，停出了一、二、五，總數是八。

依序發了牌，哨牙炳按兵不動，待其他人統統擺定，他才把四張骨牌攏到左手掌裡，用右手逐一掀開。押注和圍觀的賓客用三、四十隻眼睛盯住哨牙炳，如幾十隻強烈的白燈直射過來，令他向來乾瘦的臉龐看上去像一隻受驚的猴子，稀疏的頭髮服貼地被髮油壓在頭頂，額角浮現青筋，一雙豆豉眼裡都是陰影，跟嘴邊勉力擠出的笑容很不相襯。他年輕時已是大鼻子，上了些年紀，鼻翼更橫張得不成比例。下唇則是數十年如一日地翹厚，兩隻門牙忒愣愣地朝前突出，幾乎觸碰到嘴唇，乍看容易錯覺是兩粒黏在紅布上的白米飯，許多年前有相士曾對他說：「你命中有三個大劫，可是，嘖，不怕，老哥金鼠坐命，逢凶化吉！」

其實回望前塵，一關復一關，關關難過關關過，什麼是劫什麼不是劫、什麼劫是大什麼劫是小，哨牙炳算不清這盤爛帳了，所以無法判定相士之言到底靈不靈驗，總之兵來將擋，少輸亦算贏，只要站穩腳步便是贏家。然而，話雖如此，「凶」終究是「凶」，老鼠有強大的生存能力亦不見得不會膽怯，哨牙炳禁不住手掌冒汗。

他瞇起眼睛翻開手掌裡的骨牌，第一張牌，一個紅圈，五個白圈，是「大頭六」的六點。他愣住了。

第二張牌，密麻麻的六個白圈，是「長衫六」的六點。他僵住了。

第三張牌，兩個白圈，再兩個白圈，是「平腳四」的四點。他呆住了。

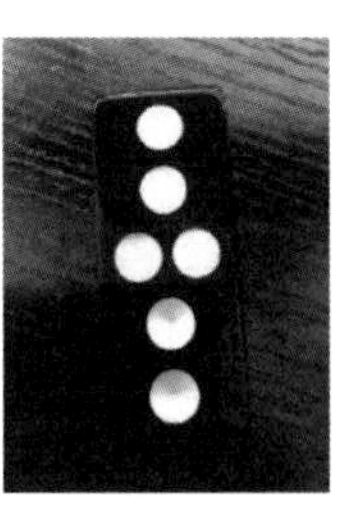

一股寒氣登時從腳底冒起，往上升，凍住了哨牙炳的小腿、大腿、腰、背、頸。他是見過大場面的人，換作平常，輸幾把莊只是小兒科，但一九六七年的這個晚上非比平常，觸這霉頭像被摑了幾下耳光，他不甘心。哨牙炳暗道：「阿彌陀佛！觀音菩薩！洪聖爺！關二哥！這把輸不得，沒面子呀！」

除了祈求滿天神佛庇佑，他未忘呼喊一個名字：陸南才。他默念：「南爺顯靈！細佬給你打齋報答！」孫興社由陸南才開堂於一九三九年初，但他在一九四三年的盟軍空襲裡被炸個粉身碎骨，弟弟陸北風戰後由廣州來港重振堂口聲威，把孫興社改名新興社，到了一九五六年卻惹禍逃亡到菲律賓，改由哨牙炳當家。哨牙炳是陸南才的好兄弟，陸南才生前經常提醒他，有事頌唸「南無大慈大悲觀世音菩薩」可保平安，過去二十多年，自陸南才亡後，哨牙炳習慣在煩躁不安時暗叫南爺名號，彷彿一喊便有他在身邊陪伴頂住風浪。別人是「如有神助」，他則是如有「南」助。

南爺雖在身邊，哨牙炳卻仍覺得不祥不妙。他閉起眼睛，右手食指和中指壓住第四張牌背，大姆指用力沿牌面一路摸下去，冷硬的骨牌忽然變得熾熱，似有一股電流傳到他的皮膚，像一根點燃了的炸藥火線往腦袋嗞嗞地燒上去、燒上去。時間靜止，四周賓客的喧嘩聲徹底消退，哨牙炳只聽見皮膚和牌面的磨擦聲音。聲音極細極細，不可能聽得到，但是他千真萬確地聽見一道輕微的「嗞—嗞—嗞」，彷彿皮膚被骨牌割破漏氣。

大姆指摸到了牌上的第一個圈。哨牙炳邊摸邊暗罵：「刁那媽！刁那媽！唔撚好！唔好撚！」但不管如何罵娘抄家，摸下去，再摸下去，長長窄窄的骨牌上密麻麻都是圈圈，非常像一隻使人絕望的七點。沒希望了，沒希望了。滿天神佛和南爺這回不靈驗了。

哨牙炳停手抬頭望向眾人，不管是其他堂口的賭客抑或「新興社」的手下都盯著他的牌，眼神都在喊喚：「鴛鴦六七四！鴛鴦六七四！」無人開口，卻個個都用眼睛說話，可真應驗了「賭桌無父子，鈔票無兄弟」的坊間真理。但哨牙炳這時候最在意的其實是老天爺到底想說什麼。如果第四張牌確是七點，連續三把「鴛鴦六七四」，老天爺肯定意有所指。是否刻意在引退之時來個總結，提醒他，江湖路其實是失敗路，從一開始我趙文炳已經走錯？假如一九三九年留在糧鋪做個安安份份的掌櫃，是否可以避開這些年來的種種痛苦？但又或者，三把爛牌並非總結而是預警，老天爺告訴我，退出之後、移民之後，我將面對更為可怖的災難？

無論老天爺想說的是什麼，哨牙炳此刻與其說恐懼，毋寧是惱怒。老天爺在玩弄我嗎？怎麼晚不說早不說偏偏要在今晚來說？真不給我留個面子？老子行走江湖三十年，好歹是堂口大佬，在「金盆洗撚」之夜連輸三把大爛牌等於遺臭百年，世世代代的弟兄都嘲笑。

不可以！輸不得！不能輸！哨牙炳的手微微發抖，別人以為他是緊張，唯他明白因為憤怒。

不願輸，怎麼辦？總不能夠把骨牌吞進肚子吧？總不能夠拒不開牌吧？

哨牙炳猶豫半晌，決定採用老法子，四個字：逆來順受。當逆來了，順著受，逆便不那麼逆了。發生了壞事情，不見得必然有壞結局，換個心態去面對，壞事未嘗不能被看待成好事，這方面我趙文炳最拿手，否則也熬不出今天的局面，以前做得到，今天也難不倒我，在逆境裡發笑是一種連老天也要佩服的本領。

越想越覺得自己正確，哨牙炳相信老天爺其實在對他說：「阿炳，時局艱困已經爛到了絕境邊緣，你退出江湖的決定錯不了。再不滾蛋，留下來，可要吃不完兜走！」

有老天爺這句話，哨牙炳坦然了。不僅不怕握在手裡的最後一張牌是七點，反而擔心那不是七點，剛才白白緊張一場。他想起陸南才生前的口頭禪「是鳩但[6]啦！」心底感到踏實。他先把四張骨牌高高舉起，再噼哩啪嘞地拍到桌上，手掌遮蓋牌面，順勢慢慢滑開，咧嘴露出一對招牌門牙，亢奮地猛喊一聲：「好哇！老天有眼，有求必應！我希望拿個七，果然來個七點！」

骨牌在眾人眼前攤開原形。平腳四，大頭六，長衫六，加上最後的這張「高腳七」，果然又是一副「鴛鴦六七四」！

四張骨牌像屍體般橫躺桌上，賭客們看在眼裡，白的是吐沫，紅的是血，然而哨牙炳覺得這都是他對老天爺裝的鬼臉。眾人高喊：「邪門呀！」、「見鬼囉！」、「黑過墨斗[7]！」，哨牙炳卻向左右一攤雙手，聳肩道：「難得啊！一連三把，除了炳哥，誰有資格拿這種奇牌！來來來！閒家收錢，莊家派錢，手快有手慢冇！」

賭客們面面相覷，一時之間不知道如何反應，有一陣尷尬的沉默。半晌，「和順社」的八嫂低聲對旁邊的人說：「炳哥輸到貓吃線[8]……」

哨牙炳聽見，瞄一眼四周的堂口兄弟，仰一下巴，對八嫂笑道：「炳哥被這群嘩鬼氣了這麼多年都頂得住，點會為了區區這些鈔票黐線？好運難求，倒楣也難得啊！我倒楣，但大家高興，多好！一把鴛鴦六七四是倒楣，兩把鴛鴦六七四是雙倍的倒楣，但一連三把鴛鴦六七四，千載難逢！要不你拿三把俾我睇睇？」

鬼手添帶頭拍掌附和道：「奇人拿奇牌！炳哥有大將之風，行運行到腳趾尾！」

八嫂為了補回剛才的失言，馬上追加一句：「不對！炳哥是大將中的大將，奇人中的奇人！別說三把，就算是三十把『鴛鴦六七四』，炳哥亦當是放屁！」說畢才發現「屁」字不得體，急得滿臉通紅。

倒是哨牙炳用調侃來替她解圍，道：「屁就是屁，百無禁忌！炳哥連輸三鋪就是放了三個大臭屁！八嫂，你連贏三鋪，這幾個屁，聞得好撚過癮吧？香唔香？」

哄堂大笑，賭桌氣氛重新熱鬧起來。哨牙炳瞇眼看看手錶，距離開席尚有少許時候，等一下得登台致詞，不如先回貴賓室仔細想想，於是向眾人略一抱拳，轉身跨步，腳下都是力量。他再一次用反客為主的本領扭轉了劣勢，把下風變成上風，輸的是鈔票，贏的卻是體面，他覺得這是幾十年來賭得最過癮的一場牌九局，日後離開香港，大家談起他，仍必談到今天晚上的三把「鴛鴦六七四」。

哨牙炳臉上掛著勝利的微笑來到貴賓室門前，隔門已經聽見「汕頭九妹」的得意笑聲——九妹就是阿冰，阿冰就是炳嫂，他的老婆。今晚她比哨牙炳更自覺是個贏家，守得雲開見月明，阿炳答應「金盆洗撚」，她有面子。

註釋

1 撚：男人的生殖器。
2 輸通莊：莊家輸給所有閒家，要賠錢給每一門的押注者。
3 我唔信咁邪：老子偏不信邪！
4 輸甩袂、冇錢駛：輸得掉了袂子，口袋不剩半分錢了。
5 大吉利市：真倒楣！祈求轉運吧！
6 是鳩但啦：管他的！隨他便吧！
7 黑過墨汁廣東話說「黑」，指倒楣。墨斗，是盛載墨汁的工具。黑過墨斗，意指比黑更黑，即超級倒楣。
8 黐咗線：神經病。

第一部　每恨江湖成契闊　長留篇什繼風詩

也許世上男女都是在尋尋覓覓的鴛鴦，
不管是否相配相襯，總要找到了才甘心，
不然如何消耗悠悠歲月。
寂寞是最不堪的痛楚。

一・見九無除作九八

「金盆洗撚」的故事得從哨牙炳的身世說起。

哨牙炳本名趙文炳，一九一七年出生在香港以北三百五十公里的廣東省寶華縣，後來去了香港，好色，街知巷聞。

小時候的趙文炳當然不懂什麼是色。他只是寶華縣的一個尋常村童，九歲那年觸碰到第一個算盤，從此找到立足的天地。其他村童喜歡追逐奔跑玩兵捉賊，他也玩，但因個子矮小，力氣弱，動作慢，做賊時永遠第一個被玩伴抓到，做兵時永遠抓不到玩伴。所以他漸漸不愛玩了，其實是玩伴們漸漸不愛跟他玩，他把更多的時間用在珠算練習上面，經常獨自盤腿坐在田邊把算盤上的幾十顆小木珠推上撥下，口中唸唸有詞，把珠算口訣像唱歌般背來誦去。他把一顆顆的珠子看待成村裡的牲畜，一頭牛換幾頭豬，一頭豬換幾隻雞，指尖在算盤框內運轉如飛，牲口在手指之間盤旋舞動，他說走就走，他喊停便停，物物聽話並等價相換，他滿足於這麼踏實的計算秩序。

如果是城市的孩子，小炳是做生意的好人才，但雖然成長在鄉村，他十一歲已經做成了生平的第一宗得意買賣：替母親和住在村尾的蝦米叔把風。

小炳父親在城裡布店當掌櫃，每天早出晚歸，蝦米叔一星期大概有兩三回在下午時分來到他家，他母親開門迎客，把小炳和三個弟妹驅趕到河邊玩耍。一天他父親生病提早返家，他母親聽見拖拖踏踏的腳步聲，連忙穿回衣服到廚房佯裝煲湯，蝦米叔躲在木櫃後面，待他父親進門臥床後，踮起腳尖溜走。

沒隔幾天蝦米叔又來敲門，他母親又把孩子趕到河邊，但吩咐小炳留下，乖乖坐在門外玩算盤，萬一遠遠看見父親回家，馬上敲門報信。

「別對爸說，我給你一分錢到村口買糖。」他母親開出價碼。

「兩分。」小炳盯著他母親，兩隻門牙外露，似笑非笑。

他母親拍一下他的後腦勺，罵道：「衰仔！」

他母親是他的第一個主顧，他和她，有了秘密。

兩個月後的一個下午，蝦米叔如常前來，哨牙炳如常把風，但不知如何生起好奇，很想知道自己把的到底是什麼風，於是繞到屋後，偷偷隔著窗縫窺探房裡狀況，竟見他母親袒胸露乳，半蹲半坐騎在蝦米叔身上，不斷前後搖晃腰肢，光線陰暗，明明熟識的房子變得陌生，眼前的媽媽更是另一個人。小炳本想回到他的珠算世界，可是雙腳不聽使喚，眼睛更未能從他母親的臉上離開，她咬著嘴唇壓制聲音，仰著頸，雙眼望向屋頂，彷彿揮動雙臂便可往天空飛去。如果她真的飛到天上，小炳肯定不顧一切地衝過去緊抱媽媽雙腿，不管她去哪裡，他都去。

然而他母親哪裡都不去，再搖幾下便癱軟地壓住蝦米叔，突然，她張眼往窗邊望去，像出其不意的兩支利箭撲簌簌地向小炳射過來。他震動了一下，但並未倒下，反而全身更是堅挺。他母親又閉上眼睛，嘴角輕輕抖動，有小炳完全無法理解的笑意。

愣了一會，他回神快步跑回屋門前，腦海湧起連串問號。母親早已發現他在偷看？為什麼不停住動作？停不住？不想停住？為什麼還看我一眼？小炳糊塗了，恍恍惚惚地蹲下，背靠土牆，執起算盤緊緊抱在胸前，抬頭望向天空，才是午後，天色是不該有地昏暗，眼前世界似是變了模樣。問號不斷在腦中盤旋轉動，轉得小炳有點暈眩，索性閉起眼睛，做平常每天必做的功課——喃喃默唸珠算口訣：「隔位六二五，兩價三七五，轉身變作五，五四倍作八，見九無除作九八，無除退一下還九……」小炳曾在廟裡偷看道士開壇作法，揮舞手裡的桃木劍，呢呢喃喃地誦唸詞咒，據說神怪妖精盡被趕絕。每回他唸起算訣都自覺像道士，抑揚頓挫的訣詞如一塊塊厚厚的磚，實實在在地、層層疊疊地堆在眼前，每一塊都可數可摸可以觸碰可以搬弄，無人可以入侵他的世界，因為他根本忘了在這以外還有世界。遺忘便是力量，他懂。而這時候更懂，每唸一句訣詞，心便沉靜一分，飄浮在腦海的問號統統被推到圍牆以外，唸了不知道多久時間，天空恢復澄明，萬物井然有序。他吁一口氣，似從噩夢裡轉醒。

之後一切如常，彷彿那個下午所見的全是夢境幻象，不過小炳不敢直視母親，跟她說話時只低頭或側臉。

兩三天後，母親在家門前彎身撒米餵雞，腰背向著坐在地上拍拍達達地撥弄算盤的小炳，漫不經心地說：「咯咯咯，雞仔雞仔，來來來，多吃米喔，快高長大，長大要生蛋喔。」他把算珠推撥得更頻更急，像噼哩啪嘞地點燃一串又一串的炮仗。

蝦米叔照舊前來，小炳照舊每回從他母親手裡收取兩分錢，把錢收進小鐵盒，把鐵盒埋在樹底，打算長大後開一家布店。但如常的事情總難如常。一個下午，蝦米叔和他母親在房裡廝混，哨牙炳在火辣辣的太陽下推撥算盤上的珠子，曬得頭腦昏熱，不知不覺地趴在矮桌上睡死，早已起了疑心的父親卻突然回家，一腳踏開木門，扯住頭髮把母親拉下床，蝦米叔抓起衣袂奪門狂奔。小炳被吵鬧聲驚醒，嚇得屁滾尿流，但不敢哭，擔心哭聲引來鄰居。他眼睜睜地看父親捱揍，是的，是父親捱揍，母親的個子比父親高大，兩人扭打一陣，她把他壓在床上，左手抓住他兩隻手腕，右手一掌一掌地摑他的臉，摑了十來下，父親慘聲求饒：「夠了！夠了！我對你唔住！我唔應該阻住你們鹹濕[1]！對唔住！」

他母親再摑幾個巴掌，終於住手，坐到椅上冷哼兩聲，拉整衣衫和頭髮，站起身罵道：「嫁給你十幾年，跟你捱日子，替你生完一個又一個，乜都還番哂俾你了，老娘從此跟你冇拖冇欠！你自己冇撚用，老娘另外尋開心，唔得咩？你做乜咁自私？老娘就是喜歡鹹濕！」然後瞥一眼驚慌地蹲在門邊牆角哭泣的小炳，走過去，彎身把他拉起緊緊抱進懷裡，雙臂用力左右橫箍他的單薄的背。小炳個子只及他母親胸部，一張臉陷在她鼓漲的乳房之間。他母親在他耳邊細聲道：「乖，長大了，別像你爸。長大了，無論發生什麼壞事，你都要想辦法把事情變好。千萬記得喔。」氣息吹進小炳的耳朵，像有一支羽毛輕拂耳洞令他渾身酸軟。

然後他母親頭也不回地推門離家。

當天夜裡，兩個舅舅前來再把他父親狠揍一頓，罵道：「竟敢欺負我妹？你是什麼臭東西呀，三寸釘！」他們把小炳母親的衣物細軟收拾妥當，領著三個孩子走了，除了小炳。大舅對他說：「炳仔，你媽說你收錢卻不辦事，沒出息，跟老豆一樣不像個男人。她不要你了，你和老豆自生自滅吧！」小炳的舅舅是鄰村惡霸，外公希望女兒嫁個善良夫家，託媒婆找到父親，女兒並不抗拒，反正不管嫁給誰都阻止不了她追尋快樂。他母親痛恨這一天的快樂遭到打斷，如今倒好，乾脆回去娘家，天大地大，快樂完全握在手裡。她刻意讓小炳留在父親身邊，覺得對他父子倆已算仁至義盡，「沒出息」那句話只是大舅自行加上，他一直瞧不起小炳父親窩囊懦弱，自亦不喜五官酷似父親的小炳。

父親沒責備小炳半句，小炳卻感到無比內疚——對他母親和蝦米叔。小炳躲在田邊哭了兩天，在眼淚裡領悟了一點道理：母親說的對，收了錢便該把事情辦妥，如果我盡責在門外攔住父親，便沒有打鬥，便沒有分離，再大的壞事只要不被揭發便不算壞事。壞，只在於被抓住。父親沒有對不起母親，母親也沒有對不起父親，他們都做了自己想做的事情。錯的只是我，我辜負了他們，我是個不負責任的人。

從此小炳在「責任」兩個字面前抬不起頭，責任千斤重，能避則避。他在家鄉的油糧店學習管帳，到了二十歲，他父親覺得他應該出外見世面，帶他前赴上海投靠親戚，途中不幸被土匪殺害，小炳聽說張發奎的第八集團軍召員剿匪，天真地決定當兵，以為有槍有炮在手便有機會報父仇，豈料部隊被指派到浦東抗日，他被轟隆隆的槍炮聲嚇得屁滾尿流，急忙落跑逃來香港。

小炳從此沒再去想父仇不父仇，他告訴自己，土匪有土匪的艱難，若是太平盛世，誰都不願意做土匪，做了土匪便得殺人，或許是父親上輩子欠了土匪的債，這輩子必須以命償還。這麼一想，心便安了，小炳提醒自己能幫忙別人時盡量幫忙，多積陰德，下輩子別活得像父親這麼倒楣。

小炳也由此發現了一種強大的力量：轉換了念頭，命運便也轉了。倒楣有倒楣的理由，有些理由是你知道的，有些理由是你想破了腦袋也無法得知的，有些理由或因前世，有些理由或因今生。誰都不希望走霉運，但誰都控制不了，可是如果有本領把霉運想像得沒那麼霉，便是佔了霉運的便宜，從霉運裡賺到了利錢；這樣的好生意，精明的小炳樂意去做。命運好壞他無法掌控，但他非常擅長自找好命，像他母親的提醒：無論發生什麼壞事，你都要想辦法把事情變好。

小炳從上海輾轉到了香港找尋親戚，親戚問及先前發生的事情，他胡謅一番，自吹自擂一通：「我一個人帶住兩把槍，轟轟轟，砰砰砰，把幾個土匪射得像蜜蜂窩。其中一人跪地求饒，哭得稀泥嘩啦，我心軟放他走，冚家鏟，他竟然在我背後捅來一刀！幸好老子眼明手快，扭住他手腕，一拉，一割，沒了！他的血從咽喉噴出，刁那媽，把我腥了一臉！好人難做，我以後都不會做好人啦！」他又說，報了父仇，但土匪的幾十個同黨前來算帳，他迫於無奈才逃來香港。親戚聽得傷心流淚，他則暗暗佩服自己的吹牛本領，從此更不自覺地滿嘴謊言。講真話不一定不妥當，但他享受講大話，一句句的謊言像串起的一條鎖鏈，套到聽話者的頸上，供他牽引，他說東便東、西則西。而且重重謊言像陣陣迷霧，給他躲躲藏藏的安全感，不被困住逮住。然而有一樁事情畢竟令他耿耿於懷：小炳曾經瞧不起他父親的懦弱，立誓不要像他、不能像他，料不到結果卻仍然像他。如父如子，小炳只能對鏡苦笑。

到了香港，親戚介紹小炳到糧店打工，初時只做搬運，東家見他體格瘦弱，本來不喜，打算敷衍一陣便請他走路，但發現他休息之際喜歡蹲在一袋袋的大米旁邊撥玩算盤，入迷得把別人的喚喊置若罔聞，剛好帳房缺了一個助手，想想不如用人唯才，讓他幫忙寫帳和記帳。未幾小炳竟然從老帳簿裡找到了好幾筆不妥當的數字，東家細心察究，原來是掌櫃先生虧空造假。老闆報警抓走了掌櫃先生，乾脆大膽讓小炳當正，店裡的人看已經十九歲出頭的他長得像十五、六，喊他「神童炳」，後來又用他的長門牙和厚下唇來取笑他做「哨牙炳」，小炳站在鏡子面前仔細端詳自己，眼睛狹小得似兩粒豆豉，頭髮剃個精光，清楚見到髮際盡處有個垂尖，配上寬厚的鼻和翹突的牙，笑起來像不懷好意的饞嘴老鼠。他忍不住喃喃自語：「哨牙炳，哨牙炳，既然長得似老鼠，你就做一隻活得開開心心的老鼠吧！」

在糧店工作不到半年，哨牙炳把帳目管得精細明確，雖然經常口沒遮攔，嬉皮笑臉，說話不正不經，但不瞞不騙不貪，口碑傳開去了，附近店鋪的老闆都想請他過檔[2]。糧店東家擔心他被同行搶走，主動送贈股份，他卻耍手搖頭，堅決拒絕得幾乎翻臉。做股東須對其他伙計負責，他寧可簡簡單單地每個月的初一和十五從東家手裡領錢，然後吃喝嫖賭，錢夠不夠花是自己的事情，至少不必擔心賺蝕。

第一回尋樂子，是糧店伙計帶他到灣仔道的綠窗妓寨叫雞。沿著長窄的木樓梯走上二樓，腳下踏出的每一步都像踩在自己的心臟，咯，咯，咯，恨不得拔腿掉頭，但拉不下臉，鼓起勇氣跟隨眾人來到門前，木門咯聲打開，一群女人站在門後拋眉弄眼，他耷拉著頭，伸手胡亂點了一個，生平的第一個，抬腿跨過門檻，然後一頭栽進一個肆無忌憚的世界。在這世界裡，他赤裸裸，面對另一個純為買賣而存在的赤裸裸，想做什麼便做什麼，除了付錢，不必負任何責任，天地跟他何相干。

然而第一回的經驗不算順暢。小炳手忙腳亂，才一眨眼的光景，打個寒顫，癱軟了事。女人把他從身上推開，沒說話，冷哼了一聲，起床點菸。小炳慚愧懊惱，卻亦被那聲似有若無的冷哼激起了惱火，女人抽完菸，把菸蒂在菸灰缸裡壓熄，站起身穿衣服，他突然從背後猛拉她的肩膀，把她推倒床上，重新壓住。「再來！再來一次！」小伙子的火力猛，第二回合說來就來，並且神勇無比，管房工人前來敲門催促兩次，他卻仍然在咬牙衝刺。事後，女人滿臉酡顏，嘴角詭異地微微抖動，似哭亦似笑，眼神裡是無限的感激。小炳得意地問：「點樣？仲敢睇唔起我？」女人搖一下頭，氣若柔絲地呢喃道：「唔敢。唔敢了。」但又道：「加錢。要加錢。」

自此以後小炳有了非常奇怪的癖好：戰鬥前，先要求女人瞪他、罵他、踐踏他、羞辱他。眼神越是鋒利，話語越是刻薄，他的戰鬥力便越強。他最愛聽的一句話是：「你冇撚用！」聽見了，怒火馬上中燒，卻又被燒得痛快，有了報仇的強大意欲，在床上狠狠修理女人，那是用什麼也換不回來的快樂。他個子小，特別喜歡找身材高大的姑娘，調暗房裡的燈，睜大眼睛，賣力令另一個赤裸裸呻吟喊叫。在若隱若現的光線裡，他貪婪地望向身下的女人，如同當天隔窗偷窺他母親。他渴望讓他母親完成當天被他父親中斷了的開心，他要補償當天那個瞌睡替他母親帶來的遺憾，他拒絕做被嘲笑的無用的父親。每回完事，身體越虛脫，心裡越充實，捻開房燈，享受女人眼裡的感激神情，小炳覺得這是生活裡最滿足的時刻。

所以哨牙炳有了他的大志。每月從東家手裡取了工資，分成三份，一份用來餵飽嘴巴，一份用來滿足雞巴，餘下的一份存下來日後開一家妓棧，他只樂意做妓棧老闆，肥水自己喝完才流向別人的田。他經常開這樣的玩笑：「老話說『寧為雞口，毋為牛後』，我卻是『為了雞巴，甘為老闆』！」一張床之於哨牙炳，毋寧更像是一道門，推開，跨步，他便能夠逃離自責，跳進一個輕盈的世界，彷彿門後的世界才最確實，門裡面的，只是一場不該屬於他的迷亂噩夢。

但哨牙炳從未想過大志完成得這麼容易。如果你讀過我的小說《龍頭鳳尾》，便知道大概背景。那一年，因緣際會，他幫忙了同樣從寶華縣來的陸南才找住處、覓工作，陸南才後來在灣仔拉黃包車闖禍，逃到廣州，重逢弟弟陸北風，加入廣州「萬義堂」，不久後，「萬義堂」堂主葛承坤於一九三八年底派他到香港籌創孫興社，陸南才感恩圖報，把哨牙炳拉到身邊做二把手。哨牙炳本來無此膽量，陸南才知道他好色，特地派他看管堂口旗下客棧，客棧就是妓棧，他等於做了妓棧老闆，一夜之間達成夢想，不可能拒絕，開心得連在夢裡亦是笑淫淫，但他當然對陸南才說：「客棧不客棧，無撚所謂，只要是南爺吩咐，管屎坑我也開心！」

在孫興社混堂口，陸南才是出主意的龍頭老大，哨牙炳跟其他兄弟妥實執行便是了。一九四三年中，香港已被日本鬼子佔領，陸南才被美國從天空掉下的炸彈轟得支離破碎，孫興社等同解散。戰後，原在廣州替日本鬼子工作的陸北風逃避漢奸審判，南逃香港，重振孫興社的響亮招牌，哨牙炳繼續做二把手，本來以為一輩子在床上做個快樂的男人便夠了，萬料不到事情說變就變，因為，世上有阿冰。

註釋

1 鹹濕：跟情色有關的事情都叫做鹹濕。

2 過檔：跳槽。

二・汕頭九妹和她的狗

阿冰，姓何，名叫艷冰，比哨牙炳大一歲，個子也比哨牙炳高，結婚後大家喊她「炳嫂」，結婚以前則叫做「汕頭九妹」。

阿冰有個年長三歲的哥哥何順火，因父母在家旁蓋了個木棚子屠狗營生，「狗」和「九」的潮汕話同音，街坊鄰里都喚她哥哥「九仔」，也喊她「九妹」。阿火十多歲時跟他父親何福吵架不和，從汕頭離家到香港拉黃包車，再到灣仔的妓寨客棧做看管，結識了常來叫雞的哨牙炳，風花雪月談得投契，乾脆混堂口拜到創立於一九三九年初的孫興社門下。阿火離鄉後兩年，阿冰的母親不知如何犯了怪病，全身上下長出了疹子，又惡化一團團的疕斑，從早到晚滲出臭膿血。阿冰燒水替她抹身，腥臭沖到鼻孔，忍不住嘩一聲吐在地上。她母親握住她的手，嘆氣道：「妹頭，都是命啊。你千萬不可以去狗棚，孽障讓我來擋便夠了。你答應我，否則阿姨走得不甘心。」潮汕地區的初生嬰兒都要算八字，若被相士批為命硬，便得把母親叫作「姨」、把父親叫作「叔」。阿冰的八字其實不屬於命硬，但她母親基於體貼的心思仍然迫她這樣喊喚，她母親確信狗有靈性，殺狗畢竟不同於殺雞殺牛殺豬殺羊，擔心屠狗的惡業報應到孩子身上，刻意在稱謂上跟子女拉遠關係。

阿冰握起她母親的手掌，攞貼到自己臉上摩挲，眼淚答答滴到指間，熱燙燙地令她哭得更傷心。她擤嗦著鼻子，點頭道：「好的，好的。但阿姨肯定長命百歲，不會有事的。」再哭一會，她母親閉眼睡去，阿冰俯身在她耳邊輕喚一聲：「媽。」

不久後，她母親去世，阿火回鄉奔喪，兩天不到又跟何福因小事吵翻天，又走了。老話說「無仇不成父子」，父親的任何一個眼神都會被兒子覺得凶狠，兒子的任何一個意見都會被父親視為頂撞，小怨小怒積得久了多了，便成仇。

辦妥了喪事，何福照舊每天獨自到狗棚工作，傍晚回家把燒酒大杯大杯地往嘴裡灌，醉趴在飯桌上是常見的事情。一回醉後他突然發酒瘋，蹬腳踢翻了桌旁的幾張矮椅，又把碗盆杯筷一手統統啷噹噹地掃到地上，再衝到神枱面前抓起那尊泥塑觀音像作勢欲扔，卻又頓住，頹然跌坐於地，塑像噼啪一聲倒在他旁邊。阿冰不知所措地站著望向她父親，有幾個破洞的灰汗衫濕塔塔地貼著上身，一灘灘的酒和汗，脖子和肩上有兩三塊顯眼的疥癬，耷拉著頭，忽明忽暗的油燈照著他浮腫的臉腮，像一隻麻布袋裡掙脫逃生的癩皮狗。她無比哀傷，勸慰道：「叔，別這樣……」

她父親揮掌把旁邊的觀音像推到遠處，打斷她道：「不要再叫我叔！是爸！爸！我是你爸爸！」又伸手指向牆上掛著的黑白照片，道：「那是你的媽媽！是媽！不是姨！天公注定的事情，不管怎樣都躲不開！」說著說著，竟然嚎啕大哭，不斷用拳頭捶向地面，像孩子般哭得撕心裂肺。

阿冰倚著房門框，一味用手背拭淚。

她父親在哭號裡彷彿自言自語地說：「其實是可以躲的……結婚以前她去批八字，相士說我命裡剋妻，又天天殺狗，嫁給我，就算不死亦難逃大病。長輩都勸她算了，然而她堅持……

唉，她說心甘情願替我擋煞……」

停頓半晌，她父親邊搓揉著眼睛邊把話說下去：「相士說可以替我們開壇消災，可是我們沒錢。相士又說婚後三年內如果洗手不幹，又多做善事，或許災禍不至於出人命。但我們很快有了你兄，之後再有了你，怎麼可以說停就停。其實現在想一下……當時也並非停不了，只是捨不得停，殺狗的利錢大啊……」

阿冰覺得茫然。她母親臨終說「都是命啊！」，但眼前明明有其他路可走卻不肯走，難道這樣的選擇亦是命中注定？如果她母親當年不嫁，她父親畢竟會娶另一個女人，後來病的死的便很可能是那女人，那麼，她母親的決定不是等於救了那個女人，改變了她的命運？那麼，又是誰令她母親選擇嫁給屠狗的男人？是不是曾經有某個人說過某句話，影響了她母親？是否所有人的命運都操縱在別人手裡？到底世上有沒有事情真的能夠全由自己決定？她越想越糊塗，以及無力，感覺處處皆有不可猜透的天意，每個人的所作所為都只是在「替天行道」。

第二天早上，何福沒看阿冰半眼，父女之間都覺得有點不好意思。匆匆吃過粥，何福站起來推門離家，卻被阿冰從背後喊住。她說：「爸，等我。我也去。」她昨夜想得很清楚了，殺狗會有報應，但不盡孝道同樣是作孽，反而如果老天爺知道她孝順，肯定願意在功德簿上多記一筆，加加減減下來，不見得吃虧。說不定殺狗亦是天意安排，她母親走上這條路，她走上這條路，都有天命，無論結局如何，順著眼前路走下去便是了。

對於阿冰的心意，呆立門前的何福沒說好，卻也沒說不好，眼裡盡是猶豫的憐惜。阿冰手腳俐落地把桌上碗筷收進廚房，何福跨步出門，她默然跟在後面步向狗棚。

狗棚是露天的院子，六、七個鐵籠困著二、三十條土狗，不知道是因為阿冰是陌生人，或者因為她是年輕的女人，吠聲嘈切得山搖地動，阿冰覺得自己才是將會被宰的對象。七月的悶空氣鎖困著濃濃的血腥味道，地上更是血漬斑斑，阿冰勉力咬住嘴唇壓下噁心嘔吐的衝動，臉色蒼白得幾乎暈倒。她父親撿起一塊石頭扔向鐵籠，罵道：「叫叫叫，叫你老母！信不信老子一把火燒死你們這幫狗雜種！」

開工了。何福執起一支長木棍，棍端繫著綠色的繩網，他彎腰用左手略微拉開籠子的門，右手把棍伸進籠裡，手腕一扭，熟練地用繩網套住一隻小黑犬的頭，迅即拉回棍子，關上鐵籠，把木棍高高舉起再重重摔下，猛喊道：「仆你個街！」黑犬應聲而落，硬生生跌到地面，身和腿不斷抽搐。院子忽然陷入奇怪的死寂，彷彿所有的狗都被震住，也都絕望，同時在心裡盤算下一輪被抓到籠外的會否是自己。阿冰越是強裝鎮定，心裡越是驚恐，雙腿不住顫抖，恨不得轉身逃開。她父親喝她抓起旁邊地上的一支狼牙棒捶擊狗頭，阿冰握棒的手抖個不停，她父親橫她一眼，她抖得更厲害，耳膜被四周的嚎叫震得撕裂。

「咁細膽！驚就滾回家！」她父親厲聲吆喝。

阿冰又抖了一下，但這一抖似把所有驚嚇抖了出來，心掏空了、麻木了，渾身覺得涼颼颼，再無所謂怕或者不怕，彷彿她母親在耳邊輕輕嘆氣，對她說，都走到這一步了，唉，打吧，都是命啊。阿冰走近被繩網困住的狗，雙手奮力揮起狼牙棒，睜大眼睛，瞄準狗頭狠敲下去，黑犬的半張臉壓貼住地面，另外半張臉側向她，跟她一樣大大地睜著眼睛，空洞的眼珠子像個無底的深淵。轟！轟！轟！狼牙棒的短釘插進黑犬的頭顱，抽出來，再插進，又抽出來，捶敲了三四下，阿冰鬆開十隻手指頭，狼牙棒磕托一聲掉在地，黑犬的臉已經變了一片被翻耙過的爛泥田。她跌坐地上，腦袋空白迷茫，手掌撐著地面，忽然感覺手心燙熱，端起一看原來沾了剛才被擊濺出來的狗血，熱氣從手一直傳到臂上、肩上，整張臉很快也是熱烘烘、紅呼呼，髮際汗水沿額頭流到眉間，再滴到腮頰，連自己亦分不清楚到底是不是眼淚。好容易待熱氣消散，阿冰用手肘撐起身體，站穩了腳步，居然覺得充滿力量，似是另一個人。

她父親把黑犬拖曳到阿冰旁邊，直直地盯著她，覺得非常陌生。阿冰是國字臉，粗眉毛，鼻心微微塌陷，可是嘴唇是不成比例地薄和翹，有著跟十四歲不太搭調的風情。她的眼睛狹長，眼珠子黑白分明，今天以前是平常孩子般和善，但何福此刻忽然發現她原來這麼像死去的妻。愣了一會，何福偏頭瞟一眼仍被長棍綑住的狗，對阿冰說：「記住，一黑、二黃、三花、四白，價格相差十萬八千里。這條黑狗在菜市場可以賣個好價喲。」

阿冰自此天天跟隨她父親到狗棚幹活，分工無間。她用狼牙棒把狗活活捶死後，她父親手起刀落斫斷狗的右後腿放血；她用小刀往狗的肚皮捅進去，猛力往下一拉，嚯一聲便扒下整張狗皮。第一回扒倒鬧了笑話，刀子卡在皮肉相連的夾縫裡，彷彿狗陰魂不散奪刀報仇，她嚇得嘩然倒退幾步像見了鬼。她父親嘲道：「生人唔生膽，連死了的狗也能夠欺負你！」阿冰不服氣地咬牙再試，伸手摸清楚哪裡是筋哪裡是肉，稍稍調整了刀鋒位置，方才施力拉刀，果然立即皮是皮、肉是肉，似解開了襟上的鈕釦，衣服垮啦啦地鬆脫墜地。

扒皮後，她父親負責屠宰狗身，她把內臟集中到大木桶裡用溫水清洗。兩人手腳俐落，半天可以處理六、七條狗。下午時分總會有人送來一兩個籠子，裡面都是不知道從哪裡弄來的大狗小狗，阿冰只用餘光看他們，直到執起狼牙棒時才敢正視，也不得不正視。午飯在棚子角落生火烹煮，初時她只吃簡單的麵條，連晚餐看見豬牛雞肉亦覺倒胃，漸漸習慣下來，什麼都可以像以前一樣放進嘴巴，除了狗肉。她父親也不吃，說殺和吃是兩碼子事，靠山可以吃山，靠海可以吃海，但劏雞的人不吃雞，宰豬的人不吃豬，屠狗的人也不該吃狗，吃了，會有意想不到的報應。

「殺都殺了，還在乎吃不吃？」阿冰想不透。

「殺狗只是搵錢過日子，狗是我們的大恩人。我們可以對他們兇，否則會被他們瞧不起，但不應該把他們吞進肚裡，不然就是忘恩負義。這是最起碼的道義呀。強盜是盜亦有道，我們是『屠』亦有盜！」

「死都死了，狗還會在乎？」

「我們在不在乎最重要。人也好，狗也好，欠來欠去在所難免，但盡可能留個餘地。記得啊，別把事情做絕，一旦虧欠太多，十輩子也還不了。」

阿冰順從父意不沾狗肉，並慢慢琢磨出另一番道理：這輩子屠狗殺狗是她欠了狗，但上輩子或許是狗欠了她，今世捨身來報。欠和還之間，有著太多的不清不楚，欠中有還，還中有欠，如果沒欠沒還，現世可能根本不會相逢。而且在欠欠還還之際又易拉扯出其他幾筆新債，沒完沒了地互相糾纏一輩子、十輩子，誰都休想離開對方。說不好她也曾經是狗，狗也曾經是人，她前世被宰，如今只是前來討債。是這樣的，肯定是這樣的。誰敢說不是這樣？她越想越相信是這樣。「理得」了，便「心安」了，夜裡睡得安穩，不像剛開始踏進狗棚時總夢見黑犬白犬對她齜牙裂齒。然而轉念一想，幾年下來殺了這麼多狗，總不成自己先前百世千世都是被人屠宰的狗，這輩子一次討清前債？想來不寒而慄，她吐了一下舌頭，卻亦忍不住笑自己天真。

轉眼阿冰廿四歲，是鎮裡無人不識的「汕頭九妹」，按道理早該結婚嫁人了，但她從早到晚擺著臭臉，好像隨時隨地把男孩子當狗屠宰，惩誰都避之則吉。十七、八歲的時候倒談過一個身材相若的男孩子，有一天情到濃時躲到樹林裡卿卿我我，男孩子從她耳背一直往下親吻，當吻到大腿內側，突然大喊一聲：「臭死了！」躍起身唏哩嘩啦地吐，抽起袪頭像見鬼般轉身跑走。事情不可能不被傳開，男孩子們在背後嘲笑她做「臭妹」，都說她全身上下帶著濃濃的狗血腥氣，越說越不堪，彷彿每個人都靠近過、領教過，還有人對天發誓說偷看過她下身長著兩顆狗牙呢！她氣不過，舉棍追打他們，見一個打一個，她爸爸亦來助陣，父女兵打了鎮裡十幾戶人家的兒子，結了仇，自此更是人人怕了她的「打狗棒」，避之唯恐不及。

倒是村裡的姑娘們倒把阿冰視為大姐，有了麻煩便找她幫忙，阿冰亦對她們非常仗義，其實，不論男女，誰對她好，她便好回去十倍；誰對她兇，她便兇回去一百倍。人不犯她，她不犯人，人若來犯，她只差沒把對方斫個支離破碎。當大姐夠久，竟然有了癮頭，就算無人來找，她亦主動鋤強扶弱，替其他女孩子出頭作主，打得仇家在街頭巷尾抱頭鼠竄。阿冰深信自己做得了大事，也很想做大事，可惜不太知道什麼才叫做大事。她只知道，汕頭對她來說，太小了；殺狗對她來說，太簡單了。她要做「汕頭阿冰」而不止於「汕頭九妹」。她打定了主意，這輩子，她要贏。

村裡的男孩子漸漸把阿冰和圍在她身邊的姑娘喚作「九妹黨」，輕易不敢招惹。眼看女兒嫁杳無期，何福有一回喝酒後拍胸脯說：「無要緊，阿父養你一世！」阿冰不答理，只望向籠裡的狗，悻然道：「是我上輩子欠了他們，他們前來討債。我這輩子是來還債的，誰稀罕男人！」話雖如此，在上輩子與下輩子之間的今生今世，阿冰仍未甘心，午夜夢迴，夜深人靜，她依然相信世上有一個欠了她的男人，不，是跟她兩相虧欠的男人，他要還給她，她也要還給他，一欠一還，一還一欠，兩個人糾纏不休，這才算是夫妻同命。

這陣子阿冰倒有煩惱：她經常夢裡聽到嘰嘰喳喳的鳥鳴，似有無數麻雀在頭上掠過。她向街市相士鐵嘴陳求解，鐵嘴陳從桌上一堆占卜星相書冊裡抽出一本〈周公解夢〉，問明她的生辰八字，瞇起眼睛翻看一陣，捋撫幾下雜亂無章的山羊灰鬍，不緩不疾地說：「恭喜，那是喜雀。鴛鴦春羨，遠行在近，良人在遠。有個男人在很遠的地方等候你。」

阿冰故作不屑地嘟了嘟嘴巴，啐道：「什麼叫做良人？如果真的確是良人，應該他來潮州，憑什麼要我老遠跑去遷就？」

「有緣千里能相會，有緣最重要。『緣』就是『圓』，兩人會合，圓圓滿滿，便不存在誰遷就誰的問題。不過⋯⋯」鐵嘴陳皺眉道。

「不過什麼？」換阿冰皺眉頭了，焦急追問。

鐵嘴陳把攤開的夢書推到她面前，阿冰俯身瞄見上面有圖，一對鴛鴦，一輛牛車，幾棵大樹，圖旁有兩行字詞，鐵嘴陳唸給她聽：「看到了吧？這裡說的就是你的姻緣。」他舐一下手指頭，把書翻到另一頁，頁上有月亮，有桃花，有海浪。鐵嘴陳繼續說：「這裡說的是更遠以後的事情了。三寒三暑，花開花落，月沉海底。」

「這豈不是結局悲慘？還叫個屁良人！」一股熱氣衝上腦門，阿冰幾乎忍不住從鐵嘴陳手裡搶過夢書、撕個破碎。

鐵嘴陳把夢書闔上，淡然道：「九妹不必過慮。術數不離因果，困果隨緣生變，諸惡莫作，眾善奉行，積德自可改運，書裡說的只是個軌跡，你自己是做得了主的。放心，放心。」

當夜回到家裡，阿冰的心似被什麼挖走了一片，忐忐忑忑，恍恍惚惚，有一種無處著力的空洞。真的自己做得了主？她望向床上天花板，片片斑駁是飛翔的雀鳥，她凝視良久，費力找尋屬於自己的那隻。她不稀罕毛色艷麗，只求雀鳥聽從使喚。一直看，一直看，看到迷迷糊糊地睡去。

十多天後，忽然有親戚從澳門回到汕頭鄉下，敘舊吃飯時對何福說那邊有個老區叫做「劏狗環」，家家戶戶賣狗肉，本小利大，慫恿他前赴合作經營。何福快五十歲了，不願意離鄉背井，但眼見日本人前年底佔領廣州，去年六月的端午節又佔了汕頭，橫征暴斂搞得烏煙瘴氣，有一回阿冰在路上遇見兩個鬼子，被攔住，強扯進後巷欲加凌辱，幸好她執起路邊木棍不要命地胡揮亂舞，總算掙扎脫出，此地不宜久留，他再捨不得亦要讓女兒跟隨親戚離開。

出發那天早上，阿冰跪在地上向父親叩頭道別，何福撫一下她的頭髮，嘆氣道：「放心，阿爸宰了三十多年的狗，殺氣重，抵得住日本鬼子。如果鬼子欺人太甚，阿爸會像殺狗一樣把他們劏個腸穿肚爛！」

一路前行，阿冰屈坐於三輪鐵皮車後座，沿途顛簸地穿山越嶺，十月初秋，四周樹葉被風颸得沙沙沙地似孩子的哭號，她抬頭望見天空群鳥聒噪掠過，忽然記起鐵嘴陳的預言，心頭震動，不禁顫抖身子，攬在懷裡的藤篋幾乎咕嚕咕嚕地滾到車外，幸好被座旁的木圍欄擋住。親戚問：「暈車了？」她本想回答：「不是啊！」，卻吐不出半個字，胸口被沉甸甸地壓住，有嘔吐的衝動。阿冰自問個性倔強，別人看她更是天不怕地不怕，唯她自己明白，在命運面前她其實什麼都不是，只能跟所有被她宰過的狗一樣任隨擺佈。

兜兜轉轉花了兩三天時間終於到了新界，再進入九龍，渡海到香港島，親戚停留幾天看朋友，阿冰則去探望阿兄，未曾想過之後會由「汕頭九妹」變成「炳嫂」。

三・爛佬愛潑婦

阿冰在阿火工作的客棧初遇哨牙炳，他剛好登門尋樂，她站在櫃枱旁，哨牙炳誤認她是新來的姑娘，阿火來不及介紹，他已調戲道：「嘩，阿妹你高到好似一支蔗！正好我有對鋒利無比的門牙。唔好意思，來，俾炳哥咬幾下，炳哥我啃蔗不吐渣！」阿冰二話不說，執起掃帚把哨牙炳追打到門外，阿火尚未出手擋護，哨牙炳已經蹲下求饒。

哨牙炳涎著臉請吃宵夜賠罪，特地建議到大牌檔吃潮州打冷，豈料阿冰搖頭道：「不，我想吃西餐。」他臉露猶豫神色，她馬上嘲諷說：「算了，算了，不過跟你開玩笑。嘻，汕頭人都說男人『冇錢食飯，有錢叫雞』，想不到香港一樣！」

阿火連忙打圓場道：「炳哥有怪莫怪，汕頭女人的嘴巴不饒人。」

抵不過阿冰的激將，哨牙炳硬著頭皮道：「我又沒說不去。走走走！老遠來到香港，當然要開開洋葷。鄉下人進城嘛！」正出門，不巧遇上刀疤德，他嚷著加入，一行四人走路到盧押道七號的澳洲餐室，哨牙炳曾跟陸南才來過，知道這個鐘點還未打烊，更重要的是餐點價格不至於貴得離譜。

到餐廳坐下，點了焓火腿、通心粉、烤牛排、吉列炸魚幾道菜，刀疤德和阿火狼吞虎嚥，阿冰的胃口也好，唏哩呼嚕地像跟兩個男人比吃，哨牙炳雖然也餓，但多吃便須多點，他寧可忍住，隨意用叉子撩了幾口肉便說飽了。阿冰不慣使叉，直接用左手的五隻指頭壓住黃澄澄的炸魚，右手握起短餐刀使勁地切，幾下不小心讓刀鋒鋸到碟上，鋸出一道長長的「吱——」，大夥擠眉咧嘴感到非常刺耳難受，她卻若無其事，不斷搖動胳臂，手腕上的玉鐲子輕輕晃盪，那是母親的遺物，她戴上了便覺得繼承了母親的命運。

切過了魚，再切牛，左右兩三下已把整片牛排割成一塊塊細肉。阿冰的認真神情令哨牙炳記起從阿火口裡聽過關於「汕頭九妹」的點點滴滴，猜想她在宰狗的時候亦是這樣的聚精會神，眼裡，有光。阿冰發現大夥在盯著自己，立即皺起眉頭，嘴裡嚼肉，手裡的刀鋒卻朝眾人臉上逐一指去，警告道：「看什麼看？信不信老娘像宰狗一樣宰了你們！」

「哎唷，三句不離本行！」刀疤德笑道。「刀法又快又狠，哪個男人敢惹你？」

阿冰白他一眼，懶得回話，端起兄長面前的杯子呷了一口啤酒。她從未喝過啤酒，這夜湊高興嚐嚐，覺得比涼了的藥茶更苦澀，喝進嘴便想吐，但不希望被取笑，硬生生地吞下去。而且為了裝出豪氣，舉杯再喝，這回是灌了，喉嚨咕嚕咕嚕地響，還打了個嗝。兩頰很快泛起淡淡的緋紅。

刀疤德繼續跟她抬槓道：「別喝了，不然醉了真會把我們像狗般宰了！」

於是話題開始扯到屠狗上面。阿冰紅著臉細說在家鄉的殺狗過程，敲擊、放血、刮皮、斬件，其實跟殺豬殺牛差不多，但當狗目睹同伴被拉出籠子的時候，總會從喉裡透出非常奇特的聲音，先是一陣深沉的咕——咕——咕，然後是一輪尖扁的滋——滋——滋，乍聽似在哼唱哀樂。開始時，只是一隻兩隻狗哼，但很快便是十隻廿隻，最後便是所有的上百隻的狗一起哼，像傳說中的鬼哭。說得興高采烈，阿冰把餐刀舉在空氣裡揮動比劃，堅定地說：「我是不怕他們哭的。他們來討債，我還債便是，他們哭不哭，我都要還，要還的總躲不掉。」

「誰告訴你的？」哨牙炳捉狹地說：「噢，是狗。我幾乎忘了，你是同類，聽得懂狗話。」

「一定是汕頭相士鐵嘴陳說的囉！她對他比對阿父更聽話！」阿火在旁搶白道。然後轉臉問阿冰：「鐵嘴陳到底有無說你幾歲嫁人？難道你想一輩子拿刀搵食？」

阿冰沒答話，把餐刀擱在碟上，擱得不穩當，刀子磕聲掉到桌面。她撿起餐刀，一下下地鏘鏘敲著碟沿像敲木魚誦經，然後才慢條斯理地反唇相譏道：「你們打打殺殺，不也是拿刀搵食？」又幽幽地說：「我沒嫁人的打算了。下輩子吧，或者，下下輩子，看我什麼時候還清他們的債。」

刀疤德叼著牙籤插嘴道：「不必等那麼久！不如你這輩子索性嫁給狗公，狗公會很感激。」哨牙炳噗嗤笑了一聲。刀疤德眼神掃他一下，順勢說：「不然就做阿炳老婆吧！他在客棧是出了名的狗公。」哨牙炳在孫興社的堂口職位是「草鞋」，火拚時調動兵器，出事時安排逃亡，平日兼管錢財帳目，刀疤德則是「紅棍」，打打殺殺永遠帶著兄弟走在最前頭。

哨牙炳自認是客棧常客，從來不覺有何不妥，那是他的世界，多麼的可靠穩定。然而他從未動過娶老婆的念頭，成家立室要負責任，想起已覺頭痛。所以這一刻刀疤德說的雖然只是玩笑話，卻似當眾一巴掌把他推到牆角，渾身的不自在。他覺得應該反駁，但不明白是什麼理由，平日牙尖嘴利，此刻談到老婆不老婆的話題卻有口難言，「你，你……我，我」了幾聲便說不下。

刀疤德一直妒忌哨牙炳受到陸南才的信任，此番更不放過調侃的機會，道：「阿炳你就別推了！年紀不輕了，好歹得娶個婆娘。九妹欠了狗公，非狗公不嫁，只有你擋得住她的殺氣。俗語說『好佬怕爛佬，爛佬怕潑婦』，但依我看，爛佬其實應該愛潑婦，潑婦夠辣，無得頂！」

阿冰破口罵道：「你媽才是潑婦！其實世上有哪個男人不是狗公？所以你老婆嫁的也是狗公！老實講，只要是老娘愛的，狗公也比男人好，如果老娘不愛，再好的男人亦不如狗公。」

刀疤德朝她吐出舌頭，猥瑣地舔了一下嘴唇，又裝模作樣地吠了兩聲。阿冰不甘示弱，撿起餐刀作勢擲過去。刀疤德向阿火道：「嘖嘖嘖，你九妹這麼凶狠，我的『紅棍』位子應該讓給她坐！」

「我早告訴過你們，汕頭女人可不是好惹的。我當年其實並非怕了父親而離開汕頭……」阿火刻意調和氣氛，瞄一眼阿冰，開玩笑道。「我怕的是她啊！但話說回來，炳哥，不如把我阿妹娶回家，乾脆讓我喊你一聲『妹夫』？」

哨牙炳愣住，仍舊不懂得如何回話，阿冰反而看不過眼，道：「夠了吧？炳哥哪裡得罪你們了？他嬲了，不請客，你們可得買單啊！」

哨牙炳心底竟然冒起莫名的暖意，覺得她在維護他。這更令他不好意思不說話。於是他說：「嫁誰不嫁誰，命中有數，輪不到誰來插嘴！你欠我，我欠你，夫妻之間就是欠來欠去，『有仇不報，成為父子；欠債未還，結成夫妻』，一般不都這麼說嗎？」其實他從未想像過娶妻生子是怎麼一回事，只不過偶爾聽見兄弟們抱怨家裡的婆娘和孩子，聽多了，說到自己嘴上亦見溜順。

阿冰點頭，不自覺地望向哨牙炳，彷彿感謝他是知音。

哨牙炳察覺到阿冰的眼神，心裡得意了，索性逗她一逗，於是用誇張的姿勢單膝跪到地上，拱拳道：「我們不都愛食狗肉嗎？如果沒人宰狗，我們吃個屁！所以『汕頭九妹』其實就是『送肉觀音』，是我們的大恩人！來，觀音娘娘，請受在下一拜！我們都欠你！」

才剛說「夫妻相欠」，這番話擺明是在討便宜，阿冰臉上一紅，蹬腳踢向哨牙炳，他扭腰閃躲，右頰卻仍被她的鞋底稍稍掃刮了一下，立即浮起一道淺淺的血印。阿火大驚，連忙喝止，哨牙炳卻再耍嘴皮子，抬手摸摸臉，笑道：「沒關係！狗肉是香肉，想不到連『送肉觀音』的腳亦香噴噴！」

「嗳喲喲，有戲唱了！」刀疤德搧風點火，附掌喊道：「阿火還不快叫『妹夫』？」

幾個大人像孩子般你一言我一語再鬥一陣嘴，哨牙炳結了帳，各自歸家，阿火說：「炳哥，明天重陽節，聽說虎豹別墅開門賀節，我想帶阿冰去瞧一瞧。」

哨牙炳點頭道：「嗯，先顧好阿冰，客棧那邊我派人打理。」

夜裡躺在床上，哨牙炳揉著右頰，回味適才的唇槍舌劍，先見到刀疤德，往左移，是阿火，再往左移，是阿冰，然後便定格在她的臉上。阿冰的眼神是那麼篤定，彷彿堅決相信自己所相信的一切，更不容許別人不相信，無論你是男人，或者狗。自己平日遇見的女人總是任由擺佈或扭扭捏捏，汕頭九妹可不一樣，有話說話，誰都休想佔她便宜。刀疤德其實說的對，爛佬愛潑婦，相沖相撞裡面有刺激，刺激裡面有不服氣，不服氣了，便想要征服。

胡思亂想了一會，阿炳的腦筋開始迷糊，朦朧裡見到兩顆圓滾滾的黑珠子，不確定是阿冰的眼珠還是算盤裡的木珠，他想像自己伸手調撥，黑珠子卻上下擺盪讓他摸個空，他急了，兩隻手一起往前抓去，黑珠子卻跳動得更急，像跟他捉迷藏。他沉著氣唸起珠算訣詞，八退一還二、六一下加四、見三無除作九三、無除退一下還六……。黑珠子慢下了節奏，他也在單調重複的訣算聲浪裡墜入夢鄉，夢裡，有個人影，分不清是母親抑或是這個夜晚自己初遇的那個人。

第二天哨牙炳也到了虎豹別墅。本來沒這打算，不過吃過早飯，走往麻雀館時記起有一樁堂口的小事情忘記向阿火交待，明明可以等他回來再說，此刻卻似有無數的螞蟻在心裡鑽爬，非立即找著阿火不可。於是跳上電車孜孜屹屹地坐往銅鑼灣方向，不知何故覺得車速比平日慢，路軌在前頭延伸彷彿漫無止境，好不容易熬到了站，等不及停定他已縱身躍到路面，三步併兩步地朝大坑道山上走去，抬頭遠遠望見那座高聳入雲的白塔，忍不住對自己說，是這裡了，他們一定要在這裡，她一定要在這裡。

白塔稱為「虎塔」，樓高七層，在虎豹別墅的花園西南方。花園稱為「萬金油花園」，一部分是西式宮廷設計，一部分是中式庭台樓閣，近日落成了一座七層高塔，主人家高興了，選定重陽節開放遊賞。主人是胡文虎和胡文豹，祖藉福建的客家人，父親胡文欽在緬甸賣藥致富，兄弟二人承繼祖業，開發了萬金油、八卦丹、頭痛粉等不同名目的成藥，發了大大的財，南洋和中國華南都是他們的地盤。胡家三十年代移居香港，在大坑道十五號建了虎豹別墅，大坑道在山上，沿途都是到別墅趕熱鬧的人，陰沉的天色殺不了他們的興緻。哨牙炳忽然想起陸南才曾對他說，堂口生意日後做得好，要跟哥哥陸北風合建「南北別墅」，也設花園，園內設置一百零八張桌子，任由孫興社手足無日無夜地打麻雀和賭牌九。哨牙炳又想，那麼，自己呢？萬一發了財，是否亦該找個人共用名字蓋屋建園，在天地之間豎起一個結結實實的立腳點？至於為什麼要這麼做，一時之間他也說不上來，只覺得這瞬間確有這樣的渴求，或許，世上有些事情你本來以為自己不要，但其實只是尚未遇上對的人、對的時刻，一旦碰見遇見，所有可能的念頭都會冒起。可是如果再問怎樣才算是「對」，恐怕又有另外一番糊塗，唯有自己說了算。

哨牙炳有點悵然，吸氣穩住心神，提起腳步繼續往虎豹別墅走去，不算遠的路程，卻感覺走了好久好久，好不容易到了大門，門外豎立「萬金油花園」的紅彤彤牌坊，園裡人頭湧湧，四周牆上印著醒目的「萬金油」老虎商標圖案。哨牙炳暗笑，如果做了老闆，自己的生意商標肯定要用兩隻門牙。

花園裡，孩子們跑來鑽去，父母叫著嚷著把他們拉回身邊，罵聲哭聲此起彼落。庭園到處佈置著石雕，都是豬白兔聯婚、西天取經、八仙過海之類的民間神話塑像，哨牙炳伸長脖子東張西望，竟也似個迷路幼童，慌張，恐懼，一顆心提到嘴邊。終於見到橋邊站了個身穿灰布短打、頭戴草帽的胖子，背向他，但一看頸上露出的肥肉便知道是阿火，不過身旁沒有阿冰。哨牙炳急步走近，阿火道：「咦，炳哥，你怎麼跑來了？我在找阿冰呢。人多，擠了幾下，失蹤了。」

兩人分頭尋找，阿火往虎塔，哨牙炳到迴廊旁的山洞，洞裡刻滿壁畫，由低到高都是青面獠牙的鬼頭馬面和一個個赤身露體的人，射燈照到牆壁上，遊人此進彼出地在燈前走過，光線忽明忽暗地令畫像似在晃動手腳。他定神看清楚，原來是十八層地獄的慘厲刑罰，拔舌地獄、絞剪地獄、鐵樹地獄、銅柱地獄、火山地獄、刀鋸地獄、血池地獄……。因果報應都在這裡了，虎豹別墅的主人用心良苦，開放花園主要是為了向世人宣導善念，善惡到頭終有報，只差來早與來遲，忘不得。哨牙炳是首回來此地方，看著望著，暗想自身是無惡不作的堂口人，死後不知道會墮落到哪層地獄，難免額上滲汗，心頭緊了一下。這時候有一道聲音從洞穴遠處喊過來：「炳哥，快來！」

哨牙炳望過去，是高大顯眼的阿冰站在牆邊向他招手。她今天把頭髮紮成了辮子，從頸後垂在胸前，身穿粉藍色對襟上衣，黑綢袂，黑鞋，鞋面繡了幾束紅花，地上射燈的光線剛好打到腿上，看在哨牙炳眼裡像騰雲駕霧而至的仙女，只要揮一揮手，不費吹灰之力便可把他從煉獄深處救回人間。

他三步併作兩步走過去，阿冰伸手對他指了指旁邊的壁畫，上面有十多匹凶神惡煞的牛前後左右亂衝，有人被撞拋到半空，有人被踩在蹄下，有人被咬在嘴裡，牛群四周是紅彤彤的火，畫旁有個刻著說明的小牌子：「第十層，牛坑地獄，旨為畜牲伸冤，殺生者墮入此獄，永受牛虐之苦，不得超生！」

阿冰伸出舌頭，故作誇張地說：「我還以為下輩子會做狗被人又殺又吃，原來根本冇得投胎！」哨牙炳打算安慰她，說出來的卻是：「被牛踩死好過被狗咬死吧？死得比較痛快。」阿冰倒被逗笑了，道：「說的也是，人生求的不過是痛快，怎麼個死法，還不都是死！」哨牙炳也笑。她卻又恐嚇道：「炳哥你別高興，你也好不了多少。過來瞧瞧，這邊！」

阿冰揚揚下巴示意他望向另一幅壁畫，第九層，油鍋地獄，嫖娼賣淫，盜賊擄掠，恃強凌弱，死後統統被小鬼扔進鍋裡承受滾油沸騰之報，又是永不超生。她一面撫弄胸前髮辮，一面開玩笑道：「好哇，原來我們是鄰居！有空多串門子，有伴便不寂寞。」哨牙炳的心被「寂寞」兩個字撞了一下。這些年來飄泊忙碌，不管晚上在客棧裡如何把女人征服在胯下，洩了之後總覺心底空蕩蕩似被挖開了洞，渴望能夠盡快填滿，然而無論再找幾個女人，依然覺得強烈的飢餓，不是胃，是心，他從未認真想過那是什麼道理，如今被這樣的壁畫重重包圍，面對這樣的一個篤定女子，他恍然領悟原來孤獨就是地獄煉火，然而只要有人相陪，多多少少有了抵受的能耐。

於是他大著膽子仰臉向阿冰回道：「沒問題，奉陪！」

阿冰啐了一聲，走出洞穴往找阿兄，兩人來到橋邊，阿火悠然自得地蹲在地上啃著甘蔗。其後三人同逛虎塔和其他園景，從虎豹別墅高處往下遠眺，夕陽斜照銅鑼灣海面，漁艇和貨輪在粼光閃閃裡若隱若現，哨牙炳錯覺自己亦是站在船上，只待風起帆揚便可啟航。

阿冰在香港遊玩數天，阿火心裡有數，故意說自己要在客棧看管幾個新來的姑娘，央請哨牙炳陪她，但開了個過份的玩笑：「炳哥，照顧歸照顧，可別監守自盜啊！」

哨牙炳沉下臉，反應激烈地罵道：「你老母！你把你妹看什麼人？你把我看成什麼人？你……」但馬上心虛，說不下去了。自己是什麼人？不就是每天不來客棧找姑娘便睡不著的人？在堂口兄弟面前，他沒資格裝正人君子，但玩笑開到了阿冰頭上，他深深覺得冒犯。

阿火自知失言，吐舌道：「你們是金童玉女嘛，我只擔心你們情不自禁……」

「仆街！」哨牙炳掄起拳頭作勢捶打，阿火連忙頭耷耷逃開，邊跑邊喊：「炳哥跟『汕頭九妹』的打狗棒果然相襯呀！」

哨牙炳向其他兄弟打聽了吃喝玩樂的好地方，帶阿冰搭纜車到太平山，在山頂餐廳吃冰淇淋，一杯三毫子，好貴，心疼死了，但疼得舒坦。又到東區遊樂園聽潮劇，阿冰專心欣賞舞台上的出將入相，哨牙炳半句也聽不懂，但其實根本沒在聽，只顧如看戲般定神望著阿冰眼睛裡的鑼鼓喧天。那夜散場後，兩人搭電車沿英皇道返回灣仔，有個婦人牽著五、六歲的孩子穿越路軌，司機連忙煞車，探頭到窗外高聲喝罵，孩子嚇得哇哇嚎哭。他們並肩坐在電車上層，車身猛烈搖晃，阿冰半個身子傾斜跌撞到哨牙炳胸前，一陣髮香飄進他的鼻孔，他錯覺得被摔到車外，滿腦的天旋地轉。面對客棧的姑娘，他是如此淡定，然而此刻在阿冰旁邊，他自覺比孩子更脆弱，不知何故竟對她憶述小時候的事情，更不知何故，這一回，沒說半句大話。阿冰怔怔聽著，遊玩了一整天，臉容疲憊了，眼睛卻仍明亮，至少看在哨牙炳眼裡如此。待他說完，她眉頭一皺，咬牙道：「換作是我，一棍把那個什麼蝦米叔打死！」

「沒必要吧？他和我阿母只求開心，他們沒有錯。」哨牙炳搖頭道，望向車外，霓虹招牌閃亮著「英京大酒家」五個字，先前下過雨，門前積水倒映著藍色橘色的破碎光影，像無數的前來偷聽的小蛇。

她的眉頭皺得更緊，質疑道：「可是你阿父不開心啊！你也不開心吧？」

「開不開心是自己的事情，總不能因為自己不快樂便不准別人快樂。懂得找樂子才對得起自己。」

阿冰嘟一下嘴巴，調侃道：「是啊，那麼祝炳哥日日過得開心。」

哨牙炳愣住，覺得她認定他是「狗公」，心裡湧起羞愧，臉色紅了一陣，又白了一陣。阿冰亦不言語，暗暗想著關於快樂的事情。她順著哨牙炳的視線望去，見到兩個洋水兵從史釗域道遠處走到莊士敦道交界，騎樓旁馬上有七、八個穿著短旗袍的中國女子湧前包圍，嘰嘰喳喳說著她聽不懂的英語，她想起家鄉狗棚裡在籠子內搶著吃肉的狗，然而眼前的明明是人。於是她又忍不住問：「炳哥，客棧的姑娘也開心嗎？」

哨牙炳迷惘了，他從未想過這問題，唯有老實回答：「我不知道，我真不知道。」半晌，猶豫地說：「我猜……應該會吧。」

阿冰不以為然地笑道：「哎唷，炳哥是堂口大佬了，竟然還這麼天真。她們為了賺你口袋裡的鈔票，唔開心也要裝開心！」

「唔好意思，我不是大佬，南爺才是。我只是『草鞋』，只是二把手。」哨牙炳忙不迭地澄清。堂口規矩等級，切切不可亂了章法。

「管你是草鞋皮鞋，反正就是有權有勢、有刀有槍，別人肯定怕你！說不定終有一天炳哥自立門戶，連南爺都要喊你大佬！」阿冰開玩笑道。

哨牙炳不斷搖頭耍手，連想也不敢想像這江湖大忌。

阿冰卻不放過，繼續逗他，問道：「那麼，炳哥打算一輩子行走江湖？」

「這……再看看吧……時勢這麼亂，日本佬隨時進攻香港，可能明天，可能明年，有命熬過了戰爭再說。搞不好一個炸彈射過來，明年的今天我已經在第九層地獄了！」哨牙炳惘然道，眼睛仍然眺望遠處的旗袍妹和洋水兵，暗忖總不好意思告訴阿冰，自己以前有過開妓寨的如意算盤。

「好哇。我在第十層地獄等你，作個伴，不愁寂寞！」阿冰道。

兩人相視而笑。哨牙炳的腦袋卻又被敲了一下，回想當初開妓寨只是為了搞姑娘，如今看管著孫興社的八間妓寨，要多少姑娘有多少姑娘，願望達成了，卻忽然有幾分手足無措，像搭船靠了岸，有了莫名其妙的空虛。以前沒有的，只不過這一刻，有了。

哨牙炳偷瞄阿冰側臉，她白天用手帕紮起馬尾，夜裡取下手帕，微風陣陣吹得頭髮散亂到額前，忽隱忽現的輪廓使人看不清楚她是孩子抑或大人。哨牙炳覺得應該說些認真的話，於是認真地撒了個謊：「其實，我想多搵些錢，辦個免費學校，我自己讀書不多，倒希望其他孩子有機會多讀，尤其我的孩子。」

阿冰默默地低頭，嘴角盡是春天的暖意。哨牙炳突然發現她襟前的一顆鈕釦鬆脫了，招牌燈光從窗外映射進來，從他坐著的角度，透過縫隙可以窺見她的胸前丘壑。他心裡怦然跳了一下。奇怪，有什麼女人他沒見過？燕瘦環肥，多肉的少肉的，大的小的，尖的圓的，看在床上老手眼裡已無稀奇。然而眼前的人偏偏不太一樣。並非形狀不一樣，而是在哨牙炳的感覺裡，其他女人的胸是刺激挑逗，阿冰卻剛相反，像石河鎮前的靜靜的小溪，溫柔地，流著。他感受到一種從未有過的幸福。

電車忽然恢復前行，兩人沒再言語，各自在心裡盤算未來。阿冰托腮坐在窗旁座上，電車駛近灣仔道，繫在襟邊的白底碎花手帕不小心被風颳走，她「呀！」了一聲，伸手抓兜，上半身俯到車廂外，哨牙炳連忙把她攔腰抱住，然後不知道從哪來的膽量，雙手握緊窗框上方，兩腿一撐，身子一扭，瘦削的身軀竟然從狹窄的車窗間穿過，鬆開手，整個人躍跳到車外，阿冰來不及阻止，幸好車速緩慢，料想他摔到地上亦不至於有大礙。

然而此時電車旁邊湊巧有人拉著黃包車，哨牙炳轟隆摔到綠篷車頂，腰身被重重撞了一記，再掉到地面。電車繼續前行，阿冰央求司機停住讓她下車，她急步跑回原處，見到哨牙炳已經站起身，彎身扶腰跟車伕理論，臉上滿是歉意。瞄見阿冰，他立即挺胸道：「沒事，別擔心，我沒事，唔好意思……」這是他的口頭禪，「唔好意思」，彷彿無論發生什麼事情，都是他有錯，都是他對別人有所虧欠。

車伕瞄她一眼，說：「姑娘仔，你真有福份，炳哥平時好惜身，現在肯跳車為你搵命搏，冇得頂！有事的只是我的車，篷頂裂開了……」

「別囉唆，快走！」哨牙炳在旁打斷車伕，急不及待催他離開。「明天下晝到麻雀館拿錢，賠給你！」他並非因為闖禍而難為情，只是擔心車伕洩露秘密，連忙把他趕走。哨牙炳在江湖廝殺裡通常走在其他孫興社兄弟的後頭，有一回更被敵方持棍棒追打，抱頭鼠遁，趴在黃包車下避難，被車伕發現了，一直成為他們之間的笑話。車伕點下頭，扶起車把手，慢慢把車拉遠，篷頂脫落的竹架吱吱啞啞地左搖右晃。哨牙炳憨憨笑著，阿冰見到攥著他手裡的她的手帕。他不惜一切撿回了。

哨牙炳右側腰間瘀腫疼痛，但仍一拐一拐地陪阿冰走路回到她哥哥的住處，之後才回堂口總部找兄弟替他敷藥，熱呼呼的藥氣把他灼得嘩嘩痛叫，這一刻哨牙炳非常驚訝自己剛才的勇氣，想也沒想便跳到電車外面，簡直像跳火坑。於是得意地笑了。兄弟探問受傷原委，他亂吹牛說遇上「潮安樂」的仇家，以一敵五，雖然把對方打跑了，卻亦掛彩。

敷藥後，他到閣樓辦公室找陸南才，南爺正在清點當天帳目，見他用手扶著腰，調侃道：「今晚又搞咗幾個女人？搞到腎虧？」

他拉過一把椅子，一屁股坐在八仙桌前面，若有所思地雙手抬腮，眼睛望向帳本上縱橫排列的數字，但見到的其實只是阿冰在電車上的側臉。

「搞到樹晒，連嘢都講唔揿到[1]？」陸南才冷笑道。

哨牙炳瞄見桌上碟子裡擱著幾條濕毛巾，他撿起一條，使勁抹臉、頸、手，微溫掃過皮膚，巾面沾上灰蒙蒙的污垢，令他更覺得自己髒。他執起另一條毛巾，敷到臉上，含糊地說：「南爺，有冇諗過娶老婆？」

陸南才暗暗吃了一驚，猜不透哨牙炳此問的用意何在。莫非他打聽到什麼？跟張迪臣有關？張迪臣是香港的英國警察，是陸南才的好朋友；好，非常好，好得不可告人。

哨牙炳見他沒答話，追問道：「孤家寡人，不是很無聊嗎？」

陸南才定了定神，說：「無聊？阿炳，江湖飯是提著腦袋做買賣，今天唔知明天事，稍微大意即死無葬身之地，哪裡心情談無聊不無聊？我自己死無所謂，但不想連累幾百個兄弟陪葬。娶老婆？哼，你們是我的兄弟，也是我的家人、是我的老婆、是我的兒子、是我的孫子！」

「不一樣！不一樣！老婆就是老婆，是陪你做人世的女人……」

陸南才提高嗓門，假裝動氣地打斷哨牙炳：「是鳩但啦！夫妻也好，兄弟也好，人生短短幾十年，始終係一個人來、一個人走，有緣份就一齊走，冇緣份就走擔開，不必說是誰陪誰。夫妻就是冤家，我陸南才寧願多要幾個仇家，仇家可以打打殺殺，唔係你死就係我亡，冤家卻頂心頂肺，到最後攬住一齊死，送給我也不要！」

以進為退，果然堵住哨牙炳的嘴巴。

陸南才明白此時應該退回一步，道：「呵，你找到對象了？聽兄弟們說你最近都在陪阿火的妹妹吃喝玩樂，那個殺狗的。看來，你們好起來了？別說南爺不提醒你，女人好擔小器，娶咗老婆之後，唔係唔搞得，但終究冇搞得咁自由。」他忽然想起好朋友仙蒂昔日對他說過的一句話，這時候最適合轉贈給哨牙炳。「之但係，偷偷摸摸反而更刺激，有秘密反而更過癮！」

哨牙炳一邊思量陸南才的話裡意思，一邊喃喃地說：「我從未想過娶老婆。可是，人會變的，不是嗎？會的，人會變。」

「今日變成這樣，明天也可以變回那樣。變唔變，變成點，是鳩但啦！」

註釋

1 搞到槲晒，連嘢都講唔擔到：搞到筋疲力盡，連說話也沒力氣。

四．賭王與賭魔

阿冰依諾跟隨親戚往澳門「劏狗環」打工，佛山號晚上十一點半啟航，哨牙炳送她到西環碼頭，一路上替她提行李，她說：「這幾天害炳哥破費了。如果來馬交[1]，我劏隻最肥最壯的狗請你吃。」

因為阿火在旁邊，哨牙炳故作輕鬆地說：「好啊，我過江搏殺，贏錢之後順道找你。可是別吃狗肉了。要吃葡菜！我還未開過葡國洋葷呢！」

由於早已聽聞澳門洋妓遍地，阿冰過敏地覺得他是一語雙關，臉色沉下，從他手裡奪回行李，轉身跨步踏啦踏地登上客輪。但哨牙炳突然把她喊住：「阿冰！」然後囁嚅道：「你覺得我點呀？」

這麼直接，這麼愕然，阿冰一時之間不知道如何回答，提著行李的手有點發抖。半晌，始背向哨牙炳道：「你，是隻哨牙的狗公！」

哨牙炳笑了，阿火也笑了。但笑得最甜的終究是阿冰。佛山輪啟程在即，可是她明白自己的心已經被一根繩子輕輕地卻結實地絟在岸邊。

佛山號航程四個半小時，阿冰在三等艙的窄床上輾轉反側，睡了又醒，醒來再睡，終不成眠了，乾脆起身走到船尾甲板上吹風。船桅和四周欄杆吊掛著小燈，有個男人蹲在光線映照不到的門邊角飲泣，聽聲音是個中年人，黑暗裡只隱約見到他抱著頭，臉埋在手掌裡，肩膊起起伏伏地抽搐。她當然不敢多管閒事，只靜靜地站在欄杆旁邊，背向他，望向漆黑一片的大海。哭聲漸趨微弱，再後來，完全停止了，飄來一陣菸臭，男人顯然冷靜了下來，她背後傳來細細的嗞嗞的抽菸聲響。阿冰猜想可能由於她的出現，他不好意思再哭下去。或者是因為只要身邊有人，無論是誰，不管認不認識，或者有沒有說話，就只要有人陪著，在這樣的夜裡，縱使傷心亦未至於絕望。

阿冰站在船杆旁把半張臉埋在深藍色的毛圍巾裡，那是哨牙炳送給的禮物，那天逛中環花布街看中了，他搶著付錢。阿冰心裡是有數的，幾天相處下來，她對男女事情再笨拙亦能感受到哨牙炳的心意，他喜歡她，她明白，鐵嘴陳說「良人在遠方」，真靈驗了。但哨牙炳是爛佬啊，爛佬怎麼會是良人？她從她哥哥口裡打聽過哨牙炳的為人，愛嫖愛賭，她想不透為什麼這樣的男人會對自己感興趣，恨不得把他拉到面前問個清楚明白，他對她好，到底是把她看成其他女人，抑或是因為覺得她有別於其他女人。

陣陣寒風吹來，阿冰打了個哆嗦，天空黑壓壓無月無星，船燈照到海面，銀白色的浪花似無數的尖鈎在浮浮沉沉，她像一尾小魚，只要張嘴便被釣走。她閉目讓海風掃颳眼簾和前額，幻想著將來的計劃，先在澳門殺幾年狗，手頭有了積蓄便自己開設屠場，但不再操刀了，只做老闆，待手裡有更多的錢，連狗也不殺不賣了，找門路做其他生意，手上不願再有狗的血腥。是回汕頭做呢，抑或該去香港？

想到香港便又想哨牙炳。過去幾日跟哨牙炳在香港來來去去，心裡有說不盡的感激，只不過羞於啟齒。在汕頭的男人都懼她、笑她、避她，沒想老遠來到香港竟然有人對她這麼慇勤周到，難道不是命中有數？對啃牙炳，她是感激的，可惜他不像個有大志的男人，而且愛滾[2]。但如果，她只是說如果，能夠繼續下去了，他願意為她放棄其他女人嗎？做得到嗎？萬一做不到，還能算是「良人」？但會不會是，良人也好，爛佬也罷，只要是你想要的，便夠了？是自己要的，再爛的佬亦是良。自己不是對刀疤德說過「只要是老娘愛的，狗公也比男人好，如果老娘不愛，再好的男人亦不如狗公」？自己的話不算數？世上有些事情恐怕說時容易做時難，替別人籌謀可以輕鬆瀟灑，為自己打算卻三心兩意。

阿冰不禁悽楚，側著臉靠在手肘彎上，手肘擱在欄杆上，在搖搖晃晃的甲板上恍恍惚惚地睡去。心裡，夢裡，她只看見一個人的影子。牽掛和想念足以淹沒所有的問號，亦足成為所有答應的理由。她在思念的波濤裡沒頂，分不清楚是折磨抑或快樂。

澳門半島的南方海邊有個半月形長灘，都是粗黑的沙石，所以叫做「黑沙環」。因附近集中了許多屠狗場和狗肉攤，又稱「劏狗環」。葡萄牙人在十六世紀賄賂清廷官員租借了澳門，過了六、七十年，荷蘭人前來搶奪，在黑沙環登陸時發現層層疊疊地堆積了支離破碎的狗屍，噁心得蹲下嘔吐不已，又以為是葡萄牙巫師下的魔咒，驚恐得全部退回艦上。荷蘭人在二十五、六年間進犯澳門五回，五回皆輸，終於在一六二二年放棄，北上改攻台灣。葡萄牙人繼續統治澳門，劏狗環繼續興旺，三百多年來都在，橫橫豎豎的幾條巷子都被喚作「劏狗環巷」，一巷二巷三巷四巷都是殺狗賣狗的場子，阿冰在「肥財記」狗棚打工，左右幾間都是汕頭鄉里做老闆，晚上關閘打烊，男的泡茶抽菸，女的聊天談笑，日子過得千篇一律，但阿冰有著難以忍耐的期盼，——到達澳門後第八天已經接到哨牙炳來信，說「這陣子我替南爺辦事忙碌，約定十一月四日，事辦好了，我來澳門看你，清晨到達，希望接船」。

接信那天才是十月廿一日，還有整整十四天，阿冰恨不得一口氣撕掉掛牆日曆上的十四頁紙。蹲在狗棚地上，她高舉屠刀不斷斫劈狗身，幻想每斫一刀便是劈去一天，手起刀落，速度越來越急，力度越來越猛，然而無論怎樣用勁，在停手的時刻瞄一眼日曆，數字卻仍一樣，太陽早已下山，她從來不曾如此盼望太陽重新升起。

阿炳要來，她得準備，硬著頭皮向老闆財叔請假，佯稱來的是哥哥。肥頭大耳的財叔蹲在狗籠旁邊，仰臉和善地說：「可以啊。咦，要不要我先帶你到處走走，讓你熟識一下澳門？」阿冰覺得是好主意。在「肥財記」打工，財叔從第一天已經對她百般慇勤，親戚也發現了，把她拉到旁邊道：「老闆對別人說，你的長相像他的已經不在的老婆。」她不好意思追問細節，反正佔了便宜，算是死去的人前世欠她。

翌日下午忙完狗棚的工作，財叔趕在太陽下山前騎腳踏車搖搖兀兀地載阿冰由劏狗環到海邊的媽閣廟，她上香祈福，求媽祖娘娘庇佑自己跟哨牙炳能夠開花結果。親戚跟她說過五百年前葡萄牙紅毛鬼前來澳門，登岸見到的便是這座供奉天后娘娘的媽閣廟，媽閣媽閣，叫得順溜了，便把這名字當成了整個小島的地名「Macuo」。之後他們再到附近的「大三巴」，財叔說幾百年前是洋人的聖堂，一場大火燒光光了，大門卻孤零零地屹立不倒，高聳入雲，望上去像唐人的節慶牌坊。教堂原名聖保祿，唐人用紅毛語的發音喊它做「三巴」，再加個「大」字以示宏偉，久而久之已經無人記得它叫什麼東東了。

晚餐在路邊吃過雲吞麵，財叔建議載她到新馬路的中央酒店賭場開眼界，阿冰禁不住好奇同意。自英國佔領香港後，澳門的貿易生意一落千丈，紅毛鬼乾脆讓唐人競投牌照開賭，金碧輝煌的酒店和賭場遍地開花，鴉片和娼妓亦在其中。

一九四〇年的澳門總督當然是葡萄牙佬，但卻等同地下總督，民間百姓只聽他的。傅老榕原名傅德用，從佛山到香港，再到澳門，混江湖，撈偏門，出入牢獄，歷經幾番腥血風雨後終成正果，控制了澳門的大多數賭場，中央酒店是他的，十六號碼頭是他的，德記船務是他的，煙館妓寨更是無數。傅老榕手下第一猛將葉漢，廣東新會人，家裡開的是陶瓷店，父親早晚把陶具瓷器拿到他耳邊，再用手指關節輕輕敲碰，從小訓練他透過聲音辨別質地差異。長大後的葉漢卻把練出的一對好耳朵用來聽骰，能夠從骰子在木桶裡的滾動聲音判定點數大小。他亦目光銳利，不管你把牌九如何混亂堆疊，他的眼珠子跟隨你的手勢左右挪動，你停手後，他能一口說出三十二張牌的準確位置。傅老榕有「賭王」稱號，葉漢則被喚作「賭魔」。財叔滔滔不絕地講說賭王和賭魔的江湖傳奇，跨腿騎在腳踏車後座的阿冰問：「你不好賭？」他鬆開握著車把的左手，苦笑道：「戒了。戒了三年。」

財叔左手的無名指和尾指都缺了一截，阿冰剛來「肥財記」工作時已經看見，但沒料到跟戒賭有關。廣東人常說「斬手指戒賭」，看來是真的。不必阿冰探問細節，財叔自己說個一清二楚。十多年前他從汕頭到澳門屠狗謀生，娶了個也是殺狗的老婆，生了孩子，但他染上賭習，欠下一屁股債，還清了，再欠，一咬牙，砍下自己的尾指，對天發誓戒賭，然而戒不了兩個月又去了賭場，又輸了，周而復始，終於把老婆氣得神經錯亂，半夜三更抱著兩個孩子到路環往海裡跳。財叔悲慟至極，再斬斷無名指，幾乎流血不止死在路旁，幸好總算戒掉賭癮，三年了，修心養性做老闆。阿冰問：「咁點解你仲帶我去賭場？」

他道：「自己不賭，不表示不可以看別人賭呀！我偶爾仍會去賭場，但就只是站著看，瞧瞧那些賭鬼的衰相，心就怕了，想起自己從前跟他們一模一樣……」說到這裡，財叔突然哽咽，說不下去，只用兩個字結束：「賤格！」

阿冰心頭酸了一下，為他感到酸楚。單車在石路上顛簸前行，葡萄牙人喜歡在市區用圓鼓鼓的鵝卵石築路，周遭樓房門牆大多漆著鮮艷奪目的顏色，橘、藍、綠、紅、黃……路名和門號刻鑲在方方正正的小瓷磚上，白底滾著藍邊，她在搖搖晃晃裡本有睡意，卻因眼花繚亂，實在捨不得閉上眼睛。

終於到了中央酒店，大堂站滿了煙視媚行的女子，濃烈的菸臭嗆得阿冰連連咳嗽，她跟在財叔背後走進人頭湧湧的賭房，咤喝不絕的聲音像浪濤澎湃拍打她的耳朵，她察看四周賭徒的臉、眼、嘴，彷彿無不抽搐得扭曲變形，分不清楚是痛苦或亢奮。財叔忽然在她耳邊說：「你看，比我們的狗還可憐。狗其實知道自己會被劏割，這些人死到臨頭卻仍朦查查[3]！看他們這副模樣，我開心死了，明白自己脫了苦海，升天了！」未待阿冰回話，他又說：「怎樣？在神仙旁邊，你也算是半個仙女了，願意吧？」

阿冰愣了愣，一時摸不透他的意思，不遠處卻突然爆出嘈雜的起鬨，似乎有人冒領賭桌上贏了的押注籌碼，被揭發了，打手們過來把他揪住教訓。她心慌，拉一下財叔衣袖，要求離開烏煙瘴氣的賭場。財叔領她走回酒店大堂，迎面是一群又一群的賭客，眼神夾雜亢奮和焦灼，像一群又一群的餓鬼爭先恐後趕進靈堂。

在返回狗棚的路上，阿冰一路盯住財叔的粗厚背影，被打從心底冒起的憐憫心嚇了一跳。家破人亡，他如何承受這樣的痛苦，活下來，熬下去？有這樣的遭遇，是因為他的營生行當？物傷其類，難免更感淒涼，黑夜裡，彷彿同是天涯淪落人，另有一種隱隱的親。

財叔後來又騎單車帶阿冰逛了兩回澳門。去了觀音堂，去了松山炮台，去了主教山，也嚐了葡國菜，新奇是新奇，阿冰卻都覺得比不上咱家的汕頭白飯魚和鹵水鵝頭。

終於到了十一月三日，阿冰從早上一直在心裡催促時鐘走得快些、再快些。到了下午，財叔說：「你親戚明天來了，我們今晚再出門走走？」兩人到亞美比盧大馬路的新記菜館吃禾花雀和禾虫，財叔挑了幾瓶葡萄牙啤酒，阿冰嚐了一杯，覺得味道像甘蔗水。

飯後再到盧九公園散步，財叔對她說了許多澳門街[4]的怪異事情，例如曾經有個澳督老婆在蓮峰一株樹上吊死，樹旁幾畝地從此寸草不生，並且常有女人夜哭。又如皇子巷有間「豬仔館」[5]大火燒死了一百多個苦力，都是客家人，附近一帶的孩子竟忽通曉客家話，更接連無故死亡，直到有人老遠從廣東梅縣請來道士開壇作法始得平安。類似傳說其實阿冰在汕頭自小聽過不少，所以她直望財叔的眼睛，說：「我不怕。冤有頭，債有主，如果以為冇報應，只係自己天真。但我不明白，假如怨氣這麼重，為什麼不直接找仇家討命？去搞那些樹和小孩，不太公道吧？」

財叔聳肩道：「或者時辰未到。又或者做鬼跟做人一樣，怨氣歸怨氣，不一定有辦法隨心所欲。有多大的能耐便做多大的事，無法子。所以鬼也會欺善怕惡。」他瞄阿冰一眼，突然問：「喂，你以後想做什麼事？想不想當老闆？店頭近兩年的生意不錯，我打算到新馬路那邊開一間更大的，希望找個穩當的拍檔，可惜身邊的人都不太可靠，你跟她們不一樣……真的……不太一樣。」財叔搖晃一下只剩三根指頭的左手掌，笑道：「放心，我痛改前非了。我不想再斬手指！我也跟以前不一樣！」

這麼的單刀直入，阿冰被問得腦海一片空白，心底卻熱烘烘地像火燒草原，幾乎聽見噼哩啪嘞的響聲。怎麼會這樣？千山萬水離開家鄉，遇見香港的哨牙炳，又遇見澳門的財叔，到底誰才是鐵嘴陳說的「良人」？她心頭一冷，迷茫了，但更多的是燙燙的感動和激動，老天竟然讓她有了選擇，這是打從有記憶以來，她可以選。阿冰嘴角掛著滿足的微笑，天色暗淡，財叔看不見。

兩人坐在花園的長椅兩端上，阿冰別過臉望向池塘，塘面有兩、三對鴛鴦，無所事事，就只是一起浮盪，守候著彼此的守候。她未料過這樣突如其來的表態，沉默地坐著，心裡經歷了一番冷熱折騰，無比地疲憊，腦袋卻回復了幾分清醒。剛才的心動，畢竟主要因為財叔表示喜歡她。被喜歡總是高興的事情，而當高興來得過於急促，面目容易模糊，分不清楚是心動抑或只是感動。但這並非說財叔沒有可以讓她喜歡的地方，他洗心革面，有了自己的計劃，跟在他身邊應該能有定安的日子。至於哨牙炳，完全是另一類人了，江湖闖蕩，有今天，冇明日，做一天和尚敲一天鐘，何去何從根本沒有打算。而且他愛嫖，豎看直看都不是一個理想的丈夫。但他偏偏對她好，這使她感到難得，除了隔世的緣份，她想不出其他理由。但真正令阿冰堅定主意的理由是：哨牙炳出現在前，財叔現身在後，自己既然選擇了，別管了，就選下去吧。她不容許自己三心兩意。如果財叔能夠脫胎換骨變成另一個人，誰說哨牙炳不可以？他可以的，只要他願意，而且她一定要他願意。

傍晚起風了，樹葉嘩啦啦地響，似孩子的哭啼，一群雀鳥從樹林間霍霍騰飛，鴛鴦仍然在池塘裡嬉水。阿冰把吹亂了的頭髮掠向兩邊耳後，回過神，對財叔笑道：「日後娶個財嬸回家，可別讓她殺狗了。不吉利。」

財叔沒聽明白她的拒絕，以為她只是提出要求，竟道：「放心！放心！你管帳就好了！狗棚的工夫全部由我來做。阿冰，年紀不小了，得為自己想想。」

阿冰連忙解釋：「財叔，你誤會了，我是說……」

財叔卻打斷她道：「你知道嗎？望見你的第一眼，我嚇了一跳，以為你是……嗯，總之是像，非常像我我的死鬼老婆。殺狗的嫁給殺狗的，匹配。她以前也跟我一起殺狗。夫妻檔的生意，最可靠。」

這幾句話像一柄捅進阿冰耳朵的利刀，直插到腦袋深處，再拔出來，噴出了她的所有憤怒。本來對財叔有的一絲絲感恩，嚯聲像狗頭般被一刀斫斷。她向來痛恨因為劏狗而被看不起，沒想到財叔竟然也有此想法！難道劏狗的只配嫁給劏狗的？你是瞧不起自己，抑或瞧不起我？而且，像你老婆又怎樣？像，就要代她來侍候你？我是獨一無二的汕頭九妹！你想要你的老婆，跳海找她吧，何必用我取代她！

阿冰感覺受到無比羞辱，氣得兩頰漲紅，登時跳起身，伸指戳向財叔鼻端，罵道：「你……你……」氣急了，話語竟然堵塞在喉頭。於是更加生氣，壓不住心底怒火，彎身撿起地上的一根樹枝朝他額上用勁連敲幾下，財叔抬手擋隔，咚咚咚地打得他腕臂通紅，他悶聲不響，萬般不解地狠狠瞪著她。

她罵道：「你以為自己是什麼東西！不是你，我便沒人要？老娘老實告訴你，過幾天不是有親戚來找我！是堂口大佬來找我！他不殺狗，他殺人！他比你有出息！他就是要老娘！」她不確定哨牙炳是否殺過人，但此刻哪管這麼多，講了再說。

罵了，卻仍未解氣，阿冰頭也不回地轉身走出公園，才走幾步，發現手裡仍然握著樹枝，猛力一揮手臂，樹枝飛甩出去噗嗵一聲掉進池塘，驚動了那幾對悠游的鴛鴦。

註釋

1 馬交：廣東俗語慣把澳門喚作「馬交」，即 Macau 的粵語諧音。

2 愛滾：意指愛玩女人，喜歡嫖娼。

3 朦查查：糊塗得不知道狀況。

4 澳門街：澳門的俚語俗稱。

5 豬仔館：被販賣的苦力在等候登船前集中居住的地方。販賣苦力，又稱「賣豬仔」。

五．你點可以先走？

阿冰回到住處已是九點多，走了一個鐘頭的路，衣服像湯裡的豆腐皮緊緊地黏在身上。鬧翻臉，「肥財記」鐵定留不下來了，她也不稀罕留下，只望不會連累介紹工作的親戚。阿冰決定天亮便向親戚辭行並且道歉，再到碼頭接哨牙炳，先在澳門玩個一兩天，才回香港找阿兄，天無絕人之路，餓不死的。瞄一眼牆上的鐘，分分秒秒過得比平常慢，鐘面上的指針彷彿被什麼攔住，說不動就不動，至少看在阿冰眼裡不動。

打定了主意，阿冰到屋後的浴棚洗澡，用香皂把頭髮和身體抹了又抹、拭了再拭，不願留下任何一絲的狗血腥臭。回到房裡，試穿上前兩天到大馬路花了五元八角買的粉青色薄呢短外套和墨藍色綢袂，一手把頭髮攏起成髻，一手端起鏡子照了又照，終於覺得自己是個乾乾淨淨的女人。阿冰想起剛才擱了一瓶花露水在浴棚裡，匆匆忙忙跑去取回，再走往屋子，竟然發現門外樹後躲著一雙鬼鬼祟祟的窺探眼睛。她嚇得嘩聲大喊，樹後的身影立即衝過來從後摀住她嘴巴，把她推進房裡，她掄拳踢腿地掙扎，但力氣抵不住，終被那人壓倒在床邊地上磨蹭，鼻孔湧入陣陣酸臭酒腥。

驚惶裡，阿冰想起床底有個從汕頭帶來的木盒，裡面有三把肉刀，一直未拿出來使用，連忙把手探進去摸索。摸到了，謝天謝地，盒蓋並未鎖上，她用手指推開盒頂，握著了其中一把刀，臂膀使盡吃奶之力朝後揮去，嚯一聲，刀鋒斫到那人的右腿外側，他痛得像蝦子般在地上彎曲身子，但咬住嘴唇，不敢喊叫。

阿冰定神一看，是財叔！

手裡仍然握著刀，阿冰氣得直打哆嗦，叱喝道：「混帳！你把我看成什麼人！」

原來財叔離開盧九公園後往喝悶酒，思前想後，想破了頭皮也想不通到底哪裡說錯話。我只是對她示好呀！接受就好好接受，不接受就好好拒絕，斷無理由把老子轟了一臉的屁。不識抬舉！越想越吞不下這口氣，財叔雖知阿冰並非好惹，仍借酒壯膽，醉醺醺地騎車找她討個公道。

到了阿冰住處，財叔聽見浴棚水聲潺潺，這時候酒精壯的不只是膽而更是色心了，他先隔著木板門縫偷窺，看得渾身硬直，待她穿妥衣服回房，他側身躲到樹後，本來考慮就此作罷，眼睛已經佔盡便宜，其他事情便算了，留得青山在，日後再來計較，反正阿冰一天仍在「肥財記」打工，一天飛不出他的手掌。可是，頭腦雖這麼想，身體卻不受支配，慾火像兩隻看不見的魔掌牢牢握住他的小腿、大腿、背脊，把他往前推去，終於做了他從未想過要做的事情。

被斫傷的財叔此刻坐在地上，既痛且怒，把從未想過的狠話都說出口了：「把你看成什麼人？和我一樣，是殺狗的！你吃我的飯，便要聽我的！你是殺狗的人的下人！你是賤人！」當怒火燒起，所有人性的防衛皆必垮塌。

「你媽才是賤人！」阿冰喊罵回去。

財叔勉力撐起身子，用手掌壓住腿上的傷口，一拐一拐地走向屋外，嘴裡說：「臭婆娘，有種別走！我去找兄弟來，看他們把你整得連母狗都不如！到時候別來求我要你。」

阿冰的腦海「轟！」了一聲。幾個鐘頭後便要見到哨牙炳了，盼天盼地的事情怎麼會被搞得一塌糊塗。不可以，不可以，不可以！她衝前拉住財叔的袖子，但就只是拉住，真不知道接下來應該說些什麼。

財叔突然伸手扠住她的頸，把她勒得喘不過氣。他獰笑道：「怕了吧，臭婆娘？越看越像隻母狗！」

口水濺到阿冰臉上。她瞪著財叔的眼睛，眼前的他忽然變成籠裡的狗，阿冰打從跟她父親走進狗棚那天開始，便明白不可以退縮，不可以被狗瞧不起。如果連狗都瞧不起你，不如死了算——但她沒打算死。她把手裡的刀朝前一捅。

財叔劇痛，一掌把阿冰推開，臉色慘白地彎腰蹲下。阿冰站穩腳步後，再度往前衝去，蹬腿把財叔踢倒在地，一屁股坐在他胸膛上，舉刀朝小腹狠狠插進入，然後橫著向右邊切去，再扭一下刀柄，把刀鋒割向右邊。之後拔出刀子，又捅進去，又左切，又右割。宰掉你這個連狗都不如的臭男人！瞧不起我，還想來佔我身體？你連狗都不如！連狗都不如！阿冰發狂似地把財叔的肚皮切得血肉模糊，一柱滾燙的血直噴到眼上，世界於她眼裡是一片鮮紅。她騎在財叔身上喘氣，臉頰感覺一陣灼熱，是淚水。

過了一會，阿冰癱坐到財叔身旁，冷靜後，告訴自己現下並非哭的時候，急急用手背把眼淚向耳後抹去。闖禍了，她知道財叔跟澳門堂口「義華聯」的人相熟，幫會流氓不會放過她。她明白必須盡快離開，於是馬上拉出藤箱，收了幾件衣服，也把刀撿起帶走。屠狗者都有最愛惜的刀，如今刀鋒上沾的不只是狗血，她更不願棄，它保護了她，她不忘恩負義。

阿冰把藤箱抱在懷裡從「肥財記」倉皇逃出，朝十六浦碼頭走去，但不敢走海邊的石路，只在山坡草叢間低頭走著，走了一會才發現錯了方向，心一慌，更亂了，左繞右轉幾回已經不知道自己身在何處。她乾脆蹲下來，告訴自己，唔駛驚，老天爺要你老遠來到澳門，不會是要你送死，老天爺肯定會庇佑你平平安安。定過神來，正欲起身再行，竟見不遠幾有七、八條野狗在虎視眈眈，眼珠閃著鬼火般的綠光，咧嘴露齒，嘶嘶嘶地叫著，兩隻狗爪子往前趴伸，尾巴硬直豎起，彷彿隨時撲將過來。但阿冰心裡明白，那並非襲擊而是防備，他們怕她，他們嗅聞到她身上的屠狗血腥。她不禁有幾分得意，暗忖「汕頭九妹」可非浪得虛名，來啊，你們統統過來，嚐嚐老娘的刀法功夫。她從箱子裡摸出利刀，握在手裡向野狗晃一晃，他們登時躍後幾步。阿冰啐道：「哼，這樣就怕？無膽匪類！」

她像孩子玩遊戲般慢慢蹲著腳步往前走去，她走一步，野狗後退一步；她走兩步，野狗後退兩步。她索性站起身，瞪眼咬牙地說：「識相便帶老娘到碼頭，否則不饒你們！」

野狗彷彿聽得懂，竟然同時轉身跳躍從草叢左方跑去，還邊跑邊吠吠嚎叫，似在提醒她：「跟我們走！這邊！快！」

阿冰連忙把刀塞回箱裡，沙沙沙地踏著亂草往前衝，野狗遠遠跑在前頭，她跟不上，眼睜睜看著他們消失在草叢的黑暗裡。已經走到這地步，她不管了，繼續前行，她相信野狗不會，不，是不敢騙她。果然沒過多久已經看見遠處有燈。她立住腳步，野狗早已跑得無影無蹤，但她仍然對著空氣說：「多謝！你們比人更有情有義！」

阿冰走到十六浦碼頭已是深夜，不敢投宿客棧，瑟縮在附近民居的樓梯間抱膝休息，梯間無燈，在徹底的黑暗裡只有嘭嘭的心跳聲響陪她醒醒睡睡，終於，天色雖仍黑沉沉，但遠處傳來響亮的客輪笛號，她知道船已泊岸，她期盼已久的十一月四日來臨了，只待海關職員在天明時上班，輪上乘客便可登岸；終於，一路上忍住的眼淚奪眶而出，她准許自己痛快地哭了。

哭了不知道多少時候，天空開始微亮，阿冰提著箱子用最快的速度走碼頭，為掩人耳目，她用一幅白色絹布包裹頭髮，蓋住了半張臉，她痛恨用這樣的狼狽面目跟哨牙炳重逢，但她更擔心的是見不到哨牙炳。等了大概十多分鐘，搭客陸續從碼頭鐵門後面步出，一個個從她身邊走過、走遠，走了一個搭客便似在她身上輕輕割了一刀。怎麼還未見他？

一個，一個，再一個，因為緊張已久的緣故，阿冰微微覺得暈眩，最後總算有個眼熟的身影從遠處走來，他每走近一步，她的胸口便多湧起一分酸楚，可是她緊緊抿著嘴唇，不希望在一把鼻涕一把眼淚裡跟期待的人重逢。

這個人，終於走到阿冰面前。她輕喚一聲：「炳哥。」

哨牙炳咧嘴問道：「咦，狗肉呢？不是說請我吃你劏的狗？」發現她臉色慘白，他又問：「怎麼了？哪裡不舒服？太想我了？」

阿冰噗嗤了一聲，但這麼一笑，反而更覺得自己可憐，再也壓不住悲傷，抽搐著肩膀嗚嗚痛哭。

哨牙炳感到訝異，在香港見過的阿冰不是這麼脆弱的阿冰。他顧不得眾目睽睽，展開雙臂抱她。因有身高差距，阿冰微微彎腰把臉低擱到他肩上，先是輕輕地，然後是豁出去了，整個身子沉沉地壓住哨牙炳，把他的衣領哭成一片潮濕。他不懂她為什麼這麼傷心，暗中相信只是為了想念。他拍一下她的背，道：「我不是在這裡了嗎？你說過，只要有伴便不寂寞。沒事了，傻妹，沒事的。」

阿冰想一口氣說清楚昨晚發生的事情，眼睛卻不爭氣，只能繼續流淚。哨牙炳再安慰幾句，望見碼頭對街有大牌檔，硬拉她走過去，道：「餓了，走，去吃粥。」

冷靜下來後，阿冰終於一五一十地告訴哨牙炳一切，他把手裡的碗啪一聲擱在桌上，破口大罵財叔禽獸不如，然後道：「別怕，我們馬上回香港，有我在，也有南爺在，他們不敢動你一根汗毛！」阿冰又傷心地哭了。

匆匆吃過白粥和腸粉，兩人耷著頭走到碼頭買船票，豈料票才拿到手裡，背後已經殺來七、八個大漢，其中一人伸手揪起阿冰的髮辮，罵道：「死八婆！你以為殺人不用填命？」哨牙炳立即撲前阻止，大漢們圍過來把他推到地上，拳打腳踢，混亂裡，哨牙炳高喊：「我是香港『孫興社』的人！」

大漢們紛紛愣住，你眼望我眼，猶豫不知道如何對應。突然，有人衝前往哨牙炳腰間狠踢一腳，啐道：「孫興社又怎樣？孫興社就可以過來搶我們的女人？」

哨牙炳扶著腰站起來，道：「唔好意思，兄弟，萬事好商量，俾個面我孫興社哨牙炳……」對方卻揮手又是一拳，打斷他道：「管你什麼爛屁社！老子讓你哨牙變冇牙！」

阿冰認出此人是「義華聯」的二把手番鬼濤，他以前來過「肥財記」幾回，聽親戚說他是財叔的死黨，兩人曾經在賭場同進同出，共過賭桌上的患難。番鬼濤是中葡雜種，看上去是鬼，說起粵語時卻是人。這天一大早有人通風報訊說財叔死在阿冰家裡，他知道她從香港過來，猜想必會逃回香港，特地帶同手下前來抓人。手下見大哥氣在頭上，立即對哨牙炳拳腳交加，打得他臉上嘴邊都是血。他被打得弓身躺地，痛苦呻吟裡，喃喃地說：「對唔住，唔好意思，不如你先放她走，我們有話好談，有話好談。」

阿冰眼見哨牙炳向對方求饒，心裡不是味道，想起自己的藤箱裡有刀，連忙翻出，一咬牙，猛喊一聲，左右手各執一把衝前亂劈，流氓被逼得節節後退。可是她雙臂突然被番鬼濤抓住，他更乘機不斷挺腰磨蹭她的屁股。無論何時，不管何地，男人都不會錯過揩油的機會。

番鬼濤嘲哨牙炳身上吐一口痰，不屑道：「窩囊廢！老子沒興趣跟你談！要走，你自己走！滾回香港，留下你的女人！」番鬼濤把臉向海面側了一下，手下們馬上合力抓緊哨牙炳的手腳，把他硬生生哄抬到碼頭岸邊。

一！二！三！

哨牙炳被往海面扔去，往下墜落時，厲聲猛喊：「唔好呀！我唔識游水！」然而噗嗵一聲，人已跌進海裡，海水咕嚕咕嚕地往他鼻裡灌，沒幾下已沉得不見蹤影。

阿冰大驚，呼喊一聲：「炳哥！」，然後用不知從哪裡來的力氣掙脫番鬼濤的手，噹啷兩聲扔下雙刀，衝到碼頭旁蹤身跳下。她在汕頭海邊長大，深黯水性，區區的海難不倒她。何況，海裡有哨牙炳。

番鬼濤和手下們靠站在碼頭欄杆旁既罵且笑，認為他們撐不了多久，很快便會游回岸邊。但這時隆隆地傳來一陣摩托車的響聲，回頭瞧看，原來驚動了葡警，來日方長，番鬼濤不想讓事情鬧大，示意手下們在圍觀的人群裡蒙混離去。

哨牙炳呢？

有阿冰在，阿炳放心了。她潛進海中抓起他的衣領，左手緊緊撈攬著他，右手一撐一划地慢慢游到碼頭不遠處的石灘。哨牙炳像慌張失措而死命抱著母親的孩子，嘴唇不斷顫抖。回到了岸灘，兩人躺在石上喘氣，沉默了良久，仍然閉著眼睛的哨牙炳忽然說：「唔好意思。嗯，我是說，多謝……但係可唔可以……」

阿冰猜得到他想說什麼，道：「謝什麼謝！你可以為我跳車，我也可以為你跳海。放心，我不會說半句。但你答應過陪我落地獄，我現在仲未想死，所以，你不可以先走。千萬要記得，不可以先死。」

哨牙炳不斷點頭，咧嘴笑道：「我的命以後是你的了！你要我生，我唔敢去死！觀音娘娘，請受我阿炳一拜！」

阿冰啐他一聲，道：「這時候還開玩笑！」心裡想的卻是，其實，我的命以後才是你的。她瞇起眼睛望向天空，天色一片澄明，遠處飛過群鳥，她想起夢裡聽過的喜雀鳴叫，以及，盧九公園裡的鴛鴦。

六・鴛鴦飛入鳳凰窩

「汕頭九妹」是個守信用的女人，回香港後絕口不提海裡的事情。即使要提，亦不知道該如何提起，是說哨牙炳躺在地上向對方說對不起呢，抑或他願意留下換取對方放過她。

哨牙炳當然更不說半句，當務之急是要收拾爛攤子。他找陸南才商量，南爺決定請張迪臣幫忙，以他和他的關係，閒話一句。張迪臣回警署撥了幾通電話，香港和澳門的洋警官向來互通聲氣，討論了一陣，案情立即被判定成財叔為盜賊所殺，阿冰亦被擄走，不知去向。既然有葡警出面，「義華聯」的人也無話好說，陸南才私下掏了三百六十六元的紅包賠禮，但同時擱下狠言，哨牙炳當天響了「孫興社」名號卻仍未獲放行，不給江湖面子，這筆帳日後再算。

擺平了事情，陸南才對哨牙炳道：「嗱，唔好說南爺不體貼，錢，你慢慢還，免得沒錢打炮，生不如死。」

「不打了，不打了。最近都沒打。」哨牙炳說：「只打自己的手指。」

「哦？是不是中了招？趕快找醫生，花柳[1]上眼會變盲公。」陸南才蹙眉道。

哨牙炳搖頭說：「沒這回事！最近確實興趣不大，我也唔知點解。」

其實他懂，只是不好意思對陸南才說明。這陣子他心裡只想著阿冰，或者說，只被他自己也形容不出的幸福感填滿，容不下其他女人——至少這時候的他是這樣相信。

在認識阿冰以前，在香港三年多的日子裡，哨牙炳遇過兩個談得來的對象。小烈是在碼頭旁的蜑家妹，他去買魚蝦蟹時搭訕認識，齊往蕭頓球場看大戲、到蓮香居飲茶，說話輕聲細語，經常低頭害羞得滿臉緋紅。萬料不到他有天夜裡到海邊找她，竟然窺見她跟洋水兵在狹窄的艇倉裡。呸，原來是個「鹹水妹[2]」，早知道花幾塊錢便可搞上，無謂浪費口水。另外有個小孟，跟隨父親在大王東街一帶賣飛機欖[3]，哨牙炳跟她聊過數回，發現她家裡有生病的母親和五、六個弟妹，如果發展下去，豈不要扛起八、九個人的生計？責任太大了，他不敢想像，終究是獨來獨往來比較自在。面對女人，他只願在嘴巴上調戲、在肉體上征服，什麼叫做談情說愛，偶爾難免想像，卻也僅限於想像。

但料不到此時出現了阿冰。孫興社開堂一年多，江山算是穩定了，但時局越來越亂，人心越來越慌張，日本鬼子隨時南下，一旦開戰，子彈和炸彈都不長眼睛，管你是不是堂口中人都有危險，而在這關口上遇見堅強篤定的阿冰，他忽然非常渴望擁有自己的家庭。他需要一個炳嫂。

阿冰在香港安頓下來，哨牙炳安排她在孫興社的麻雀館管理雜務，不必日夜嗅聞狗血，她初時頗不習慣，夢裡仍然聽見狗吠。阿冰料想哨牙炳提親是早晚的事情，總得早作打算，向老天爺問個清楚。她自己同意無用，必須老天爺說了算。一個下午，她忐忑地搭電車到上環文武廟，跪在觀音娘娘前稟明心事，誠心祈求指引姻緣去向。

文武廟初建於一八四七年，捐錢者叫做盧亞貴和譚才，皆曾幫助英國佬走私鴉片，清廷招安了盧亞貴，讓他當個小官，他接受官祿後卻仍暗中助效洋人，吃兩家茶禮，受兩面好處，英國鬼子佔領港島後，論功行賞，盧亞貴和譚才都成了地主富豪，發財立品，大撒鈔票做善事，做了香港開埠後最有權有勢的華人。但十多年後盧亞貴擁有的幾十幢物業焚燬於火，加上投資失利，他無奈宣告破產，從此消失於世。文武廟的正廳供奉文昌帝和關聖帝君，左側列聖宮有包公、城隍、觀音、天后、龍母等各式大神，香火鼎盛。列聖宮旁又有公所，門外刻有對聯，「公爾忘私入斯門貴無偏袒；所欲與聚到此地切莫糊塗」，華民百姓遇有解決不了的疑難爭拗，常會約定到殿前斬雞頭、燒黃紙、發毒誓，神明面前無戲言，人間難斷青天斷。

這天，廟裡不算人多，阿冰在列聖宮的觀音娘娘面前跪擲聖杯，兩塊木片翻出一陰一陽的聖筊，娘娘批准她求問了。於是執起籤筒搖晃，密麻麻的竹籤在木筒子裡擺來盪去，唰唰地摩刮她的神經，她拚命搖、賣力搖，彷彿搖得越猛烈越久，觀音娘娘的考量便越周密。卟一聲，一支竹籤掉到地面，上面寫著墨色小字：三十八。她心裡一喜，「三八實發」，好意頭，站起身到偏廳牆上按號撕取籤文，再到廟外空地找相士解說。父親教過阿冰認字，她約略知道黃色薄紙籤文上寫的是「上上」，於是笑不攏嘴。

空地外一排坐著七、八個相士，她挑了個看上去比較溫文的中年人，戴著圓眼鏡，一副落魄書生的模樣。相士接過籤文，透過眼鏡上緣瞄了一眼阿冰，問明求的是姻緣，低頭不語，翻了翻小木桌上的一本書，最後抬頭道：「恭喜姑娘，這是吉籤。」阿冰已知是上上籤，正欲探問怎麼個吉法，相士卻接著說：「不過，欲求其吉，必須守得住一個字。」

阿冰心頭一震，像從高處下墜似的。但不待追問，相士馬上道明答案：「忍。」

她幾乎笑出聲來。求籤問卦無數遍了，也聽過「忍」字無數遍了，阿冰明白那是相士慣用的江湖套語，順時要忍，逆時更要忍，相士經常提醒香客要忍耐，一忍萬事成，一忍百難休，勸人忍耐總不會有錯。沒想到從汕頭來到香港竟然又遇上個「忍」字，天下相士看來一個樣，她忽然非常懷念家鄉的鐵嘴陳。

可是眼前的相士正經八百地向她解說籤文，倒又不似只用「忍」字敷衍。第三十八籤的卦頭是「哪相出身後為神」，籤詩曰：

石中藏碧玉，
老蚌含明珠，
五馬庭前立，
能乘萬里程。

相士問：「哪相就是哪吒。姑娘你知道哪吒的故事不？」

她點頭，潮劇《封神演義》裡是有的，她看過。哪吒父親是托塔李天王，哥哥是金吒和木吒，他是老幺三太子，額前多了一隻眼睛，能夠射發紅光，殺人於無形。相士不管她知道多少，兀自搖頭擺腦地娓娓細述哪吒身世，臉上盡是得意神色。他特別強調哪吒歷經苦難，曾跟海龍王大戰三百回合，更要割肉還母、削骨還父，感動了佛祖，始得成為護法大神。相士道：「削骨割肉乃指姑娘你命中欠了對方，欠了便得還，再痛苦亦要還，還了便一乾二淨。所以囉，要忍，要捨，要犧牲，否則上上籤便不成其為上上籤。」

最後幾句話特別說到阿冰心裡。千里迢迢來到香港，遇上阿炳，對她好，照顧她，替她解決困難，或者是他前世欠她，但她這輩子何嘗又不是欠了他？阿冰猶在思量自己和阿炳的事情，相士卻續道：「籤詩其實是同一個道理。石中藏碧玉，玉在石裡，一般人只看到外面的石頭，只有你明白裡面有寶玉，別人總是不相信的，你要堅持，費力鑿開了石頭，大家不相信也得相信。老蚌含明珠，珠在殼裡，其他人看到的只是殼，但你相信自己的眼光，別人不要你卻要，裡面的珍珠便是你的了。」

相士說得頭頭是道，阿冰聽得悲喜交集，道：「這麼說，是人棄我取，因為我眼光獨到？」

相士搖頭也點頭，道：「獨到歸獨到，終究要忍耐。姑娘，我還沒講完呢。除了卦頭和籤詩，還有籤文。」

阿冰用焦急的眼神催他說下去。相士手邊擱著一本書，他慢條斯理地翻開其中一頁，抬一下眼鏡，陰聲細氣地念出：「第三十八籤求姻緣，咳，聽清楚了，籤文是這樣說的——

鴛鴦飛入鳳凰窩，
莫聽旁人說事破，
自是良緣天配汝，
不調和處也調和。

阿冰一頭霧水，急問道：「哎喲，先生，到底是調和抑或不調和！」

相士闔上籤書，模稜兩可地說：「那得看姑娘你自己要不要調和。」

阿冰識相，立即掏出一元交到相士手裡，問道：「要該怎麼做？不要又該怎麼做？」

相士咳了一聲，接過鈔票，道：「既是前世相欠，不要也得要，所以關鍵只是調不調和。至於法子，其實籤義已經說得明白，『莫聽旁人說事破』，不必理會閒言閒語，也別理會對方做了什麼、說了什麼，是你自己要，不僅與別人無關，其實亦與對方無關。」

「要靠自己？那還說什麼上上籤？」阿冰嘟嘴道。

「非也非也。上上籤並非指你躺著便可享受珍饈百味，就算是把飯菜送進你嘴巴，你也得咬它吞它，這都要花力氣，只不過這力氣花得高興。世間姻緣莫非如此，講究的只是這個地方。」相士道，伸手指一下胸口。「萬法唯心，夫妻男女都離不開這法門。」

「這是說，即使不相配，只要是自己要的便夠了、便可以？」

相士問：「姑娘你見過鴛鴦吧？」

不待阿冰點頭，相士往下說去：「公鴛母鴦，鴛鴦鴛鴦，鴛鴦就是陰陽。公鴛毛色燦爛奪目，母鴦灰不溜溜的，其實不太匹配。可是，呵，你別管，鴛鴦成雙成對，只羨鴛鴦不羨仙。母的不會希望公的變醜，公的亦沒法強迫母的變美，各安其位，恩恩愛愛便可以『飛入鳳凰窩』了不是嗎？如果公的或母的聽別人『說事破』，那就沒戲唱，唯有隻影形單了。而且我跟你說，姑娘，恩愛歸恩愛，公鴛非常花心，每年換一個老婆……」

「那麼母鴦怎麼辦？」阿冰嚇了一跳，急問道。

「也是每年換一個老公啊，否則哪來這麼多母鴦讓公鴛去選！」相士笑道，眼裡盡是調戲神情。

阿冰聽後，臉一紅，連忙低頭。相士從上到下打量了阿冰一通，竟然不懷好意地提議：「話說姻緣之事，慢慢來，別急。依我看，我們有緣，不如姑娘你今晚到我住處，那邊比較安靜，我們深入談談？」

她一皺眉，二話不說，執起桌上的一枝毛筆向相士臉前戮去，噗聲打在眼鏡片上，相士受驚仰身，連人帶椅朝後倒了個四腳朝天。她趨前走向相士，他舉起雙手擋臉防衛，她一手叉腰，一手指著他的鼻子，瞪目怒罵：「呸！你敢吃我豆腐？告訴你，我是汕頭九妹！」左右兩旁的解籤佬紛紛把目光掃射過來。

阿冰彎身撿起掉在地上的籤條，頭也不回地沿著文武廟前的荷李活道走回灣仔，胸中心裡滿是怒氣，想不透男人總愛揩油，鴛鴦亂七八糟，那是禽獸，難道人亦是禽獸？或者是人連禽獸也不如？

荷李活道是香港島的臨山主道，取名卻跟美國無關，相傳指的只是冬青樹的英文 Hollywood。英國人在一八四一年一月下旬佔領香港島，登陸後，到附近的小山崗拉扯起首面英國國旗，山崗從此稱 Possession Point，中譯「佔領角」。然後，開路、建屋、造城，英軍頭領看見漫山遍野的冬青樹，驚嘆道：「Oh，Hollywood，Hollywood！Hollywood 歡迎我們！天佑大英，我們就叫這裡做 Hollywood Road 吧！」然而若干年後有人翻查歷史檔案，發現本無其事，香港位處潮濕的嶺南地帶，養不出冬青樹。香港首任總督砵甸乍，只做了一年便返回英國，戴維斯於一九四四年接手統治，前任開始修建的十多年道路已經落成，交由下任負責命名。戴維斯是中國通，更是治家，明白這是攏絡逢迎的大好機會，亞畢諾道、押巴顛街、德記拉街、嘉咸街、雲咸街、麟檄士街、威靈頓街、士丹利街……統統是他相熟的英國高官和軍人的姓名或根源地。英女皇當然有Queen's Road，砵甸乍也有條砵甸乍街，至於他自己，只能隱隱把家鄉小鎮的名字作為路名，就是荷李活道，他是英國荷李活鎮的第一位男爵，把故鄉名聲夾帶到海外，之於他，是榮譽，亦是責任。

一九四一年的荷李活道已經佈滿四、五層的樓房建築，也有門禁森嚴的中央警署、判裁司署和域多利監獄，阿冰在褐色磚牆下低頭疾走，迎面遇見六、七個從灰藍色鐵門裡步出的警察，十多對眼睛像十多把短槍般直指向她，她忍不住打個寒顫。畢竟在澳門殺過人，心虛。離開汕頭不過五個多月，於阿冰是生命顛倒的漫長歲月，手裡利刀沾的已經不只是狗血，好幾回在浴室照鏡子，忽覺鏡中人的眼神滿是殺血，連自己也吃一驚。

走著走著，不經不覺走到雲咸街，那是個彎曲的陡坡，連接山上的荷李活道和近海的皇后大道中，街道兩旁佈滿花攤，她顛簸著腳步朝低處走去，突然吹來一陣海風，濃烈的花香湧撲她的臉和鼻，令她冷不防地打了個噴嚏，卻似同時颳走了腦裡的混亂，有些事情，關於哨牙炳的事情，似乎剎那間想通了：相士鹹濕歸鹹濕，有一點說的倒不假，姻緣終究只問自己喜不喜歡，其餘的都是小事。如果嫁給阿炳，萬一他不改浪蕩，日後難免有人閒言閒語，我的煩惱可多了。可是，選定了就是選定了，否則在澳門也不會拒絕財叔，而且觀音娘娘也說可以，那就行了，日後的事日後再說。

一旦有了答案，腳下雖累，心頭卻是舒坦。走到皇后大道中的娛樂戲院旁，道邊停了幾輛黃包車，她想起哨牙炳說過，南爺剛到香港時做過車伕，果真是英雄莫問出處，說不定炳哥有朝一日亦能獨當一面，但不確定他是否有此大志，到時候她又是否仍在他的身邊。想著又覺惻然，心裡再度沉重起來。煩啊，做人真是。

這時候忽然傳來一陣聒噪，放眼看見一個車伕吃力地躬身拉著黃包車往山坡上走，車上有一對洋人男女在鬥嘴，嘰嘰喳喳地互罵著她聽不懂的洋語，眼神都是恨不得給對方狠狠摑一巴掌。她不禁惘然——也許世上男女都是在尋尋覓覓的鴛鴦，不管是否相配相襯，不理配襯多長多久，總要找到了才甘心，不然如何消耗悠悠歲月。寂寞是最不堪的痛楚。

註釋

1 花柳：淋病，性病的一種俗稱。

2 鹹水妹：通稱在碼頭旁邊招客賣淫的女人。

3 賣飛機欖：在街頭喊賣橄欖甜果，客人在矮樓陽台扔下銅板，販主把甜果用力擲到樓上。

七・倒屎袍哥

哨牙炳在什麼地方向阿冰求婚？

當然是在床上了，否則怎像哨牙炳？

有了阿冰，哨牙炳仍會往客棧找姑娘，但只去了十次八次，並且一次比一次感到索然無味。「人是會變的」，他越來越覺得自己這句話說得沒有錯。後來他索性不去客棧了，他不再需要逃到外面世界的那道門了，他心甘情願留在屋裡，阿冰在，便夠了。

未結婚而先上床，算是阿冰的主意。哨牙炳當然想要了，但他忍得住，即便親熱磨蹭到難離難斷，他仍拚命控制，用默唸訣算的法子分神冷靜，連他亦佩服自己。阿冰跟別的女人不一樣，她是將來的妻子，他要讓她把貞操留到洞房花燭之夜才算圓滿。可是阿冰不這麼想。既然認定了他，早給晚給，總是給他，如果給了他而他不要她，她會把他像狗般屠宰。終於到了一個夜晚，擁抱糾纏一番之後，阿冰閉起眼睛，嘴裡輕說：「來吧，別等了。」然後把身子癱倒在床，專心迎接久候一刻的來臨。

然而哨牙炳遲遲沒有動靜。

阿冰張眼窺探，見他臉帶猶豫地站在床邊，上身微微前傾，雙腳卻動也不動。她忽然覺得非常傷心，料想哨牙炳是不敢負責任、不願負責任，又懷疑他是否嫌棄她的身體比不上外頭的女人。阿冰嘆了口氣，側過身，自怨自艾地說了五個字：「真係冇鬼用。」她痛恨自己的吸引力竟不足以令鹹濕的哨牙炳跟她做完最後該做的動作，一下子墜進當年在汕頭鄉下被男孩子排斥的傷感回憶，登時流下兩行熱淚。豈料這句話卻被哨牙炳理解為她對他的瞧不起，她譏笑他的窩囊，她不屑他的怯懦，甚至，她懷疑他的能力。這可令他無法忍受，一股惱火從心底燃起，但同時夾帶著慾火，很快地，慾火倒過來壓住了懊火，哨牙炳衝前把阿冰雙肩牢牢按住，整個身子往下壓，往下，再往下，阿冰的眼淚流得更厲害了，痛，然而並非傷心。

完事後哨牙炳問阿冰：「舒服嗎？」

「舒服。」阿冰喘著氣道。

「真的舒服嗎？」

「舒服！」

「是不是真的舒服？」

「舒服！舒服！舒服！」阿冰邊答邊揮拳捶他的胸口，眼裡眉裡盡是感激。「舒服到想死。」

哨牙炳不說話，睜著眼睛望向阿冰，他兩邊眼角盡是魚尾紋，似是從樹幹散佈出來的枝杈，相士說，那是無窮無盡的桃花。他忽然問道：「既然舒服，嫁給我吧？」

阿冰一巴掌結結實實地打到他臉上，罵道：「你以為我嫁給你是為了舒服？」

哨牙炳揉搓熱呼呼的臉頰，喊冤道：「不，我不是這意思……但就算是，也沒有……沒有不對……上床是開心的事情……」

「唉，阿炳，是否除了開心，你就不想其他？其他，其他，其他！」

「日本鬼子要來了，打仗了，今日唔知明日事，萬一我們被炸死了，點算？」

阿冰再次揮掌打去，哨牙炳這回眼明手快抓住她的手腕。阿冰怒道：「死死死！誰都別死！你答應過陪我到地獄串門子！」

哨牙炳記起往昔在虎豹別墅內的嬉戲對話，原來阿冰一直視之為嚴肅許諾。他再問一次阿冰：「生也好，死也好，嫁給我吧。」

「你咁鹹濕。我唔嫁！」阿冰轉身背向哨牙炳，嗔道。

「你嫁我，我發誓，唔再鹹濕！」

阿冰不動聲色，嘴角卻自暗笑。哨牙炳把臉湊近她的背，在肩上輕咬一下。她「哎喲！」一聲，轉身豎直右掌，裝模作樣地劈向他的頸，瞪眼警告他：「你敢鹹濕，我斬開你十八塊！」

哨牙炳立刻舉起三隻手指發誓：「唔咸！唔濕！我阿炳從今之後只對汕頭九妹鹹濕！」

阿冰拉過被子遮蔽身體，坐在床上，抱住雙膝，說：「還有，我要你全部聽我的話……」

「聽！聽！聽！」哨牙炳急不及待打斷她：「你說什麼我都聽！你希望我做乜？快說！」

「你賺的錢全部歸我管。」

「可以！每分錢都交給你！」

「我要生小孩，來了幾個便要幾個！」

「可以！一年生一個！」

「我要做生意，我不要再被別人使來喚去！」

「可以！」哨牙炳想起去年曾經對她亂說希望辦學，便舊事重提道：「我們開間學校，我不混堂口，做校長！」

阿冰轉身抱住哨牙炳，在他耳邊嘆氣道：「阿炳，要爭氣，你，我，觀音娘娘說我們是鴛鴦同命呀。」

哨牙炳這一刻有喝醉酒的昏眩感覺。先不管在床上說過的話算不算數，至少這一刻，他是前所未有地快樂。

兩人的婚禮在軒尼詩道的大三元酒家舉行，只辦了兩桌酒席，眼看日本鬼子在香港門口蠢蠢欲動，哨牙炳沒精力鋪張。要辦的事情可多呢，這一年的七月，政府規定大米全部納入公價公賣，等於說有更多的走私發財機會。九月來了個新總督楊慕琦，下令禁止男丁離港，杜月笙要求孫興社兄弟加緊速度把重慶的人馬送出去。陸南才坐鎮指揮，位居「草鞋」之職、主管舟車之責的哨牙炳當然忙得焦頭爛額，但再忙亦得把婚事搞定，否則開戰之後，肯定拖到猴年馬月。奇怪，昔日對成家避之唯恐不及，一旦心裡有了個人，自己倒變成了另一個人。

雖說一切從簡，終究得穿西裝。哨牙炳不知道從哪裡弄來一套老舊的深藍色薄絨西服，兩袖和領口都有清洗不掉的污迹，七月的大熱天穿在身上，熱得他額頭不斷冒汗。仙蒂踏進酒家即掩嘴笑道：「炳哥，你剛擔完泥？留些力氣，夜晚還要洞房呢！」又道阿冰說：「炳嫂，你是本領大的如來佛祖，收服了這隻色馬騮！可是，阿姐男人見多了，領悟到一個道理，君子變浪子容易，浪子變君子卻難。你得提防他半夜一個翻身，跳離你的五指山啊！」

阿冰逞強，冷哼道：「仙蒂姐，色馬騮是鎮得了今天，鎮不了明日，沒法子。孫悟空也是有時候聽唐三藏的話，有時候造唐三藏的反。所以炳哥想怎樣就怎樣吧，算是我欠了他，但說不定他跳來跳去，最後乖乖自動跳回老娘身邊，那就是他欠了我。前世今生的事情，誰知道啊？誰肯定先跳開的人不是老娘？」

其實仙蒂只是習慣拿老朋友開玩笑，並無惡言，然而阿冰不肯吃眼前虧，急忙回嘴。從對哨牙炳點頭的那天開始，她已把文武廟籤文牢記心中，「莫聽旁人說事破」，盡力不因閒言閒語動氣，但也就只能盡力。

仙蒂乾笑兩聲，體貼地說：「肯定是他欠了你，他該還你十輩子。」坐定後，酒過三巡，她對身旁的陸南才細聲道：「我們打賭，你說阿炳娶了老婆會不會修心養性？」

陸南才聳肩道：「費撚事理[1]！路是自己選的，別讓其他人知道便得咯。這是你教我的，不是嗎？但如果個個男人都咁乖，娶完老婆就唔再搞，客棧邊有生意？客棧冇生意，姑娘冇飯開，大家攬住死[2]。男人鹹濕，我們才會發財。」

另一席上有個跟陸南才貼背而坐的男人，光頭粗頸，大家喊他「雷大爺」，已經喝得臉紅耳赤的他偷聽到「男人鹹濕」幾個字，側身靠向陸南才，硬著舌頭說：「南爺，要聽兄弟說句公道話？其實，你們廣東佬也好，我們四川佬也好，全部鹹濕！唔鹹濕，怎麼算是男人？對了，什麼時候才搵個『才嫂』回來讓我們喊喊？娶了老婆，照樣可以鹹濕的，不礙事的！千萬別像阿炳『姦盆洗爛』咁笨！」

雷大爺夾雜著粵語和北京語，陸南才聽得非常吃力，想了一陣才明白「姦盆洗爛」就是「金盆洗撚」。仙蒂瞪雷大爺一眼，心疼陸南才受到委屈，她聽他說過張迪臣最近被調到英軍情報中心參與備戰，忙得不見蹤影，他想念他，經常藉酒消愁。陸南才倒是沉著，淡然地說：

「搵個才嫂？還不簡單！如果仙蒂答應嫁給我，明天就請你喝喜酒！」仙蒂故作誇張地捶他的背，兩人相視而笑。陸南才跟張迪臣在一起兩三年了，剛開始要不斷提醒自己掩藏，但很快已經學懂自然而然地掩藏，不露聲色，不著痕跡，是喜是怒都不需要向其他人交代。仙蒂不一樣，她給了他勇氣，他覺得有責任跟她分享一切。他有她的秘密，她也有他的。

今晚兩桌賓客都是孫興社的兄弟，仙蒂是例外，雷大爺亦是例外。仙蒂本是塘西「歡得樓」歌女，那時候叫做「小白仙」，政府禁娼後到灣仔改當吧女，洋名Cindy，她叫自己做仙蒂，陸南才拉黃包車時經由蕭家俊介紹認識，知道了她和女人之間的事情，她亦知曉他和男人之間的事情，兩人是好姐妹亦是好兄弟。至於雷大爺，是這幫廣東人裡的唯一的外省人，跟哨牙炳一樣姓趙，叫高明雷，廿六歲從四川來到香港，見人必說哨牙炳是他的救命恩人。

那是一九三七年的八月下旬，哨牙炳仍是糧店掌櫃，一天夜裡如常到客棧找姑娘，在街上抬頭望往昏暗的樓梯間，看見擱著一摞黑影，又撲面湧來陣陣惡臭。他暗罵：「佢老母！誰把死狗扔在這裡！」本想掉頭離去，然而慾火攻心，管不了那麼多了，用衣袖掩蓋臉鼻朝前走去，沒走幾步，黑影竟然微微挪動，並且哎哎吔吔地呻吟，隱約在說：「揍……揍餓……」

哨牙炳睜大眼睛一看，原來是個臉青鼻腫的人，臉上盡是水漬，嘴巴似被什麼東西堵塞了，把「救我」喊成「揍餓」。肯定是個死道友[3]！哨牙炳沒理會他，跨步繼續走上樓梯，暗想：「我的小弟弟也很『餓』，也要姑娘來『救』，你就自己救自己吧！」但走了幾步，背後的人仍在喊叫，沉濁的聲音裡滿是絕望。他走幾步，再走幾步，終於不忍心，一咬牙轉身走回奄奄一息的黑影旁邊，把衣服脫下纏捲右手掌，蹲下用力捏開他的嘴巴，左手揮拳捶打他的胸腹，沒打幾下，對方咳咳咳三聲吐出了一灘黃澄澄的臭水，夾帶著有兩三坨糞便！

黑影再嘔一陣，完全清醒過來，連聲不迭道謝，一口川音官話，哨牙炳勉強聽出意思，但沒心情搭理，氣沖沖地走上樓梯衝向客棧，身上只有一件污漬斑斑的墨綠色背心。姑娘們在等他的小弟弟，他總是這麼相信。

沒想過了幾天，一個寬臉大耳的男子抱著菸酒前來糧店找哨牙炳，原來就是那夜差點沒被糞便嗆死的傢伙。那人自報家門，姓高名明雷，出生在四川成都附近的洞子口，家裡本有田地，但在軍閥的壓榨和土匪的搶掠下，幾年之間已經破落，他卻不愛詩書，自幼只喜舞槍耍拳，父親死後不久，家當已被搶得八八九九，索性入城做袍哥，與其人搶我，不如我搶人。

「袍哥？」哨牙炳聽得一頭霧水。

高明雷解釋道，「袍哥」就是活躍於雲南和四川的江湖堂口，源自「哥老會」，跟廣東佬的洪門差不多，有不同的山頭，做不同的勾當，坑蒙拐騙的叫「清水皮」，殺人越貨的叫「渾水皮」。

「哈，我們廣東人把辦事不力者喚作『水皮』，你們袍哥無論清渾，都是『水皮』，太丟臉了！」哨牙炳調侃道。「依我看，你必是清水皮無疑，不然怎會好生生地從四川跑來香港吃屎！」

高明雷瞪起銅鈴般的眼睛道：「虎落平陽，老子無話可說！想當年提著刀槍闖門奪戶，老子大喊一聲，『兄弟們，衝啊！打開鎮子，各人找各人的老丈人！』，多痛快！但以前是什麼不重要，以後是什麼才重要！香港本來就是渾水一灘，誰清，誰餓死！」他的眉毛異常地粗，也異常地短，看上去簡直不是兩道而只有兩點，令哨牙炳聯想到廣東大戲裡的奸臣宰相。

話說高明雷在城裡的「勇義堂」打混幾年，腦筋明快，混到了「巡風六爺」的崗位，主責探事報訊，但有一回起了貪念，強搶了敵對山頭的煙貨，又殺了兩個袍哥，對方到勇義堂討人，勇義堂舵把子陶大爺竟然二話不說把他交出，理由是為了保住大夥平安。高明雷氣得捅了舵把子三刀，再連夜逃亡避禍，到了重慶，改名換姓投靠「威武堂」，當上個管事五哥，但一年後被人向堂主岳大爺揭發，岳大爺把錢塞到他手裡，道：「你走吧，這裡容不下不忠不義的人。」

高明雷辯白道：「是他先對我不仁，我才對他不義啊！」

岳大爺道：「舵頭肯定有舵頭的苦衷，無論如何你都不該下毒手。依我看，你身手好，也有膽識，日後必成得了大事，今天讓你離開這座小廟，魚入大海，日後有了作為，你也不必回來道感激，但萬一有了差池，也不要回來求救。我們的兄弟緣份到此為止。」

高明雷氣得頂上生煙，執起牆邊木棍把岳大爺的頭敲得腦漿塗地。他踩著岳大爺的屍首，啐道：「老子幾時要走、幾時要留，自有主張，輪不到你驅趕！」

一連殺了兩個舵頭，四川容不下他了。高明雷輾轉南逃，聞說香港是發財寶地，便來了，找到一個多年不見的親戚，親戚介紹他做「夜香佬[4]」，深夜時分到家家戶戶門前收取糞溺。大丈夫能屈能伸，他無所謂，做就做，摸清楚這裡的水深水淺再作打算。

收糞是門好生意，珠江三角洲的桑田需用糞溺做肥料，商人繳稅給香港政府，獲准向居民按月徵收「夜香費」，每夜派人替他們清糞，再把一桶桶的大糞在碼頭囤集，經九龍半島海運到廣東順德轉售謀利，每年由香港輸出的糞溺量高達四、五萬噸。鄉下農民覺得城市人的糞便比較有營養，願意花錢購買，有求便有供，所以大糞貿易商不遠千里從廣州、上海和香港等城市運糞到農村，上海的人口多，糞價分五級，區域越是繁榮，糞溺賣得越是高價，香港則是「一視同糞」，不管誰拉出來的都賣相同的價錢。

夜香工人男女皆有，夜香婆在街上扛著兩個木桶喊喚「倒夜香！倒夜香！」，居民把溺盆拿到門外交給她們清理，夜香佬主要負責秩序管理，男尊女卑，雖是最骯髒的工作亦要維持這條界線。高明雷工作了四、五天，那夜來到盧押道旁，一個夜香婆失足掉跤，臭氣沖天的糞溺倒了一地，他「格老子！格老子！」地指著她的鼻子罵，想不到另一個夜香佬是她的姘頭，挺身相護，吵了一輪再毆打搏鬥，他先佔上風，把對方壓在地上狠摑，但夜香婆大叫：「四川佬打人！四川佬蝦[5]廣東佬！」，附近街道的夜香佬都是「和樂堂」的人，立即趕過來幫忙，高明雷雙拳難敵十掌，瞬即敗陣，剛才捱摑的夜香婆叫其他人撐開他的嘴巴，讓她把糞溺傾倒入嘴。眾人散去後，高明雷被糞便噎昏在樓梯間，幸得哨牙炳出手相救。休養了幾天，不忘報恩，在灣仔略為打聽已經知道恩人所在。

「你如何找到我？」哨牙炳問趙雷明。

「您大哥的長相難打聽嗎？」他故作誇張地咧嘴突出自己的兩顆門牙，反問道。哨牙炳也笑了。

儘管語言稍有隔閡，哨牙炳和高明雷卻聊得投契，因為談到女人都是眉飛色舞，同視上床為天下間一等大事，一起到客棧尋歡作樂了好幾回，都是哨牙炳買的單，但高明雷聲言只是暫時借欠，日後肯定歸還。過了十天，高明雷忽向哨牙炳辭行，說要過海到油麻地果欄碰運氣，那邊有一幫四川苦力，裡面該有願意照應的袍哥。

高明雷找著了想找的老鄉，袍哥們來自四川各鎮各城，昔日各有山堂，有跑腿打雜的「鳳尾老幺」，有調動兵馬的「黑旗五爺」，有掌管錢銀的「當家三爺」，各有風光，也各有因緣來到香港，現下同是天涯淪落人，都在廣東佬控制的果欄做搬運工，受氣。袍哥組織分上下四牌，一二三五為上，缺四，因音跟「死」接近，不利不喜；六八九十為下，缺七，理由是清末福建少林寺和尚馬寧兒在師兄弟裡排行第七，出賣匿藏寺裡的洪門手足，洪門從此視「七」為忌，連遠在雲貴地帶的袍哥亦以此為誡，印證了江湖草莽的血脈相依。高明雷為人仗義，加入做工人，沒多久已成同鄉兄弟之間的老大，進而自立堂口，取名「蜀聯社」，挑戰壟斷蔬果買賣的東莞幫，無奈寡不敵眾，吃了幾場敗仗，只好轉戰土瓜灣和馬頭圍，最後在九龍寨城落腳。

油麻地在九龍半島南端，因桐油和麻纜的市集生意而得名。區內有天后古廟，所以有了廟街，亦因外省人聚居，有了甘肅街、雲南街、上海街。土瓜灣對開海面有個形狀既像冬瓜又似番薯的小島，村民叫她做「海心島」，島旁海灣即以瓜為號。馬頭涌的「馬頭」則源自九龍寨城的龍津碼頭，面對九龍灣，英國鬼子的艦隊曾在這裡被清兵擊退數回。蜀聯社本來在寨城外的賈炳達道一帶收保護費，潮州幫找英國警察撐腰，把他們趕進城牆以內，趕狗入窮巷，唯有打得更狠更辣，退一步無死所，袍哥們豁出了性命，折損了幾個兄弟，終於穩住陣腳，打響了旗號，黃賭毒無不沾上。高明雷又開了一間叫做蜀珍館的川菜小店，菜單裡有由阿冰建議的麻辣狗肉火焗。

高明雷坐上了蜀聯社的「舵把子」龍頭大位，初時被稱「高大爺」，其後改喊「雷大爺」。眼見時機成熟，他領著兄弟到盧押道找「和樂堂」的夜香佬算舊帳，鬧個對方人仰馬翻，總算出了鳥氣。他又常回灣仔糧店探望哨牙炳，曾經開玩笑叫他趕快學懂四川話，到九龍寨城替他管帳，萬料不到哨牙炳陰錯陽差地被陸南才招為孫興社的「四三八草鞋」，袍哥對洪門，各有各的身分。每回相約吃喝，雷大爺例必堅持請客，嘴裡左一句「救命恩人」、右一句「有難同當」，喝到酩酊大醉總站起身或抱拳或踢腿，像唱戲般用四川話誦唸一堆哨牙炳聽不懂的話句，後來他說，那是袍哥的會詩，來來去去不外強調忠肝義膽：

你穿紅來我穿紅，
大家服色一般同；
你穿黑來我穿黑，
咱們都是一個色！

天下袍哥本一家，
漢留意義總堪誇；
結成異姓同胞日，
儼似春風棠棣花。

哨牙炳不明白「漢留」何解，雷大爺說袍哥們自認是堂堂正正的漢人留種，故稱「漢留」。兩人談及堂口的諸種事情，雙方都驚訝袍哥和洪門有著這麼多的大同小異，會詩，隱語，口令，儀式，戒條，來來去去都是那幾套用語，意思不外乎提醒兄弟：世再亂也要有規有矩，人亂我不亂，誰亂，誰死無葬身之地。

註釋

1 費撚事理：沒他媽的興趣理會。
2 大家攬住死：同歸於盡。
3 死道友：吸毒者，酗毒者。
4 夜香佬：收糞的男工人。夜香意指糞溺。
5 蝦：欺負。

八・浪子與君子

問題是世界亂了，人要不亂，談何容易。哨牙炳覺得自己亂得一塌糊塗。

好生生的當個掌櫃，忽然變成堂口的二把手，雖說位居管糧管車的「草鞋」先生，初期人手單薄卻又要爭奪地盤，難免仍要參與打殺，他唯有盡量站在其他兄弟的背後，也因此常被嘲笑膽小。孫興社有一回跟「潮安樂」殺個難分難解，迫於無奈向蜀聯社借兵，高明雷夠義氣，親自帶領兄弟跨海到灣仔助陣，一刀斫斷敵人的脖子，一邊喊道：「跟炳哥過不去就是跟我過不去！」，鮮血朝天噴去，身旁的哨牙炳看得膽震心驚。

更混亂的是他剛於一九四一年七月初娶老婆，十二月底香港已經改朝換代，日本鬼子打垮了英國鬼子，太陽旗取代了米字旗，孫興社的撐腰者由英國警官張迪臣變成日本中尉畑津武義，堂口統統要聽「蘿蔔頭[1]」的指令，可是南爺仍舊帶領兄弟偷偷掩護重慶的地下人員，亦暗暗協助紅軍的東江蹤隊營救人貨，一時之間，哨牙炳搞不清楚自己到底是人是鬼。

然而轉念想想也不見得太壞，聞說九龍那邊的堂口比較不受蘿蔔頭控制，萬一在港島混不下去，不妨過海找高明雷蔭護。況且同時替日本人、重慶、老共辦事，像在賭桌上押了所有的寶，他朝誰勝誰敗，自己都不吃虧。把一手爛牌當作好牌來打，是亂世裡的聰明做法。

因為每天喝阿冰煲的滋補湯水的緣故，哨牙炳在這幾個月的混亂裡長了不少肉，但眼見陸南才一天比一天瘦得脫形。陸南才既惦記被日本鬼子關押在戰俘營裡的張迪臣，又要應付日軍、重慶和東江縱隊的各式要求，堂口的生意也得費心照顧，否則兄弟要吃西北風了。日本鬼子成立了香港軍政府，方方面面都管得嚴，這個不准那個不准，但只要打點妥善，打通了門路，方方面面都可以很鬆，黑貨白貨的走私照做，賭攤煙館也照舊經營，女人的買賣更是不可缺少，改名「東區」的灣仔妓寨林立，但只招待日本人，中國人要搞，暗的當然遍地開花，明的則集中在改稱「藏前」的石塘咀一帶，英國人其實早於十多年前已經禁絕塘西風月，萬料不到倒了西風、來了東風，風風月月馬上恢復如舊，連仙蒂也在承包了一間「歡得廳」做歌樓老闆，並替自己做了新名字「碧仙」，笑聲比戰爭開始以前更嬌嗲動人。碧仙在店裡隔著屏風察看進進出出的客人和搖風擺柳的姑娘，再一次確定這顯淺的道理：只要男人不死，女人永遠有活路；只要有女人活著，男人便不願意死。

忙碌也有忙碌的作用，陸南才在忙碌裡可以暫忘張迪臣，唯在夜晚回到住處，燈光在牆上照出他的影子，是自己的，卻亦是張迪臣的，一人化作兩人，心裡眼裡都是對方。對於忙，陸南才無所謂，他痛恨的只是委屈。軍政府大搞歌舞昇平，足球、籃球、游泳、賽馬、舞會、園遊會，華人密探頭目李才訓每隔幾天便召喚陸南才帶人助陣，並非擔心場面冷落，剛相反，是太熱鬧了，敵人歸敵人，戰爭歸戰爭，老百姓蜂擁前來，不肯錯過任何一次逍遣的機會，日本鬼子怕出亂子，要求堂口幫忙管控人潮，誰爭先恐後，便踢、踢、打、抓。動手的是孫興社的兄弟，鬼子兵只持槍在旁厭惡咒罵，來來去去就是說：支那人下流！支那人畜牲！但鬼子兵公私分明，活動結束後，由李才訓把幾袋白米交給孫興社權做酬賞，陸南才接過，覺得白米比石頭沉重。

陸南才也開了眼界，生平首回見識什麼叫做野球。有一場「香港更生第一回昭和十七年秋優勝野球大會」，原來野球就是他從張迪臣嘴裡聽過的棒球，兩隊人輪流揮動木棍拋球、擊球、追球，他平日喜歡鍛鍊棍棒功夫，看著看著，十隻手指頭忍不住痲癢。那天可把他累壞，二、三十支球隊，日本人、印度人、葡萄牙人，也有中國人，海陸空軍部隊和一些公司行號都派員參賽，海經團、鐵道團、三井團、稻要團、香日團，還有一個病院團，哨牙炳在他耳邊笑說：「球員搞不好是精神病院的神經病人！」他好奇問了李才訓，知道那只是陸軍醫院的醫療人員。

球賽從早上進行到傍晚，球員魚貫入場，鬼子軍官嘰嘰喳喳地訓了一輪話，所有人起立向東遙拜日本天皇，高舉雙手呼喊：「萬歲！萬歲！萬歲！」。再唱日本國歌、升日本國旗，又為日本陣亡忠勇將士默哀，哨牙炳在這時候慣把背後暗暗用右手食指和中指夾住大姆指，意思是「我屌你老母個X！」。陸南才懶得這麼做，他直接在心裡罵：「我屌你老母個X！」

家外的世界亂，家裡的世界也讓哨牙炳感到煩惱。阿冰自從有了「炳嫂」名份，日日夜夜想生小炳，她說：「我屠過狗，欺負了狗，你是爛仔，欺負了人。我們生了孩子之後，讓孩子堂堂正正做人，誰也不欺負誰，等於我們做父母也可以堂堂正正。」

哨牙炳聽了心裡感動，於是日日夜夜和她做，但不知道什麼理由，做了三、四個月她的肚皮仍無動靜，而越跟阿冰做，他越懷念曾在客棧裡有過的日日夜夜，並且生起一股奇特的歉疚感，隱隱覺得對不起那些被他想像成母親的姑娘們——他當年打斷了母親的快樂，現下卻不肯繼續給母親快樂，太不孝了。修心養性並非易事，初時尚算輕鬆，他的心被阿冰填得漲滿，塞不下其他女人了，他是自願的。可是漲滿的感覺一點一滴地消退，像生病發燒，額頭熱烘烘的時候當然吃不下飯，但當熱度退卻，胃口便來了，也並非家裡的飯不好吃，只是，吃的千篇一律，吃膩了，不夠過癮。這便要依靠強擠出來的忍耐力。心裡有了遺憾，脾氣便不好了；脾氣不好了，便易挑剔，昔日的他經常胡說八道把兄弟逗笑，現下卻常掛著一張臭臉，動不動便罵人，有一回甚至執起算盤朝一個辦事不力的手下的頭上敲去，手下頭破血流，木框砰然裂開，珠子掉了滿地。哨牙炳唯獨不敢違拗汕頭九妹，他沒去細想這到底是敬，抑或畏。

謝天謝地，婚後半年，阿冰終於懷上孩子。她歡天喜地把消息告訴哨牙炳，他愣了一下，雙目泛紅一陣，流下眼淚。「大人大姐，哭什麼？應該笑啊！別忘了你是堂口二把手，讓兄弟們見到你流馬尿，丟架[2]！」阿冰詫異道。

哨牙炳哭得更淒涼了。他也不明白自己為什麼哭，只覺有一股熱流在胸腔裡亂竄，撞得酸痛。或許總算是完成責任吧。也或許剛好相反，是責任此後更為重大吧。做了堂口大哥是責任，做了丈夫是責任，現下要做父親了，更是一輩子的責任，層層疊疊的責任在一兩年內突然其來地壓到肩上，一時之間他連呼吸亦覺困難，眼睛像兩個破洞的碗，困在肚裡的悶氣化成熱淚汩汩而出。阿冰見哨牙炳越勸越哭，趨前把他抱到懷裡慰解，像當年他在澳門碼頭抱住她，道：「沒事了，沒事的，只要我們在一起便可以了。」

懷胎以後，阿冰把日常心意全部放在養胎上面，想的談的都是日後的孩子事情。她竟然像在汕頭當姑娘時一樣在夢裡聽見狗吠，醒來擔心得哭了，唯恐被她宰過的狗前來報仇，於是叫哨牙炳到佛具店請了一尊神犬塑像回家供奉，日夜焚香禮拜。那是二郎神的哮天犬，二郎神楊戩是哪吒的師兄，她記得文武廟靈籤裡有一句「哪吒出身後為神」，所以相信哪吒的師兄也願意守護肚裡的孩子。肚皮一天天隆起，她不讓他親近，怕動了胎氣，一直說：「忍一下，忍一下，快了，快了。」彷彿丈夫需要的只是開導，肚裡的胎兒才值得尊敬。

哨牙炳不抱怨，女人嘛，她把孩子放在前面其實是他的福氣，孩子以後畢竟要由她看顧，男人搵食，哪來這麼多時間顧妻看小？所以他羨慕也慶幸陸南才是個王老五[3]，孫興社的幾百口人家跟在南爺身邊吃飯，他沒有後顧之憂，其實是其他兄弟的福氣——不，哨牙炳心知肚明，有的，南爺也有他的顧和憂。自從陸南才心焦如焚地派他打聽張迪臣在戰俘營裡的動靜，他回想先前看見和聽到的點點滴滴，便恍然大悟。南爺不止是他一直自以為了解的南爺，像煙氣繚繞裡的關公，本來睜眉怒目，當定神看清楚，眉目卻似觀音。

哨牙炳把阿冰懷孕的喜訊告訴大家，陸南才在中環華人行的碧江酒家設宴替他慶祝，選了卅五元的翅席：

熱葷合浦還珠
熱葷西煎蝦塊
上湯浸肥雞
紅燒龍躉翅

原盅香露菇
合桃鮮蝦仁
翡翠白鴿片
蠔汁扒菜膽
薑蔥撈麵
蝦仁炒飯

阿冰在家中養胎，沒來，一桌十位都是孫興社的兄弟，以及仙蒂，不，該是碧仙；以及高明雷，不，該是雷大爺。陸南才特地再添兩道菜：南乳芋扣肉和生炒鴛鴦魷。席間，刀疤德有點不好意思地說正在學習日語，阿火道：「無所謂了，英國佬管我們，我們學英文，換了日本佬管我們，我們學日文，亦算公道。」無人答腔。世上有這麼許多事情，最好只做不說。並非不可以說，只不過說出來讓大家都不舒服，便不該說。不說，便似是被迫，說出來了，便變成自願，等於受到兩層的屈辱，何必呢。

半晌，雷大爺打破沉默，壓低聲竟問眾人：「你們判斷這樣的日子還有多久？」

孫興社的兄弟面面相覷，心裡都有答案，但都不說。陸南才也有自己的「答案」：明天，到了明天，一切結束，日本鬼子滾蛋，戰俘營鐵門開啟，張迪臣劫後重生，他西裝筆挺地站在營外迎接。這是他唯一想像的答案，或者，願望。對他來說，其他的可能性都不是可能性，他不願意聽，也慶幸大家不說。

然而雷大爺畢竟說了：「依我看，日本人還能管個三年五載，之後香港是英國的抑或中國的，難說。我們學懂日本話，其實亦是為了將來打算。香港是留不下來的了，到時候最好是跟隨日本人回去日本，一來安全，二來那邊百廢待興，肯定有許多發財生意。」

「回去？」哨牙炳對這兩個字聽不入耳，皺眉質問這位袍哥兄弟：「你想回就去得了？日本佬要你嗎？」

雷大爺愣了一下，自知失言，舉杯陪笑道：「不去！不去！格老子，就算日本遍地黃金，老子也不去！」

哨牙炳知道日本鬼子強拆九龍寨城圍牆，強迫附近居民把石頭搬到海邊拓建軍用機場，高明雷和蜀聯社兄弟負責監工，出了不少力，替鬼子立了功，一旦日本戰敗，他們不可能不走。他暗暗慶幸當年沒有傻兮兮地答應去替蜀聯社管帳。

碧仙見哨牙炳和陸南才皆若有所思、心事重重，特地識相岔開話題，說「歡得廳」近日新來了幾位姑娘，其中一個外號「不醉六妹」，白酒黃酒什麼酒都能灌進肚裡，喝遍歌樓無敵手，無數買醉客都敗在她的手上。雷大爺睜大眼睛道：「走！今晚就帶我找她，老子要看看這姑娘的斤兩！」

碧仙道：「那麼雷大爺得先過我這關！」她端起桌上酒杯，仰頸一口喝光，雷大爺不甘示弱，馬上回敬。兩人一來一回，連續鬥了三、四個回合，其他兄湊熱鬧加入，龍躉翅尚未上桌已經喝得人人臉紅耳赤，爭相搶著吹牛。散席了，眾人嚷著要去歡得廳找「不醉六妹」鬥酒，陸南才喊累堅持回家休息，哨牙炳則說要趕回去看顧阿冰，喝得臉紅耳赤的碧仙擰一下他的耳墜，道：「死仔包，老婆奴，我看你忍得幾耐[4]！」哨牙炳無奈苦笑。

兩人分搭兩台黃包車，一前一後沿皇后大道中往灣仔前進，到了分域街，陸南才朝駱克道方向走，哨牙炳轉往謝斐道，各歸各的家。

黃包車拉到謝斐道和史釗域道交界，哨牙炳下車，付過車資，緩步走向家門，剛才鬥酒喝多了，腳步有點浮軟，走了幾步，一陣冷風迎面吹來，壓不住胃裡翻騰，蹲下身子，蝦、鴿、扣肉、魷魚，從胃到喉到嘴，酸臭殘渣嘩啦啦地吐個遍地。終於喘定了氣，哨牙炳站起身才發現對面馬路有一對眼睛盯著自己，並且喊叫：「炳哥，冇事吧？做乜嘔到死下死下？要保重身子，唔好讓其他姐妹替你守寡！」

對方越過馬路走來，窄身翠綠短旗袍，個子非常嬌小，下圍是不成比例地圓翹，搖來擺去，有著刺激的力量。定神看清楚，是阿群。戰前她在灣仔酒吧搵食，洋名他聽不懂，意思好像是什麼什麼「天使」，大概等同上帝身邊的婢女。他和她搞過，還曾開玩笑說：「那麼我今晚就是上帝了！」哨牙炳向來喜高妹，本來對她不感興趣，但她牙尖嘴利倒是跟他旗鼓相當，他喜歡翻雲覆雨之後抱著她躺在床上抬摃談笑。男人就是貪，不管高矮胖瘦，總有辦法找到上床的理由。

阿群走近哨牙炳，他維持著半蹲的姿勢，用袖子抹乾淨嘴唇，抬頭道：「唔嘔到死下死下，又點會見到你？放心，見到你，我點捨得死？」

有好一陣子沒見到阿群了，或者因為一站一蹲的緣故，看在哨牙炳眼裡她比以前長得高，身段亦更婀娜。阿群笑道：「聽說你娶老婆了，做了住家男人。哎喲，姐妹們想死你了。」

哨牙炳突然伸掌捏她屁股，問：「想我的，是你的姐妹，抑或是你的『妹妹』？我老婆有餡[5]了！點呀，想唔想都同我生番個炳仔？」當手掌觸摸到旗袍，似有一股熱浪襲向心頭，久違的調情本領，以為已經萎謝，原來只是暫時睡去，只要遠處傳來一聲口哨呼嘯，馬上甦醒過來。有些奔騰在血液裡的習慣，你可以假裝它們不在，它們卻從未忘記你，恐怕比親人更親。

阿群扭一下身子，拋個媚眼，道：「我『妹妹』想的是你弟弟，我想的是你的人。這樣可以了吧？」

「皇天不負大美人，有緣千里見靚仔。現在你不是見到我了嗎？」哨牙炳站起身，把臉湊近阿群。她五官長相扁平，兩腮掛著幾筆殘餘的脂粉，眼圈上抹著厚厚的墨綠色的油膏，唇上紅口崩缺，盡是歡愉過後的疲態。夜燈下，兩人在路邊打情罵俏，原來日本鬼子進城以後，她跟幾個酒吧姐妹轉移陣地到北角做私娼，偶爾亦赴局出枱，今晚酒局散後，獨自找車歸家，沒想到重遇阿炳。仙蒂和她曾經是好姐妹，阿炳和她們兩人都熟悉。

再聊一陣，阿群說剛才只顧唱歌喝酒，現在餓了，問哨牙炳要不要吃夜宵。他一語雙關地說：「大食婆[6]！」又抬一抬下巴，望向馬路旁邊的一道唐樓梯楷，道：「我就住這邊，要回家了。」

阿群不屑地說：「果然是住家男人！呵，明明是個浪子，忽然變成了君子，炳嫂法力無邊，改天必須讓我開開眼界。住家飯[7]好吃，外邊野食也不見得味道不好。對自己好一些，也不見得對別人有什麼不好。」

哨牙炳彷彿胸口被撞了一下，打算說些什麼，卻不知道該從何說起。結婚宴客那個夜裡，仙蒂已經說過什麼君子什麼浪子了，鐵口直斷，好變壞易如反掌，壞變好難若登天，莫非風塵女子無不看透了男人？那麼，我呢？浪子與君子，是不是只能做一種人？只該做一種人？他記起陸南才某回突然說：「如果我們都是七十二變的孫悟空便好了。」他無法領會南爺的感慨，因為對他來說，變身是天下間最簡單的事情，撒一謊等於變一回身，在胡說八道的謊言裡，別人無法抓住他，唯有自己明白自己。但後來認識阿冰，他誰都不想做了，只想做阿冰的阿炳，老老實實的一個人，汕頭九妹心中的哨牙炳，汕頭九妹期待的哨牙炳，他以為這是七十二變裡的最大一變，也是最後一變。然而，這夜，似乎再有變化從心底湧起。原來以為變走了的只不過是躲藏起來，像小時候在鄉間樹林裡的狐狸，一直對他眨眼睛，只是他假裝沒看見，冷不防，狐狸撲出來抱住他的腳，糾纏他，輕輕一咬，他從君子重新變回浪子。

阿群見哨牙炳猶豫不動，索性伸手抓他的臂，他後退兩步，依然站著。阿群仰臉望他，他也低頭凝視她的眼睛，墨綠色眼膏下的兩個黑洞，很快地彷彿攏聚成一個更大更黑的洞，非常熟悉的洞，他曾經從裡面爬出來。

而終於，又跳回去。

阿群轉身慢慢走往鵝頸橋方向，「寶石賓館」的霓虹招牌在不遠處閃爍，哨牙炳緊隨於後，腳步輕盈，彷彿突然颳來一陣強風，呼呼颳開那道早已閂上的門，也把他吹向門外，再吹、再吹，吹得他踉蹌而快樂地跌回一個已經遺忘的放肆世界。

註釋

1 蘿蔔頭：抗戰時，中國人常稱日本鬼子做「蘿蔔頭」，一來因為他們腿短，二來，盼望終有一天把他們像蘿蔔一樣放在砧板上一塊塊地切。

2 丟架：沒面子。

3 王老五：單身漢。

4 忍得幾耐：能夠忍耐多久。

5 有餡：餡料比喻懷胎，有了身孕。

6 大食婆：嘲諷女人性慾旺盛。

7 住家飯：暗指夫妻之間的性愛。

九・來生再做好兄弟

一九四三年。五月。哨牙炳張開眼睛的時候，額上背上都是汗。

他清楚記得轉醒以前的最後夢境：被一堆亂石瓦礫重重壓住胸口，他推開石頭掙扎著爬起身，然而走不到幾步又被石頭絆倒，再爬起前行，走幾步，又仆下來，整張臉貼近地面，石縫之間湧來一陣強烈的腥臭，他不避開，反而把臉死命地往石縫裡鑽，眼耳口鼻縮成一支細細的竹籤朝縫裡插去，眼前黑麻麻一片，彷彿有一道旋渦把他吸進裡面，脖子被兩塊石頭夾住，無法呼吸，終於在窒息裡驚醒。

自從陸南才在香港佔領地總部門前被炸死，幾個月來哨牙炳經常作相同的夢，差別在於有時候在恍惚醒來以前他會喊叫，有時候不。叫聲有時候是「喂！喂！喂！」，似在跟一個迎面遇見的熟人打招呼，有時候則只是嗚嗚悲鳴，是說不出的傷心。他把夢告訴阿冰，她囑他到廟裡找相士解夢，他沒理會，心知肚明是南爺在呼喚他，或者說，是他在呼喚南爺。

陸南才命喪於這一年的五月七日。那天傍晚，畑津武義召集幾個堂口龍頭開會，他去了，在香港佔領地總部門前見到華人密偵李才訓，心裡雖恨，卻仍得忍住，等待機會把李才訓和畑津武義的肉一片片地割下，他要為被虐死於戰俘營裡的張迪臣報仇。然而人算不如天算，盟軍突然空襲投彈，轟隆隆一陣後，陸南才被炸個粉身碎骨。哨牙炳事後趕到，撿回滿地殘肢，獨欠左腳的一截小腿。找不著就是找不著，陸南才死無全屍，不甘心啊不甘心，哨牙炳帶領兄弟翻遍了附近的每塊石礫，找了兩天兩夜，日本兵阻止，用槍托敲他的頭，趕他走，他唯有半夜偷偷前來再找，可惜苦無結果。南爺舉殯那天，他跪在棺前磕了六個響頭，傷心嚎哭：「南爺，認住我阿炳，來生再做好兄弟！」

躺在棺材裡的陸南才重新有了左小腿，那是從黃包車的木把手而來，陸南才生前雖然當了堂口龍頭，卻沒忘記自己從河石鎮來到香港搵食最先做的只是車伕，手裡腳下拉出了一個江湖，豈可忘本？他把黃包車兩邊座椅的木把手拆下來，花了三個晚上，親手把其中一根的前端刻成龍頭形狀，成為孫興社的龍頭棍掌權信物，日後一代傳一代，短棍在，堂口便在。另一根，留在家中紀念，因為張迪臣曾是他的黃包車客人，木把手上面曾有張迪臣的手掌溫暖。陸南才死後，哨牙炳保留龍頭棍，但把另一根木把手放在棺材裡當作小腿，讓南爺完整地出生，完整地離開，帶走所有恩恩怨怨。棺柩暫寄在東華義莊，發喪時路過永別亭，楹聯仍在：「永不能見，平素音容成隔世；別無復面，有緣遇合卜他生。」

南爺不在，孫興社也等於不在，香港缺米乏糧，日本鬼子不斷把居民驅趕到廣東省各城各鄉，兄弟們跑的跑，散的散，自立門戶的自立門戶，也有的去跟了其他堂口搵食。南爺弟弟陸北風在廣州的「萬義堂」卻仍生意興隆，煙館賭攤妓寨開設得比戰前更肆無忌憚，背後有政府的人撐腰，政府的人背後有日本人，孫興社的手足北上投靠，來一個，他收容一個。陸北風也曾寫信招攬哨牙炳，但他兒子趙純堅才七、八個月大，他寧可在香港守在老婆和孩子身邊，日常消遣是練珠算和找女人。玩算盤不花錢，玩女人也幾乎不花錢，給她們一個肉包已經可以為所欲為，飢腸轆轆的人，不論男女，為了活下去，沒有做不出的事情。

重新在女人的床上打滾，哨牙炳對阿冰覺得愧疚，唯有小心行事，反正她不知道便等同從未發生。以前在夜晚亂搞，如今改在白天，「夜更」變成「日更」，倒又多了幾分偷偷摸摸的快樂。可是他偶爾感到欺負了那些女人，用肉包換她們的「肉」，有點欺人太甚。所以他每回都對女人說：「唔好意思，唔好意思。」有些女人會問：「沒關係。但可唔可以多給一個包子？」

哨牙炳和阿冰亦偶有魚水之歡，之於他，相擁在床的滿足感絕非其他女人所能替代，但她終究無法替代其他女人所能給他的刺激。阿冰並非沒有察覺哨牙炳的動靜，但不吭聲。她對大嫂吐苦水，大嫂的回應在意料之內：「你不想想你阿炳是什麼人？他是堂口大佬啊！做大佬，唔鹹濕會被人睇唔起！」

阿冰低頭不語。明白道理是一回事，服不服氣又是另一回事。

像母親教誨女兒，大嫂繼續說：「男人是你自己揀的，好似入廚房煮飯煲湯，如果你要食菜食齋，就唔好去街市買牛買魚。買完餸，手裡有乜就煮乜食乜。阿冰，做夫妻，過人世，關鍵是女人要明事理、男人要盡責任，其他都是廢話。我從結婚第一日已經跟你阿兄講定了，不要生根，不要生病，不要生情，做得到這些『不』，我便不問不管不提……」

「他做得到？」阿冰問。

大嫂冷笑道：「如果做唔到，我還會坐在這裡替他湊仔煮飯？」說畢，眼神掠過一絲猶豫，彷彿心裡立即質疑自己，不坐在這裡，還能跑去哪裡？真敢跑？真捨得跑？

在大嫂家裡吃過晚飯，夜色深沉，她揹著熟睡的純堅沿著謝菲道慢慢走路回家，四周暗麻麻，樓房窗戶無不牢牢緊閉，只透出閃爍不定的燭光。她突然一陣心慌意亂，連忙解開背帶，把純堅死命地抱在懷裡，彷彿擔心隨時有人從巷子裡衝出來搶走孩子，可能近日有過這樣的事情，孩童被拐、被擄，像空氣般消失，到了早上，人們爭先恐後在香氣飄溢的菜市場買肉包子。

走著走著，阿冰深深嘆了口氣。其實自結婚以來，不，甚至從阿炳向她求婚以來，她心裡有數，狗改不了吃屎，這一天早晚來臨。哨牙炳是她唯一的男人，可是她見過的狗公成千上萬，當談到褲襠裡的亂事，她確信，她懂得，男人和狗公沒有絲毫差別。說句老實話，這一天來得比她想像中的晚，所以她忍不住佩服阿炳的忍耐力，甚至於冒起了微微的低賤的感激。問題是心裡的數就只能放在心裡，而且必須嘴硬，如果不事先威脅一旦亂來便會把他斫成十八塊，他肯定亂來得更快，也更亂。大嫂說得對，沒必要拆穿，否則男人更易肆無忌憚。阿冰決定佯作不知情，哨牙炳最好亦假裝不知道她知情，守住懷裡的孩子，最好再生一兩個孩子，平平安安地把日子過下去。當阿冰難過地想通了，難過的感覺也消退了，反而體會到一種連自己亦不好意思面對的自在。

日子過下去，戰爭卻亦持續。戰爭是日日夜夜的生死拷問，像閻羅王派來了牛頭馬面，卻不馬上把你抓走，光坐在床邊，你閉上眼睛，他們在看你；你張開眼睛，他們亦在看你。誰都無法預知他們何時動手。美國佬的空襲越來越猛烈頻繁，卻常投錯目標，六、七個月誤炸修頓球場一帶，炸死了八、九百人，幾個月前再誤炸銅鑼灣聖保祿醫院，又炸死幾百人，早晚都從天空扔下炸彈，轟隆一聲，什麼都沒了，比她昔日宰狗還快還乾脆。南爺炸死的那天，哨牙炳衝回家蹲在牆角抱頭痛哭，呢喃自語：「死咗！死撚咗啦！怎麼說走就走？他是南爺，他怎麼可以？是蘿蔔頭害死他，我要報仇！」

她跌坐到客廳椅上。萬一被炸死的是阿炳，她和孩子怎麼辦？萬一被炸死的是自己呢？阿炳可照顧得了孩子？萬一，萬一是孩子，她可活得下去？阿冰不敢往下想。不，不要死，誰都別死。必須活著。她千辛萬苦從汕頭到澳門，再到香港，為人妻，為人母，放下了殺狗的刀，可不甘心就這麼被摧毀。開戰以來她從未擔心死不死，彷彿那都是別人的事情，跟她和哨牙炳無關。可是南爺的喪生消息和阿炳的傷心哭嚎把死亡帶到她眼前，這麼地真實，這麼地貼近，避無可避，由不得不心驚膽裂。

默然一陣，阿冰站起走到哨牙炳面前，低頭直視他的眼睛，道：「不要哭！炸彈是美國佬扔的，跟日本仔無關，千萬別衝動。人各有命，南爺是南爺的，你是你的，但你的也是我和孩子的。」又說：「結婚時你答應過我要爭氣。其他事情我不管，只要你活著，為我們活著。這便是爭氣。我們也會為你活著。會的，我們會的，對不對？你說！快說！我們會活下來！」

哨牙炳噙著眼淚，抬頭囁嚅道：「會的，爭氣……我會爭氣……」

活下來並非容易的事情，提心吊膽地過日子，阿冰出門買菜，或哨牙炳出外辦事，一段時間後響起門聲，知道對方安全回到家中，彼此都從心底湧起感激，是向對方，亦是向老天爺。阿冰從早到晚在神枱前上香，既是答謝神恩庇佑，更暗暗祈求能再添丁。她記得文武廟的籤文說「五馬庭前立，能乘萬里程」，是了，現下只有一家三口，還不夠，如果能再生、又生，一家五口，必能家宅平安，萬事大吉。

謝天謝地謝菩薩，終於再來了一個孩子。再謝地謝天謝佛祖，孩子呱呱落地後不久，日本宣佈投降了。那是孩子出生後的第五天，是個兒子，哨牙炳本來喚他純剛，立即改名純勝，勝利的勝。

那天是一九四五年八月十五日，中午，哨牙炳百無聊賴地在家裡讀報，窗外忽然響起震耳欲隆的噼哩啪嘞，他以為又來了空襲，心一慌，打算和阿冰抱著兩個孩子去跑防空洞，但街上到處有人敲鑼打鼓，邊走邊喊：「天光囉！天光囉！天光囉！」他推窗察看，原來是放鞭炮慶祝日本鬼子吃了敗仗。許多家戶連忙從廚房端出碗碟器皿，用筷子或小棍敲擊和應，又把旗幟縛繫在晾衣竹杆上，英國旗，中國旗，原先掛著的日本旗被扔棄到路面任人踐踏。

哨牙炳轉身走進睡房，阿冰已被吵醒，因為坐月子的關係仍然臥床，望向站在門邊的丈夫，他也望她，沉寂了一陣，突然扯開嗓門，失心瘋地、一字一頓地叫道：「蘿！蔔！頭！輸！了！」在地上爬玩的純堅嚇得哇哇大哭，哨牙炳連忙趨前彎腰哄慰，阿冰抱起床邊的純勝，無法竭止地笑、笑、笑，一直笑，忽然感覺臉頰滾過一陣燙熱，不小心讓淚水滴在孩子的口水布上。她伸手拭抹，純勝的眼耳口鼻擠成一團似個皺布枕頭，阿冰輕輕撫捋他頂上的稀疏毛髮，道：「乖，唔好喊。以後日日都要笑，就算想喊的時候也要笑。記得了，欸？」

哨牙炳乾脆跟純堅併肩而坐，一老一少，一高一低，父子倆對阿冰傻愣愣地笑著，都似小孩子。或許熬過了大災難大恐怖的人，如果不是忽然老了卅年，便都似重新投胎做人，萬事如新。

日本人要走了，香港歸誰管？似乎無人在管，卻又似乎人人都想來管。國民黨蔣介石使人暗中通知日軍第廿三軍，香港將由第二兵團的張發奎上將接收，他又催促第十三軍和新編第一軍從韶關向南推進，誰都不知道中國軍隊是否真會進入香港。共產黨的東江縱隊卻動作更快，按照朱德指令搶攻新界和離島的日軍倉庫，趕在國民黨來臨以前奪走武器和物資。

部分日本士兵仍在掙扎，在梅窩屠殺村民宣洩敗戰之恨。市區的日軍倒乖乖就範，留在部隊守地聽候指示，並分送米糧予華人密偵權充遣散費，豈料他們踏出警察局大門即遭老百姓圍毆，有密偵高叫一聲：「別打了！我們一起去搶日本鬼子！」然後握著手裡的槍，帶領老百姓搶掠日本店鋪行號，反正只要夠狠，以及夠不要臉，這分鐘可以做兵，下分鐘不妨做賊。江湖兄弟當然更不吃虧，聯群結隊在街上搜索日本人，找到了，人揪出來讓老百姓揍，鈔票留下自己要。

孫興社早已散夥，但老話說得好，「破船仍有三分釘」，哨牙炳沒告訴阿冰，私下召集了阿火、癲佬華和其他幾個老兄弟，從堂口的箱子裡翻出了幾把短槍、斧頭和鐮刀，兵分兩路，一路守護盧押道和謝斐道一帶的街坊，保護民居免被洗劫，另一路由他領頭去找李才訓，他明白陸南才對這廝恨之入骨，幾年來自己亦受了他不少委屈，不報這筆帳，不是男人。

然而李才訓早已逃之夭夭，用「重慶潛伏特工」的身分回去南京領功。哨牙炳從其他密偵口裡聽見這消息，咬牙恨得奪過阿火手裡的斧頭，一把斫在崖邊的一棵樹上，罵道：「躲得了一時，躲不了一世！你個仆街等著我，千萬別死！」他自己沒帶傢伙，原先打算吩咐兄弟抓住李才訓，關進籠子，由他親手把手榴彈扔過去。他要親見李才訓像陸南才一樣粉身碎骨，如果一枚手榴彈不夠，兩枚、三枚，不管多少枚都行。

戰後的時鐘彷彿走得比戰時慢，因為大家的腳步走得比戰時快，每個人都在焦灼地尋找，找人，找房，找工，找仇家，找恩公，戰爭從所有人的身上都挖走了一些東西，打完仗，大家拚命把它填補回來。明知道有些事情失去了便是失去了，就更要貪婪地搶，不然無法忘記失去之後的空洞。

英國人當然也在搶，為了確保香港仍然是英國的香港。日本天皇在八月十五日「玉音放送」後，倫敦政府立即派員到戰俘營命令詹遜成立臨時政府，聽候海軍少將夏愨的艦隊從菲律賓馬尼拉的蘇比克灣前來接收。香港總督楊慕琦於淪陷後被日本人扣押到台灣，再到瀋陽，被折騰得死去活來，詹遜是戰前的香港輔政司長，在戰俘營內既要聽令於日本人，亦要維護營友的利益和安全，豬八戒照鏡子，裡外不是人，同樣吃盡苦頭。

倫敦的香港接收計劃名為「Operation Amour」，中文是「鐵甲行動」，一九四五年八月三十日早上，英國艦隊終於現身，航空母艦「不屈號」、戰列艦「安臣號」、潛艇母艦「英士東號」、巡洋艦「迅敏號」，十多艘大大小小的艦艇出現於灣仔海軍船塢對開海面，船塢仍有日本殘軍駐防，一個不知好歹的日兵向天鳴槍，夏愨少將下令英軍用瑪克林重機槍轟轟隆隆地掃射，日兵抱頭鼠遁，走到不遠處卻突然跪下，拔出腰間配刀，仰天呼喊三聲：「天皇萬歲！天皇萬歲！天皇萬歲！」，然後把刀鋒捅進腰間，一扭，一剖，身子無聲無息地仆倒。艦上的英國官兵站在桅杆旁目睹一切，竟然同樣不作聲息，有幾分出席喪禮的肅穆氣味。

下午一時，夏愨在艦上施施然吃過中飯，剃過鬍子，帶同部屬登陸，英國海軍船塢緩緩升起軍旗，跟撤旗之日相間了整整三年八個月。夏愨隨下發出公告宣佈成立軍政府，自任首長兼三軍總司令。兩個多星期以後，駐港日軍在香港總督府正式簽下投降書：

> 簽立降書人岡田陸軍少將和藤田海軍中將，茲根據一九四五年九月二日在東京灣簽立投降文書所載，任何地域所有日本武裝部隊和日本轄下的部隊，均須向盟國無條件投降，因此，我們代表日本天皇和日本帝國大本營以及我們轄下所有部隊，謹向夏愨海軍少將無條件投降，並負責履行海軍少將或其授權人所頒發一切指示和發出一切命令，俾能予以實現。一九四五年九月十六日，陸軍少將岡田梅吉、海軍中將藤田類太郎在英國政府代表中國戰區最高統帥代表夏愨海軍少將之前，簽立於香港總督府。

中國戰區最高統帥就是蔣介石，他於戰時已經要求英國歸還香港，邱吉爾的回應是「Over My Dead Body!」，寧死不給，休想。戰後的英國首相艾德禮亦是堅決拒絕，只在美國總統杜魯門的斡旋下，答應讓夏愨用雙重身分在香港受降，同時代表英國和南京，已算是給足了面子。蔣介石既無決心跟英國開戰，唯有低頭接受。國與國如同人與人，實力決定了一切。

英國給蔣介石的另一個面子是准許中國軍隊過境暫駐，陸軍第十三軍、第八軍、第五十四軍、第六十七軍、第九十三軍等皆輪番由香港經海路北上秦皇島、青島、上海等地。中國軍隊到了新界和九龍，路上掛滿迎接的中國旗，但當一些中國士兵開始胡作非為，偷竊、強搶、欺壓，老百姓紛紛感慨，幸好香港的老大仍然是英國人。中國軍隊離開後，有更多的中國人到了香港，歸來的，新來的，像洪水般湧進來。戰前香港有人口一百六十多萬，淪陷時只剩六十萬，戰爭結束後又像發育的孩子般睡一覺便高一寸，一百萬，一百二十萬，一百四十萬，到了一九四六年初已經多達兩百萬人——陸南才的弟弟陸北風正是其中一個。

戰時，陸北風在廣州是「萬義堂」的雙花紅棍；戰後，他與老大葛承坤以「漢奸」罪被捕，關進牢裡，他卻趁放風時間用磚頭擊昏了看守所警衛，拉著老大越獄。但葛承坤拒絕，道：「大哥老了，六十九歲，女人玩夠了，鈔票花夠了，好酒喝夠了，唉，能做的壞事也做得七七八八了，算命佬周谷子早就批我只能活到這個歲數，『六九花凋，塵土極樂』，走到天涯海角亦劫數難逃。要還的債總歸要還，這輩子還清了，希望下輩子投胎到書香門弟，不必浪蕩江湖。風，來世再做好兄弟！」

陸北風是明白的，撈偏門的人都得信邪。其實陸北風也找周谷子睇過相，周谷子說他廿八歲有劫，但沒告訴他能否安全過關。他後來再找其他算命師，一個，兩個，三個，四個，前後不下十多個什麼神算什麼仙人之類，卻各有各的批語，有的說他福壽雙全終老，有的說他年壽不滿四十，極好極壞的都說得似模似樣，讓他聽得不知道應該信誰。後來，想通了：很簡單，誰說好話便信誰。靈不靈驗是一回事，但相信了好話，有了信心，再倒楣的路走起來亦較暢順。但看在陸北風眼裡，葛承坤選擇相信不吉利的批語，「身作身受，命作命抵」，亦是一條好漢。

葛承坤撿起地上的磚頭，把躺著的守衛敲得臉面模糊，又拾起守衛的佩槍，持在手裡，昂首挺胸站在牢房走道上，喝道：「風，快走！我是大哥，我不撐你，誰撐你？」陸北風雙膝下跪，連叩三個響頭，道：「大哥，下輩子細佬再為您做牛做馬！」

陸北風逃離看守所，葛承坤被押往刑場。

十・菩薩眉低，也任人寰安落魄

這是陸北風第三回來到香港。首回是一九三八年奉葛承坤之命，與陸南才前來創立孫興社。次回是一九四三年來替陸南才發喪，棺柩借寄於東華義莊，打算他日會才運回河石鎮安葬。這回輪到自己逃命，但他並無沮喪，江湖路本就是陰陽路，從無名小卒變成堂口大佬只是一步，從堂口大佬變成亡命天涯也只是一步，食得鹹魚抵得渴，自怨自艾的人最沒出息。此處不留爺，自有留爺處，在南逃的路上，陸北風已經開始盤算聚集孫興社的老兄弟重起爐灶。他清楚記得相士說過要注意雞年的風波轉折，熬得過便海濶天空。廿六歲，酉雞，正是這一年，他決定相信相士。

到了香港，陸北風第一個找的人是哨牙炳。

兩年多未見陸北風，哨牙炳發現他的筋肉骨架壯實了不少，整個人似從火爐裡抽出來的鐵枝，完全不似剛吃過漢奸牢飯。先前並非如此，陸北風比哥哥高胖，圓滾滾的臉，粗而厚的身和手腳，眉開眼笑，像個童叟無欺的生意人。上回見面，他略略瘦了，這回重逢，又再瘦，但其實該說是硬朗，連眼神也顯銳利，隱隱閃著精光。陸北風拍一下胸脯道：「我這兩年在廣州跟陳師傅練『鐵布衫』內功，而且每天喝『龍虎鳳大補湯』，早晚一大碗，嘿，現在可厲害了。」他低頭瞄向自己的袂襠，再對哨牙炳打個得意的眼色。

陸北風的膚色比陸南才黝黑得多，但跟哥哥一樣有著挺拔的鼻樑，肥胖時並不覺得突出，雙頰瘦下來之後，鼻樑直直地掛在臉的中間，多了幾分「說一不二」的威嚴氣勢。他好勇鬥狠，曾在跟桂林幫「九峰山」的廝殺裡執起雙刀，一口氣斫倒十三個敵人，故得「十三風」名號。他的左臉頰有一道刀疤，由耳朵往下斜割到靠近鼻翼，望去彷彿跟眼和鼻連結成一個三角形。陸北風說那是去年在打鬥裡受的傷，混了九年江湖，身上不多不少地留有九道刀痕，臉上一道，背脊三道，右脇兩道，左腿一道，右腿兩道。他說日後練成了鐵布衫，刀槍不入，九道疤痕剛好是個紀念，夠了。

重逢陸北風，哨牙炳做的第一件事是把一個沉沉的樟木箱子交給他，箱裡有六百元美金，有十五根金條，還有三十多張匯豐銀行的五百元廢紙大鈔。為什麼是廢紙？日本鬼子於佔領香港之初，把匯豐銀行的洋經理關押在銀行頂樓，用槍口抵背，強迫他日以繼夜在幾萬張尚未正式發行、根本沒有儲備支持的鈔票上簽名，然後用錢購買軍用物資。英國人重管此城後，馬上宣佈不再承認這批有特別號碼的「迫簽銀紙」。哨牙炳說：「南爺留下這個箱子在孫興社總堂密室，我抬了回家。」

他在南爺命喪後於孫興社密室發現樟木箱，箱面漆著一幅蘇格蘭田園風景畫，畫旁刻著歪歪斜斜的英文字「M．D．」。他用手掌撫摸圖畫。他記得張迪臣的洋名是Morris Davidson，南爺吩咐他到戰俘營打聽消息時，曾把名字寫在紙上。所以他心裡有數，猜度箱裡錢物是南爺和鬼佬之間的金錢瓜葛，他不知道背後細節，更不想知道，知道了便得負責任，他最不喜。

但哨牙炳終究忍不住想：那會否是鬼佬送給南爺的禮物？戰亂裡，錢財是最實惠的照顧。可是堂口龍頭怎可以被其他男人照顧，尤其是洋男人？嘿。南爺不可以。哨牙炳不准自己想下去。但其實就算他怎麼去想亦無從得知箱子裡都是張迪臣從日本鬼子手中取得的情報酬金，只不過暫託陸南才保管。陸南才明明知道張迪臣只是利用他，但仍然答應幫忙，之於他，冒險付出便是愛，無論如何，陸南才相信要對自己愛過的人負責，否則便是背叛了自己。萬料不到，生有時，死有命，兩人其後分別走向生命終站，糾纏不清的箱子終於經由哨牙炳轉到陸北風手裡。

哨牙炳沒提半句張迪臣，陸北風也沒探究細節，人已不在，留下來的錢財是眼前的唯一真實。陸北風以為箱子裡的都是陸南才替孫興社守住的錢產，他只問了一句：「其他兄弟沒來分？」

哨牙炳搖頭說：「沒有人知道南爺的秘密。」原先以為交出了箱子等於卸下了秘密，但哨牙炳馬上察覺沒這麼簡單，南爺與張迪臣的關係依然沉甸甸地壓在心頭，世上有些事情畢竟比錢財更不容易割捨。

哨牙炳並未對陸北風說假話：其他兄弟確實沒來分錢——只不過，他自己從樟木箱裡拿了錢，以及金條。

陸南才被炸得血肉橫飛後，孫興社的「白紙扇」大隻良和「雙花紅棍」刀疤德爭奪龍頭大位，談不攏，索性另起爐灶，大隻良創了「義良堂」，刀疤德自立「興亞社」，同在日本鬼子的控制下幹著黃賭毒的老本行。有些兄弟則到了廣州投入萬義堂，孫興社剩下空殼子，哨牙炳苦笑道：「連兩桌麻將都湊不夠人頭，冚家鏟，散夥算了！」

　　哨牙炳一直把南爺的樟木箱偷偷擱在家裡閣樓，沒讓阿冰知道，如今要轉交到陸北風手裡，他打開箱子清點財物，不意被阿冰看見，她罵道：「家裡藏著這些東西，你竟然不告訴我！你把我看成外人？我是你老婆，是要跟你過一輩子的人啊，你到底在打什麼主意？是不是外頭有了女人，這些錢要給她？」

　　「唔好亂講！錢都是南爺的，我要還給風哥！」哨牙炳急著解釋。

　　阿冰滴滴答答地落淚，哭道：「阿炳啊阿炳，好不容易打完仗，你替堂口出了這麼多力，無功也有勞，南爺雙腳一伸，話走就走，但你和我要吃飯，孩子要吃飯，手裡有錢才能爭氣。風哥和南爺雖然係親兄弟，南爺信任你，但風哥呢？風哥亦係？一朝天子一朝臣，你要為自己預作打算啊。如果我們有錢，開店做老闆，有飯吃，靠自己，不必再俾人指喚，不是好得多？」當媽以前的何艷冰不愛哭，更不貪心，但生了孩子，變了，經常一把眼淚一把鼻涕，此刻更有了不厚道的貪念。

　　哨牙炳默然不語。阿冰索一下鼻子，提出要求：「十根，只留下十根金條便好。」

　　「黐鳩線！不行！那是南爺留下的錢，我點可以對不起他？」哨牙炳氣得「嘭」一聲拍了桌子，純勝在阿冰懷裡嚇得呱呱啼哭。

　　「乖，唔駛驚，阿爸不是罵你，曖，曖，曖……」阿冰一邊逗哄純勝，一邊跟哨牙炳討價還價。她呼嗤呼嗤地哭著，道：「十根不行，就七根。也要兩百元美金。美金值錢。」

　　純勝仍然在哭，兩歲多的純堅被吵醒，揉著眼睛蹬蹬蹬地從房間走到客廳，也哭。哨牙炳感到前額一陣劇痛，頹然癱坐到藤椅上，旁邊茶几上擺著算盤，他慣性伸手撥弄茶几上的算盤，咯嗟咯嗟地似替孩子和老婆的哭喊聲打著拍子。

錢財是南爺的，不問自取，豈不等於佔竊兄弟財產？這要受三刀六眼之刑，哨牙炳心裡飄起一陣寒意。可是，可是，他忽然想起，南爺生前經常告訴他「不讓別人知道便好了」，他偷偷取走部分財物，南爺不在了，天知地知無人知，於南爺毫無損失，有什麼關係？可是，可是，陸北風呢？這麼做不等於偷了風哥的錢？風哥是南爺的親兄弟，這說得過去嗎？

思緒陷入混亂，撥弄算盤的手指頭也越挑越急，咯咯咯、嗟嗟嗟的響聲漸漸亂成漫天噪音。哨牙炳忽然覺得自己的生命其實也一直在亂套，從在河石鎮家門外偷窺母親姦情那天開始，到被母親離棄，到跟隨父親逃離鄉下，到立志替父報仇卻又當了逃兵，到做了糧店掌櫃卻又混跡江湖，到娶了老婆卻又繼續沾花惹草，廿多年下來，除了手指頭之間的算盤珠子，什麼都掌握不了。而現下一動氣，竟連算盤亦不受掌控，想來不禁戚然。

阿冰卻沒有給他悲傷的機會，她一手挽抱純勝，一手牽住純堅踏前站到哨牙炳面前，腫著眼睛道：「好啊，你清高！你不肯對不起南爺，唯有讓我們對不起你了！我帶孩子回汕頭，你好自為之，繼續在這裡做你的炳哥。但老實說，你根本不是混江湖的料，夠了便是夠了，阿炳，再勉強下去只會當炮灰。當年老娘跳海救了你一回，可沒法子再救你第二回！」

連珠炮發的幾句話如巴掌般重重摑下，哨牙炳腦袋轟了一聲，不知道如何反應，喉嚨似被當年的腥臭海水哽住。那天阿冰在澳門碼頭的一跳，確是救了他的命，他欠她，不容抵賴。幾年來她守住信用，守住秘密，他便覺得欠她更多。料不到的是她此刻重提往事，把秘密變成了武器，她還瞧不起他的江湖歷練，一連串的攻擊把他殺得措手不及。但其實幾年來他也忍住沒說，那天在澳門碼頭他終究是為了她才會墜入險境，那麼到底是誰欠了誰，一言難盡。人和人之間最怕算帳，翻開帳簿，滿目塗塗抹抹，不管是借的或還的，總能找到不服氣的地方。但也只好認了，欠了就是欠了，無論為什麼欠和欠多少，沒法子不還。

這麼轉念一想，倒找到了迴轉的餘地。如果真要算，能否說若非曾經受我照顧，否則南爺當初不會在香港拉黃包車，也不會有後來的因禍得福，在香港開設香堂？能否說是南爺欠了我？而且阿冰沒說錯，自問闖盪江湖依靠的只是南爺關照，也靠運氣，南爺死了，說不定運氣也已用盡，何不趁堂口散夥，重新做人？取了的錢財，就算是先向孫興社借貸吧，將來做生意賺得盆滿砵滿，我會還，會的，我會連本帶利歸還。我趙文炳從來不願意虧欠任何人。好，就這麼辦。他默向陸南才的天上之靈道歉：「南爺，要對唔住你一次咁多。一次，就這麼一次，唔好意思。」

腦袋漸趨平靜，哨牙炳默念一輪算訣，「轉身變作五，五四倍作八，見九無除作九八，無除退一下還九」，手指頭重新接受使喚，算盤聲響回復了穩定的節奏。阿冰到睡房床下拉出藤箱，用非常緩慢的動作收拾衣服行裝，不時偷偷瞄向客廳，又刻意窸窸窣窣地擤鼻子。算盤聲突然停住，哨牙炳嘆了一口氣，突然一骨碌地站了起來，走近睡房門口，道：「三根！最多拿三根金條！」

「五根。別忘了，也要兩百元美金。」阿冰摺疊衣服的手頓然停住，側臉望向房外，臉上全是淚痕。純堅在床上睡了，坐在地上的純勝瞪起一對大眼睛看著這個他全然不解的大人世界。

金條和美金換成了港幣，兩人開設「炳記糧莊」賣柴米油鹽。哨牙炳明白無論打仗不打仗，只要是人便有嘴巴，只要有嘴巴便要吃飯，做這行生意，錯不了。

「炳記糧莊」設在謝斐道和馬師道交界，地面是店鋪，店後有樓梯可走到一樓倉庫，又有樓梯到二樓，是陸北風借居的地方，他足不出戶，看穩形勢再謀動靜。陸北風用棍敲打自己的胸、肚、背、腿，臂，邊打邊棍棒，早午晚勤練鐵布衫內功和洪拳。陸北風用棍敲打自己的胸、肚、背、腿，臂，邊打邊「嘿！唬！嘿！唬！」地吼叫，聲音偶爾穿越樓梯傳到店面，顧客臉露驚愕神色，哨牙炳連忙胡扯解釋：「唔好意思，唔好意思，只係大人在打仔……」

陸北風多番建議哨牙炳跟他習武，說洪門中人豈可不學洪拳，洪拳源出少林五祖，洪門兄弟之間有交代身分的暗詩：「猛勇洪拳四海聞，出在少林寺內僧，普天之下歸洪姓，相扶明主定乾坤。」哨牙炳耍手搖頭，笑稱自己手無縛雞之手，替堂口跑跑腿尚可勝任，何況經過戰爭折騰，連跑腿的力氣也漸見薄弱。

過了兩個月，陸北風見緝捕漢奸的風聲逐漸平復，開始思量去向。國民黨政府於戰後提了一張漢奸名單向港英政府要人，英國鬼子用外交手段敷衍了事，拉扯一陣子，抓了五、六個便沒繼續追究。英國佬的想法非常簡單：如果在中國大陸替日本人辦事是「奸」，在殖民地替鬼佬服務的不亦有問題？如果替你抓「漢奸」，日後還有什麼資格叫華人為我們服務？所以倫敦宣佈了大赦，除了少數殺人放火的人被以「戰犯」定罪，其他人不論社會地位高低，一律安全過關。

安全了，陸北風放心重出江湖，哥哥留下來的錢財便是資本，他暗覺是陸南才顯靈拉他一把，好讓弟弟重振孫興社。陸北風派哨牙炳聯絡舊人，兄弟們紛紛歸隊，連大隻良和刀痕德都把「義良堂」和「興亞社」解散，各自帶著手下重回孫興社。新人也有不少。有錢好辦事，戰後湧來一批又一批的老少壯丁，睡在路邊只是無業遊民，加入堂口便成了各有名號的幫會兄弟，好歹是個搵食的行當。陸北風跟身邊手足商量一陣，決定把堂口易名「新興社」，萬事如新，從頭收拾舊山河。佈置就緒，他挑了個吉日到東華義莊拜祭兄長，跪在棺前立誓，一旦站穩陣腳，馬上覓墳給陸南才風光大葬，現下先到上環的廣福義祠立個靈位，方便常來祭祀。

廣福義祠在文武廟附近，由善長仁翁捐獻建成於一八五六年，施藥贈醫，也供設置祖先神牌，祠門刻有對聯：「菩薩眉低，也任人寰安落魄；檀那力廣，權任佛地妥遊魂。」陸北風帶領手足在陸南才靈前上香跪拜，齊聲朗喊：「龍飛鳳舞振新興，招牌響起動天庭，忠肝義膽為標記，誓保家聲享太平！」

祭祀結束，眾人從上環步行到灣仔的大三元酒家吃飯，天空飄起毛毛雨，阿火替陸北風打傘，陸北風在傘下邊走邊說著滿腹大計，新興社要一路從大佛口打到七姐妹道，由灣仔到北角的地盤都得拿下，大家必須勤練拳腳，不容半分疏懶。大隻良說：「好哇！有架打，我最撚開心！那麼有勞炳哥多替我們張羅傢伙，最好也弄幾個手榴彈、幾把機關槍。時代唔同了，只用拳腳會吃大虧。」

哨牙炳不作聲，心不在焉地點頭敷衍。下午出門前，阿冰從廚房步出把他喊住，提醒他對陸北風說清楚要脫離堂口。她一直希望丈夫爭氣，但爭氣不一定要混幫會，小店可以是江湖，家裡也可以是江湖，顧家顧店都得花費心力。她笑道：「在家裡，你就是龍頭老大，我是你的

『草鞋』，純堅是『雙花紅棍』，純勝是『白紙扇』，閉起門，我們一家四口也是個響噹噹的堂口！」

「你那天不是要回汕頭嗎？怎麼現在又想跟我組堂口了？」哨牙炳取笑她道。

阿冰啐道：「不唬一下，你怎會留下金條？你緊張我，我當然更緊張你。連炸彈都拆不散我們，難道太平了，我會走？」

「對，對，對，我們還要一起下地獄。」

阿冰白他一眼道：「誰要下地獄！要去，也要去西方極樂世界，我們一家四口，極樂逍遙！」又催促道：「快出門吧，別讓風哥等你！」

阿冰手裡揉著廚房抹布，語氣像叮嚀離家上學的孩子，哨牙炳覺得如果家裡是個堂口，她才是龍頭老大，他則仍然只是跑腿「草鞋」。但他是個快樂的跑腿，像回到了童年，然而站在眼前的「母親」並未對他不顧而去，而是抓緊他，沒有對他放手。他突然覺得有了力量，原來一直避之唯恐不及的負責任能夠給人力量，尤其當被所愛的人需要。他不知道愛是一把神秘的鑰匙，配對了鎖，可以打開童年的盒子，釋放許許多多被困住的精靈。他只知道自己有決心達成阿冰的囑咐，此刻的他，有前所未有的意志。

十一・「我只不過想重新做人！」

大三元酒家在莊士敦道和堅拿道交界，「堅拿」的英文是Canal，以前是一條小河，被填平了，只在路名上留著河的痕跡。

眾人從上環往灣仔走去，行行復行行，聒噪喧鬧，像一列出巡的牛鬼蛇神。行近聖佛蘭士街的斜坡，哨牙炳拉一拉陸北風的袖子，示意私下說幾句話。陸北風囑咐兄弟們先走，他和哨牙炳各自從袋裡掏出香菸點燃，蹲在騎樓路邊吞雲吐霧。他五天前已經遷離炳記糧莊，在駱克道租了個八百呎的房子做新興社總堂，同時是他的居所。

哨牙炳抽著菸，面露難言之色，尚未開口，陸北風已說道：「我知道廣州有幾個老關係也來了香港，他們跟雲貴一帶的煙戶很熟絡，過幾天我找他們談談合作，只要新興社控制住碼頭，不愁沒有大茶飯。黑土先運到這裡，然後北往上海、南往越南和菲律賓，想唔發都幾難。這幾年間辛苦你了，再搏殺一陣，有了好日子，風哥不會虧待兄弟。」

陸北風撣一撣手指，菸蒂帶著火光在半空旋向遠處，被雨水淋濕，菸頭冒起幾縷白煙。他握拳親切地捶一下哨牙炳的肩膀，道：「我阿哥以前把你看成親兄弟，他不在了，你仍然是我的親兄弟，千萬別跟我見外。」

豈料哨牙炳囁嚅道：「風哥，唔好意思，我……我打算專心顧店，你和兄弟發大財，唔駛理我。」

「你講乜撚？」陸北風怔一怔，馬上躍起身，雙手叉腰直視仍然蹲著的哨牙炳。「你再講一次！什麼叫做唔駛理你？你不跟我們做兄弟了？你要跟其他堂口？」

哨牙炳連忙躍起身，卻因心急，滑倒踉蹌。於是雙手按地再站起來，支吾道：「做……做……我們是斬過雞頭、燒過黃紙的兄弟，一天是兄弟，一世是兄弟，怎可能有異心？主要是我現在有家有小了……」

「ㄅ那媽，唯獨你有老婆仔女？其他兄弟冇？」陸北風抬腿踢向電燈柱，扯開嗓門喝罵：「點解唔直接說自己怕死？做人老實些，別人更睇得起你！目前是堂口最要人用的時候，你竟然金盆洗手？一天江湖人，一世江湖人，洪門向來有進無出，什麼叫做義氣，阿炳，你——懂——嗎？」

哨牙炳語塞，聳著頭，彷彿整個灣仔的人都在看他、笑他。但其實附近無人，只有一個頭垢臉的瘋子癱坐在對面路邊，望向天空愣愣傻笑，雨水把他淋個渾身濕透，他卻笑得開心，彷彿在享受洗澡，人間唯有老天對他好。街坊都知道那瘋子原先是大佛口「好彩洋服店」的裁縫師，日本投降前幾天，盟國轟炸灣仔，炸死了他母親、他老婆和他的三個孩子，他也受傷了，從昏迷裡甦醒過來，卻又從此不再清醒。

陸北風不罷休，繼續罵道：「我阿哥說過你最忠肝義膽。膽個屁！你只是個無膽匪類！走，跟我回去廣福祠，你自己站在我阿哥的神主牌面前說個清楚明白，你到底對得起對不起他！」他死命抓住哨牙炳的衣領，把他拉往聖佛蘭士街的上坡路，顧不得提傘了，兩人跟對街的瘋子一樣，衣髮鞋襪盡是水汪汪。

哨牙炳扭身掙扎，喊嚷道：「風哥，冷靜！唔好意思，你放手再說！」

陸北風抽回了手，卻撿起路邊的一塊磚頭，趨前施展擒拿功夫，一抓，一按，把哨牙炳的右手掌壓在騎樓旁一片石壁上，作勢欲敲。哨牙炳哀號求饒，陸北風道：「今日要攞你一隻手，唔係因為你拋棄堂口手足，而是為了你盜竊兄弟錢財！做過乜嘢，你自己心知肚明！」

原來風哥知道他拿了錢！哨牙炳驚愕得張嘴結舌，雨水密集地打到口腔裡，然後洩漏出來，像崩堤的江河。「我……乜嘢……我……」他沒法把話說完，不知道應該坦白抑或繼續隱瞞，因為不確定陸北風知道什麼和知道多少。

陸北風直接告訴他答案：「樟木箱底有個暗格，裡面有張紙把錢財數字寫得一清二楚。你穿櫃桶底[1]，仲詐傻扮懵？不拆穿你，不表示我不知道。我是念你在我阿哥身邊這麼久了，不跟你計較。貪心不是問題，貪心的人有大志，有大志才成得了大事。可惜啊，你貪錢，卻被拆穿了，算你倒楣。你係仆街在倒楣上面！倒楣了，就得認！如果我把事情張揚開去，看兄弟們會不會找你算帳？你丟得起這臉，我可丟不起！」

哨牙炳渾身顫抖，心底湧起強烈的愧疚感，但與其說是對於盜佔財物，毋寧說是對於自己的辦事不力。真他媽的不謹慎！怎麼沒認真檢查樟木箱？這一剎那，他像被滔滔洪水沖返故鄉門前，那一天，他替母親和蝦米叔把風，一個睡覺的失誤惹出其後的連串大禍。往後這些年來，除了對帳目數字敏感分明，其他事情他都極少做得妥善，或者說，他總會擔心自己做得不夠妥善，有這樣或那樣的錯漏烏龍，而越是擔心，奇怪地到了最後越容易真的出錯，只是別人不一定看得出來。而一旦被發現，像現下這狀況，事情便難以收拾。他不明白為何想做對一件事竟然如此困難。他自覺是個徹頭徹尾失敗的窩囊廢，一陣陣自卑和自憐的傷感情緒襲來，眼眶一紅，顧不了面子，滴下眼淚，淚水和雨水混成一片。

「刁，男人大丈夫，喊乜撚?冇鳩用!」陸北風啐道。

哨牙炳更覺傷心，身子一軟，蹲下背靠著石壆，把臉埋在手掌裡，喃喃自語道:「我只不過想重新做人，點解咁難?」

陸北風聽得煩厭，一記大巴掌往哨牙炳的後腦門重重摑下去，罵道:「喊、喊、喊!就知道喊!你喊到盲亦無撚用!」哨牙炳無法止住眼淚，兩隻肩膀哭得一聳一聳的像隻被雷雨擊傷了翅膀的小鳥。對街的瘋子依然在傻笑，在誇張地抖動肩膀，在模倣他。

「將功贖罪!聽見了嗎?將——功——贖——罪!」陸北風再摑他一掌，道。

哨牙炳聽見了，連忙仰臉望向陸北風，輕輕點著頭，汪汪淚眼裡含著感激。

陸北風蹬了哨牙炳一腳，罵道:「靈堂放屁，失禮死人!」他坐到騎樓底的梯級上巴茲巴茲地抽菸。哨牙炳也趨前坐下，不言不語，陸北風把一根香菸扔過去，他不接，就垂頭喪氣地坐著。沉默一會，陸北風首先打破沉默，說出關於將功贖罪的想法。哨牙炳必須留下，除了管帳，更要拉攏警察那邊的關係，他熟門熟路，幫得上大忙。總之陸北風不會讓他離開堂口，否則會被嘲笑欠缺號召力，留不住孫興社的二把手，甚至被誤會排斥舊人，初建的新興社便太沒面子。陸北風答應不把事情對任何人道破，今天發生的一切，一筆勾銷，哨牙炳拿走的金條和美金不必退回，就算是他私下入股糧莊，大家仍然是好兄弟，同進同出，開山劈石，該分的好處大家分。

「殺人放火我內行，守財生利我不懂。你以後替我打理私房錢吧。」陸北風提出要求。

哨牙炳怔一怔，反問：「私房錢？」

陸北風聳肩道：「是啊，堂口大哥總得有自己的私帳，公歸公，私歸私，親兄弟，明算帳，對所有人都好。我在廣州還有些老本，我一定要取回來，到時候你替我好好管著。唉，老子認命了！自己的錢守不牢固，總得借屍還魂！」他在萬義堂風光得勢了八、九年，戰後國民政府抓漢奸，他手裡的財產當然統統被沒收，但有些田契屋契登記在女人名下，矇混過去了，他一直等待機會索回——不，搶回。見過鬼怕黑，他決定日後盡量利用其他名目掩護自己的錢財，問題是必須找個可靠的人，而陸北風願意信任哨牙炳。他最痛恨不貪財的人，自鳴清高，不容易受擺佈。哨牙炳的好處是貪財卻不敢太貪，樟木箱裡有那麼多黃金和現鈔，換作是自己，心問口、口問心，他肯定全部吞掉，反正陸南才已死，死無對證。但哨牙炳居然只取了五根金條和兩百元美金，不管是因為膽子太小或者心地太好，反正看在陸北風眼裡，他都是個膽小鬼，而膽小鬼最容易被控制，只要兇他、唬他，他不敢不聽話。

哨牙炳果然連聲應允，拍胸脯說：「放心！我一定好好守住風哥的錢！」

「不能只守住，還要生利！一本萬利！賺個盆滿砵滿！」陸北風瞟他一眼，道。

「係！係！一本萬利，盆滿砵滿！」哨牙炳不斷點頭道。

陸北風笑一笑，哨牙炳也對他咧嘴而笑，然後說：「時候不早了，風哥餓了吧？我們去吃飯？」正欲站起來，陸北風突然抬高手臂，啪啪啪啪啪，一連打了哨牙炳六記響亮的耳光，罵道：「你盜佔兄弟財物，我不可以不執家法，否則壞了規矩。但這只是小懲大誡，日後再有對不起堂口，新債舊債一起償還，你捱的便不是耳光了！」

哨牙炳伸手拭抹鼻和唇，手掌上都是血，還有半顆牙齒落到地上。陸北風手勁大，打得他門牙斷裂。

陸北風睃他一眼，道：「呵，天意啊！老天爺故意留個記號，叫你明天趕快去鑲金牙，時刻提醒你做人要『牙齒當金使』，言而有信！哨牙炳，哨牙炳，以後你改名『金牙炳』吧！」

哨牙炳唉聲嘆氣。陸北風撿起雨傘往前走去，他無奈跟在後頭，到了酒家，兄弟們奇怪他忽然缺了半截門牙，他敷衍說是因為在雨中失足滑倒。席間，陸北風向兄弟們宣告「草鞋」崗位由阿火擔崗，哨牙炳改任「白紙扇」之職，聯絡各方門路，也兼管帳房，是堂口的大掌櫃。陸北風又建議打破舊規，設置兩席「雙花紅棍」，由刀疤德和大隻良同時負責，兩支齊眉棍，兩把青龍刀，兩隊人馬同心合力替堂口攻城掠地。陸北風說：「平起平坐，齊心搵錢，有福同享，有難同當！」

當夜酒醉飯飽，在歸家的路上，哨牙炳覺得非常荒唐。他的本意是金盆洗手，結果洗手不成，反而讓雙手在江湖渾水裡越陷越深，既要管堂口的事，又要理風哥的帳，還賠上了半截招牌門牙，令他欲哭無淚。做人難，想重新做人難上加難，先前幹過的事情冤魂不息似地把你包圍，休想逃得了。這一刻哨牙炳最煩惱的是不知道怎樣對阿冰解釋。下午出門前他答應她會對風哥道明脫離堂口之意，但結果，結果，唉，結果。他拖著沉重的腳步回家，在門前躊躇思量，沒有別的路了，最後決定只說半個謊言。

什麼是半個謊言？那就是不說全部的真話。哨牙炳不希望阿冰難過，也擔心她一怒之下真會帶孩子返回汕頭，他更不願讓她發現自己粗心大意到忘記檢查樟木箱的暗格，他怕被她瞧不起。所以他打算對她說，陸北風答應讓他脫離堂口，但需要時間，兩年，最多三年，待新興社上了軌道便放他走。事緩則圓，哨牙炳覺得「拖」字訣足可解決問題。

推開家裡大門，客廳半邊漆黑一片，另半邊被角落神枱上的長明燈掩映成一圈詭異的暗紅，眼前世界截然二分。哨牙炳踮手躡腳地走近睡房，隔門窺見阿冰已經呼呼入睡，他壯著膽子，放輕手腳走到床邊，昏黑裡，端詳阿冰的臉容輪廓，如此熟悉，心裡湧起莫名的暖意。他生起衝動想對她說聲「對不起」，她卻突然反過身伸手搭住旁邊的純勝，粗腫的腰背讓他覺得有些陌生，原來她發福了不少，純勝出生之後他未曾認真看過她的身體，此刻更感內疚。

他記得她說文武廟籤句提過什麼鴛鴦，這一剎那，他驚覺他們不就是根本不太相配卻偏要相配的鴛鴦了嗎？他總做不到她想要的男人。她要他勇敢，他卻怯懦；她要他床上檢點，他卻男女荒唐；連她要他金盆洗手，他卻陰錯陽差地留在堂口。但倒過來看，他明明知道她所要求的事情並非是他所樂意去做，卻仍費力去做、假裝去做，做得到做不到是另一回事，畢竟自己仍是心甘情願。說難聽點，這不是自我作賤嗎？他實在想不透，心思紊亂，晚飯時又灌了不少酒，額頭陣陣刺痛，於是吁一口氣，慢慢退回客廳。

折騰了一天，哨牙炳疲累極了，坐到椅上沒多久已經不知不覺地呼呼睡去。累了，他非常累，屋裡的人需要他，屋外世界也有人拉住他，他不知道自己還能撐持多久，只知道自己不可以倒下，必須挺住，直到兩邊的世界把他放開，而到時候他已經老去，哪裡都去不了了。但此時此刻，在入睡以前，最令他煩惱的只是，醒來之後如何告訴阿冰：我金盆洗手，失敗了。

註釋

1 穿櫃桶底：虧空，侵佔。

生命裡最困難的事情並非選擇，
而是，捨棄。

第二部　鴛鴦樓下萬花新　翡翠宮前百戲陳

十二・亂七八糟的男人

這是哨牙炳早上醒來以後對阿冰說的解釋版本——

昨天離開廣福義祠，他對陸北風提出金盆洗手，風哥暴跳如雷，罵他是反骨仔，更激動得眼眶泛紅，幾乎為他流下男兒眼淚。

「風哥會喊？」阿冰覺得不可思議。

哨牙炳瞪著眼睛，直望阿冰道：「千真萬確！我騙天騙地都唔敢騙你！騙你，我就係龜公！」

阿冰啐道：「呸！你係龜公，我不是就係龜婆？」

哨牙炳連忙抬手作勢邊自摑邊道：「我嘴賤！我掌嘴！」他繼續胡扯道：「我跟風哥說，娶了老婆便該讓老婆安心，這點意思我其實以前早向南爺說明，南爺也同意了，表明一旦打了日本鬼子便讓我脫離堂口。現在日本鬼子走了，也該是時候了。風哥聽完，考慮了一陣，覺得既然這是南爺的遺願，自己無理由反對，但警告我，依照廣州幫規，脫離堂口要被大佬在背上斫三刀。我說為了老婆，別說三刀，三十刀我也願意捱！」

根據哨牙炳的說法，陸北風認為兄弟一場，無必要動刀，但喊出交換的條件，要求他再留個兩三年，待新興社打好了基礎才放他走。如果同意，三刀不必斫了，改為打三個耳光。他雖然不情願，但見風哥情深義重，他為大局著想，最終勉強答應，豈料風哥用勁過猛，一巴掌打斷他半隻門牙。

哨牙炳張開嘴巴讓阿冰察看斷牙傷勢，阿冰不免疼惜，輕撫他的臉頰。他又扯了一段：「風哥後來對我感嘆，說娶了像你這麼好的老婆，又靚又叻又聽話，換作是他，他亦甘願為你金盆洗手。他說我是走了八輩子的狗運，一定要好好珍惜。我說，你錯了，不是八輩子，是十八輩子！」

阿冰雖然喜聽好話，但因是屠狗出身，不愛聽見「狗」字，嗔道：「我倒是走了十八輩子的衰運！」

哨牙炳知道過關了，雖然金盆洗手失敗，至少過了阿冰這一關，之後的事情之後再說吧，見步行步，管不了這麼多。他再次領悟有些煩惱原來只是自己的心障，船到橋頭自然直，只要換個想法，或換個說法，煩惱雖仍是煩惱，卻未必如想像中的煩和惱。而對阿冰來說，事已至此，再不情願也得接受了，反正已經開了店，她是老闆娘了，這也是她的江湖，待新興社的根基打穩了，糧莊的生意亦該上了軌道，到時候和阿炳才是真真正正的重新做人，三年不算太長，她可以等。阿冰之後做了兩樁事情。首先在家裡的神枱面前上香，把昔日幾把隨身屠刀隆而重之封箱藏起，算是小小的「金盆封刀」儀式。然後，她陪伴哨牙炳到史釗域道找歐士元大夫鑲了一隻金門牙——從此，江湖上少了一個哨牙炳，多了一個金牙炳。

新興社是半新不舊的堂口，陸北風一方面招兵買馬、廣收門徒，另方面派遣金牙炳和阿火在灣仔一帶佈置生意門路，客棧、賭攤、煙館，尤其航運碼頭搬運，皆須盡快掌握。面對其他幫會，可以合作的談合作，談不攏便由刀疤德和大隻良出手，硬碰硬，黑吃黑，遇佛殺佛，頂多事後多賠一些湯藥費和安家費。有錢好辦事。

相士批算得準，陸北風開始走運了，一九四六年初，為了穩定港幣的信用價值，匯豐銀行突然願意承擔戰時「迫簽銀紙」的儲備責任，港英政府配合改弦易轍，重新承認這批鈔票的合法化。這本來是好事，有人卻因此發瘋了。當鈔票仍是廢紙的時候，不少人把「迫簽銀紙」當作垃圾廢掉，或者乾脆用來生火煲水、點菸、煮飯，五元十元百元五百元，自己親手把錢財燒燬，看不開的人很難不精神錯亂。有個上海佬為此握起菜刀，把燒掉他幾千元鈔票的老婆斬得身首分離，再把頭顱扔進鍋裡熬湯，然後把湯分給子女喝飲。有個福建婆每天下午晚上十點半準時出現在修頓球場，走到垃圾堆旁東翻西尋，嘴裡不斷喊嚷：「錢呢？我的錢呢？我的錢呢？」

命運是個詭異的遊戲，近處看，像個萬花筒，變幻多端讓人眼花繚亂，拉遠了，站高了，卻常發現它其實是個天秤，這邊沉重墜落多少，那邊自會輕盈提高多少，高低之間分厘不差，彷彿有一隻手在半空操控著秤錘，你要有多準確，它便有多準確。所以，當有人發瘋，也有人發財。

在廢紙變回鈔票以前，有人希望嚐一嚐坐擁金山銀山的虛榮滋味，剛好有做生意的朋友打算丟棄「迫簽銀紙」，他說：「不如讓我用十元換你的一籮匡鈔票吧！」成交了，他抱著銀紙睡覺，連作夢亦有錢的氣味。銀紙後來恢復流通，生意朋友急急前來討回鈔票，他當然拒絕，對方告官，法官卻罵道：「賣了就是賣了，你這不是耍流氓嗎？」他朋友反而因為法官一言而想出了壞主意，好，老子就耍流氓，乾脆花錢找爛仔將對方綁票，最後取回八成銀紙作為贖金。

又有個在馬師道旁代撰家書的老伯伯不知如何撿得一堆「迫簽銀紙」，一天早上坐在攤前吃油條和聽廣播，準備吃飽了肚子在鈔票上面練習毛筆字，收音機新聞報導政府的開禁消息，他愣住了一陣，把含在嘴裡的油條往遠處一吐，二話不說，站起收攤，從此不知所蹤。街坊其後說他帶著鈔票回鄉下老家娶了一個十六歲的小姑娘，蓋了大房子，幾十年的窮酸怨氣一掃而盡，兩年後卻含笑死在床上，嫩妻雙腿跨騎在他身上。

陸北風亦是處身在天秤的幸運一方，他把箱裡滿滿的五百元「迫簽銀紙」抱在懷中，抬頭望向天花板，嘴裡不斷說：「阿哥庇佑！阿哥庇佑！」

自從日軍於一九三八年佔領廣州，陸北風即跟哥哥斷絕聯絡，因為自己替日本鬼子辦事，不希望連累陸南才。三年後日軍佔領香港，陸南才亦替日本鬼子辦事，兩人卻仍只通了幾封信，雙方都是為了彼此的安全，牽絆越單薄，越不容易被抓住把柄。陸北風忽然記起哥哥曾在信裡說，孫興社得到一個英國警官的關照，但到底如何關照，他沒說細節。陸北風覺得洋人為的無非是錢，財能通神，塞夠了鈔票，不管是日本鬼子抑或英國鬼子，全部對你鞠躬。

看透了這點，陸北風特別囑咐金牙炳前往疏通洋衙門，千萬別吝嗇，該花多少錢便花多少錢，今天花得越多，他朝便有機會要回越多。金牙炳不負所託，很快便透過老關係知道戰後主管偵查堂口的洋警官是誰，然後把鈔票送到對方的辦公桌上，可是對方竟然拒收——他並非不貪財，他只貪最大的財。

洋警官叫做 Joseph Nick，中文名字是力克，出生和成長都在英國的牛津郡，來到香港認識了張迪臣，但不熟，只在六國飯店的酒吧偶爾喝酒閒聊。他在牛津大學讀的是東方研究，尤其鍾情書畫藝術，為了增廣見聞，遠赴神秘的中國遊歷，白天交朋結友和學習中文，晚上在酒店大堂拉小提琴賺錢糊口。他父親是教堂牧師，從小教導他用音樂讚美主。他長相和善，嘴角經常掛著親切的笑容，個子高，非常高，一米八八。初抵中國，力克的落腳地是上海，後來經廣州來了香港，沒料遇上城市陷落，日本進城的那一天他正在灣仔的六國飯店拉曲，被硬生生押解到赤柱的歐民拘留營。

戰後，力克當上香港警察，然而他從第一天起便不是個好警察。他從未想過要做個好警察。

日本人佔領香港的時候，把香港島南邊赤柱的聖士提反書院徵用為拘留營，集中管理一千多名歐洲和美國平民，戰俘則分別關在北角和深水埗。力克在赤柱。

拘留營主管是一個叫做鄭國梁的香港人，這傢伙的老婆是日本人，他一直替鬼子做情報工作，狐假虎威，洋人落到他手裡，受盡欺凌敲詐，終於忍受不下去，集體發難到操場上站立抗議。

鄭國梁被調走了，換來一個名叫山本十六郎的日本人，他容許營內洋人組成臨時管理委員會，如意算盤是以夷制夷。精通英語的山本十六郎戰前在半島酒店以理髮師的身分喬裝工作，顧客全是洋官洋商，方便打聽英國圈子的備戰動向。香港淪陷後，他以勝利者的身分站到洋人眼前，竟然堅決拒絕說英語，明明能夠親自溝通卻亦要求隨從口譯，圓眼鏡背後的一雙小眼睛閃出騰騰的殺氣，營民都在背後叫他做「地雷」，敬而遠之，只讓詹遜跟他打交道。

詹遜是港英管治時代的輔政司，港督楊慕琦身邊的二把手。楊慕琦被日本鬼子押到台灣，他便成為最大號的官員代表，擔任了三年多的臨時管理委員會主席。委員會其他成員大多數是商人，也有醫生、牧師和律師，作主席之於詹遜是吃力不討好的任務，營裡洋人嫌他太聽命於日本人，幾近於「歐奸」，日本鬼子卻認為他常替歐民爭取物質，貪得無厭。詹遜自覺裡外不是人。可是為了大英帝國和英王陛下的顏面，忍辱負重，發誓帶領營裡的一千多人走向未來的光明。詹遜熱愛音樂，跟力克談得來，發現他有領導才幹，人緣好，於是委任他做「生活協調小組」組長，負責擺平營友之間的衝突糾紛；如果詹遜是黑臉，他便是白臉。

廿五歲的力克在拘留營洗衣房裡認識了露薏絲，一位來自愛爾蘭都柏林的十八歲女孩，很愛笑，笑時，臉上的雀斑似在漫天飛騰。她父親在中環的教會醫院行醫，母親是護士，她自己在都柏林亦是學習護理，閒時熱愛繪畫，畢業後來香港探望父母，乘機常往郊外寫生，打算住半年便走，萬料不到日本人說來就來，一家三口在拘留營淚眼相對。幸好力克有本領逗露意絲開心。日本人偶爾准許臨時管理委員會舉辦文娛活動，力克邀請露薏絲替營友速寫肖像，他在旁邊拉琴，依照營友的不同臉相和坐姿即興創作不一樣的樂曲。他告訴露薏絲，以前有一位德國音樂家說過：「即使只是一把掃把，我也能用音符呈現它的形狀。」音樂跟畫筆一樣能夠具體勾勒出日月星辰，而他，亦在露薏絲的眼睛裡窺見了日月星辰，

力克作夢也沒想到拘禁的歲月竟是最自由的歲月，像長了一雙翅膀在天空飛翔，露薏絲是牽著他手的天使，不管白天或夜裡，只要跟露薏絲聊天，他便似在雲間遨遊，高牆和鐵絲網構成不了困阻。他不再需要外邊的世界。營裡的勞動折騰顯得微不足道，因為只要他和露薏絲的

眼睛看得見彼此，在背上在臉上滴下的汗水，是甜的。

拘留營內的一千兩百多個日子造就了愛情，更促成了婚禮，在三年八個月裡，有二十多對男女宣誓結婚，但新人沒有單獨的房間，新婚之夜，營友合作掩護男方到女子營房過夜，房裡的廁所便是他們的親熱新房。力克滿心歡喜地以為自己亦將有相同的運氣，他以為。

營裡有一位亦是來自都柏林的海威格，家族做的是汽車貿易生意，破落欠債，跑來香港買賣零件。他比露薏絲年長十七歲，一直未婚，在洋商圈子裡風流得聲名狼藉。力克沒法不承認海威格的魅力，他見過的世面，他的幽默，他的成熟，像冬天的爐火般能把所有女人男人吸扯到身邊，忘記了被炙傷的危險。力克察覺海威格經常藉故接近露薏絲，便提醒她，她卻一臉純真地笑說：「傻瓜，海威格是叔叔！他父親是我爸在家鄉的表弟！」力克選擇相信，露薏絲是天使，不會胡作非為，除非天使心裡亦住有魔鬼。

力克沒想到被魔鬼殺個措手不及。一個傍晚，他在飯堂遠遠瞄見海威格對露薏絲打了個眼色，兩人前後腳鬼鬼祟祟地繞道到營區右方的車場，他悄悄跟蹤，眼睜睜看著他們翻越鐵絲網的破洞，爬上一輛運輸軍車的後座。海威格常被日兵指派幫忙維修軍車，熟門熟路。

遲疑了一陣，力克決定趨前看個究竟，躡手躡腳走近軍車，半蹲下來，慢慢掀開布篷一角朝裡面偷窺。

天啊！這是露薏絲嗎？真的是天使般的露薏絲？

海威格坐在空蕩蕩的車廂地上，臉貼臉地抱著露薏絲，她跨開雙腿盤夾他的腰，腰肢微微左右擺動像一個旋轉的陀螺，長裙覆蓋著兩人的下身，露薏絲仰起脖子，半張著眼睛，雙手發瘋般扯住自己的頭髮。海威格左手掌撐著地面，右手伸起搗住她的嘴，指縫間不斷滲出嗯嗯嗚嗚的曖昧叫聲，是愉悅的飲泣，露薏絲不斷低喊：「給我……給我……」她似一隻極渴的獸在苦苦哀求主人恩賜水露。

儘管是酷熱的夏天，力克手腳無比冰冷，寒氣從腳底直衝到手、肩、頸，再逆流回到腳掌，腦袋卻非常非常的滾燙，似被淋了一鍋的熱油，燒得他眼前發黑，胃裡湧起一陣強烈的酸氣，馬上轉身踢踢躂躂地奔離車場。怎會這樣呢？怎可能這樣？力克低頭疾走，地上的石頭都是問號。交往了一年多，擁吻廝磨當然有過，但力克都控制住自己，他相信露薏絲是純潔的女孩子，以天父之名，婚前他們保守一切應被保守的單純。曾有一回意亂情迷，露薏絲定睛望他，微張薄薄的嘴唇，彷彿想說些什麼，卻又說不出口。力克當時覺得她是在嘉許他的定力，但此刻回想才恍然明白，那沒說出的話語可能是只是欲望的渴求，黑暗的聲音，往往難以啟齒。或許海威格這樣的情場老手比黑暗更黑暗，他有辦法撩撥露薏絲最不可告人的欲望，讓她相信，所有發生在黑暗裡的事情都不算數，沒關係的，這只是夢，都是夢，沒有人需要替夢境負起責任，在重新張開眼睛的時候，觸目所見都是全新的光明——但又會不會是，對一些人來說，身體的激情才是光明，單調的尋常日子才是需要忍耐的無邊黑暗？

力克不確定露薏絲和海威格是否發現被偷窺，即使發現了，是否知道是他。思量了一個晚上，他決定不動聲息，把事情交給神，神有祂的意旨，誘惑和墮落背後必都有理由。「愛是恒久忍耐，不嫉忌，不自誇，不張狂，不計算人的惡」，神是這樣教導我們的，不是嗎？露薏絲只是偶然迷失，像一頭迷途的羊，只要他有足夠的愛便必能夠把她從叢林裡召回。他可以等待，更樂意付出，只要她一直留在他的身邊。

但面對海威格，力克可沒這份耐性。剛好翌日是星期天，營裡下午有足球比賽，眼見海威格若無其事，一股怒火從力克心底燃起，他們分屬兩隊，海威格盤球進攻，防守方的力克突然衝前貼近，猛力抬膝頂向他大腿內側，把他踢個腰背臥地，雙手緊緊壓著袂襠，似在保護什麼東西免於粉碎。觀賽的露薏絲連忙跑進球場跪下察看海威格的傷勢，然後扭頭狠瞪力克，就這一瞪，力克明白自己輸了，輸得徹徹底底。

輸或贏都是神的旨意，但他希望弄個清楚明白。球賽結束的晚上，力克約露薏絲在洗衣房見面，他哀傷地看著她，等她開口。她也望著他，彷彿用眼睛說著他聽不見的話語，嘴巴卻緊緊閉上。

半晌，他忍不住了，直接問說：「難道你不知道他是個亂七八糟的男人？」

她依舊不言不語，眼神竟然閃現一絲無可名狀的亢奮。

他再問道：「想不到，真想不到你是這麼隨便的人。」

露薏絲終於說話，低下頭，似自言自語：「我不隨便。我只有他。他也答應了，以後只有我。」

力克忍不住失聲大笑。怎麼搞的，明明是個浪蕩子，女人卻願意相信他會為她變成正人君子，或者說，相信自己有辦法把他變成正人君子，女人的樂觀意志比任何堡壘更為頑強。

露薏絲仰起脖子望向力克，滿臉雀斑像頹然散落的日月星辰。她拉一下力克的手，說：

「忘記我吧。謝謝你對我好，但……我要的不僅是好，好，不夠……」

「你到底想要什麼？」力克打斷她問：「你愛他？」

露薏絲盯著地面，支吾道：「我不知道什麼是愛。我只知道……快樂，跟他……有天旋地轉的快樂。」

力克啐道：「老天，那不是快樂！那只是邪惡的激情！該死的邪惡！相信我，他很快便會一腳把你踢開！」

露薏絲說：「我不管，我就是要！而且，不會的，他不會踢開我，我們決定結婚。他求婚了。」海威格當然有求婚的理由。她年輕鮮嫩，她父親有錢，他快四十歲了，總該有個家，更何況有家之後只會多了一點點的技術障礙，如果他想玩其他遊戲，任何障礙都可被解決。

力克焦急了，抓住她的兩隻手臂，說：「你不是說過希望遊歷世界，用畫筆記錄生命嗎？我可以帶你走遍天涯海角，我拉小提琴，你畫畫，藝術才是永恒的激情！那傢伙只是想跟你有good time，但我可以給你 long time！」

露薏絲沒回話，扭身朝洗衣房門口走去，邊走邊道：「對不起！對不起！對不起！我確實喜歡那種感覺。」

每句「對不起」都像一顆扔向力克腦袋的石頭，咚咚咚地敲得他眼前發黑，更敲出他心底的莫名怒氣。「Slut！」他一腳踹開身旁垃圾桶，衝過去抓住露薏絲的衣背，硬生生把她壓下，膝蓋撐著地面，再掀起她的裙子，左手伸前摀住她嘴巴，右手扯下她的小衭，忙亂地做他從沒想過會做的下流事情，以前不敢穿越的界線都被穿越了，而腰肢每往前挺進一下，憤怒便激烈一分，原來界線只存在他腦海，他一直克制自己，替她守著護著，原來純屬可笑的一廂情願。

「這就是你要的，對嗎？對嗎？對嗎？我給你！我給你！」力克用忙亂了節奏橫衝直撞了一陣，發現自己的手指不知不覺地換了位置，從露薏絲的嘴邊伸進了她的嘴裡，她舐弄著，輕咬著，像母狗享受骨頭。這是他從未想像過的天使，有著不可告人的面目。是不是每個人都有不可告人的面目？我的在哪裡？在袂襠裡？在腦袋裡？哪個才是真的我？力克陷入迷惘，胯下的露薏絲卻在搖動她的腰肢，前後，前後，才幾下，力克突然喊出一聲尖亢的「呀！」畢竟是初次，快速地一洩如注。

露薏絲扭頸鄙夷地瞥他一眼，嘴角抖動似在冷笑，然後掙扎站起，把衫裙拉好，頭也不回地走出洗衣房。她沒說半句話，但力克完全明白自己再次輸了，輸得比徹底更徹底。

露薏絲沒有張揚那夜發生的事情，彷彿一切從未發生。在營裡碰見，她是一臉冷漠，見等於未見。海威格倒沒有異樣，如常地跟每個人談笑風生，彷彿不放過任何一個人，所有人都是他的盆中食物，差別只是主菜或配菜，即使沒有胃口，放在碟裡，看著也高興。不到一個月，露薏絲突然和海威格舉行婚禮，按習慣營友們齊聚唱歌跳舞，力克佯病沒現身，偷偷獨自走到海邊拉奏巴哈〈小提琴奏鳴曲第一號〉，他拉動的是琴弦，更是自己的心，在切割，在輾磨，在凌遲，樂曲尚未拉完已經把一顆心蹂躪成碎片。然後，輪到肺，再到胃，再到腸，手和腳，眼耳口鼻，耳朵，腦袋，直到徹頭徹尾的體無完膚，雙手突然使勁把琴和琴弓扔進海裡，海浪衝過來把它們捲得無形無蹤。力克雙膝頹然一軟，癱跪在沙灘上，彎腰把右臉緊緊貼在灘面，抿緊嘴唇不讓哭聲驚動任何人。他不斷抽搐身子，像一尾被沖到岸上待死的魚。

半年後，日本人終於宣佈投降，露薏絲離開拘留營的時候，肚皮已經隆得像個小鼓，營友們都替她和海威格感到高興，孩子可在營外誕生，不必成為 prisoner baby。三年八個月有四十六個「囚犯寶寶」，替營房添了喜氣和麻煩。力克自從知悉露薏絲懷孕，心裡百般忐忑，暗中計算了日子時間，孩子可能是他的，也可能不是。若在從前，他會跪在床頭向天父禱告，祈求天父賜予答案，但今天的他開不了口，他背棄了神，也不願再信靠神，他明白這世上能信賴的只是自己。他想找機會問露薏絲，可是她從不給機會他單獨靠近。他冒險寫了字紙偷偷塞在她的洗衣袋裡，她亦不回不覆，他之於她，已是不復存在的煙消雲散。而她之於他，是看得見卻摸不著的影子。

所有人撤離營房的那天，排隊登車，力克望向露薏絲和海威格的背影，海威格回頭跟營友揮手道別，也對他微笑點頭，露薏絲竟然轉身瞟了他一眼，他弄不清楚這是什麼意思，是不捨？是憐憫？是指控？不管了！他沒法按捺衝動，快步踏前想問個究竟，但兩人被催促登車，灰濛濛的巴士在艷陽天裡轟隆開動而去，力克愣在原地，陽光射到臉上，天地白茫茫如一塊紗布蓋在眼前。車子駛得遠遠，也把他渴望得到的答案帶離得遠遠。

離營前夜，力克對詹遜提出加入警隊的請求。詹遜問他理由，他說出預先想定的堂皇答案：「我在香港受過難，香港便是我的家，我要保護她。」

「音樂呢？」詹遜坐在營前的藤椅上看書，停下來，拉低老花眼鏡，眼睛從鏡框上方向他望去，問說。營燈照著他的額上皺紋，像被無數坦克車輾過的坑道，深陷的眼眶則似被炮彈炸出的難以填平的洞穴。「我以為藝術才是你的生命？」

力克搖頭道：「這是一個需要鋼鐵的時代，音樂太軟弱了。我希望做個堅硬的人。誰知道下一場戰爭什麼時候發生？」

力克並非全不老實，在沙灘上的那天，在露薏絲婚禮上的那天，在哭乾了眼淚的那天，他下定決心做個堅硬的人，要有錢，要有槍，要有指揮的權力，這樣才不會讓自己再度淪為被放棄的失敗者。他要所有人見到他都感到恐懼，要他們對他扯開嗓門，尊敬地喊一聲：「Yes, Sir!」

詹遜把書擱在桌上，聳肩道：「好吧，這幾年你幫了我這麼大的忙，我沒辦法對你說不。」他讀的是丹尼爾．迪福的《魯賓遜漂流記》，不知道是第幾回重讀了，只記得第一次讀時十五歲，現在五十五歲，四十年的光陰彷彿可以被濃縮成一次快速的翻頁動作，假如不曾以魯賓遜的智慧、勇敢和堅忍做自我鼓勵，他熬不過這幾年看似漫無止境的拘留日子。

戰後，詹遜擔任了半個月的香港臨時首長，就在這短短的十多天裡，他抓緊機會把力克安排到警察部門，他見識過他的管理才幹，信任他。詹遜後來被派遣到新加坡擔任總督，力克留在香港，擁有了他的槍，所以，也擁有他的權，他的錢。他鐵了心腸，立志做個比海威格更亂七八糟的男人。

十三・神探饒木

英國人重回香港，成立軍政府，詹遜指派辛士誠上校重整警隊，召喚流散人員復職，但只有五、六百人響應，唯有急從上海和巴基斯坦派遣英籍人員來港助力，甚至替日本鬼子做過憲查的華人亦被招攬，只不過在委任文件上註明 PCJ-Police Constable Japan 以突出昔日的政治背景。而且物資缺乏，連警察委任證也將就撿用日治時代舊物，證上印鑑依然是「香港佔領地總督部」。當新的來不了，舊的亦走不了。詹遜特別提醒辛士誠上校，力克精通粵語和國語，擅長跟華人打交道，值得拉拔。

力克穿上警服後被指派的第一項任務是，脫下警服，從早到晚走遍街頭巷尾打聽幫會動向。軍政府不怕江湖流氓胡作非為，只是不喜江湖流氓不夠聽話，戰時有許多幫會堂口替日本人效勞，英國人回來了，有仇不報非君子。細心的辛士誠特地給力克安排了一位助手：饒木。

饒木是個硬漢，出生於廣東潮州，為了保護家人，十六歲拿槍殺土匪，那是一九一一年六月，當時還有皇帝呢。然後他投身石鏡泉的民兵陣營，打過反清革命的零星戰鬥。「石家軍」解散後，他加入了陳濟棠的部隊，得過戰功，但因妻子患了肺結核，他帶她來港治病，一九一九年當上警察，一做便是二十多年，戰後已經是個退休在望的華探長。

饒木覺得在香港做警察是一樁滑稽的事情。老百姓卻沿襲了粵人的慣常說法，把警察喚作「差人」或者「差佬」，又把警局叫做「差館」或者「差局」，彷彿牆上仍然高高懸掛著老黃曆，皇帝不在了，大家卻在心裡替朝廷保留了牌位，警察就是衙差。

香港警察部隊是雜牌軍，依膚色深淺分成三個組別，各有英文代號。饒木連中文字也懂不了幾十個，遑論符咒般的英文，幸好只是三個簡單的字母，聽同僚們說一說便記下來了。Ａ組是白皮膚的洋人，當然是隊伍裡的洋人警官。Ｂ組是黑皮膚的印度鬼，嘴上腮邊留著厚厚的鬍子，頭頂包纏著顏色鮮艷或素色的布，本地人喜稱這群差人做「嚤囉差」。Ｃ組便是黃皮膚的華人了，都是廣東佬，有不少原屬各區鄉紳商戶自聘的「更練團」成員，警察的收入豐厚兩倍，每月可領十四元，人望高處，有門路者當然更換東家。香港政府於一九二三年擴充警隊規模，擔心被廣東佬壟斷，特地從英國佔領的威海衛招兵買馬，延攬了一百多個山東警察，列為Ｄ組。於是香港老百姓編了順口溜：「ＡＢＣＤ，大頭綠衣，捉賊唔到吹ＢＢ！」

「吹ＢＢ」是吹哨子召喚協助，大頭綠衣是印警和華警所穿的制服，深或淺的綠衫綠袂，錫克教的印警頂著又高又厚的纏布，像頭上有頭，華警戴的則是上尖下闊的三角竹帽，腳纏白布縛腿，饒木望向鏡子裡的自己，覺得比清朝更像清朝，打了半天仗，沒想到一覺睡醒回到了舊世界。然而這裡畢竟不歸中國人管，洋警印警華警各有專屬廁所，洋的最豪華，印的最整潔，華的則狹小髒亂，如華人的世界。大家的唯一共通處是在帽上和腰帶上皆有英國皇冠徽章和Ｇ、Ｒ、Ｉ三個英文字母，據說是喬治國王五世和印度皇帝的拉丁文簡寫，饒木問同袍什麼是拉丁文，同袍也不懂，卻胡謅那是鬼佬的古老符咒，貼在華警身上，華警便會聽令服從。饒木暗暗啐道：「鬼佬咒語對中國人有效吧？我們義和團的法術對鬼佬也不靈驗。何況只要有糧餉可領，我們有什麼理由不聽話？」

鬼佬對華警當然有擔心的理由，警察就是兵，萬一他們再來一回「驅逐韃虜」，反了，怎麼辦？所以印警可以手持長槍在街上走動，華警雖然有簡單的槍擊訓練，平日卻只獲配備不長不短的警棍。華警也不准到洋人聚居的半山巡邏，表面理由是他們不通英語，但其實是，他們不獲鬼佬信任。

第一天做警察，饒木大清早到灣仔警局報到，穿上大頭綠衣制服，跟另外四個新人排站在一個洋警官面前，同袍說他的官階是督察，英文是Inspector，中國人慣稱為「幫辦」。饒木覺得英文並不深奧，只要把Inspector讀成粵語的「煙屎不打」便記得住了，他決定以後多花功夫在這上面。

洋警官身旁站的是警署大頭陳國樑，官階警長，英文是Sergeant，俗稱「沙展」。沙展把幫辦的指示譯為粵語，來來去去就是要聽話、要服從、要除暴安良。然後所有初來報到的警察舉起右手三指，面對洋幫辦和牆上的喬治國王五世肖像，一字一句地跟隨陳國樑沙展朗讀誓詞：

余茲身為警員，願竭忠誠，依法效力英王喬治五世陛下，其儲君及繼任人，並願遵守與維護香港之法律，以不屈不撓，不枉不徇之精神，一秉至公，勵行本人之職，並絕對服從本人上級長官之一切合法命令。此誓。

宣誓結束，陳國樑把洋幫辦送離警局，轉身回來喊喚大家注意：「好了，輪到我們！」

他引領眾人穿越走廊到後座的飯堂，牆角上方供奉著關公塑像，青龍偃月刀橫握手裡，刀鋒內側，臉朝西邊的一排窗戶，瞠目揚眉，比饒木見過的所有關公更顯威風。但其實塑像只是普通的木刻貨色，只因這裡是警局，地方有威嚴，所有人都似高大了三分，何況是神明。陳國樑囑咐各人輪流向塑像上香叩頭誦唸：「關二哥神威庇護，助我除暴安良，儆惡鋤奸！」黑幫流氓的香堂案上也有關二哥，兵賊黑白，同樣是在刀口討生活的冒險行當，生死事大，若無神明在背後撐持即易膽顫心驚。

拜關公之後是切燒豬，再讓眾人分吃。陳沙展一邊嗞嗞咯咯地啃著豬骨頭，一邊嚴肅提醒手下，關公塑像要擺得有規有矩，切勿臉面朝東，因為關二哥當年是西走麥城而被馬忠伏擊斬殺，朝東便是後悔了、認輸了，有辱關老爺寧死不懼的英勇精神。青龍偃月刀的刀鋒亦絕對不能向外，以免誤傷自己人。當警察，同袍就是兄弟，若有同袍被匪賊所殺，我們得要三個匪賊填命。

陳國樑嘮嘮叨叨說著警察禁忌，又談洋警官們的工作習慣，饒木不免在心底咕嚕：「在鄉下打滿洲佬的口號係『驅逐韃虜』，想不到趕走了韃虜，來到香港又要服侍另外一群韃虜。」但他信命，剛到香港時，路經春園街的天機子算命攤，坐下排八字，最後得出「以鬼火始，以鬼火終」的總結。鬼火就是火槍，「落地喊三聲，好醜命生成」，他一輩子注定拿槍吃飯。而也因為信命，憑著相士給的這句話，饒木主動報名當大頭綠衣，適值歐戰結束不久，許多洋警察參軍後留在英國不回來了，香港政府不得已廣收華警，他有打仗經驗，能跳擅跑，本來以為必可輕鬆過關，豈料黃臉孔的審查官對他擠眉弄眼，饒木明白那是索取紅包。結果真正幫助他過關的是向親戚跪求借得的兩塊錢。

鐃木是個賣命的差人，抓賊查案奮不顧身，槍法準，親手擊斃過幾個悍匪。又因練好了英語，跟洋警官們有說有笑，所以一路升職。但該收的規費他沒少收半毛錢，否則跟同袍們——華洋皆是——格格不入，早就被排擠走人。然而日本佔領香港，他不肯為鬼子賣命，逃回潮州，日兵追捕他，他裝瘋，蹲在街頭拉屎，並且撿起就吃，鬼子懶得理他了。

戰後鐃木回到香港再當差。那時候香港只剩下六十萬人，但和平了，回鄉避難的人統統回來，像無數雀鳥紛亂南飛，把天空遮蔽得黑不透風。在看不見光影的焦土上，蛇蟲鼠蟻爭食相噬至血肉模糊，血腥在空氣中飄浮，但嗅聞到鐃木的鼻子裡，又是另一種刺激。亂世出英雄，英雄能夠救世，更能夠救自己，他一方面緝擒盜賊，一方面強迫堂口配合，除了按例乖乖繳付規費，還要在遇上大案時交出情報，又或直接交出頂罪的「替死鬼」。堂口兄弟表面稱他「鐃探長」，背後則叫他做「鐃那媽」。他是堂口老大背後的老大。

鐃木上面的人是洋警官，多年來換了好幾任上司，他無不打點周到，準時送上該送的鈔票份額，每隔三個月跟堂口老大串通，做幾場破案的「大龍鳳」，花花轎子人抬人，方方面面都能交差。現下鐃木被指派協助力克整頓幫會，初時有點心不甘、情不願，但沒多久發現這個鬼佬不太一樣：他沒把鐃木看為一隻呼之則來、揮之則去的狗。

力克確實擅長交朋友，無論對哪一等人都能聊上半天，華人洋人，黑道白道，他都直望對方的眼睛，帶著誠懇的善意，讓對方感到被認真對待。他的聲調天生厚實，像暗房裡燃點飄浮的沉香，坐在他的面前，聽上幾句話已被穩住情緒。他說中文，似古琴彈奏〈陽關三疊〉；他說英語，像小提琴拉嗚〈聖母頌〉，加上一肚皮的知識淵廣，如同魚餌般把聽眾牢牢鉤住。饒木就是聽眾，力克知道他出身軍旅，特地經常談及各式各樣的西洋傳說，聽進饒木耳裡，都是聞所未聞的輝煌戰鬥。斯巴達，凱撒大帝，亞歷山大帝，十字軍東征，刺激啊，真是刺激。饒木想像自己騎在戰馬上，一身盔甲，手執長矛，指揮千萬軍隊前往征服蠻荒之地。他偶爾遺憾地想像，假若當年辛亥起義後留在內地做兵，說不定早已是個割據一方的小軍閥，甚至變成另一個陳濟棠或張發奎。雖然在香港當上了華探長，打的卻仍只是蝦兵蟹將，打久了，覺得自己也微小得像蝦似蟹。

既然相處投契，饒木願意對力克認真解說江湖堂口的分佈形勢，也加入自己的分析。哪個堂口跟日本人勾結最深，應該把它瓦解；哪個堂口背後有軍統勢力，掌握最多軍火，不可輕舉妄動；哪個堂口戰前是警方的老關係，可以考慮恢復。最後，他用手指頭篤篤篤篤地在辦公桌面連敲四下，道：「最難搞的是不知道從哪裡冒出來的新面孔。無根無源，無規無矩，都是拚命三郎，不容易控制。一句話——七、國、咁、亂！」

戰後每天有成千上萬的人南下香港，抗日的戰爭結束了，江湖的戰爭卻打得熱鬧，老堂口舊幟重張，新堂口開山立戶，大家搶地盤、招人馬，昔日廝殺用的是拳頭刀棍，現下卻常搬出鬼子兵留下的武器，二六式步槍、九六式輕機槍、九九式手榴彈，還曾出現燃燒瓶。饒木加油添醋地解說堂口的新近戰況，力克邊聽邊皺眉，饒木卻笑道：「沒關係的。先讓他們自相殘殺，我們再來收拾殘局。中國話是，鷸蚌相爭……」

「漁人得利。」加克馬上替他把話說完：「英文有句話叫做 While two dogs are fighting for a bone, a third runs away with it，意思是兩隻狗搶吃骨頭，第三隻狗乘亂把骨頭啣走。到底是中國人比較精明。你們要魚，不要骨頭。」

饒木得意地說：「當然囉，我們是人，不是狗。」忽又擔心說話冒犯，連忙補道：「打個比喻而已，打個比喻而已。」

「你說的對，我們是人，是人就要用人的方法。」力克摸一下鼻唇之間的兩撮疏毛，聳肩道。他嫌自己的長相不夠老成，開始蓄留鬍鬚。「他們是狗，讓他們狗咬狗，是應該的。但我們要的仍然是狗，不稀罕骨頭。」

力克沒把心裡主意告訴饒木。他認為人的方法——尤其英國人的方法——非常簡單直接：讓鈔票說話，英文是 Let the money do the talking。〈南京條約〉簽訂於一八四二年，但前一年英國人早已經急不及待在澳門舉行拍賣會，把強佔得來的香港土地讓英國商人高價競奪。英國人相信競爭，弱肉強食是天經地義，有力出力，有財出財，軍隊搶地，財主買地，只要建設得妥妥當當便所有人都是得益者。所謂江湖，無理由例外。力克相信雖然經歷了一百年，也剛又打了一場戰爭，讓鈔票說話的老法子仍堪使用。

力克囑咐饒木按兵不動，讓眾多堂口放肆火拚廝殺，殺得越血腥殘酷越有助日後鋪排。冷眼旁觀戰況，力克深深感慨華人堂口的強大生命韌性，怪不得中國人把地下世界稱為江湖。有人能夠擊敗水嗎？有人能夠壓制水嗎？No Bloody Way！水無形流動，無始無終，有自己的規律，人充其量只能導引水流。能夠消滅水的，只能是水的本身，河入海，江匯川，死的只是大魚小魚，永生的總是如水江湖。

忍耐了兩三個月，差不多了，是收網的時候，力克叫饒木查探港島、九龍、新界的各區狀況，他再花幾晚時間寫成文件交給辛士誠，英官向來習慣白紙黑字，事無大小皆愛記錄。力克告訴辛士誠，經過連番廝殺兼併，各區基本上只剩下兩三個堂口，儘管元氣大傷，卻仍未停火，仍在搶奪區內最有油水的生意，政府適宜在這時候介入，出面擺平各路勢力，把主導權握到手裡。辛士誠找力克到辦公室坐下詳談細節，力克提了個想法：「打打殺殺只不過為了發財，發財卻不一定要打打殺殺。他們應該學懂做生意，用錢投資，賺更多的錢。做生意我們最內行，我們有責任教化那群傢伙，不是嗎？」

辛士誠打開桌上的小盒子，從裡面揑搓出一撮菸草，塞進菸斗，用一支長火柴點燃，然後巴茲巴茲地吸吮。力克沒有抽菸的習慣，嗆了幾聲，辛士誠連忙道：「噢，非常抱歉。一個人的天堂往往是另一個人的地獄，世事不容易兩全其美。」

力克說：「是的，是的，最重要是互相體諒，天父也教導我們必須仁慈。」馬上補說一句：「可是天父也提醒我們要以牙還牙、以眼還眼。」

辛士誠不作聲，若有所思。他知道有不少黑幫分子曾替日本人效力，日本兵放下武器的時候，有一個自稱「賭場幫」的堂口向詹遜的臨時政府勒索，如果英國人付錢，他們願意在軍政府成立以前出力維持治安。但詹遜拒絕了。辛士誠吸幾下菸斗，伸手撣一撣沾在領子上的菸灰，方道：「確實，中國佬講究面子，大英王國的尊嚴同樣重要。是時候清理桌面了。Nick，用任何你覺得可行的方法去做，我只要看到結果，無興趣理會過程。」

在力克推開辦公室門的時候，辛士誠從背後問：「饒木幫得上忙嗎？」

「他很能幹。謝謝你的安排。」力克道。

辛士誠道：「這就好。但我相信你不會忘記，他終究是個中國佬。」

離開辛士誠的辦公室時，陰雨綿綿，力克幾乎在石板街上失足滑倒。跟雨無關，只是因為亢奮。這是他生命裡將做的第一樁大事，沒有把握，但既然決定了當差，他便要贏，而他相信贏的方式不是抓賊，是「用賊」。世上不會有抓得完的賊，懂得「用賊」，等於抓盡了所有的賊。他擅於溝通，但過往的溝通其實只是迎合，大家稱讚他隨和，他明白是委屈了自己。今天的他不願意再委屈，他要玩全新的遊戲，戰後是全新的天地，他要有自己的疆土，最理想是全香港都變成他的疆土，全香港的賊都是他的兵。

十四・避風塘炒蟹

堂口老大紛紛收到請柬：盲忠老爺子在銅鑼灣避風塘艇上設宴賀年，萬望賞光。宴分兩場，連續兩個晚上，首場在一九四六年二月八日，年初七，港島堂口；年初八，九龍堂口。新界有新界鄉村的老規矩，盲忠老爺子不插手，力克另想辦法對應。

春宴是饒木奉力克之命往找盲忠老爺子商量得來的主意，好話說盡，當然厚禮也送了不少，老爺子終於應允。力克原先考慮的地點是酒店禮堂，老爺子認為太洋派了，堂口老大不習慣，不如艇上設宴的熱鬧喜氣。

盲忠老爺子退出江湖已久，高齡七十有九，雙目已近失明，早晚坐在大王東街的「和合涼茶鋪」內喝茶聽曲，也打麻將，為了遷就他，牌友必須高聲喊牌。涼茶鋪是「和合圖」的灣仔分堂，總堂設於西營盤的和記客棧，那是他的發家地，那年他才十七歲，卻已有個非常氣派的外號：皇上。

皇上原名賴忠，出生於東莞，母親是跌打醫生，丈夫死後，帶兒子到香港行醫，醫館設於武館旁邊，小忠跟著大人們學洪拳，養成了好勇鬥狠的性格，在拔萃小學讀書的時候跟同學打架，以一敵七，左眼被對手的鉛筆插得半盲。乾脆不上學了，在江湖打混，人稱「盲忠」。當時的西營盤碼頭幫會林立，加入的人始可做苦力搵食，幫會談判分妥地盤，相安無事，人人有飯食，盲忠儘管號稱幫會老大，其實亦不過是苦力們的領頭人。

一八八三年底，清廷為了越南跟法國遠東艦隊交戰，卻節節敗退，幾乎連台灣亦丟失，翌年十月上旬，一艘法國貨船停泊到西營盤碼頭，忽然有搬貨工人激切義憤，高喊呼籲：「打倒法國鬼！法國鬼侵略中國，我們不替法國鬼卸貨！」一時之間，群情洶湧，苦力們都不願替法國貨船打工。船主急了，連忙拉響船上警鐘找來水警，水警竟然二話不說抓了幾個工人，理由是按照〈商船條例〉，碼頭工人拒絕運貨即屬犯法。盲忠略通英語，又是被抓工人的幫派老大，立即號召罷工，要求放人。警察可非善類，直接到「咕哩館」用槍炮強押苦力回到碼頭開工。

人在屋簷下，苦力雖然低了頭，卻紛紛推說腿力不濟，平日一個人能抬兩袋白米，現在只搬一袋，嚴重拖延法國商船的運貨進度。警察心生一計，從長洲、筲箕灣等區請「萬安社」的兄弟前來救急搬貨。眼看勢頭不對，盲忠召集諸幫會商量對策，決定把十幾個小幫派合併成一個大堂口，取名「和合圖」，隱含「合共圖謀反清大業」的民族大志，字頭暗號是「歪嘴」，因為「和」字的「口」放在側旁，像擺歪了的嘴吧。

團結了，便是反攻的時候，打了幾場血肉模糊的硬仗，總算從萬安社手裡搶回碼頭，警察袖手旁觀鷸蚌相爭，待兩敗俱傷後才找盲忠坐下談判，七、八天之後，工潮結束，和合圖打響招牌，大家從此把龍頭盲忠尊稱「皇上」，而其身邊歃血結盟的大將則稱「歪嘴十二皇叔」：馬騮王、矮仔周、駝背華、袁陀陀、扁撻撻、叻仔、尖不甩、大眼勝、痘皮梅、先生多、崩牙才和方萬仔。

江湖縱橫五十年，盲忠老爺子久不管事了，但以其名號舉行的春宴無人敢不來。江湖面子往往像流傳於空氣之間的幽靈，摸不著，看不見，卻無人不心存敬畏。

銅鑼灣在港島北岸中央，東西分隔中環和筲箕灣。黃昏時分，筲箕灣的海灣在夕陽斜照下，海紋斑駁似一面竹筲箕，所以有了這樣的地名。日出時間，銅鑼灣的海灣在朝陽映曬裡，倒影耀目像一面圓圓的銅鑼，所以有了那樣的地名。人和土地之間的喊喚關係本就可以如此簡單。銅鑼灣旁有座天后古廟，廟裡有個硃紅色的銅爐，傳說從海上飄來，居民視之為天后顯靈，把它搬到神壇內供奉，十九世紀的〈新安縣誌〉即曾把整個香港島稱做「紅香爐」。

力克在集中營裡常聽詹遜把香港歷史說成一千零一夜式的神怪故事，詹遜跟他一樣畢業於牛津大學貝利奧爾學院，本意做個小說家，但女朋友意外懷孕，他要養妻活兒，無奈加入政府的殖民地部門擔任行政官，外放錫蘭，官拜勞工署長，廿多年後被調來香港當二把手。詹遜告訴力克，英國人登陸港島之初，銅鑼灣石灘上築有堤壆，居民行走其間，堤壆成為橫貫島嶼東西的海旁通道，英官遂把此地叫做 Causeway Bay，另找華人師爺取中文譯名。豈料師爺推搪敷衍良久，遲遲不肯交出名字，被問急了，才紅著眼睛道明原委：「小人在銅鑼灣土生土長，祖先都是漁民，死後都葬在天后古廟後山上面，假若親手替故鄉土地改名換姓，豈不做了不孝子孫？這是有報應的逆天惡行啊，我不幹。」

時任香港總督砵甸乍得悉此事，體諒師爺的心情，不為難他了，答應保留區域原名銅鑼灣，但把海灣旁的新建道路 Causeway Road 譯為「高士威路」，又高又威又具文雅氣息，出自另一位粵籍譯員之手。日本管治香港，高士威路改名「冰川通」，戰後易回舊稱，海灣對出海面亦重現夜夜笙歌的「遊艇河」盛景。

不管是海是河是江是湖，皆是水，搭艇在水面歡聚吃喝便被廣東人叫做「遊艇河」。香港仔和筲箕灣都有供蜑家漁艇停靠的避風塘，銅鑼灣卻多了一份洋氣，英國人的怡和洋行在灣邊建起了碼頭靠泊船隊，更架設起大炮，每天中午鳴響提醒員工休息時間已到，久而久之，午炮成為象徵權威的傳統儀式，戰前有，戰爭停，戰後恢復。每晚華燈初上，銅鑼灣避風塘比白天更為熱鬧，艇家在岸邊揮手招客，搖櫓把客人載到海上不遠處，粉麵艇、海鮮艇、生果艇、歌艇紛紛攏聚，吃的喝的玩的，喧嘩明亮，擠嚷出一番迥異於陸上的浪蕩風情。而這一夜，寒風颼颼，港島十一個堂口合共廿二位正副掌舵人，都來了。

盲忠老爺子這夜坐於主艇，身旁是力克、鐃木，以及其他十一位堂口龍頭。二把手們混坐在其他三艘較小的艇上，划拳鬥酒，矮桌擺滿「遊艇河」的特色菜，如九仔記的「六小福」，即白灼鮮魷、海蜇、灼粉腸、豬舌、豬肚和韭菜花。也有妹記的泥鯭粥，蘇記的炒蜆、五嫂記的東風螺，當然不能缺少漢記的炒辣蟹和燒鴨湯河粉。力克向來重視吃食享受，倒是首回遊艇河，急不及待地用筷子挾嚐每道菜色，尤喜色黑如墨的炒蟹，剝開硬殼，一口咬到蟹肉上，整根舌頭被濃稠的汁液包圍，竟然有在喝威士忌的錯覺。漢記的六叔對他解釋：「秘訣在豆豉。我先把陽江豆豉浸水，再加生蒜發酵，連蟹下鍋，用快火爆炒，想唔黑都很難。賣相唔好睇，可是咬到嘴裡夠勁。」

大快朵頤一輪，鐃木見到力克撫摸肚皮，明白辦正事的時候到了，站起身對眾人言明今夜委由老爺子代為邀約的目的，三個字：分豬肉。但聲明這並非免費豬肉，他們得出價競投，價高者得。這是力克套用的英式老法子，招標賣地，只不過這回賣的不是土地而是地面上的勾當，黃、賭、毒、走私，四大偏門，香港島上區區皆備，堂口只要每月繳交規費即可為所欲為，可是因為各區的油水狀況不同，規費出價越高，越能取得豐腴的地盤門路，警察這邊會全力配合，保護得標堂口的獨市利益。但饒木替「為所欲為」添加了條件，不可以在四大偏門以外打壞主意，一不可殺人放火，二不可綁票勒索，三不可姦淫擄掠，四不可互相攻訐，而且每個堂口、每個月要交出三個人讓警察逮捕交差，亦要每三個月洗一回「太平地」，約定時間地點，讓力克帶隊掃蕩領功。總而言之，黑白兩道都要有規有矩，投資的人保證得到回報，想要得到回報便要先投資，江湖就是一盤賬目清楚的大生意。

主艇上立即爆響鼓譟，拍桌的拍桌，罵娘的罵娘，堂口龍頭們紛說向來只知道江山是要用雙手打回來，可沒聽過可以花錢買回來，這樣的江湖，還算是江湖？這樣的分豬肉，豈不丟人現眼？饒木沒說話，力克也沒說話，只有盲忠老爺子突然清一下喉嚨，朗聲道：「讓老夫說幾句。花錢買地盤總比花錢買花圈好吧？大家不記得五年前在思豪酒店的事情了？」

老爺子指的是一九四一年底日軍佔領新界和九龍，那邊的幫會趁火打劫、瘋狂掠奪，港島的堂口兄弟不甘吃虧，喊出「反英起義」和「殺盡洋人」的堂皇口號，威脅由中環出發攻上山頂，血洗歐藉民居，盡搶洋鬼子財物。英國警司修夫頓聞悉此事，求救於國民黨駐港指揮官陳策將軍，陳策跟遠在重慶的杜月笙商量後，由杜月笙指派在港門生張志謙出面調解。一天夜晚，一百多個堂口兄弟在思豪酒店大堂跟修夫頓和警務處長俞允時談判，吵罵了幾個鐘頭，終於達成協議，警察支付六萬六千六百元港幣「平安費」，堂口收錢收手收隊。今夜在避風塘艇上的其中幾位龍頭，如「洪福社」薯仔茂、「粵東堂」街市松、「潮義興」九紋龍、「和勝堂」鬼仔盛等人，當晚也都在場，老爺子刻意舊事重提，為的是提醒他們，既然昔日可以從警察手裡收錢而不行凶，如今無理由不可以付錢給警察而行惡，何況繳納規費是多年舊習，絕非什麼額外的規矩，投標競爭地盤倒是新花招，他個人認為這是一盤以和為貴的好生意，否則，打殺生事，血流成河，對誰都沒有好處。

說完了舊事和想法，老爺子巍巍顫顫地站起身，端杯向眾人道：「熬了幾年苦日子，總算天光了。我們混江湖，有今天，冇明日，其實亦不應該有昨日，昨日就似一局殘棋，何不乘機會把棋盤掃清，重新佈陣？來，大家舉杯，敬吃過苦頭的、出過力的、尤其要敬已經不在的兄弟們一杯。大家也該互敬！老夫先飲為敬，乾！」

老爺子仰頸喝乾杯中白酒，堂口龍頭當然起座回敬，旁邊艇上的兄弟們見狀亦紛紛站起舉杯，艇身馬上搖晃擺盪，可是無人有半分驚惶。安靜下來後，龍頭老大各有盤算，有的認為廝殺了幾個月已經元氣大傷，用錢換取和平未嘗不值得考慮；有的覺得形勢比人強，肉在砧板上，如果英國佬決定這樣做，你不跟，只剩死路一條，必被趕盡殺絕；有的相信規費本來就要繳，先前不論地盤肥瘦，交的份額卻都相同，倒不如願者上鈎，競標了事，說來其實更為公道。金牙炳隔艇望向陸北風，瞄見他嘴角露出得意神情，猜想他自恃樟木箱裡有的是本錢，必願依循饒木提出的做法。

眾人你眼望我眼，互相等待對方先表態，突然，「和勝堂」鬼仔盛怒容滿臉地踢翻身邊的一張矮板凳，用不屑的眼神掃了所有人一圈，罵道：「廢柴！都是廢柴！打江山，靠的是拳頭，不是銀紙！用銀紙買回來的江山，馨香個屁，我唔撚鍾意玩！」他又踎一腳，板凳骨碌骨碌地滾到海裡，噗通一聲濺起鹹鹹腥腥的浪花。他抬手招來船家，用接駁艇把他和二把手載回岸上。

饒木正欲發難，力克打個眼色阻止。力克早已知道思豪酒店的事情，詹遜在集中營裡跟他說過，說時咬牙切齒，認為有損大英王國的尊嚴，日後必須跟囂張的幫會算賬。力克相信眼前便是「日後」了，他要替警察從幫會手裡十倍、百倍、千倍地取回付出過的錢，以及尊嚴。幫會像蟑螂，消滅了一群必馬上再來一群，與其徒勞無功，不如牢牢把幫會掌握在手裡，把幫會分出好壞，聽話的幫會——尤其是肯付錢的幫會——便是「好幫會」，等於另一隊幫忙維持社會秩序的警察。至於鬼仔盛的和勝堂，就是「壞幫會」，來日方長，抓他們，關他們，殺他們，日後絕對不會手軟。

鬼仔盛離開後，陸北風道：「他要走，隨他便！大家別婆婆媽媽！誰唔玩，趕快有咁遠走咁遠，別阻撚住其他人發財！」

於是饒木宣佈開始投標。他大略解釋了競投的規則，要注意每個堂口最多只能爭奪四大偏門裡的其中兩瓣門路，有飯大家吃，有錢大家賺，獨食難肥。堂口龍頭從未做過這碼子事，剛開始覺得新鮮，經常擺烏龍，舉錯手，喊錯價，像孩子玩遊戲般嘻嘻哈哈。然而過不了幾回合便因搶價抬價而動了氣，氣氛越來越像一場激烈的賭博，拍桌的拍桌、罵娘的罵娘，二把手們在其他艇上吶喊助威，喧聲震天，把銅鑼灣的海面吵鬧成一個火熱的戰場。一夜下來，果如金牙炳所料，陸北風取走了灣仔賭館和碼頭的控制權，雖然花了不少鈔票，但他認為值得。

回程的時候，金牙炳慨嘆：「唉，沒有拿下妓寨，我以後叫雞豈不是要自己付錢？」陸北風拍一下他後腦門，啐道：「憨撚鳩！有了錢，怎會冇女人？冇撚大志！」

十五・每恨江湖成契闊

兩天後，九龍區的地盤投票在旺角鳳如茶樓舉行，港島避風塘的那夜動靜早已傳遍江湖，九龍的堂口兄弟心裡有了底，所以進行順暢。

雷大爺高明雷也來了，「蜀聯社」以九龍寨城為根據地，三不管，不在力克掌控範圍之內，然而高明雷打算進軍油麻地一帶，戰前他被當地的東莞幫打跑，不得已才殺入寨城，後來雖然因禍得福，在寨城闖出名堂，卻始終不服氣，如今好不容易來了機會，用拳頭搶不來的江山，說不定能夠用錢征服。可惜東莞幫比他財雄勢大，黃、賭、毒、走私，四瓣偏門高明雷全盤投標失利，鎩羽而歸回到九龍城，氣得把自己喝得酩酊大醉。好巧不巧，有個道友舊債未清卻仍厚顏前來賒討鴉片，倒楣，做了送上門的出氣袋，被綑綁在燈柱上，高明雷在四川混袍哥時練過蛤蟆拳，橫展雙臂，十指彎曲衝掄拳往他的頸喉攻去，左！右！左！右！沒打幾下道友已經口鼻吐血。

高明雷也跟有「神手」稱號的田鍾谷學過峨嵋槍，師傅告訴他，槍法源自明朝的普恩禪師，據說他出家前曾經以一敵百，用一支單槍刺斃九十九個土匪，他刻意放生最後一人，然後遁入空門，求贖殺生之罪。這夜高明雷打得興起，意猶未足，執起一根縛著鐵矛頭的長棍在道友胸前肚上刺、點、挑、插，殺個滿目通紅，道友垂頭昏死，只有喉頭發出微弱的喘氣證明他仍活著。發洩夠了，高明雷吩咐手下塞幾包鴉片丸到他的衣袋，然後抬到寨城外的海邊讓其自生自滅，猜想如果道友醒得過來，肯定高興於有此待遇，說不定還會回來跪著求打呢。他對手下說：「毒蟲的癮比命重要！」

高明雷說這話時，腦海想起的是駱仲衡，不禁一陣黯然。駱仲衡是他在重慶闖蕩時結交的兄弟，爺爺做過縣官，父親是大學校長，到了駱仲衡這一代，一蟹不如一蟹，只做了中學教員，後來更淪落為毒蟲，轉到「威武堂」老大身邊擔任文膽師爺。毒癮沒發作的時候，駱仲衡跟堂口管事五哥高明雷天南地北無所不聊，龍精虎猛，但一旦犯癮，口水鼻涕直流，只要給他黑土，要他吃屎他也不會拒絕。高明雷問他犯癮到底是什麼滋味，他說像有無數飢餓的蟲在血管裡噬咬，必須餵他們吃毒，毒是米，吃飽了他們才會休息。自己可以三天三夜不吃半粒米飯，卻絕對不能讓他們餓著。駱仲衡道：「蟲子的命比我重要，這就是癮。」

有一天駱仲衡又犯癮，口袋欠缺銀兩，竟然從總堂抽屜偷取財物，東窗事發，老大斫斷他的左手食指和中指，因為堂口無人懂文墨，給他機會，繼續留用。豈料他故技重施，又偷了，這回看來連右手的食指和中指也保不住了，他向高明雷求饒，高明雷心軟，半夜暗中放人。江湖一別，音訊互斷，彼此不明生死，直到高明雷後來輾轉在九龍寨城混出了名號，日本鬼仔仍未進城，一天晚上他在寨內的狗肉館瞄見一個打扮斯文的男子，非常臉熟，抓破頭想了一陣，終於認出他是闊別三年的駱仲衡！

原來駱仲衡當年從重慶逃命到桂林，幾乎餓死街頭，教會的善心人把他送到醫院戒毒，出院後去上海，在洋行做事，精明幹練，沒多久升為經理買辦，最近特地來香港洽商，萬料不到領著幾個日本客人到九龍寨城吃狗肉和看艷舞，居然有緣重遇高明雷。駱仲衡此番停留香港半年，住在尖沙咀，他請高明雷到半島酒店吃過幾回下午茶，稍有空閒亦到九龍寨城逛蕩，高明雷當然親自款待，萬一正在忙碌，亦派手下帶他玩樂，有時候也把哨牙炳從灣仔請來加入，幾個男人在煙花帳內做盡荒唐情事。駱仲衡昔日稱高明雷做「雷子」，現在依然這樣喚他而不跟江湖中人一樣尊稱他為「雷大爺」，高明雷覺得親切，多次對他說：「其實何必囉嘍囉嗦談什麼鳥生意！我拿兩把鬼火去擱在對方的桌面，你要他們簽什麼合同他們便得簽什麼合同！」

駱仲衡笑道：「我的三寸不爛之舌可不見得會輸給您的鬼火！江湖買賣不妨一回了斷，生意買賣講求的卻是細水長流。雷子的好意，心領了。」

因為感念高明雷有救命之恩，駱仲衡每回前來寨城走動，無不挽著大包小袋的洋酒、魚翅、人蔘，有一回還帶了一幅書法對聯，高明雷把書法攤展在桌上，吃力地一字一頓唸道：「每恨江湖成……契……闊」唸不下去了，啐道：「格老子！什麼鬼字，這個值多少錢？」

駱仲衡笑道：「這是楷書。錢不重要，重要的是有意思。」他慢慢唸出對聯：「每恨江湖成契闊，長留篇什繼風詩。」他對高明雷解釋，題字的人叫做謝無量，是五十來歲的四川老鄉，反清反袁的老革命、老前輩，做過孫中山的廣州大本營秘書長，這陣子暫居香港，閒來賣字，潤筆費不低。

「你買的？送的？」高明雷把問道。

「贏回來的。」駱仲衡笑道：「這傢伙嗜賭，經常來酒店跟我和日本客人賭西洋牌，十有九輸，輸得一乾二淨了，唯有用書法還債。我大大小小收了他幾十幅字，確實轉賣到好價錢，值了。這幅有『江湖』兩字，我覺得特別應景，專誠留下來送您。雷子以前不是常說羨慕小弟通曉文墨嗎？這兩句話說的是，世事無情，常見生離死別，江湖路遠，山高水長，何時分離何時相聚誰都說不準，可是只要詩文長存，情誼便長在。雷子是江湖中人，小弟雖然往事不堪回首，卻亦好歹算是混過江湖，這幅對聯說的是就是雷子和小弟，見字如見人。呵，雷大爺，別嫌棄，收下吧！」

高明雷搔一下耳朵，似懂非懂，頓了一下方道：「好！老子把它掛在牆上，吩咐手下早晚上香膜拜！」

駱仲衡連忙搖頭道：「別急，還未裝裱呢。我是心急先拿來給您過目，過一陣子我替您拿去裱好再送回來。不過可別上香，小弟還活生生的呢！」

活生生？是的，問題是，能活多久？

就只兩個月，駱仲衡之後就只再活了兩個月。

死訊傳來的時候，高明雷呆住，喃喃道：「怎麼回事？怎麼回事？」

手下狗仔告訴他，駱仲衡在旺角街頭被爛仔搶劫，他反抗，爛仔横腰捅他三刀，沒了。高明雷問是哪個道上的人，狗仔道：「聽說是『福安樂』的蝦頭，被差佬抓了，在油麻地差館。」

「福安樂不是賣黑貨的嗎？怎會碰我的兄弟？」

「是他去碰福安樂！他找他們買貨！」

「胡說八道！他早戒了！他早戒了！」高明雷氣得抓起桌上的雲石菸灰盅往手下頭上扔去。狗仔閃開，道：「雷大爺，千真萬確！我表哥在油麻地差館當差，消息假不了！」

狗仔往下說去，那天駱仲衡在煙館抽得迷迷糊糊，不慎露出了手提包裡厚墩墩的一疊鈔票，是日本客人剛給的商品訂金，本來要先存進銀行，但煙癮起了，止住再說，萬料不到惹來殺身之禍，離開煙館時在後巷被蝦頭盯上，搶奪之間，喪了命。

高明雷邊聽邊回想這幾個月的相處，確實偶爾看見駱仲衡臉容憔悴，呵欠連連，他說是跟日本客人通宵賭錢，精神不濟所致。高明雷遺憾當時沒有注意，否則會迫他再去戒毒，可是，他肯嗎？而且戒得了一時，可戒得了一世？駱仲衡說過，當毒蟲噬咬的時候，「蟲子的命重要」，他沒說的是殺人比殺毒蟲容易得多，人命說沒就沒了，毒蟲卻死了又能甦醒，比人命頑強。雷大爺明白這道理，不然他的寨城煙攤何來生意，但客人是客人，朋友是朋友，客人的死活他不管，反正「客死客還在」，他只認錢不認人。朋友的事情卻讓他無比憤怒，是的，是憤怒，並非傷心，路是自己選擇，駱仲衡要走哪條路，誰都管不了，但他向來多的是手下，少的是朋友，好不容易重遇故人，卻說走就走，朋友留不住，他不甘心啊。

高明雷把叵在手腕的一串香珠拉下來，用姆指和食指摩挲著，圓滾滾的珠子在手指尖之間不停碌動，無開端，無終結，有的只是皮膚上結結實實的磨擦感覺。他想起那幅對聯和駱仲衡的解釋，「世事無情，常見生離死別」，原來是不祥的預言。江湖混久了，他以為自己對生死別離已經無動於衷，這一回卻似突如其來的一棒把他敲得頭昏腦裂。他突然握拳「咯！」一聲敲打桌面，這個仇，他要報，替駱仲衡，亦是替自己。

第二天睡醒，他帶同狗仔到油麻地警署門外，狗仔先到裡面塞了紅包給表哥，然後高明雷經廚房後門偷偷溜進浴室，狗仔的表哥從拘留倉把蝦頭押來，房門一關，蝦頭認得眼前是九龍寨城蜀聯社的龍頭老大，來者不善，嚇得尿濕袜子，雙膝跪下喊道：「雷大爺饒命！」。

高明雷道：「要錢就要錢吧，你敢殺我朋友？」

蝦頭道：「是雷大爺的朋友？哎呀呀，我不知道呀！我以為只是個死道友！他有錢……我就是只要錢，他卻不給，還敢搶我的刀，是他自己不要命呀……」

高明雷一巴掌摑去，罵道：「格老子，你是說他活該？他幾時開始替你買貨？快把話說清楚！」

蝦頭顫抖道：「有兩三個月吧。他說自己從上海來，還說香港的貨比不上上海。昨天他抽昏了，包裡的鈔票掉到地上，那是錢呀，我們出來混為的不就是錢？我叫他放手，他不肯，還推我、喊救命，就這樣……就這樣了。我騙誰都不敢騙雷大爺！」

高明雷心頭一緊，原來駱仲衡在上海發跡後已經重沾惡習，好不容易從糞坑爬上來了，卻心甘情願跳回坑裡被毒蟲啃噬，這回雖然死於刀下，其實亦等於死在毒裡。他只能無奈地慶幸駱仲衡並非在自己的寨城地盤重新沾毒。

蝦頭跪在地上不斷咚咚地叩頭求饒，高明雷突然一手揪住他的頭髮，一手拔出從腰間備妥的小刀，手起刀落，往他的喉嚨一割、一拉，熱腥的鮮血從蝦頭的脖子噴出，高明雷也不避，濺到臉上，還伸出舌頭舔了一圈唇邊。蝦頭「嗚嗚嗚」地叫了幾聲，瞪起一對眼睛直躺在地上血泊裡。高明雷抬頭用衣衫抹臉，道：「小鬼，安心上路！搶錢殺人沒有錯，你錯在搶我的朋友、殺我的兄弟。你做你該做的，我也不能不做我該做，扯平了。你不服氣，趕快投胎來找老子算賬，老子等你！」

警察後來認定蝦頭在浴室畏罪刎頸。高明雷輾轉找得駱仲衡的上海同事，打算通知他的家人，同事卻道他妻子早已攜同孩子離家不知所蹤。高明雷沒法知道到底是因為駱仲衡再墮毒海所以妻子下堂，抑或是因為妻子下堂令他再碰毒品，反正人死了，這都不重要了。他的最大遺憾只是死了便無法再嚐癮頭，癮比他的命重要。高明雷替駱仲衡處理後事，出殯那天，給他燒了三包鴉片，再把三包鴉片塞進他的棺材。抽個夠吧，好兄弟，生命就是這麼回事了，生時要爽快，死後也不能不痛快，其他的都只是廢話。

他在駱仲衡的遺物裡發現那幅裝裱了的對聯，駱仲衡尚未來得及送到九龍寨城，但書法終究到了他手上，彷彿該得到的冥冥中總不至於失去。

高明雷逐字逐句唸出對聯：「每恨江湖成契闊，長留篇什繼風詩。」心裡一陣戚然，再有一股怒氣，覺得這是不吉利的東西，好像因為有了它才有了後來的不幸。高明雷本已把生離死別看淡，理該對「契闊」沒有感傷，更不會把什麼撈什子「風詩」看在眼裡，但其他人死了便死了，像在風裡被吹散的沙子，從來無人給他留過遺物，唯獨這幅對聯結結實實地攤在眼前，終究令他生起了少有的不捨。所以他更憤恨把人殺個措手不及的死亡。

在寨城立住了腳，高明雷日夜盤算如何把蜀聯社的兄弟帶出九龍寨城，既然要混就混大的，不然只能叫做一灘濁水，配不上江湖名號。自從在四川殺了勇義堂舵把子，又殺了威武堂岳大爺，再在香港街頭被淋澆大糞，他對自己發誓，不大幹一番便枉為人。昔日在重慶曾有一回喝酒，他對駱仲衡說過豪言壯語：「老子這輩子只想做英雄！」

「怎樣才算英雄？」

「說到做到，就是英雄！」

駱仲衡打個酒嗝，笑道：「做人，難啊。三分人事七分天，盡過力便算了，做不到便做不到，何苦跟自己過不去？你可聽過『若得其情，哀矜毋喜』？做得到做不到，都有苦衷，沒必要太較真。依我看，有勇氣饒諒別人，也懂得放過自己，才是最難做到的英雄。」

高明雷也喝得臉紅脖子粗，拍桌道：「苦衷個屁！我只聽過『成王敗寇』，輸了就沒資格囉嗦。做不成英雄的人，永遠只是狗熊，沒別的了！」

今夜想起當年對話，高明雷越覺惱火，忽然非常恐懼時不我予，氣上心頭，抓起對聯擲到地上，狠踩了幾腳，又撿起來準備撕個粉碎。然而把對聯端在手裡，實實在在的感覺令他起了猶豫，嘆了一口氣——畢竟捨不得。駱仲衡說過見字如見人，留下對聯總算是個紀念。

高明雷沉吟一陣，決定親手把對聯掛到牆上，再吩咐手下早晚在聯前上香，為的是跟駱仲衡的情誼，更是警戒自己，要做英雄便盡快做，爽快爽快，爽才會快，要爽也得要快。做英雄是高明雷的癮，駱仲衡說的對，癮比生命重要。

十六・汕頭九妹菜館

日本管治香港的時候，蜀聯社有了第一個殺出九龍寨城的機會，高明雷替鬼子立了功，鬼子答應該他帶手下進駐旺角。

那時候的區域都改了名，旺角是「大角區」，深水埗是「青山區」，油麻地是「香取區」，尖沙咀是「湊區」，九龍寨城是「元區」，紅磡是「山下區」。寨城四面圍牆，鬼子強迫居民把牆石拆下用作修建軍用機場，蜀聯社負責監工，誰反抗不從，高明雷便執起棍子把不聽話的人打個頭破血流，豈料有一回遇上一個湖南佬，同樣耍棍了得，對陣了幾個回合，終於一挑、一撥，又長又硬的棍頭直撩高明雷的下陰，高明雷痛得倒地昏去，醒來時手下告訴他，鬼子衝過來開了槍，砰砰兩響，湖南佬，沒了。高明雷躺在床上三天三夜，康復後有很長的時間仍然走路一拐一拐，可見傷勢不輕。而他的性格從此更見暴戾乖張，手下在背後說他肯定是被長棍敲碎了鳥蛋，雞巴操不了女人，只好用嘴巴罵人洩忿。

拆了四面環繞的圍牆，九龍寨城剩下光禿禿的樓房，木的，石的，鐵皮的，高高低低像彼此擠壓橫疊的亂石，高明雷忍不住心裡苦笑，沒了城牆，內外不分，蜀聯社等於已經殺出九龍寨城。但他當然不會滿足。他花了不少鈔票，買通了日本少佐宮澤三郎，要求把「大角區」地盤交給蜀聯社。宮澤三郎本就不滿旺角那邊的「和順社」常有違逆，乘機整頓堂口勢力，可是人算不如天算，美國飛機扔下炸彈，炸死了宮澤三郎，也炸掉了高明雷的黃金機會。他由此痛恨美國佬，恨到願意參加日本軍隊到前線跟美國兵大幹一場，每回飛來美國的投彈戰機，其他人避之唯恐不及，他卻原地站立，舉起兩隻手掌指向天空，作狀瞄準開槍射擊。

戰後的地盤競價拍賣是第二次殺出九龍寨城的機會，高明雷的目標是油麻地，可惜財才不足，敵不過東莞幫，徒嘆奈何。所以他決心要搞更多的錢，有錢便更有勢力，有勢力便有更多的錢。盤算一陣，高明雷決定不能只在寨城採取守勢，必須攻出去，像當初做袍哥一樣，做土匪，去搶。問題是，該搶誰？寨城居民都是貧窮百姓，搶他們只是浪費時間，要動手當然得瞄準富戶，這兩年陸續有上海、北平、桂林的商人南遷香港，都是他媽的肥羊，何不敲他們竹槓，迫他們吐錢？對，是綁票，這勾當昔日做過不少，儘管生疏了，卻不礙事，反正不就是耍狠使蠻，在刀槍棍棒之下，由不得羊牯不就範。

高明雷記得力克在競價拍賣上聲明不准綁票，他們要保護有錢人，因為有錢人通常是他們洋上司的朋友，一旦下手，等於跟洋警為敵。他沉吟一下，搔一下腦後，最後輕摑自己一個耳光，罵道：「做大事還怕那些洋龜孫子？日你仙人板板，沒出息！」他喚來羅雅清坐下商量綁票大計，此事必須萬全保密，所以只找了兩三個可靠的蜀聯社兄弟，組成「肉票團」謹慎行事。羅雅清是四川眉山人，名字文弱，臉容可親，眼裡滿是笑意，但有個可怕的「閻羅王」渾號，在重慶混袍哥時曾把一間押店的一家九口殺光，戰時在廣州也取了不少人命，幾個月前剛到香港，投靠舊識高明雷。

說幹就幹，「肉票團」針對尖沙咀、中環、北角一帶下手，開始是綁的是生意人，後來不管了，誰有錢便綁誰，尤其是醫生，因為特別膽小，特別容易就範。北角有個內科王大夫被綁到九龍寨城，才剛坐下，已經嚇得屁滾尿流，主動說：「你要多少錢我便給多少錢，千萬別為難我，我怕疼！」閻羅王收了三萬元，把他放了，一個月後再去診所綁他，彷彿前來收取租金。過了一個月，再去，竟然發現王大夫在診所裡築起鐵籠，把自己關在裡面，隔著欄柵替病人看診。閻羅王不禁縱聲失笑道：「你以為鳥籠能夠保命？閻王要你三更死，不許留人到五更！老子要你娃死得棒硬！」

閻羅王命令手下向籠裡潑淋火水，他親手點燃火柴，罵道：「睜開你的狗眼認住老子，下輩子來找老子算賬！」王大夫在呼天搶地的嚎叫聲裡被燒成火人。診所裡有個年輕姑娘被閻羅王的手下蹂躪，不在話下。

「肉票團」無惡不作，卻亦有三不綁：一不綁四川人，騷擾自己的鄉親，說不過去；二不綁洋人，洋人不好惹，別在老虎太歲頭上動土；三不碰灣仔的人，就算不給陸北風面子，高明雷亦不願意跟救命恩人金牙炳傷了和氣。

高明雷仍常到金牙炳的灣仔家裡喝酒聚舊，他依然喚他哨牙炳，他說那隻金牙讓他顯老十歲。其實大家都老了。三年八個月的戰爭像短短的一天，卻亦似漫長的一輩子，時間被拉長，也被壓縮，戰爭結束後卻又恍如一個消散的夢境，好像確實作過，也好像從未有過，剩下臉容的憔悴和滄桑做唯一的記認。戰爭裡的苦太苦了，沒有人願意再提它，更都盡力忘掉它，尤其心裡有愧的人。在戰前和戰時，江湖兄弟儘管做著相同的勾當，但以前做是自願做也是替自己做，在戰爭裡做卻感覺是被鬼子迫著做也是替日本鬼子做，心底終究有個過不了的坎。

所以高明雷和金牙炳聊的要嘛是淪陷前的舊事，否則便是談及未來的大計，中間的戰爭一截彷彿從不存在。蜀聯社在九龍寨城立穩陣腳之初，高明雷開設了蜀珍館，有一回心血來潮，問阿冰道：「炳嫂願不願意重出江湖？不如讓蜀珍館在灣仔開個分店，由炳嫂主持大局，蜀聯社也算是殺出了九龍寨城！」

金牙炳眨一眨眼，笑道：「雷大爺不是想趕走我們新興社吧？留口飯給小弟吃吧！」

高明雷立道：「別胡說！別胡說！灣仔永遠是炳哥的灣仔、也是風哥的灣仔，我們四川佬吃了豹子膽也不敢進來。但說到吃嘛，分甘同味，讓灣仔的鄉親父老有多些機會嚐嚐我們的麻辣味道，不也很好？」阿冰剛好踱進廚房，高明雷附耳對金牙炳說：「呵，你也吃過不少四川妹子，味道不錯吧？」

金牙炳急忙打個慌張眼色，示意他閉嘴。他繼續在外不檢點，阿冰從無真憑實據，卻又並非毫不知情。這碼子事情恐怕天下間一樣，女人主要是依憑直覺，更重要的是依憑了解——了解到丈夫是個男人——便可「知道」他們的不忠不誠。但除非有了捉姦在床的坐實，否則無法證明他們有，所以只好假設他們沒有，或者選擇相信他們嘴裡說的「沒有」，又或者根本不談它，不談便等於沒有了。這之於阿冰，有了兩個孩子，又有了自己的店，又熬過了戰爭的恐怖，老實說，她滿足了，金牙炳在家門以外的事情已無興趣去管，只要一切只發生在家門以外。金牙炳就是擔心高明雷打破這道防線，哪壺不開提哪壺，一語掀起千層浪。說不得，說不得。

幸好阿冰沒聽見，她笑嗞嗞地從廚房端出幾個盤子，放到高明雷面前，凍烏頭、炸蠔餅、魚蝦餃、鹹雞、豬肝韮菜，都是地道的汕頭菜色。高明雷嘖嘖連聲，道：「其實也可以開間汕頭菜館，我和炳哥天地對分，賺不賺錢事小，為的是讓兄弟之間有個合作，手足同心，其

『飯』斷金，像你們廣東人說，無得頂！」

阿冰笑道：「沒想到雷大爺還真懂咬文嚼字！可惜雷大爺錯愛了。我以前是殺狗的，不是掌廚的，而且放下屠刀好久了。」

高明雷道：「無所謂的，找幾個可靠的人，炳嫂教他們煮幾道拿手菜，然後你坐在櫃枱後面管賬便可以了。讓灣仔街坊嚐到好菜色，造福世人，炳嫂便是『立地成佛』，簡直是菩薩！」

認真考慮了三天，阿冰接受高明雷的提議。

她對金牙炳說：「其實試一試也是可以的。」她的如意算盤是既然有炳記糧莊做後盾，掌握住食物的來路和成本，食店生意做起來必比同行順手。何況金牙炳這些年來從未讚賞她的廚藝，雷大爺卻豎起大拇指，聽得她心花怒放，覺得有必要讓更多的人嚐嚐。她久違了讚美，一旦重遇，便想聽更多、更多。

金牙炳也不反對開店，雖然金盆洗手失敗，仍然是江湖中人，但世事難料，後路總是準備得越多越穩當。資本是不缺的，自己有，陸北風放在他這邊的錢也可以動用，就算他一份。陸北風、高明雷、趙文炳，三個人是股東，但以阿冰的渾號做菜館店名：汕頭九妹。店名是阿妹提的主意，她從不避諱別人知道自己昔日殺狗，那是命，要認，關鍵是有沒有本領從命裡走出一條新的去向。

籌備新店須花時間，阿冰負責尋覓鋪位，打聽到柯布連道有個不錯的地方，賣的是時鐘手錶，店東來自四川宜賓，老父近日亡故，故鄉兄弟爭產打官司，他要盡快賣鋪回鄉加入戰圍。

阿冰要求金牙炳陪她去談，順便到文武廟擇日開店，但金牙炳這陣子受陸北風囑咐，忙於應付重新裝潢幾間麻雀館的諸般瑣事，加上仙蒂的灣仔酒吧有個侍應生跟洋顧客吵架，一時魯莽動手打傷了對方，洋人報警，驚動了饒木，仙蒂央請金牙炳出面擺平。雪上加霜，他累得連妓寨都無力光顧了，所以滿臉不耐煩地推搪，道：「既然店主是四川佬，你找雷大爺幫忙吧！老鄉對老鄉，肯定可以殺個好價錢。」

這建議並非沒有道理，但阿冰終究不服氣，抱怨他不僅未曾金盆洗手，反而越來越把新興社的手足放在家人前面。金牙炳怔了怔，驚訝自己不知道從何時開始和為什麼對陸北風言聽計從。是因為南爺？恐怕是吧？風哥和南爺只有高挺的鼻子長得相似，行事作風也極不相同，但語調是像的，風哥說話比較粗豪，但閉起眼睛，聲音有八分似陸南才。金牙炳隱約覺得替風哥奔走就是替南爺奔走，他和陸南才的緣份並未因為一九四三年的那個炸彈而停斷，這段江湖情義接回那段江湖情義，留在新興社，剛開始時是求退不得，往後卻是義不容辭。

金牙炳不敢把心底話告訴阿冰，只直接打電話到九龍寨城找到高明雷，道明原委，高明雷二話不說答應出馬。果然，高明雷和阿冰到了鐘錶店，用四川話跟店東談不到半鐘頭便握手成交，阿冰暗暗慶幸前來是他而不是金牙炳。離店後，阿冰想到文武廟找相士擇日開張，高明雷道：「我也去瞧瞧。到香港快十年了，只去過九龍那邊的黃大仙和寨城旁邊的侯王廟，還未參拜過你們的文武廟呢！」

兩人搭電車從灣仔去上環，三伏天的大白日，太陽無遮無掩地掛在天空，人和車都像蒸籠裡的肉和菜，徹徹底底地熱空氣悶著、焗著。司機右手握控著車舵盤，左手喇喇喇地搖著一把敢情是不知道哪位乘客遺留下來的葵扇，嘴裡曲不成調地哼著小曲「我就魂魄喪，遺容泣對，似醉如狂……」阿冰一聽便知道這是小明星的〈秋墳〉，忍不住也望向窗外，低聲唱了幾句，彷彿道路上有她的知音。高明雷聽見，笑道：「哦，歌喉很好嘛，不如就在我們的菜館偶爾粉墨客串，肯定客似雲來！」

阿冰用抹汗的手帕掩嘴笑道：「雷大爺別取笑我。客串可以，但不該唱這首歌，不吉利。」「怎麼個不吉利法？說說，說說。」高明雷好奇了，連聲追問。

電車沿著路軌緩緩前進，阿冰慢慢對高明雷說著小明星的身世，都是從報紙上讀來的陳年新聞，卻讓她難過了好多天。小明星本姓鄧，九歲踏台板，所以叫做「小」明星。後來走紅了，自成一格的尖吭歌聲被稱為「星腔」，在省港澳登台，也拍戲，阿冰便是她的擁躉，可惜小明星遇人不淑，碰上的男人都把她拋棄，她看不開，吞鴉片自殺過兩三回，紅顏命薄，不到三十歲便一命嗚呼。

高明雷皺眉道：「第四回服毒成功？」

阿冰搖頭，說：「不，她是死在台板上。前幾年她在廣州添男酒樓演唱手本曲子〈秋墳〉，就是司機剛才唱的那首，當唱到『鴛魄未歸芳草死』的時候，突然咳了兩聲，她勉強唱下去，『只有夜來風雨送梨花』還未唱完，已經吐血暈倒，送回家裡，吃了幾天藥，救不活了。報紙說她的墓在廣州，有機會我要去上香。」可能因為空氣悶熱的緣故，連皮膚和血液亦覺滾燙，這時候訴說別人的淒涼故事，雖然主角不是自己，卻越說越心血沸騰，阿冰想起自己亦曾在汕頭和澳門死裡逃生，悲從中來，想哭。她急忙用力輕咬下唇，分神不讓眼淚滲出。在一個四川大漢面前哭泣，她覺得尷尬，她不喜歡這樣的尷尬。她低頭說：「不好意思。」夫妻當久了，她不自覺地像金牙炳一樣常把「唔好意思」掛在嘴邊。

高明雷已經看出她的傷心，並且用自己的方法來憐香惜玉。他說：「別哭。這樣的時勢，活得下來的人都應該笑。」

太陽從車窗外映射到阿冰臉上，儘管已是兩個孩子的母親了，阿冰的臉色依然潮潤。她不自覺地眨動眼睛，彷彿想替淚水門閘，而此刻看在高明雷眼裡，她亦像個孩子。或許性格再強悍女人，一旦傷心起來，怎麼看都像個孩子。

電車終於到了上環，兩人沿坡走上文武廟，一路談笑，她說了很多關於自己的事情，主要是小時候在汕頭的生活，母親父親，家旁的狗棚，以及屠狗殺狗的種種，以及她用打狗棒追打壞人的種種。高明雷笑道：「我在四川認識幾個殺狗的朋友，非常巧合，男的都特別怕老婆，女的都兇得像母夜叉，又長得特別得醜。」頓一下，又道：「但你完全不一樣。炳哥真有福氣。」

阿冰笑道：「呵，雷大爺在哄我。我兇的時候，可是生人勿近呢！」

高明雷道：「還有一點：那些女人特別齊心團結，只要其中一個遭惹到了，她們會聯群結隊來跟你算賬。這倒跟你相像，你是女中豪傑，我看你身邊整天圍著不少姐妹。」

阿冰不太高興聽見「那些女人」四個字，彷彿在說一群怪物。「齊心團結」倒說得半點不假，不管在汕頭抑或香港，她都是大姐大，有十幾個街坊姐妹圍在身邊，大家籌辦「義會」，每月供款讓有需要的人借用，賺利息是其次，最大的考慮只是互濟支持。她是義會的「會頭」，一旦有人借了錢跑路，她須負起還款的責任，幸好幾年來只發生過一次，她承擔得起，姐妹們也更敬重她、聽她。如果這也算是江湖，阿冰自覺是個頂天立地的人物。也正因如此，她跟仙蒂不常來往，兩人之間倒無怨仇，只不過兩人都是喜歡出主意、做決定的女人，兩個這樣的女人注定無法相知相熟。恐怕男人女人都一樣，性格上必須一鴛一鴦始可和洽相處，否則，兩鴛兩鴦，往往只落得吵鬧收處。

高明雷把阿冰哄得開心，她卻仍要故作謙虛，笑道：「哎喲，我只是個女人仔，怎敢提什麼豪傑？可是依我婦孺之見，女人和男人不同。男人嘛，兇個三分已能令男人怕他。女人兇三分，只是個人見人厭的潑婦，唯有兇夠七分，才能不讓男人佔便宜……」

「還可以倒過來佔男人的便宜呢！」高明雷接口代她把話說完。兩人同時笑起來。

談談走走，來到文武廟前，已是下午四點多，坐在門旁的廟祝提醒他們只剩半小時便要關門打烊，有幾分似官府的辦事規矩。阿冰先到主殿燒香求福，然後到廟旁找相士查黃曆，擇個吉利的菜館開張時辰。她想替菜館的生意求籤問吉凶，高明雷勸阻道：「來不及了。何況菜館是開定了，上上籤要開，下下籤也要開，還求來幹什麼？難道求了下下籤便一切作罷？」

阿冰道：「倒不是作罷，只不過心裡有個譜，做了最壞的打算，若真碰上了，可以跟自己說，那是命，不是我的錯。」

高明雷反問道：「這麼說來，求了上籤，遇上好事，便也只是命而不是自己的功勞了？」

阿冰想了一下，笑道：「不，功勞總是自己的。所謂『天助我也』，因為是『我』，老天爺才會出手相助，這也要歸功於我。好人有好報嘛。」多年來到處算命問卦，對於信什麼和為什麼要信，她早有了自己的一套看法。

高明雷苦笑道：「錯歸別人，功歸自己，花點小錢求籤算命，果然是個划得來的好買賣！」

阿冰調侃道：「雷大爺不信這些？呵，是不是四川的菩薩不夠靈驗？」

高明雷若有所思，半晌方道：「菩薩靈驗，人心不靈驗，信也沒用。」

阿冰見他欲言又止，不便追問細節，也來不及求籤了，只跟他並肩沿著嚤囉街的梯級往下走向皇后大道中，瞥見弦月巷的斜坡旁有攤檔賣豆腐花，趨前要了兩碗，喚高明雷陪她蹲坐在小板凳上吃個痛快。高明雷口渴，仰碗咕嚕一聲把豆腐花往喉嚨裡傾灌，不小心嗆得咳嗽，從嘴裡噴出來的豆腐花把褲管和褲襠濺濕了一灘，阿冰想用手帕替他拭擦，手伸出了一半，又馬上縮回，臉上一陣紅一陣燙，幸好天時熱，別人一定以為只是熱。攤檔的老媽子卻看見了，對阿冰笑道：「你們兩公婆真係恩愛。」

高明雷回應了一句粵語：「喂，事頭婆，嘢可以亂食，話唔可以亂講！」他也並非不高興，只不過習慣性地嗓門大，無論說什麼都像在罵人。

老媽子沒聽懂他的川腔粵語，只覺捱了罵，但見他凶神惡煞，唯有閉嘴，臉上盡是委屈。高明雷再要了一碗豆腐花，老媽子心不甘、情不願地把碗啪聲擱在矮桌上，高明雷瞪她一眼，阿冰連忙拉一拉他的衣袖，示意別鬧事。

付過錢，走路到德輔道搭電車返回灣仔，下午五點多了，熱氣仍未消散，車廂裡都是薰鼻的汗臭，兩人並肩坐著，高明雷早已衣衫濕透，實在受不了，解開了對襟短打的兩個鈕釦，裡面的白汗衫被汗水緊緊黏貼在皮膚上，汗印子下面是顯眼的黝黑胸毛。阿冰的心急速地跳，把視線牢牢望向窗外，電車搖搖晃晃前行，路上的行人和黃包車緩緩朝後退卻，一個人一輛車、一個人一輛車地消失在她的世界，唯剩高明雷的濃濁體味不斷湧入她的鼻子，提醒她，此時此刻，除了她，還有他。

電車吱吱呀呀地走著，阿冰的心砰砰然地跳著，忽然一陣風吹在臉上，鼻翅一癢，幾乎打噴嚏。她用手帕捂住口鼻，高明雷側臉抬臂聞一下自己的胳肢窩，以為是自己的汗臭嗆到了她，連忙表示歉疚，並以笑解窘，道：「哈哈哈，四川人無火鍋不歡，有人說我們連汗裡也有麻辣味道。」

高明雷漸漸說起在四川的遭遇，殺了兩個舵把子，不得已亡命香港，幸好金牙炳出手相助，最後在九龍寨城立住陣腳。這些阿冰其實都從金牙炳口裡聽過，當然不如他說的細緻，而且由高明雷親口道出，畢竟多了一份滄桑，彷彿都只是昨天發生的事情，甚至是剛剛發生，前一秒才發生，此刻坐在車廂裡的他正在逃亡，而她，剛剛好，或是命中注定，在他身邊。明明認識了高明雷幾年，此刻卻像新見的人，對他有了不知道從哪裡湧出來的無限好奇。

沉默一會，高明雷忽道：「你剛才不是問我信不信求籤算命嗎？我信過，但後來更相信的是自己。」這句話引起了阿冰的莫大興趣，轉過臉望他，跟他的視線正好對上，四目相投，避無可避。

沒待阿冰追問，高明雷解釋了原委。他自小不知道求過多少支籤、算過多少回命了，十有九次說他命有貴人，注定飛黃騰達。他還記得有一句籤文是「揚眉吐氣袍穿錦」，相士說他的命格是「貴人相隨，不離不棄」。萬料不到兩位舵把子都趕他走、都出賣他，他一輩子最大的感覺是受到一回又一回的背棄。不離不棄變成又離又棄。高明雷嘆氣道：「阿炳算是我的唯一貴人了。」又道：「可是，沒關係，老子打定主意了，老子要做自己的貴人，最重要是自己對自己不離不棄！右手是左手的貴人，左手是右手的貴人，雙手是雙腳的貴人。踢翻狗糧，自立自強！誰怕誰？」

他語氣突然激動，嗓門大了，惹來其他乘客的白眼，幾個人望向他，他卻毫不憚忌，瞪起一對銅鈴大眼兇回去，眾人立即別過臉龐，不敢直視。電車到了莊士敦道，高明雷站起身下車，阿冰尚要多坐一站，道別後，凝望著他的背影穿越電車路走進修頓球場。傍晚的球場開始熱鬧，夜市販子忙碌著鋪箱擺攤，高明雷轉眼消失在人群背後，離開她的世界，也帶走了剛才的濃烈體味。天色不知不覺間暗下來，阿冰被突然亮起的車廂燈嚇了一跳，心慌意亂，彷彿孩子做了錯事，有點張皇失措。她掠一下頭髮，又拉整一下衣衫，其實都是無需要的舉動，但如果不這樣，似乎更會手足無措。

是該回家的時候了，孩子在等待母親，她有孩子，她有家。對了，她還有阿炳。奇怪這個下午她竟然完全沒想起過阿炳。她閉上眼睛，想像熟悉的他站在她面前，熟悉地笑著，露出唇下熟悉的門牙。在這樣炎熱的下午，她居然把這麼熟悉的人推出了記憶的範圍。在高明雷走出她的視線以前，她自己竟先在心裡跟阿炳保持了距離。多麼的意想不到，更是多麼的不可饒恕。阿冰感到強烈的愧疚，強迫自己不往下想。

耳畔忽然聽見鈴鈴鈴的電車到站提示，司機在敲鈴，阿冰馬上張開眼睛，連跑帶跳地離開車廂，心虛覺得司機看穿她的忐忑，於是拚命低頭，使勁展步朝家的方向走去，彷彿走得越急，越能忘記今天所曾有過的輕盈和迷亂，以及絲絲的連自己回想起來也會臉紅的甜意。

十七・Peter and David

黃道吉日好時辰，「汕頭九妹菜館」的招牌高高掛起，高明雷、陸北風、金牙炳齊集門前拜神祈福，阿冰穿上新造的艷紅旗袍，上面繡著粉紅牡丹，一朵朵都像笑著的眼睛。菜館開設在柯布連道上，街名紀念十英國殖民官 George O'Brien，他是十九世紀末的香港輔政司，二把手。街道僅長兩百七十米，高明雷總把路名「柯布連」讀成「痾布撚」，陸北風笑道：「雷大爺會把英國佬氣得從棺材裡跳出來！」

仙蒂亦前來道賀，帶了一堆洋糖把三個孩子逗得歡天喜地。趙純堅六歲，趙純勝三歲，還有五歲的陸世文，陸北風的兒子。陸北風戰後隻身逃港，妻兒留在廣州，幾個月後身邊忽然出現了一個兩歲多的孩子，據他說，老婆生完孩子便坐漢奸牢，受不住折騰，上吊了，遠房親戚把孩子帶上船送回他身邊。他說世文還有一兄一姐，但已失去聯繫，陸家就剩下這麼一個三代單傳的寶貝仔，交由僱來的兩個媽姐照顧。

看見仙蒂，阿冰眉開眼笑地把她拉住跟大夥一起切燒豬，仙蒂道：「讓我吩咐酒吧的姐妹們，以後每晚羊牯請吃宵夜，她們非九妹菜館不去！你不准嫌棄我們！」

阿冰輕拍一下她的手，道：「來！她們說一聲是仙姐的人，都打折、都打折！」

高明雷插嘴道：「阿冰，寨城來的人也要給優惠啊！」

阿冰瞄一眼身邊的陸北風，笑道：「你是老闆，風哥也是老闆，你們說收十蚊，誰敢收十一蚊？」

高明雷和陸北風相視而笑。他們交往兩年，一見如故，大有相逢恨晚之嘆。高明雷先前跟陸南才相處，並非談不來，但他嫌他太像川話裡的「耙」或「瓤」，缺了幾分男人該有的勁味兒，南爺不像「爺」。看在高明雷眼裡，弟弟陸北風可是另一副模樣，跟自己一樣渾身上下是刀疤傷痕，兩人初見面時還互比了一下，看誰的戰績更為彪炳，結果是陸北風贏了，有九道，高明雷只有五道，——他暗暗遺憾不能褪下袂子讓大家看看大腿內側的那道傷痕，湖南佬當天在寨城對他的棍棒重擊。

偶爾喝得興起，兩人到天台比試武功，一方是鐵布衫和虎鶴雙形拳，一方是峨嵋槍和蛤蟆拳，點到即止，避免傷了雙方顏面，但有一回陸北風收手不及，五指抓向高明雷的臉，往下一拉，嘶聲拉出了五道紅而短的血痕。他連忙抱拳致歉，高明雷抬手拭血，再伸舌頭一舔，笑道：「好事！高興！五加五得十，我終於比風哥多了一道傷疤！」

有了汕頭九妹菜館做聚腳地，高明雷更常來走動，通常是夜晚九點多，從九龍城搭俗稱「嘩啦嘩啦」的小電船到灣仔碼頭上岸，走路到柯布連道的店裡吃喝暢聚，阿冰親自掌廚，讓食桌上擺滿盆盆碟碟。阿冰並未淡忘那個下午的短暫蕩漾，然而，反覆思量多遍，她終於明白——不，她終於決定——那只能是兄妹之間的關懷。太久無人聽她訴說以前的故事了，金牙炳沒必要聽，孩子太小了也聽不懂，而她是姐妹群裡的大姐，她們可以對她說心事，她的責任只在於給予安慰和幫忙，再多說便是倚老賣老了，她不願意。所以那天是個溫暖的意外，偶然的走上一段路，她說了，他聽了，就這樣了，就只能是這樣了。可是即使只是聽，已經使她感激，感激得樂意回報，至少在吃食的事情上面。她是這樣告訴自己。

高明雷也感受到阿冰的熱切，有一回大夥吃飯聊天，特地在金牙炳面對提議，讓阿冰當她的義妹。金牙炳反提議道：「不如當我兩個兒子的義父，不是更有意思？」

陸北風在旁笑道：「這麼阿冰豈不變成雷大爺的義妻？阿炳你真大方！」

阿冰臉上一紅，啐道：「風哥別亂玩笑！」

陸北風佯裝自摑耳光，眾人笑成一團。之後陸北風問高明雷為什麼不娶妻，他愣了一下，胡扯道：「誰說我沒老婆？老子以前在重慶有座大宅院，三妻四妾都在那邊，就是太多了，煩哪！好男兒志在四方，大丈夫闖江湖，手裡有了錢，寨城裡的女人，個個都是我的老婆，老子想要誰就要誰！」

高明雷確實在重慶結過婚，但不到半年老婆已被他打跑，在九龍寨城立腳後，也有個相好的女人，戰爭快結束時卻被炸死了，但他沒有傷悲，反正不愁沒女人，真正愁的是袂襠自從被湖南佬重重敲了一棒，老二的表現非常不穩定，或時硬時軟，或半硬不軟，令他自覺英雄氣短，對女人有了莫名的恐懼，乾脆避而不談，把心情全部放在撈大錢、做大事上面，偶爾找個女人來到床前滿足指頭和舌頭之慾，只是聊勝於無的樂趣。

大夥當然不知道高明雷的苦衷，紛紛道：「雷大爺是男人中的男人，英雄中的英雄！」他們說時只是羨慕，阿冰在旁聽了，有的卻是連自己也被吃了一驚的景仰。高明雷有多少女人，跟阿冰無關，但他天不怕地不怕的氣概給她一種莫名的熟悉感。逢佛殺佛，遇鬼殺鬼，有仇必報，才是真漢子。她並非新近認識高明雷，卻是到了近日——尤其經過那天同遊文武廟——才漸漸覺得「認識」了高明雷。以前的她不也是這樣的嚒？命要她殺狗便殺狗，踏出了屠狗場，執起打狗棒，領著被欺負的姐妹們在街頭巷尾把男人打得屁滾尿流，誰敢招惹汕頭九妹？日本鬼子欺負她，被她趕跑了。後來到了澳門，財叔對她不規矩，不也被她像狗般宰個肚破腸流？然而，嫁了人，當了媽，日子一天天地過，她的世界一天天地縮，最後都縮到腸子裡去了，尤其在戰爭轟炸的恐怖中，只要活著就好，只要孩子和阿炳也能活著，便是她所願意接受的世界。料想不到戰後的菜館把她帶回到原先的世界。她當然仍要阿炳和孩子，然而午夜夢迴，她想要更多，因為她覺得自己有能力要更多。

有了汕頭九妹菜館，汕頭九妹也活過來了。生意暢旺，阿冰顧家又顧店，雖然找了幾個好姐妹幫忙，仍然累得蠟燭兩頭燒，但也累得痛快，令她時常憶起在老父身邊屠狗時的那股蠻勁。炳記糧莊做的只是商貨買賣，硬梆梆的貨，這邊進，那邊出，中間留下來的是利錢，她只幫忙記賬，其他的她既不熟悉亦無興趣。經營菜館卻是另一回事，食材和烹調都在她掌握之中，她說了算，熱烘烘的廚房讓她重拾以為早已消退的生命力，她覺得每天活在興頭上，尤其瞄見顧客把菜餚用筷子挾進嘴巴，眼角嘴角流露滿足，她感受到切切實實的存在。

所以她倒過來擔心金牙炳真要金盆洗手。

她認真相信金牙炳當天的承諾，也期待他投入經營糧莊，但他僱了幾個相熟的人，交下糧莊業務之後便故態復萌，如同當年跟在南爺身邊一樣替陸北風處理堂口雜事，時間久了，大家都不提退出江湖的事情了，彷彿沒了這回事。自從開了菜館，阿冰更不想提。菜館讓她由早到晚過得風風火火，許多顧客是阿炳的道上朋友，萬一人走茶涼，他們都不來了，怎麼辦？堂口的江湖，菜館的江湖，兩個江湖忽然重疊，坐在店頭偷聽各路人馬大杯酒、大塊肉地議論風雲勾當，她竟覺得自己也是「江湖人」，有一種奇特的刺激。

金牙炳當初說過只會留在新興社兩三年，數一下指頭，日子過了一半，她渴望牆上的時鐘能夠走得慢些，忍不住偶爾藉機對金牙炳暗示幾句「做人要飲水思源」之類的老話，但他誤會她在提醒告別堂口的期限已經迫近，所以擠出誇張卻誠懇的笑臉，拖延道：「快了，快了。你專心搞好菜館的生意，讓我享清福，我來照顧純堅和純勝。」阿冰不好意思自打嘴巴，唯有敷衍點頭，心裡卻更抱怨他欠缺志氣，未免悵然。

怨懟和景仰有個共通點：都會滋長，有了開始，像萌芽的野草，會茁壯，會蔓生，差別只在於一個往高去而另一個朝低走，低的不斷更低，高的也不知道高到什麼地方才願停止。阿冰越是欣賞高明雷的決斷明快，越對金牙炳不太耐煩，經常因故挑剔他，嘮叨碎碎唸，大事小事都看不順眼，明明不希望他插手菜館，卻又罵他對菜館經營袖手旁觀；孩子病了哭了，彷彿都是因為金牙炳的錯和疏忽，又要大吵一場。日常更是毫無必要地尖酸刻薄，她慢慢明白，這叫做嫌棄。

有好多個夜晚，阿冰在夢裡回到汕頭老家，狗棚是出奇地寧靜，遠遠望見一個虎背熊腰的男子身影，蹲著，握著刀，她以為是她父親，正欲喊喚，男子回過頭來，是另一張模糊的方臉，卻又似曾相識。有時候夢中場景不在狗棚而在湖邊，或者菜館，遇見同樣的背影，同樣的臉容，或者坐著泡茶，或著雙手抱胸靠牆而立，她想走過去，但雙腳彷彿被凍住，無論怎樣用力都提不出腳步。夢裡醒來，她額上都是汗水。阿炳以外她不曾試過其他男人，夢裡的不算數，卻已足夠令她忐忑終日。金牙炳如今是難得在床上一碰她的身子，偶爾碰了，她總翻過身罵道：「縮手！要摸，去摸那些髒女人！」金牙炳有一回喝了酒，膽子壯了，發火回嗆，道：「就你最乾淨！我的手再髒也冇狗血的腥臭！」

阿冰吐出長長的一聲「滋——」，那是恨的聲音。然後，發難抓起床邊的桌燈敲去，直直擊中金牙炳的下頦，卟嗵一響，先前鑲的金牙應聲崩脫，他抬掌摀嘴，滿臉滿手是血。阿冰慌張愧疚，連忙撿起地上斷牙，金牙炳怒不可抑地揮掌拍打她的手腕，她一鬆手，牙齒骨碌碌地滾到床底。他轉身砰門而走，阿冰難過得趴在床上失聲痛哭，房間裡所有家具屹立不動，床是床，櫃是櫃，她的世界卻天旋地轉地顛倒過來，一時之間她分辨不清楚身處何方，是汕頭？是澳門？是香港？抑或是一個全新之所在，她已不是自己熟悉的阿冰？

孩子在隔壁被吵鬧聲驚醒，沒天沒地哇哇地哭，純勝不斷喊「媽咪！我要媽咪！」，僱來的褓姆低聲哄解：「曖，不哭，乖乖，別哭。」阿冰聽得心酸，忽然亦想起自己的母親，忍不住把臉蒙在枕頭上低喚一聲：「媽。」

金牙炳把金牙鑲回原位了，黃澄澄，像沾在兔子牙齒上的一粒玉米。冷戰了一陣，他和阿冰各忙各的，不打不鬧了，但兩人之間能談的也只是孩子的事情。

阿冰繼續打理菜館，高明雷這一向來得特別頻繁，因為力克和饒木也常來。饒木和金牙炳是老朋友了，他帶力克來嚐阿冰的廚藝，力克對那道陳皮檸檬雞特別著迷，三天兩頭登門光顧。金牙炳教懂了力克打麻雀，飯後，加入饒木和陸北風，四人噼哩啪嘞地在麻雀桌上「切磋」中國文化。高明雷來了便擺張椅子坐在旁邊觀戰，他本來只打四川牌，乾脆也學廣東牌，要求輪流加入戰團，用意當然不在於贏錢，只為打聽警察查案的風聲。

蜀聯社的「肉票團」把羊牯綁回九龍寨城，有的撕票了，有的收錢後放回家，高明雷特地招攬一個廣東仔負責跟羊牯家人洽談，避免其他兄弟被認出四川口音。道上至今仍然不知道「肉票團」來自寨城，警察當然更無頭緒，力克早已聲明可賭可毒可黃但不容許綁票，老虎頭上被動了土，儘管落力追查，卻仍不得要領，偶爾在麻雀桌上發一發悶氣牢騷，透露了任何蛛絲馬跡，對高明雷來說都是趨吉避凶的寶貴情報。

但其實力克也想從高明雷口裡探悉九龍寨城的江湖動靜。警察不進城是由來已久的政策規矩，裡面的黃賭毒是塊肥肉，他一直想染指，吃不了，不甘心。之於力克，寨城是個赤裸裸的廝殺叢林，他渴望握著皮鞭到裡面馴服群獸，既是因為鈔票的誘人氣味，亦是為了征服的刺激。

久而久之混熟了，稱兄道弟，力克告訴高明雷，兄弟的英語是brother，高明雷結結巴巴地說：「巴……喇……打。」陸北風也在旁學著：「巴……拉……打。」大家笑成一團。饒木在旁索性慫恿他們三人結拜，道：「警察拜關二哥，堂口也拜關二哥，可見本是一家。」力克覺得有意思，答應了。他最常掛在嘴邊的一句中國話是「有意思」，在他的理解裡，「有意思」就是好玩的意思，生命說短不短、說長不長，所有從未試過的經驗都是有意思。他讀過《三國演義》，知道劉關張，明白中國佬動不動便結拜，現下機會來了，不妨體驗一下，反正中國的結拜兄弟也動不動便翻臉，日後的事，日後再說。

高明雷最是積極，馬上叫金牙炳備齊燭紙，由他拉著其他兩人跪在關公像面前叩頭、焚香、燒紙。為難之處只在於高明雷的年齡最長，該當大哥，然後是陸北風，力克是堂堂警官，又是洋人，讓他淪為三弟有點說不過去。精明的力克見他臉露猶豫，立刻猜到他的心事，於是說：「結拜是中國傳統，依你們老規矩，我無所謂。既然要花園結義，便沒什麼好計較，有意思最重要。」

陸北風糾正他道：「警官，是桃園結義啊。」

力克笑道：「是，是桃園，我說錯了！歐洲有部小說叫做《三個火槍手》，講三個英雄闖蕩江湖。『三』很好，是個幸運數字！」他大略說了《三個火槍手》的故事情節，又道：「書裡面有句名言，tous pour un, un pour tous，意思是我為人人，人人為我，等於中國人常說的義氣。」

高明雷笑道：「按老規矩，我比兩位虛長幾歲，是劉備。風哥是關二哥，力克警官是張飛。但不如洋氣一些，有勞警官替我們取個洋名？」

力克想了一陣，替陸北風取名 Norton，說是有「北部城鎮」的意思，又把高明雷喚作 Thunder，直接指的是「雷電交加」了。陸北風反覆唸道「籮藤，籮藤」，總發不出正確讀音，金牙炳笑道：「又籮又藤，風哥，詼諧啊。」高明雷更完全讀不出 Thunder 的音節，不斷「呼呼呼」和「打打打」，幾乎吐得滿地口沫。

力克笑道：「算了，換簡單點的，風哥就叫 Peter，彼得；雷大爺就叫 David，大衛。都是耶穌基督的徒弟。讀得了吧？」

兩人點頭道：「可以！我為人人，人人為我！」

當了義兄義弟，有福同享，陸北風建議力克入股菜館，不必掏半分錢，只認乾股。力克對這樣的小生意本來不感興趣，卻無可無不可地接受了，理由亦是想嚐嚐當中國菜館老闆的有意思。高明雷最為高興，覺得跟力克混得越難分難解，將來越有機會把蜀聯社帶出九龍寨城。他聽說力克向來欣賞中國書畫，投其所好，把堂口牆上的對聯帶到菜館，「每恨江湖成契闊，長留篇什繼風詩」，見字如見人，高明雷覺得跟死鬼駱仲衡不愧老友一場，心裡感謝他幫忙拉近自己和洋警官之間的距離。力克早已知道謝無量是書法名家，如今得見真跡，嘖嘖連聲道：「好字，好詩。」高明雷請他收下對聯作為結拜贈禮，力克搖頭道：「不行。應該掛在這裡讓客人欣賞，這樣我們的菜館才有意思。」

一個夜晚，高明雷來到菜館，陸北風和金牙炳在小廳裡等候，但才剛坐下，突然有手下報訊，筲箕灣「東和堂」的羅四海彌留病榻，家人知道他愛面子，希望港島其他堂口老大能往見最後一面。顧及江湖情義，陸北風唯有匆匆起行，離開前對金牙炳道：「阿炳，你就先對雷大爺說說我的想法。」

金牙炳諾諾點頭。

阿冰把幾碟肉菜端到廳客裡面，對高明雷笑道：「談事歸談事，雷大爺可得專心品嚐今晚的滷水鵝片，看看是否不太一樣？」

高明雷挾一片送進嘴巴，咀嚼幾下，瞪起眼睛稱讚道：「不得了！頂呱呱！」

阿冰笑道：「這是早上從澄海運來的獅頭鵝，肉質比本地鵝肥和滑。這不容易有貨，我知道雷大爺今晚會來，特地留下最好的部分。」

金牙炳故意恭維高明雷，涎臉道：「是啊，她對我還沒有這麼體貼呢。」

阿冰聽他這麼一說，感到幾分尷尬，心裡無鬼變有鬼，微微一怔，白金牙炳一眼，轉身推門回到大廳。

高明雷笑道：「老夫老妻了，居然還打情罵俏。羨慕啊。」

金牙炳哈哈乾笑兩聲，對阿冰的舉動感到錯愕。

喝了幾杯，閒聊一陣，金牙炳把話帶入正題，原來陸北風一直在打雲南和廣西的黑土主意，卻洽談不順，最近把目標轉向四川，派阿火去了幾趟，依然障礙重重，主要是新賣家和新興社互不相熟，互不信任，談了好久仍未敲定價碼條件。陸北風打聽到蜀聯社在九龍寨城有賣四川袍堂「龍義門」的土貨，希望雷大爺願意分享一點取貨的管道關係，替新興社搭橋鋪路，事成之後，好兄弟，明算賬，該給多少佣金便給多少佣金，絕對不會虧欠雷大爺。

高明雷皺眉聽著，沉吟不語，心裡生起一套想法，但想到金牙炳只是傳話的人，做不了主，便忍住不說，只清一下喉嚨，道：「感謝風哥關照。替風哥分憂，是兄弟我的責任，兩肋插刀，義不容辭。但，呵，你也明白四川人是硬脖子，又認生，不熟不做，一切得從長計議，急不來。我回去好好想想，一定，好好想想。」他舉筷挾了一片鵝肉放到金牙炳的碗裡，道：「吃，先吃，否則菜涼了，浪費了阿冰的好手藝。」

廳房門忽然被拉開，阿冰又捧著一個圓盆走進來，碟裡鋪著黃澄澄的麵團，像無數蟄伏的蚯蚓，只要把筷子伸出去，他們馬上蠕動。阿冰喜孜孜地說：「雷大爺最愛吃的『雙面黃』來了。老陳上回煎得火候不足，麵身不乾脆，我教訓了他一頓，今晚您給個意見，如果還不夠好，我馬上趕他回汕頭！」

高明雷連忙左右擺動手裡的筷子，道：「哎喲，千萬別！斷人財路，天打雷劈啊！來，來，坐下，別忙了，一起吃！」

阿冰坐到金牙炳右邊的座位，隔著他望向高明雷，阿炳本來就瘦，側臉更瘦，金牙外露，像隻永遠餓著肚皮的的灰兔子。高明雷的臉相對之下更顯寬，兩邊腮骨有稜有角地橫向耳邊，彷彿臉皮底下藏著兩片鋒利的薄刀。阿冰忽然感到惶恐，也不明白恐懼些什麼。他們在說著江湖的恩怨是非，她聽著卻又根本沒在聽，腦海反覆琢磨自己的心底感覺，腦海突然浮現另一張臉孔，同樣是濃重的眉毛，同樣是威嚴的眼睛，同樣是筋肉橫張：那是她小時候記憶裡的父親。結識雷大爺幾年了，從未覺得他像自己的父親，阿冰此刻不免感到迷茫。因為昔日未曾認真看清楚他的臉？抑或是有了那天下午的交談，在前往和離開文武廟的路上，有了深入的認識，以及仰望，始有了隔代錯認的聯想？她想不透，只聽見自己的一顆心在砰然跳動，彷彿有一頭不受控的小獸將從嘴巴裡爬出，這樣的刺激感覺連在遇上阿炳時亦未曾有過。

阿冰在想著，兩個男人在聊著。酒一杯杯地往喉嚨裡灌，舌頭開始打結了，金牙炳像嘴裡塞著一顆橄欖，含糊不清地反覆提及陸北風的請託。高明雷再喝三杯，壓低聲音道：「炳哥，這裡都是自己人，我就有話直說。這些年來我一直想把蜀聯社帶出九龍寨城，既然風哥看得起兄弟，何不乾脆合作，把生意做大？『龍義門』那邊的貨，我負責去拿，要多少有多少，包在兄弟身上，土貨經陸路出海，到香港之後，由上環的三角碼頭上岸……」

「三角碼頭是『潮和順』的地盤呀？」金牙炳打斷他道。

高明雷乾笑一聲，道：「我當然知道。但你和風哥有沒有想過，如果那變成新興社的地盤呢？飛天東一直對灣仔虎視眈眈，別忘記灣仔以前有幾條街本來由潮和順所管，後來被孫興社搶走。南爺不在了，大隻良和刀痕德分別搞了新堂口，拆散了孫興社，還不是因為有飛天東在背後挑撥撐腰？他做初一，你們做十五，為什麼新興社不可以搞他們？這等於替南爺和孫興社報仇啊。」

金牙炳默然，覺得也非全無道理。高明雷隔座瞄阿冰一眼，她望著他，似懂非懂地聽著，比金牙炳更覺得他有道理。

高明雷又灌一杯九江雙蒸，續道：「江湖是帶著棺材出來混的，該打的時候就得打，說不定你今天不打飛天東，飛天東明年也會打你。放心，蜀聯社不僅會替風哥向龍義門取貨，更會出兵，把潮和順打個稀巴爛，趕他們到西環。打完仗，三角碼頭和灣仔碼頭都歸新興社管，你們左右逢源、調動靈活，別說什麼川貨，連飛機大炮都可以出入自如！」

金牙炳被高明雷的滿肚大計唬住了，更說不出話。阿冰反而像小孩子聽大人說著世界大事，心底湧起莫名的興奮，儘管忙累了整天，依然睜著明亮的眼睛，隔著阿炳，凝望另一個男人。

高明雷最後直接道出條件：「風哥肯定會問這對蜀聯社有什麼好處？真人面前不說假話，何況是自己兄弟？我不圖別的，只要三角碼頭以外的地盤。黃的賭的，都歸蜀聯社我這邊。至於川貨在上環的買賣生意，我和新興社聯手做，免得你們在灣仔鞭長莫及，但蜀聯社只取兩成利潤，碼頭仍然交給新興社，你們想運什麼便運什麼，兄弟不過問半句。我的大願只是讓蜀聯社別一輩子窩在寨城，聽說英國佬準備動手拆城了，那裡絕非久居之地。」

金牙炳越聽越感心驚，有點後悔代陸北風對高明雷提出川貨請託。自己向來只擅長管賬，每天打理賭攤和走私的賬目已夠忙碌，攻城掠地的事情對他來說太複雜了，能不插手便不插手，最好連知道也別讓他知道。所以他沉默了一會，婉轉地說：「雷大爺果然有志氣！回頭我跟風哥說明一切，他是老大，你們老大對老大，龍頭對龍頭，你們談，你們談好了，小弟替你們做跑腿。」說畢，突然側臉揚一揚下巴，示意阿冰舉杯。金牙炳拉開笑臉道：「來，我和阿冰再敬雷大爺一杯！」

阿冰覺得掃興，無奈端起杯子，心裡卻道：「這杯酒是我自己要敬的，不需要你指揮！做男人，要做大事才叫爭氣！」她的酒量其實比金牙炳好，不敬則已，一敬，連敬三杯，緋紅著臉斜睨了高明雷一眼，用眼神對他說「佩服你」，高明雷不動聲色，只在心底不斷琢磨這個眼神的意思何在。

十八・在銅像的暗影裡

過了五天，陸北風把高明雷找來菜館，拱手便道：「我一直想教訓飛天東！雷大爺願意出兵相助，求之不得！」

陸北風有自己的算盤。他想要三角碼頭，軍統的吳銅青也希望他能夠控制三角碼頭，他覺得運氣來了，誰都擋不住。

軍統在孫興社初立時提供了不少助力，陸南才也替軍統做了不少事情，日本佔領期間，軍統的情報人馬土崩瓦解，被抓的被抓、變節的變節，和平後，新上台的香港站主任吳銅青負責重建情報系統，找上了陸北風和他的新興社。吳銅青威脅陸北風道：「你在廣州的那幾筆爛賬還未算清呢！你在香港不算漢奸，可是，嘿，誰保證明早張開眼睛你不是已經躺在廣州？英國人總不會日日夜夜在身邊保護你。戴罪立功，於你於我都是好事。」

陸北風並不擔心被綁架回廣州，江湖風浪急，仇家處處有，死在誰的手裡都是死，他不在乎多了軍統這一刀。吳銅青找上門，他認為是個好機會，兵馬糧草都可以向吳銅青伸手求助，像哥哥當年借東風，起風得特別順手特別快。所以聽完金牙炳的轉述，陸北風立即往找吳主任商量，談不到幾分鐘已都同意應該取下三角碼頭，新興社要的是四川黑貨和更大的地盤，軍統要的是海岸據點和出入通路，灣仔碼頭雖然屬於新興社的勢力範圍內，但太靠近灣仔警署，耳目眾多，一旦有了上環，左右逢源，人貨方便。何況吳銅青打聽到飛天東近日常跟老共人員眉來眼去，必須把他打垮。

但說歸說，仍得考慮力克那邊的看法。力克當初搞競價投標，為的就是把地盤分配妥當，堂口專心搵錢，警察安心分錢，有財大家發，不許爭來奪去。蜀聯社和新興社聯手進攻三角碼頭，不先取得洋人的默許，不可能成事。所以陸北風對高明雷提了個主意：「洋人為的也是搵食，既然力克是我們的三弟，有福同享亦是個道理。何不分他一杯羹？川貨來了，你佔兩成，我六成，餘下的兩成分給力克。三角碼頭由我管，至於飛天東的地盤，我只要永樂街、永安街和永勝街，其餘的歸你。」永樂街一帶有許多米糧店和海味館，陸北風打算強迫店主們給他乾股作保護費，坐享其成。

為了讓蜀聯社殺出九龍寨城，其實不管陸北風提出什麼條件，高明雷都會同意，但要讓力克同意，不能不耍點詭計。陸北風從吳銅青手裡取得幾份文件，晚上派電艇駛到三角碼頭對出海面游來駛去，故意引來香港水警截查，艇員跳海逃之夭夭，艇裡留下文件，佯裝是老共和飛天東之間的秘密通訊。政府情報部門盤問飛天東，他當然不認，也無從去認，卻已留下勾結共產黨的嫌疑，力克擔心上頭責怪他對堂口掌握得不夠嚴格，立即給飛天東看顏色，找藉口抓走他幾個得力手下。

插贓嫁禍得逞，話便容易說了。菜館裡，陸北風把自己灌得臉紅耳赤，無中生有地對力克抱怨潮和順到灣仔搶地盤，他不仁，我不義，新興社的兄弟本來打算回攻上環，但考慮到力克先前下過「禁鬥令」，未敢魯莽行動。陸北風皺眉道：「三弟，他們破壞規矩，這口氣，我真替你吞不下去……」高明雷在旁搶白，對力克道：「破壞規矩等於摑三弟耳光，摑三弟耳光就是摑我們的耳光，風哥好脾氣，我可真想馬上帶人把潮和順打個稀巴爛，替兄弟大大出口氣！」在公開場合裡，兩人尊稱力克為「警官」，關上了門，結拜兄弟，老三就是老三，是老三就得叫老三。

力克不答腔，只向陸北風追問細節：「飛天東派了幾個人來？搞了你哪個地盤？」

不防有此一問，陸北風愣了一下，方說：「這得問問金牙炳。」

金牙炳眨幾下眼睛，道：「這……我得問問阿火，他比較清楚。」

力克心裡冷笑，聽得出他們的挑撥語氣，但暗想不妨借力使力，壓住飛天東，好好管住三角碼頭。力克沉吟一陣，道：「我最近學了一句廣東話，『唔可以一部通書睇到老』，意思是做人做事都應該順勢而變。不知道是這樣嗎？」

陸北風一拍桌子道：「對、對！正是這個道理！墨守成規，丟臉的是自己，吃虧的也只是自己！放心，只要三弟吩咐一句，我立即把他們打到跪地求饒！」

高明雷煽風點火道：「蜀聯社亦是隨時待命，三弟一聲令下，我們赴湯蹈火、萬死不辭，讓飛天東見識見識袍哥的厲害。」

力克臉色一沉，明白高明雷急於把蜀聯社帶出九龍寨城，心裡暗怪他操之過急。高明雷一怔，反應不過來，陸北風馬上代他打圓場，對高明雷道：「老大是一番好意，但三弟自有主張，做事要有分寸，不必急，也急不來。」他瞄見力克的眼神和緩下來，才慢慢說出川貨三人分紅的想法，力克手肘支著桌面，用手指揉著眉心，似在專心聆聽，卻又像心不在焉，半晌方道：「Let me think about it。」

陸北風和高明雷沒聽懂，唯一能做的是笑得滿臉尷尬，以及等待，一天得不到力克的點頭，一天便得等下去。

高明雷等了幾天，每晚溜到菜館打轉，力克來過兩次，卻只跟他們打麻雀，半句沒提川貨的事情。他不耐煩了，直接問道：「三角碼頭那邊，可以了？」

力克打出一隻六筒，皺眉反問道：「哦，三角碼頭有事情嗎？怎麼沒人報警？除暴安良是警察的職責，放心，如果有人搗亂，我們不會袖手旁觀。」

高明雷尚在琢磨話裡的話，陸北風卻已心裡有數，明白力克是叫他們放手做事，他在背後，出了事找他。陸北風用力啪聲摔出一隻麻雀牌，上面刻了個「發」字。他喊道：「發財！大家發財！大家發大財！」

高明雷也弄懂了，懂了便要著手做事，他徵得陸北風同意，帶同手下狗仔和閻羅王到三角碼頭張望了幾趟，又在永樂街和高陞街一帶走來巡去，多一分了解巷道地形，心裡便多一分把握。一天下午他從上環走往灣仔，行路到了德輔道中，遠遠看見一位少婦挽著兩個紙袋，推開「先施」的旋轉門走出街上，定神一看，竟然是阿冰。高明雷把她喊住，她說擔心天氣快要降溫了，趁著百貨公司減價，特地來替孩子買兩件來路毛衣。他忙從她手裡搶過紙袋，替她提著，說相請不如偶遇，不如到安樂園吃下午茶。阿冰尚未點頭，他已囑咐兩個手下先返回九龍寨城，阿冰沉默地跟他步步往前走去，倒並非不情願，只是在驚喜的籠罩下，其他感覺都來得緩慢。她去過兩回安樂園，第一次是金牙炳帶她，第二次是她帶三歲的純堅，安樂園雪糕名氣響噹噹，又叫做「唉士忌廉」，阿炳那回見她邊吃邊笑，說她像小孩子，這回的第三次，和高明雷對坐在桌子前面，她覺得自己又是孩子了。

步出安樂園，兩人慢慢走到皇后像廣場，戰前這裡豎立了八、九個銅像，都是洋人，阿冰喊不出名字，金牙炳對她解釋過那都是英國的皇親國戚。日本鬼仔佔領後，銅像拆的拆、毀的毀，不知去向，阿冰聽電台新聞說，戰後英國人從日本尋回了兩三座銅像，但只有一個穿西裝禮服的洋男人被放回原地，這傢伙倒非皇族，而是一個名叫昃臣的滙豐銀行大班。這黃昏站在銅像旁邊，夕陽餘光在在地上映射出一團黑麻麻卻軟綿綿的影子，阿冰站到影子裡，抬頭仰望結結實實的昃臣，昃臣的左手握著禮服襟領，左膝微微朝前提高，彷彿正準備舉步前行。

阿冰忽然孩子氣地說：「你看！洋大班多麼神氣！可是不管有多神氣，依然被我踩住，逃不開老娘的天殘腳！」她又彎腰把兩雙手掌按在影子上面，笑道：「還有五指山！老娘不准你走，你便哪裡都去不了！」

高明雷拍一下手掌，道：「果然是汕頭九妹！跟我們的辣川妹一樣提勁！」興之所至，他放下兩個紙袋，也踏到影子裡，不顧途人側目，蹲起馬步耍了幾招蛤蟆拳，阿冰先前在天台見過他和陸北風比武，當時不敢插嘴說話，這時候放鬆了心情，才吃吃笑道：「雷大爺變成了一隻大青蛙！」他佯裝生氣，臉色一沉，瞪起眼睛，張開十指，抬起兩條胳臂撲過去，阿冰從他的右脇下閃身溜開，他右掌一伸，牢牢抓住她的手腕，她「喲！」了一聲。

「啊！」高明雷連忙縮手。「拳腳無眼，我也太不小心了。」

他走過她，一股熟悉的體味湧入她的鼻孔，像當天在電車廂裡。她腕上泛起幾條紅痕，一張臉卻比手腕更紅，熱熱燙燙，彷彿被太陽曬了一個下午，但明明已是黃昏，她也明明站立在昃臣銅像的巨大黑影裡，可是這一刻，影子似乎不是在她腳下，而是粗暴地捅進了她的心、她的腦、她的身體。阿冰心神恍惚地呆著，沒想到痛不痛，就只是不知所措。

高明雷見她不語，一直溫言問道：「痛嗎？不痛吧？沒事吧？」一見她沒反應，乾脆執起她的手腕察看，這隻可以握著打狗棒在汕頭街頭巷尾把男人打得抱頭鼠遁的手，此時是虛弱無力地任由擺佈。阿冰錯覺昃臣銅像已經崩坍，紛紛亂石朝她身上倒塌下來，把她沉沉地壓住，她唯一能做的是努力呼吸，吸氣，呼氣，再吸氣，胸口上下起伏。

凝望著阿冰，高明雷心裡有數。天地良心，眼前一幕絕非在他計劃之內，他沒有計劃，只是自從處處領受到阿冰的熱切，便也倒過來特別對她好，否則便是太不解風情。他懂得「朋友妻，不可欺」，但自問沒有去欺，只不過沒有拒絕，一切順其自然，不發生的事情總不會發生，而萬一發生了，那麼，發生了再說吧，兵來將擋，男女的事情就是江湖的事情，他的態度向來一致。這時候把阿冰的手腕攤擱在自己的手掌上，他明白是一種冒險，但等於搶寨子，來到了寨門前面，不能不敲門，不然面子何存，也太對不起自己了，至於什麼時候攻打進去，用什麼方式攻打，還得謹慎掌握分寸。

他試探地問：「要不，找個安靜的地方，替你敷點藥？」

阿冰沒說不，也沒說好，高明雷彎腰撿起放在銅像旁的兩個紙袋，兀自往上環海旁走去，他知道那邊有間客棧，管房是剛來香港的上海人，不可能認得他們。他緩步走在前頭，不時側臉確認阿冰有否跟在後頭，高興地，每一次瞄看，都沒有失望。

天色在他們的腳步裡暗淡下來，往前走，天色暗些，再走，再暗些，海旁馬路有幾盞微弱的街燈，海面附近的貨船和漁船上也掛著和閃著燈，但不知道是什麼理由，高明雷錯覺眼前仍是一片漆黑，彷彿自己仍是昔時袍哥，在月黑風高的夜裡，埋伏在草叢間忐忑守候過路的羊牯。想著，走著，海上遠處突然傳來不大不小的幾道響聲，先是一聲轟然，再有幾聲「咔嘞——咔嘞」，然後是幾個女人的凶狠咒罵，罵的都是嘰理咕嚕的蜑家語，他聽不懂半句內容，但怒氣已在聲調裡刻劃得一清二楚。高明雷側身眺望海面，隱約見到一團雜亂的船影，估計是發生了碰撞意外。

這時候勃勃達達地駛來一艘電船，船頭架起明亮的射燈，光線把一切照得赤裸裸，果然是兩艘漁艇在黑暗的海面迎頭撞上了，較小的艇稍稍向左傾斜，但估計撐得住，沉不了。有孩子在艇上嘩嘩哭嚎，有女人扯起尖吭的嗓門，失心瘋地叫嚷，高明雷只聽懂「銀紙……銀紙」，八九不離十是在索求賠償。她身旁有個男人挺腰站立，雙手緊緊握著船槳，怒目瞪向對方艇上的人，較大的艇上亦有一家老少，亦是女人在哭罵，男人反而只懂用眼神睨來睚去。電船上的應是就近前來調解的善心人，有個船員朗聲喊道：「有事慢慢談！安全就好！安全就好！」

兩邊漁船上的女人繼續哭鬧，船員再勸一陣無效，索性挪動射燈，刻意把燈光集中在她們身上，或許以為能夠收到震懾作用。女人們被照得張不開眼，有了共同敵人，倒過來異口同聲喝罵船員。船員被罵得張惶失措，慌張裡不小心把射燈照到碼頭岸上，湊巧照到高明雷這邊，一束強光像箭般直射進眼，他腳步一浮，幾乎站不穩，然而被這麼一晃，竟像在熟睡中被搖醒，腦海被搖出了一道聲音：「高明雷，你在幹啥子啊？那是阿炳的老婆啊！阿炳是你的救命恩人啊！他從來沒有對不起你，他的老婆你也想碰，你瘋了！仙人板板，江湖是這樣混的嗎？」

一連串的問號令他打從心底冒起冰涼的寒意。他呆站不動，仔細琢磨，忍不住連聲暗罵自己笨蛋。今天對阿冰意亂情迷，恐怕是貪圖刺激，也是不服氣。自己的老二不一定每回都受使喚，卻仍喜歡花錢找女人來供玩弄，現下忽然有女人湊靠過來，為的又不是鈔票，如果拒絕，做男人還有啥意思？難道床上不中用了，便連卿卿我我也不可以有？那是老友的老婆呢！這輩子活到這歲數，壞事做盡了，還未試過扒灰，正好嚐嚐這滋味。然而，然而，然而，一旦冷靜下來，也幸虧被射燈照得冷靜下來，對金牙炳這層顧忌實在跨不過去。那是老友的老婆啊！若是為錢殺人，高明雷自問要殺幾個就敢殺幾個，但是為了女人而對不起老友，別說違犯江湖大忌，更不見得是划算的買賣。金牙炳不僅是他的救命恩人，更是陸北風的手下，自己又是陸北風的拜把兄弟，眼前準備攜手搶地盤、賣川土，實無理由因為一時好勝而壞了大事。戰爭那幾年讓他學懂了忍耐，這回鬼迷心竅，幾乎把學懂的都忘卻，幾乎捅出大漏子。

頭腦想通了，心裡便更慌亂了，不知道如何收場。高明雷發現自己身上都是汗，胸前、背後、以至於手腳，無不濕答答地跟衣布黏成一塊。活到老大不小的年紀了，沒想到忽然像個在鄰居田裡偷吃了甘蔗的鄉童，不懂得如何收場。他慢吞吞地開步前行，兩步、三步、五步、十步，心裡終於有了決定——他要用最可笑卻亦是最簡單的方式結束今天的混亂。他想妥了說法：「阿冰，格老子，可能剛才吃了雪糕，我要拉肚子。還是回家吧，已經很晚了，再晚些便來不及了。他們都在等你。」

好！就這麼說！這麼說其實不算拒絕，言下之意是，待以後不拉肚子了，時間也對了，若真仍想要，有的是機會。他相信這麼說可替自己和阿冰留了面子，以及後路。

可是，當高明雷轉身，發現望見的只是空蕩蕩的黑漆街道！

阿、冰、不、在、了！

阿冰不知何時已像鬼魂般消失，剩下高明雷孤單無主地站在海旁，手裡依然挽著先施百貨的兩個紙袋。海風呼呼地颸到他身上、衣上，遠處「叭！叭！」地響起兩下輪船笛聲，他處變不驚，但一連打了個噴嚏，著涼了。

十九・最困難的其實是捨棄

高明雷把紙袋拎回了九龍寨城，正煩惱如何還給阿冰，身體卻先發寒發熱，灌了兩三天藥湯，到了第四天，精神稍稍恢復，方似試探軍情般搖電話到新興社總堂找金牙炳，問他菜館夜晚會否有麻雀局。金牙炳熱情笑道：「有！當然有！無『雷』不成局啊！等候雷大爺大駕光臨！呵，記得多帶銀紙！」

他放下心了。然而，金牙炳掛線前忽道：「對了，勞駕也帶上我孩子的毛衣。」

高明雷倒抽一口寒氣，「嗯」了一聲，咦，阿冰跟他說了那天的事情？說了什麼？不至於吧？

幸好電話筒那頭再傳來金牙炳的聲音：「在先施買的那兩件啊，雷大爺忘了？破費，破費，不好意思。」

高明雷支吾地掛上話筒，在電話機旁邊呆坐，手肘撐著八仙桌，手掌托腮，暗忖：「沒事的，如果有事，以阿炳的行事作風，做不到這麼淡定。阿冰肯定有其他的說法。」

好不容易忍耐到傍晚，高明雷搭船轉車到了灣仔柯布連道的汕頭九妹菜館，進門正好看見阿冰從貴賓房推門步出，門縫裡傳來陸北風和金牙炳的朗朗笑聲。阿冰見到他，扯開嗓門調侃道：「哎呀，神龍見首不見尾的雷大爺終於現身了！孩子的毛衣呢？怎麼把禮物帶回家了？嘻，不會是後悔付了錢，偷偷拿回去退貨吧？」高明雷遞過袋子，阿冰一手接上，另一隻手拉開貴賓房的門，笑道：「阿炳和風哥都說想念雷大爺呢！請進！」她今夜是額外地熱情，反而讓他強烈覺得那是另一種刻意的冷淡，彷彿築起了一道防波堤，笑容是既厚且硬的堤石。

原來阿冰明白高明雷早晚要物歸原主，擔心金牙炳追問因由，索性先下手為強，隨口編了個簡單而可信的情節。她告訴金牙炳，那天在百貨公司偶遇高明雷和手下，她剛買過一堆折扣貨，再替孩子挑選毛衣，高明雷堅持送禮，又幫忙提拎，但手下忽然催促他到碼頭搭船返回九龍寨城，匆匆忙忙道別，他竟把手裡的兩個紙袋帶走。阿冰千叮萬囑金牙炳：「記得提醒雷大爺派人送回毛衣。」

這夜，高明雷走進房間，陸北風揚一揚手，招呼他坐到金牙炳旁邊。高明雷一邊挾吃小碟裡的酸菜，一邊敷衍說著這幾天的病況，說不到幾句，陸北風打斷他，問道：「雷大爺前幾天去了上環？」他愣了一下，尚未來得及反應，金牙炳卻搶過話頭，向高明雷抱拳道謝：「雷大爺太客氣了，阿冰替孩子買衣服，雷大爺卻搶著埋了單，唔好意思，唔好意思。阿冰以前是不愛花錢的，當媽之後便不一樣了，女人嘛，說變就變。」高明雷連忙擱下筷子，抱拳回禮，心裡已經想明白了阿冰編的故事。她買毛衣，他偶遇她，他付了鈔票，她忘了拿走。必是這樣了，順暢而自然，其實除了由誰付了毛衣的錢，其他的都是事實。他沒佔她的便宜，她也沒讓他佔便宜，她手腕上的淡淡血痕只是意外，當夜回到家裡應已消退，彷彿從來不曾存在。高明雷唯一想不透的是，那個黃昏，阿冰為什麼突然後退？因為害怕？因為羞愧？因為顧慮？他要問她嗎？該問她嗎？

「雷大爺想像不到阿冰以前多麼節儉，純堅出生的時候，她……」金牙炳意猶未盡，自顧自地吐出家中苦水，沒理會高明雷根本心不在焉。陸北風瞪他一眼，用眼神責怪他岔開了話題，金牙炳識相住嘴。

陸北風問高明雷道：「三角碼頭那邊情況如何？去看了，有把握嗎？」原來在高明雷來到菜館以前，陸北風聽金牙炳談及阿冰曾在上環遇見他，料想必是為了偵察敵況，所以急於知道詳情。

高明雷那天確實巡睃過碼頭附近的大街小巷，也早有了一些關於開戰的想法，所以能夠氣定神閒地對陸北風分析形勢，說完一輪，結論是：「二弟，放心！我們雙劍合壁，三招兩式已夠把飛天東送上西天！不，是把龜孫子一腳蹬進十八層地獄！」

陸北風馬上舉杯敬酒，三人商議戰情，阿冰陸續端上菜餚，饒木也來了，坐下唏哩呼嚕地吃喝，表示力克今晚來不了，洋警官們最近為著新界的事情頭痛不已，力克的直屬上司葛里遜負責此事，把他拉住不放人。饒木告訴大家，新界有堂口勾結寶安縣那邊的人，打算搞什麼起義行動，迫蔣介石政府收回租借地、趕走英國佬。高明雷道：「新界的兄弟不好惹，得小心。」

饒木把嘴裡的雞爪子骨頭吐到桌上，聳肩道：「你們寨城的人也不是省油的燈。」

高明雷怔一怔，追問道：「寨城有特別的消息嗎？聽說洋人和南京這陣子綳得緊。」「寨城的事情，應該是你告訴我啊！」饒木笑道：「你是寨城的雷大爺啊！」

高明雷道：「饒長官別開玩笑了，那是政府對政府的事情，小弟只是區區老百姓，知道個屁！」

在香港這麼多年了，高明雷仍未習慣把警察喊 Sir。他只喜歡老派的叫法，長官前，長官後。而他所說的「政府的事情」，乃指戰後港英政府和南京那邊對於九龍寨城的管治角力，按照一八九八年的〈展拓香港界址專條〉，寨城的土地並未租借給英國，英國人沒有直接去管，當然更不會准許南京派人來管，所以才有「三不管」的真空亂象，讓高明雷這類亡命之徒混水摸魚、據地為王。日本人來了，拆毀了城牆，日本人走了，失去城牆的寨城卻依然「三不管」，但一九四六年底，寶安縣長不知道發什麼神經，忽然向廣東省政府和外交部要求恢復寶安縣對寨城的管治權力，呈報了一份〈寶安縣政府九龍城復治計劃大綱草案〉，而外交部回覆了四個字：「自屬可行」。一石激起千層浪，中國的新聞紙紛紛呼籲順勢收回九龍半島和香港島，廣州、長沙、遼寧、上海等諸省市級議會無不發出電文響應，一時之間，群情洶湧，謠傳新界堂口中人更已摩拳擦掌恭迎「王師」南下。

洋人倒是不慌不忙地做兩手準備，一方面繼續跟南京周旋談判，強調英國政府一直對九龍寨城擁有管轄權力，另方面，暗中炮製對寨城的整治計劃，一九四七年中接任港督的葛量洪決定快刀斬亂麻，於十一月底由工務局發出通告，宣佈即將清拆寨城外圍一帶的木屋和鐵屋，事涉居民兩三千人，房舍兩百餘間。但寨城的人可非軟腳蝦，馬上組成「寶安縣九龍城居民聯合大會」，向南京政府提出請願書，要求「迅予提出嚴重抗議，呼籲全國同胞，予以聲援，為政府後盾，收回地權，俾國家領土得以完整，貧苦民眾仍能安居樂業」。

山雨欲來，劍拔弩張，不管日後結局如何，高明雷都覺得寨城已非久留之地，所以聽見饒木提到寨城，立即緊張打聽，沒料碰上軟釘子，唯有乖乖住嘴，準備稍後有機會見到力克，親自向他探探口風。有權勢的洋人比執著雞毛當令箭的華人更不輕易擺架子。

陸北風眼看氣氛有點僵，打圓場，把話題扯到前陣子的海上劫案上，從香港駛往厦門的客貨輪萬福士號被幾十個海盜登船搶掠，海盜更綁走了富商陳嘉庚的兒子陳厥祥，目前仍下落不明，江湖有風聲說陳嘉庚出了暗花六萬元尋子，又說陳厥祥早被相士批過命中犯水，果真在海上出了事，不由大家不信邪。高明雷笑道：「四川人不黯水性，肯定不是我們蜀聯社的兄弟幹的！如果不是廣東佬，就是福建佬，你們出水能跳、入水能游！」

饒木也笑了，道：「六萬元！老子不如乾脆不當警察，直接去幫陳老闆找兒子！」

再聊一陣，陸北風建議開局打牌，力克到後才叫金牙炳讓位。高明雷離座先到廁所解手，廁所在廚房旁，推開木門，有一條長而窄的走廊，阿冰剛好步出廚房，在窄窄的廊道上迎面碰見高明雷，完全沒有迴避的退路。廁所門前懸吊著一盞昏暗的燈泡，天花板滲水，水滴沿著斑剝的土牆流到地面，一灘灘的積水倒映著微弱的光線，乍看像一條小河流，而他們，在河上，各在各的船上，眼睛望著眼睛。廚房裡的水龍頭不時傳出嘩啦嘩啦的水聲，似傾盆大雨，又有熊熊轟轟的爐火聲響，是暴雨裡的雷電。

高明雷先打破沉默，問阿冰：「手腕沒事了吧？」

阿冰微微一笑，只道：「雷大爺記得洗手啊！我準備了炸芋條，我們汕頭人都是直接用手抓吃，味道特別不一樣，雷大爺好好嚐嚐！」

高明雷「嗯」了一聲，想再問她關於那個傍晚的事情，卻不知道問什麼、如何問，彷彿喉嚨已被芋條哽住。阿冰笑道：「快！等你回來才上菜！」然後往前踏步，他無奈側身讓道，阿冰在他面前走過，衣上髮上飄起一陣淡淡的煙火氣味，嗆進他的鼻子裡，令他猛然醒悟，這不是河，這不是船，這是菜館，這是廚房，這是活生生的眼前現實，柴米油鹽，恁誰都脫離不了。

阿冰走向廊道盡頭的木門，伸手推門，卻忽然背向高明雷，輕聲說：「那晚我頭痛，所以先走。沒事了，就這樣了。」

就這樣了。高明雷頓然安心。他明白，確實就這樣了。她沒有把事情告訴金牙炳，也不會告訴金牙炳，那天的事情到此結束，純粹是一回誰都沒想過會生的小小意外，也幸好沒有發生下去。活到三十六的年歲了，他只認定要讓蜀聯社在九龍寨城外面揚名立萬，他要做香港的雷大爺而非只是寨城的雷大爺，絕對不可以因一時失神誤了江湖正事。他非常感激阿冰的識大體，她用一句話讓事情變得有頭有尾，乾脆果斷，不愧是汕頭九妹。儘管他心底仍有黯然——怪她對他的興致竟然如斯短暫。

其實「就這樣了」是阿冰說給自己聽的。那天傍晚不遠不近地走在高明雷的腳步後面，海上的吵鬧聒噪傳入耳裡，婦人的咒罵，孩子的嚎哭，然後是探射燈直直的照過來，照到高明雷身上，亦照到她的臉上，她心底突然湧起一股強烈的恐慌，彷彿走到夜路裡遇鬼，不，彷彿她才是鬼，在道士的照妖鏡下露出了真身原形。阿冰側臉望向高明雷，高大粗厚的背，一顆心馬上砰砰隆隆地震動，可又覺得如此的不真實，明明這麼近卻又似隔了好遠好遠，只有自己確確切切地站在強燈裡，孤立無援地站著。有那麼一刻的衝動，她想快步朝前走去，緊緊地抱住高明雷，認真地感受安全的溫暖。

然而也就只有那麼一刻了。阿冰沒有邁開步伐，因為有一道聲音像一堵厚牆把她重重圍住：何必呢？既然你已經決定跟他以兄妹相待，何必再想其他？你已經選擇了，如同你當年選擇了阿炳，你選擇了孩子，好的壞的，都是你選的，也就認了吧。選擇了一些，就必須捨棄另一些，只選不棄，最後有的必然只是煩惱。或許生命最困難的決定並非選擇而是捨棄，最難過的也並非選擇而是捨棄，可是也唯有捨棄才對得起最初的選擇，一旦違背了，她無法原諒自己。

阿冰回頭直望探射燈，強迫自己睜開眼睛讓強光照射，眼前一陣眩暈，她晃了一下，勉強定下神來，嘆一口氣，心裡淒然卻也釋然，之後，轉身，頭也不回地沿著海邊向灣仔的方向走去，那裡有她的夫，她的孩，她的家。她的最初。先前發生的一切只是一趟防避不及的迷途，迷途上的風景有過便好，遇過了亦是運氣，兜兜轉轉，迷途不要緊，重要的是終究懂得回家。

所以今夜此刻她推開菜館廚房走廊盡頭的木門，明亮燈火映入眼簾，如同那夜的強燈讓她眼前一花，但這回她沒有慌張。對於呆站背後的高明雷，她不曾怨懟，只存感激，如果不是有了那晚的迷亂，後來她亦不會嚐到重回正途的快樂滋味。阿冰想起文武廟的籤文，「鴛鴦飛入鳳凰窩，莫聽旁人說事破，自是良緣天配汝，不調和處也調和」。人與人，做不成鴛鴦，亦無必要成為仇敵，至於阿炳，既然命定是鴛鴦，只要她願意，再不調和亦可調和，何況籤文卦頭亦道「哪相出身後為神」，非經削骨割肉之苦又怎能得道升天？

阿冰盤弄一下腦後的髮髻，一步步踏實地走近櫃枱，安靜地坐在收銀機旁邊，滿目驕傲地瞄瞄坐無虛席的幾桌食客。她回到原處，沒事了，就這樣了。

二十．可以忍耐，不可以退縮

金牙炳覺得阿冰這陣子有點不對勁：竟然對他恢復了熱情。一天夜裡她主動伸手摸弄他的袂襠，他嚇了一跳，衝口而出問：「做乜撚？」阿冰把臉貼近他，望他，看他，眼裡有久違了的春情。

阿冰確實回來了。回來的是那個意志堅決的阿冰，選擇了跟金牙炳走下去，當然還有兩個孩子，那便不會容許任何人任何事阻難她。要做的事情便要做，她知道什麼叫做責任，責任就是你去做了再說，否則你會愧疚難寢。所以她重新開始認真面對阿炳，她是可以的，因為她願意。她跟金牙炳談孩子、談菜館、談糧莊，也探問新興社那邊的風吹草動。金牙炳開始時嫌她囉唆，多管閒事，但一開始說了，便說下去，有了越來越大的興頭，像回到了阿冰剛來香港的那段日子，搭電車從中環一路坐到筲箕灣，只要兩個人在一起，看見什麼皆有新意。

不久後阿冰再度懷胎，她到處笑說：「老娘老娘，卅歲再做大肚婆，真的是『老』娘了！醜死鬼！」

然而阿冰感覺肚裡的孩子不穩，特地從早到晚躺在家裡床上養胎，金牙炳多聘了一個媽姐陪她，原先的一個專心看顧純堅和純勝。一天夜裡金牙炳回到家中，對阿冰說高明雷跟力克的相處最近頗為緊張，他擔心往後只會越趨糟糕，關鍵在於九龍寨城那邊局勢緊張，力克不欲節外生枝，阻止蜀聯社和新興社搶奪飛天東地盤。阿冰心裡忐忑，卻不好表現出來，只問道：

「風哥有什麼想法？」

金牙炳聳肩道：「風哥無太大所謂，不希望為這事跟力克翻臉。留得青山在，日後再說，不急。」

阿冰「哦」了一聲，不說話了，心裡猜想高明雷不會甘休作罷，先前在菜館經常聽他躊躇滿志地喊著要把蜀聯社帶離寨城，眼睜睜看著快要嘴進口裡的肥肉被搶走，若吞得下這口氣，他便不是雷大爺了。可是自己的任何想法都無法言諸於口，所以她只提醒金牙炳：「你和風哥要有準備，尤其是你，雷大爺跟你交往最久，左邊是兄，右邊也是兄，夾在中間，裡外不是人。」金牙炳笑道：「放心，放心，我是做跑腿的，兩邊都不得罪，也都得罪不起。」

每回聽金牙炳說什麼「跑腿」不「跑腿」，總覺得不是味道。一直都沒大志，死性不改。既然金盆洗不了手，就好好幹，混江湖就要有江湖志氣，即使真是跑腿也無必要掛在嘴邊。然而她靜心一想，終究是那句老話，選擇他的時候已經知道他是什麼人了，是什麼人便做什麼事，強逼他反而不太公道，倒不如藉這個機會催促他實踐承諾，別混了，老老實實做個小老闆便好了，寧為雞首，莫為牛後，始終是最穩當的道理。一時希望他留，一時盼望他走，心意每兩三天變一變，阿冰忍不住笑自己善變，萬一讓阿炳知道，肯定罵她莫名其妙。可是她不在乎，罵也好笑也罷，她決定了跟阿炳走下去，福是兩人的，禍亦是兩人的，「莫聽旁人說事破」的旁人，其實包括了最親近的身邊人。是留是走，再說吧。

阿冰擔心高明雷並非沒有道理。高明雷不斷糾纏陸北風，希望他說服力克，陸北風漸漸感到為難，他主張「事緩為圓」，迫得太緊，萬一力克翻臉，事情更不好辦。洋官畢竟洋官，他是莊，華人是閒，洋官發號施令慣了，一旦倒過來，感受到威脅，即使是拜把兄弟亦容易出亂子。陸北風這點意思亦是跟軍統的吳銅青商量過的，但他的決定跟吳銅青的建議剛好相反。吳銅青說已向南京那邊探了底，得回來的指示是中英兩國當下為了九龍寨城惡鬥，新興社和蜀聯社若能盡快在港島製造麻煩，等於另開戰線牽制英國，讓洋人明白中國人不是省油的燈。吳銅青道：「兵貴神速，你和四川佬聯手進攻三角碼頭，讓鬼佬蠟燭兩頭燒，嚐嚐我們的厲害！」

陸北風唯唯諾諾，口裡雖說遵命安排，心底想的卻是：「萬一你們突然跟英國佬講和，而我們又跟英國佬鬧翻了，到時候，二選其一，你們放手不管，我們怎麼辦？誰撐我們？讓我們當砲灰？」

他也沒把這想法對高明雷說，只道從長計議，急不來，急不來。

陸北風不急，高明雷卻可急死了。寨城的「居民聯合大會縕釀武力對抗英國人的拆屋行動，要求蜀聯社加入，他雖然是堂堂龍頭，但四川幫一直受城內的東北幫和寶安幫排擠，一方面三分天下，另方面小鬥不斷，向來相處不順。況且他仍在冀望力克支持進軍三角碼頭，斷無理由淌這混水。左忖右度一輪，他決定私下往找力克問個明白，可是力克的答案非常乾脆：「No Bloody Way!　別做我的 trouble maker！」高明雷皺眉表示聽不懂。力克用中文講清楚：「不——可——以！別給我添麻煩！」

問題是即使高明雷聽話，寨城其他人卻說不，麻煩陸續來。英國人終於出聲，派遣兩三百個警察往拆寨城旁的屋舍，「居民聯合大會」糾眾反抗，警察施放催淚彈，也抓人，激鬥一番後終於把該拆的都拆了。蜀聯社兄弟袖手旁觀，被居民咒罵漢奸，連蜀珍館的招牌亦被遷怒砸毀。南京一如所料提出外交抗議，再度聲稱對九龍寨城擁有管治權，容不得港英政府放肆。有了南京撐腰，聯合大會的人有恃無恐，幾天之內已經重新搭建幾十個寮棚，打了洋人一記響亮的耳光。

力克的上司非常苦惱，所以力克比他更苦惱，但在苦惱裡想出了一個好法子。力克把高明雷找來，道：「我們再去拆屋，到時候你來鬧事，鬧得越凶越好，我們會收拾殘局。維持治安本來就是警察的神聖職責。」

高明雷臉露猶豫，力克明白他的盤算，道：「這件事一天不擺平，一天去不了三角碼頭。蜀聯社不是一直想離開寨城嗎？雷大哥，雷大爺，『人人為我，我為人人』，我們不是這樣說過嗎？你為我做事，我不會不為你做事。懂了嗎？」

高明雷朗聲笑道：「懂，懂，懂！兄弟有難，兩肋插刀！」說畢拱拳以示一言為定，力克卻二話不說，伸出左手。高明雷愣了一下，馬上也伸手相握，並且使勁地搖動胳臂。

六天之後，按照談好的計劃，力克率領一百多個警察，以及工務局的職員，以及救護車和囚車，浩浩蕩蕩來到九龍寨城外面，用擴音機宣佈要動手拆屋。居民聯合大會的人一字排開堵在屋舍面前阻擋，突然，高明雷帶同三、四十個兄弟手持棍棒現身，也有人高舉孫中山肖像和寫有「革命尚未成功，同志仍需努力」的紙牌，高聲喊道：「保衛寨城！寸土不讓！」高明雷向身邊的閻羅王打個眼色，閻羅王是主責刀槍的「管事五爺」，立即執起一塊磚頭往警察的方向扔過去，其他手下亦紛紛扔石的扔石、擲磚的擲磚，同時叫嚷：「洋鬼子，有膽過來呀！看看誰怕誰！日你仙人！怕你的是龜孫子！」

其他居民看得傻了眼，沒想過一直靠邊站的袍哥們忽然這麼勇猛，意外得有點不知所措。帶頭的東北佬鄭昊日低聲對旁邊的寶安佬劉方正道：「四川幫在幹啥呢？有點不尋常。」劉方正沉吟一下，慌道：「會不會是搶功？打跑了洋警察，功勞便是他們的了，將來南京派人來接收，我們吃大虧！」兩人你看我一眼，我望你一眼，心照不宣，馬上各自撿拾磚石向前擲去，也唆使鄉親們有樣學樣，切莫輸給四川幫。東北佬和寶安佬之間也暗暗較勁，你扔一塊磚，我扔兩塊；你扔兩塊，我扔四塊，誰都不甘落於人後。

高明雷知道詭計奏效了，他鼓動了大家的好鬥心，只須點燃了第一把火，火勢便會熊熊地越燒越猛烈，誰都壓不住了。然而他和力克要的不止是火而是炸彈，所以他微微後退一步，站在閻羅王背後猛喝一聲：「衝過去！打他們個稀巴爛！洋鬼子欺負我們太久了！」輕輕一句話就像扯開了手榴彈上的引針，東北幫和寶安幫同時朝前奔去，紅著眼睛似發狂的獸。高明雷和手下走在他們後面，一直喊：「衝！打死他們！保衛寨城！」站在警隊那頭的力克眼看雙方距離差不多了，一揚手，前面兩排的警察立即一邊用警棍敲打盾牌，一邊踏踏踏地開步前行，警棍嘭砰嘭砰地擊出摧心裂肺的恐怖響聲，似無數的閃電雷鳴，天地即將崩塌。

兩軍終於硬碰，棍棒磚石齊出，可是警察這回沒有施放催淚彈，力克決定擒賊先擒王，目的不在於驅散，而是拿下居民聯合大會的頭目以杜後患，所以高明雷不僅要把大家唆使到前方，更須在激鬥的混亂裡妨住劉方正和鄭昊的退路，讓他們徹底暴露在力克隊伍的眼前。當劉方正和鄭昊發現高明雷的狡計，已經太遲了，寶安幫在左，東北幫在右，警察在前方棍如雨下，他們不敵，轉身準備撤退，可是蜀聯社的人偏偏不動，鄭昊瞪著眼睛對高明雷猛喊：「先退！退回屋裡再說！」高明雷卻把他瞪回去，道：「退什麼退！衝呀，窩囊廢！」他是豁出去了，他把寶押在力克身上，注碼是九龍寨城。

鄭昊從他的眼神裡猜出了端倪，咬牙道：「你……好哇，原來你……」話未說完，後腦已經捱了一記警棍，再一記，又一記，腿一軟，癱倒到地上。劉方正亦被警察制服，一張臉被壓在地面，警察揪住他的頭髮，使勁地拉起他的頭，再往下壓，又拉起，再壓下去，彷彿想硬生生敲開一個胡桃殼，紅彤彤的鮮血從鼻孔和嘴裡噴出，他緊閉著眼睛，從眼眶滲出來的亦是血水。

確定劉方正和鄭昊到手了，力克遠遠地向高明雷點一下頭，高明雷領會，對閻羅王喊道：「夠了，撤！」蜀聯社兄弟鳴金收兵，東北幫和寶安幫損兵折將，力克抓走了幾十人，屋舍順利拆毀。

大功告成，高明雷返回蜀聯社總堂，其他人也退到城內，哭嚎連天，家家戶戶愁雲慘霧，他們暫不知曉四川幫的陰謀，只罵警察暴力鎮壓。鄭昊和劉方正被關在警局囚室，遍體鱗傷，被懸吊在窗枱旁，慘受灌水和棒擊的酷刑對待。高明雷請手下喝拔爛地慶功，告訴他們：「三角碼頭是咱們蜀聯社的了！」

這一夜，高明雷喝個酩酊大醉，睡到翌天下午，頭痛得像被炸開，一邊捧著碗喝粥，一邊聽收音機的新聞，播報員說昨天九龍寨城暴徒瘋狂襲警，警察被迫還擊和拘捕，輔政司麥道高嚴正指示，寨城藏污納垢，有不良分子胡作妄為，嚴重影響香港的治安和管治，香港政府不排除有進一步的整頓行動，而且針對目標可能是香港所有三合會。高明雷冷笑幾聲，自言自語道：「不是整頓！是洗牌！本來就應該輪流當莊！」

休息了一會，召來閻羅王，囑咐他和兄弟們近日最好低調行事，靜觀其變，也養精蓄銳，應該很快便可殺到港島大幹一番。自從出道當袍哥，高明雷從來未向命運低頭，山不轉路轉，路不轉老子轉，從重慶殺到寨城，一步步殺出血路，依靠的是拳頭，也是頑固的腦袋，他認定了的事情便要做到，他可以忍耐，可以等待，但決不可以退縮。

然而世事由不得你全盤作主，到了前進不了的時候，後面亦不見得有退路。高明雷忍耐了三、四天，力克那邊沒有半分動靜，但電台新聞一天比一天令他陷入焦慮。廣東市參議會發動了「粵穗各界對九龍城外交後援會」，中山大學學生上街遊行，高呼「打倒磕頭外交！」和「武力收回港九！」，其他省市的議會和民眾亦致電南京要求強硬對付香港政府，廣州遊行終於出事，幾百個大學生衝進了沙面的英國總領事館，打人，燒旗、縱火，也攻擊附近的英國新聞處、太古洋行、怡和洋行、渣打銀行，事情鬧大了，南京和倫敦交涉，同意各自設法控制局面，之後才談如何解決寨城的問題。所以當高明雷收到饒木的電話，約在旺角的如意茶樓見面，立即覺得大事不妙。

力克沒有來，只指派饒木傳話：「三角碼頭的事情先緩一緩。」

「緩一緩？」高明雷冷冷道：「緩到什麼時候？」

饒木端起杯子，撅起兩片嘴唇，吹一下熱茶，道：「太燙，勉強喝下去會傷胃。」

高明雷哼道：「快渴死了，再燙的茶也得喝！別說是茶，再燙的尿也得喝！」

見饒木不作聲，他繼續說：「力克交待的事情我都做了，我要做的事情他不可以不幫忙。

鄭昊和劉方正早晚會回到寨城，紙包不住火，東北幫和寶安幫會放過我嗎？蜀聯社不可能留在寨城了！」

「再撐一下吧，你們是拜把兄弟，力克警司不會不顧雷大爺死活。」饒木安撫道。

高明雷搖頭，抬高嗓門道：「我不是不相信他，可是，不怕一萬，只怕萬一，蜀聯社幾十口人家的生死都在我的肩膀上面。兄弟歸兄弟，他總得給我個穩當的安排。我高明雷可不是狗，不會讓人呼之則來、揮之則去！以前不會，現在也不會。在四川不會，在香港也不會。希望力克弄清楚這點！饒長官，有勞你回去跟他說個清楚明白。」

你不是狗，那麼，我是？饒木臉色一沉，把茶杯捧在兩隻手掌裡，隔著杯沿上方瞟了高明雷一眼。高明雷氣在頭上，沒注意，或該說是沒在意，饒木眼裡的殺氣。

二十一．守信用真有這麼難？

又等了三、四天，高明雷終於沉不住氣，打電話給饒木，要求跟力克見面，饒木在電話筒那頭囑他等待消息。再等了一天，消息來了，時間，晚上七點半；地點，汕頭九妹潮州菜館。高明雷依約到了菜館。進店，推開貴賓房門的時候，力克和陸北風正壓著聲音說話，金牙炳在旁邊喝悶酒，吃花生米，抬頭望他一眼，眼神閃過一陣擔憂。

他坐下，陸北風乾咳一聲，先下手為強，道：「大哥，三角碼頭的事情，先擱一擱，嗯？」

高明雷沉吟一下，陸北風續道：「我也是今天才知道一切，不然，不然……」，其實「不然」什麼，他也沒想清楚，所以說不下去了。

陸北風確實是這個下午才從力克口裡得悉九龍寨城打鬥的來龍去脈。力克找他和金牙炳先見了面，直言上司指示必須配合南京和倫敦的外交斡旋，盡量讓事情降溫，劉方正和鄭昊被送到醫院治療，反正沙面那邊也有洋人受了傷，各有虧欠，拖過一陣相信可以大事化小。力克擔心高明雷衝動誤事，要求陸北風幫忙壓住他。陸北風直接向力克提出了高明雷心裡的疑問：「拖一陣？要拖多久？蜀聯社看來在寨城待不下了。」

力克半晌方道：「沒事的，四川幫不是善男信女，挺得住的，大局為重，他應該識大體。」

陸北風不吭聲，金牙炳更不說話，他比陸北風更了解高明雷。力克斜睨陸北風一眼，探試道：「萬一真撐不住，不如讓他們先到灣仔避風頭？對，一座山藏不了兩隻老虎，你們是這麼說的，對不對？但我們是兄弟啊。一座山應該藏得了兩個兄弟。三個也可以。今晚你就幫忙說幾句吧。」陸北風愣住，心裡寒一寒，一時之間無法確認力克是否只在開玩笑，洋人的眼神總是那麼誠懇，連虛假的時候也是如此堅定不移。

終於到了晚上，該來的人都來了，高明雷聽完陸北風建議「擱一擱」，再也按捺不住，重重一拍桌子，用四川話罵道：「斫腦殼！」先前其實饒木已經轉達了力克的意思，但高明雷希望親耳聽力克說出來，饒木提過力克會安排善後，可是到底如何安排，力克有責任親口給個說法。行走江湖要有擔當，做警察，做洋人，同樣不可以沒有擔當。

陸北風和力克沒聽懂，卻猜到是四川的罵人狠話，所以都抿著嘴，不答腔。金牙炳打圓場道：「別急，有話好商量，有話好商量。我去讓阿冰弄些好菜，吃了再談，吃了再談。」

半晌，力克打破沉默，拎起茶壺，俯身彎腰往高明雷的杯裡倒茶，道：「大哥，並非我不讓你去三角碼頭，是上頭不讓你去三角碼頭。我是警官，可是警官上面還有警官，我是鬼佬，上面的也是鬼佬，我沒法子不聽他的。你要體諒兄弟，要替兄弟著想……」

高明雷打斷他，道：「兄弟？好哇。我是兄，你是弟，兄長現在有難了，而且是因為你才會有難，你要不要也體諒體諒？」

陸北風插話道：「會的，當然會，做兄弟要同舟共濟。」

高明雷道：「說得好，同舟共濟！但現下是我坐在船尾，你們坐在船頭，還怕我把船坐翻呢！」

陸北風正色道：「開玩笑仍得有個譜。兄弟是這種人嗎？」

三人安靜下來。金牙炳和阿冰同時端了幾道熱菜進房，放到桌上便又推門離開。電風扇在天花板吱吱兀兀地迴轉，更顯得房裡一片死寂，六頁扇面晃動個不休，彷彿隨時掉下來，唯不確定會先把誰的頭割開。牆壁上仍然掛著謝無量的書法對聯，「每恨江湖成契闊，長留篇什繼風詩」，高明雷忽然惦念早已不在的駱仲衡。

不知道過了多少時間，高明雷提出了一個解決的主意：「三弟，力克長官，如果鄭昊和劉方正回不了寨城，或許有辦法瞞住事情。你看呢？」

力克馬上否決，道：「不可能！他們已經在醫院。如果他們出了事，南京肯定鬧得更凶，我過不了上級那關。」稍頓一下，又說：「你們在寨城，能挺就挺，挺不了，不如二哥先讓出灣仔的幾條街道給蜀聯社歇歇腳，過一陣子再作打算。二哥，沒問題吧？」

這可輪到陸北風惱火了，作夢也沒想到力克想從自己身上割幾塊肉給高明雷，讓自己替他擦屁股。他絕不吃泰山壓頂這一套，但不宜對力克發作，他始終是有槍在手的警官。所以他硬啃下這記悶棍，打哈哈道：「灣仔是小廟，哪裡容得下袍哥大爺。依我說，大哥終究要忍一忍，寨城裡面的東北佬和寶安佬，兩隻軟腳蟹，加起來都打不過大哥的一隻手掌⋯⋯」

語音未落，高明雷卻已發難，伸臂把桌上杯碗碟盆坊瑯瑯地掃到地面，茶水和菜汁濺向力克和陸北風。力克仰後身子閃躲，跌個四腳朝天，後腦門沉沉地撞到牆腳的木電箱上，半昏過去。高明雷罵道：「好樣的！不是他們加起來，是你們加起來欺負我這個大哥！你們把老子當作痰盂，吐完了便踢開！告訴你們，老子其實是藥膏布，黏在額上胸前，撕不走的！就算要撕，亦要連帶撕下你們的一層皮！老子無論如何會去打飛天東，誰擋路，誰便不再是兄弟！兩位自己看著辦！」

高明雷霍地站起身往門外走去，陸北風伸臂阻攔，嚷道：「雷大爺，萬事好商量！」

「商量個屁！你們壓根兒沒替我想過！你不過是洋鬼子的狗！守信用真有這麼難？洪門洪門，其實只是屁門！」高明雷推開他的手，更順勢反扣他的手腕，陸北風一痛，也一怒，情急之下揮掌推在他的背上。高明雷往前一仆，但立馬站穩，怒火從心底燒上腦門，耳朵彷彿聽見了熊熊聲響，眼裡也只看見一片血紅，像當年在鄉下殺第一個舵把子，又似在重慶殺第二個舵把子，烈火燒開了便止不止。他回身拳腳交加打向陸北風，陸北風接招，兩人像昔日在天台上比武，差別在於昔日是遊戲，現下是生死。人間的遊戲往往是生死的預演，只不過，當時已茫然。

拳來腳往兩三回合，高明雷的蛤蟆拳稍佔上風，陸北風吃了幾記捶踢，不甘示弱，拎起桌上一把餐刀向他攔腰捅去。每回力克來到菜館，阿冰都細心準備刀叉，萬料不到今天派上這樣的用場。高明雷站穩馬步，閃開捅過來的刀，然而這時候阿炳聞聲闖進房間，一推門，眼見形勢大亂，嚇得「嘩！」一聲高叫，高明雷扭頭察看，分了神，不小心被背後的椅子絆倒，身體下墜之際，牢牢拉著陸北風的衫袖，打算把他一同扯到地上。但陸北風反應靈敏，肩膀一扭一縮，不僅掙脫了他的抓扣，還借力一掌把高明雷推後，令他跌得更重更沉。

躺在地上的力克迷迷糊糊間看見眾人打鬥，雖然兩眼昏暈，卻仍拔出腰間佩槍準備制止亂局，但好巧不巧，人算不如天算，高明雷跌個踉蹌，身材粗厚的一個四川漢子不偏不倚地壓向力克，力克正舉槍扣下板機，手肘被他一壓，本來朝外的槍口硬生生地轉了方向，「砰！」一聲，子彈射出，直貫自己的胸膛！

高明雷止不住跌勢，重重地壓住力克，背後感覺一陣滾燙，衣衫全被他的鮮血染紅。他驚惶躍起，陸北風和金牙炳急忙趨前察看力克的傷勢，力克的額滲著汗，雙目緊閉，微微張開蒼白的嘴唇，呢呢喃喃地說：「Cold …… bloody cold ……」

鬧出人命了。鬧出人命本來不可怕，但鬧出的是洋人的命，而且是洋警官的命，這才可怕。高明雷見大事不妙，奪門而出，大廳站滿了被槍聲嚇得手足無措的客人，兵荒馬亂，一雙雙驚恐的眼睛望著他。饒木此時正好踏進菜館，未明狀況，朝高明雷喊問：「怎麼回事？」金牙炳從貴賓房門外探出頭來，慌張地說：「他打了風哥！警官也中槍了！」

饒木一片茫然，深深嘆一口氣。過去數天他對力克加油添醋地說高明雷如何出言不遜，建議力克設法把他除掉。但力克不贊成，仍然認為這時候沒必要火上加油。力克以為高明雷求的只是錢財，不如強迫陸北風讓出一些地盤，穩住局面再說。饒木勸阻無效，心裡已有預感事情會鬧得更大，想不到的是預感馬上成真，硬碰硬，兩人互鬥變成三人相鬥，鬥出了個大頭佛。

高明雷瞟饒木一眼，二話不說，轉身往大廳右側的一道木門方向走去，他熟路，知道門後是廚房，廚房旁是廁所，廁所旁是直通謝斐道的後門。饒木先衝進貴賓房察看，望見力克躺在地上，胸前衣衫血淋淋一片，陸北風蹲在旁邊嘆氣連聲。他立即轉身闖出房間，往廚房追去，邊跑邊喊：「高明雷！高明雷！」他蹬腳踢開木門，跑進昏暗的廊道，地面潮濕，他幾乎失足滑倒。站穩之後，再往前跑，走廊盡頭有另一道小門，饒木猜想高明雷經由這門逃走，於是拔足狂奔，就算到了天腳底亦要把他抓住，不然如何對力克交代。

金牙炳也追過來了，遠遠望見饒木的背影在走廊盡頭，門開了，街外的燈光射進來，背影變成了深深的黑影，然後，門關了，黑影消失在門後。站在昏黑的廊道上，金牙炳突然感到眩暈，天旋地轉，胸口一陣窒悶，這幾天他一直流鼻水，腦門發熱，中醫說是濕邪，吃了幾天中藥，沒料如今使勁跑一跑，竟然氣喘累累。色字果然傷身。他彎下腰，咳了幾聲，決定放棄，回身步往菜館大廳，走經廚房門外，門裡牆邊有道木門，木後是個暗室，平日用來放置廚具雜物，他發現有幾個木桶和鐵鍋被扔於地，室內傳出微弱的人聲。

他細心一聽：竟然是阿冰！

還有，高明雷！

金牙炳馬上用廚房木門作掩護，側身站在暗室門外，隱約聽見阿冰壓著聲音說：「再等一下，我出去瞧瞧。」

高明雷道：「好。待你喚我，我才走。」

室門「伊呀」一聲拉開，金牙炳窺見阿冰踮著腳走出，他透過門縫望見高明雷蹲坐在原先擺放木桶和鐵鍋的地上，竟還抬手拉一拉阿冰的衣袖，低聲說了一句「謝謝！」。阿冰拽一下臂，頭也不回地走到室外，高明雷眼神閃過一絲無奈。

阿冰離開廚房，往大廳的方向走了幾步，背後忽然響起一聲「咳！」，嚇得心臟幾乎從嘴裡跳出，回頭一望，見是阿炳，呆住了，一張臉跟躺在貴賓房地上的力克一樣毫無血色。

不至於吧？金牙炳同樣臉色蒼白。剛才發生的事情，這瞬間撞碰的事情，統統把他殺個措手不及。到底是怎麼回事？我的老婆，我的老友，什麼時候搞上了？為什麼會搞上？那是阿冰啊，固執而純良的阿冰啊，怎麼會這樣？是否因為我冷落了她？是否因為我亂搞女人，這是阿冰給我的報復？抑或是老天給我的報應？我是高明雷的救命恩人啊，這王八蛋可對得起我？一連串的問號像一個個錘子，一下一下地敲著金牙炳的腦袋，敲得快要裂開，眼冒金星，他站不穩腳，右手伸向背後扶著牆壁，左手按住胸口，否則無法呼吸。

阿冰見他臉如死灰，連忙踏前兩步想扶他一把，但金牙炳擺手示意她停住。阿冰驚慌地說：「不是的，炳，別胡思亂想，我們無事，真的無事，什麼都無發生。」金牙炳深深吸氣，稍稍調順了氣息，打算向她拋出所有問號，但一開口，竟然哽咽，所有的話都堵在喉嚨，能夠說出的只是：「點解……點解會……」

阿冰望向金牙炳，廊道天花板的燈光映在她臉上，熟悉又陌生的臉，眼神是滿滿的羞愧，金牙炳從未從她臉上見過的羞愧。阿冰低下頭，道：「我只不過心亂了一下，真的，只是那麼一下，然後便沒有了，也不想有了……」

金牙炳打斷她，但能夠說出口的仍然只是：「點解……點解……」

阿冰抿著嘴唇，淚水噗噗滴下，用金牙炳幾乎聽不見的聲音道：「我不知道，我不知道，我真不知道。也許是心裡不服氣罷了，但也許只是好奇，可是馬上覺得無必要。你有其他女人，不見得我也該有其他男人。我阻止不了你，但總可以決定自己的事情。」

兩人沉默。半晌，阿冰用手背把眼淚拭向耳背，擤一下鼻子，囁嚅道：「我唯一知道的是，我選了，選了就是選了。阿炳，不必擔心，相信我，沒事的，以後也不會有事。我們不是說過就算到地獄亦要在一起嗎？說過的便要做到，無論如何都要做到。我們是鴛鴦同命，我早告訴過你。」

地獄？鴛鴦？金牙炳此時已經覺得身處地獄，斑駁的牆壁是刀山，濕滑的廊道是油鍋，猙獰的牛頭馬面躲在暗室木門後面，隨時撲出來把他壓在地上噬咬，無處不是恐怖。至於鴛鴦，不是也可「捧打」嗎？輕輕一棒便可拆散，沒什麼了不起。他冷笑兩聲，嘴角勉強扯出的笑容亦像把阿冰推進了地獄，腳下，心底，手和身，無不感到冰寒透骨。

金牙炳冷冷望著阿冰，本想忍住不問，但終究仍是開口了，他暗罵自己窩囊廢。他問道：

「你說你選了，但你其實並未放棄。所以你才幫忙他？」

「不！剛才他衝進廚房，走投無路，求我，我一時心軟，讓他在裡面躲一躲，安全了便讓他走。他畢竟是你的老友啊！」阿冰急忙自清，再往前踏出一步。金牙炳抬手阻止她往前，「哼！」了一聲，罵道：「刁那媽，到這時候還用我做擋箭牌？明明是你的決定，別把我扯下水！老友？我呸，賤！你倒有情有義，果然是個好女人！」

阿冰直勾勾地望他，忽地，咬牙道：「我不是好女人，我只是自私。你不相信？好，你看著！你看著！」她突然轉身走向廊道盡頭，拉開門，朝大廳裡喊：「喂！高明雷在這裡！在廚房裡面！快來！別讓他跑了！」暗室裡的高明雷聽見，暗罵一聲「賊婆娘！」正猶豫該否衝門逃跑，陸北風和幾個菜館伙計已經聞聲趕來，執起鐵棒和木棍，一拉門，把他打個頭崩額裂，再壓倒地上，五花大綁。饒木亦從謝斐道回來了，伸腳用鞋底把高明雷的臉龐狠狠踩在地面磨蹭，黑色的皮鞋，磨得底底面面一片紅。高明雷陷入昏迷，但眼睛仍然半張，眼白裡都是血水。他什麼都看不見了，可是阿冰隔著一群男人的背影隙縫望過去，隱隱覺得他在望她，但她不認為他的眼神是驚訝，也非怪責，因為他們其實相同，或許大抵只要是人便都相同，唯有在風平浪靜的時候才有辦法做個好人。在阿冰的想像裡，高明雷眼裡只有絕望，他認了，不認也得認——這樣的眼神，她見得太多，在昔日的汕頭屠狗場裡。

所以當天晚上回家，金牙炳睡在孩子的房間，阿冰和兩個孩子躺在另一個房裡的床上，心安理得。窗外風平浪靜，偶爾傳來幾聲狗吠，在別人聽來可能淒厲，聽進她耳裡卻是無比的親切，使她想起汕頭的歲月、澳門的日子，以至香港戰爭。多少風浪都熬過了，她就不相信這一關難得倒她。她做了自己的選擇，「鴛鴦飛入鳳凰窩，莫聽旁人說事破」，在這個房子裡，她是個好人，更是個主人；「自是良緣天配汝，不調和處也調和」，或許先前的迷亂是命定的，其後的選擇亦是命定的，但她不管，她只管順著自己的選擇好好活下去。中國人不是都說「回頭是岸」嗎？不也喜說「變亂」嗎？其實「變」和「亂」是兩碼子事，變而不亂，控制得了，往回走，往往比原先的好更加好。現下輪到阿炳要做選擇了，而她相信，阿炳願意留在岸邊等她。

力克在醫院躺了三個星期，子彈射穿左肺，動了三次手術，總算留住一口氣。離開醫院前夜，他在病床上用被單摀住嘴鼻，失聲痛哭。淚水咽灌到喉嚨，胃一翻，嗆得不斷嘔，無休無止地嘔吐，吐出了膽汁。他憶起小時候生病也曾有過這麼的嘔吐經驗，他問父親：「我會死嗎？」父親摸撫他的頭髮道：「主有安排，你是我的兒子，也是他的兒子，他愛你，他還要讓你體驗生命的美好，你是善人，你還有許多的路要走。」

可是力克不相信。如果主要給我美好，應該只給我美好，沒必要讓我受盡病痛的折磨。但他仍然信主，他相信主賜給他的是選擇的能力，自己有責任用這能力來尋找美好。長大的他尋找了知識和藝術，後來在香港尋找了露薏絲，後來尋找了權力和金錢，這一切於他便是美好，都是他依憑主所賜的能力而得。所以如果真有後悔，力克懊惱的是當天沒把高明雷跟劉方正和鄭昊一起抓走，事後也應該聽從饒木的建議，設法把高明雷解決。不給三角碼頭便不給了，這是他的能力，何必多解釋？就因有能力而沒施用，落得這下場，他覺得辜負了主。嘔吐後，他爬到床邊跪下，求主寬諒。

力克被救活了，高明雷卻仍被判絞刑，意圖謀殺洋警官，死罪難逃。在從牢房被押往絞刑台短短的路上，高明雷不斷冷笑。以前有相士說他的耳朵後面有塊「反骨」，一輩子跟兄弟師友相處不好，結果兩個舵把子死在他手裡，拜把兄弟也幾乎死在他手裡，反來反去反到最後，有此結局，無法不認命。唯一不服氣的是江湖行走這許多年，竟然被一個女人出賣，扔盡袍哥的臉。回想起來，如果早些對她下手，把她上了，一夜夫妻百夜恩，說不定能夠逃過此劫。自己做了失誤的選擇，活該。然而轉念一想，即使逃過，又如何？若真是命，一劫過了又一劫，總有個劫是逃不過的，不如早死早超生，十八年後回來再做龍頭，但到時候最好別在四川投胎，要生在香港，再混一回江湖，圓了殺出九龍寨城的夢才甘心。

這麼一想，高明雷坦然了。警察替他套上黑布頭罩，眼前只見一片黑暗，而黑暗裡，隱隱看到一張熟悉的臉。是駱仲衡。笑著，對他招手，他恨不得往前奔去，可惜手腳都綁著鐵鍊，幸好這已經是最後的不自由，再忍耐一陣，便好了。

寶安幫的劉方正和東北幫的鄭昊被釋放回到了寨城，不免跟蜀聯社有一番腥風血雨，四川幫拆伴敗走，閻羅王領著部分兄弟返回四川，重新做他們的袍哥。南京和倫敦繼續外交斡旋，寨城和沙面的事情不了了之，過不了多久，改朝換代，天翻地覆，袍哥們關的關，殺的殺，在新世界裡都變成龜孫子。

潮州菜館照舊營業，阿冰每天挺著肚子坐鎮店內，照舊裡裡外外忙著。但菜館改了店名，因為她記得「汕頭九妹」最早由高明雷提議，她不希望牽著這條尾巴惹金牙炳胡思亂想。改什麼好呢？忖度一番，就叫做「鴛鴦樓」吧，鴛鴦同命，有樓為證。牆上的「每恨江湖成契闊，長留篇什繼風詩」也取下了，但金牙炳嫌牆壁空蕩蕩，到灣仔道街市的書畫店找陳老闆商量，選了一幅喜氣洋洋的牡丹圖，裝裱掛起。

老陳道：「咦，附近不是有間翡翠歌廳嗎？有兩個句子好鬼合用，不如我替你多寫一幅書法？街坊街里，買一送一！」那是唐朝陳去疾的〈踏歌行〉，老陳約略解說後，提筆揮灑在宣紙上寫出十四個字：鴛鴦樓下萬花新，翡翠宮前百戲陳。他笑道：「呵，簡直是古人為你們的店度身訂造！」

金牙炳費了一番力氣把畫和書法掛到牆上，他想親自動手，謝絕兄弟幫忙。完事後，累得虛脫似的癱在地上。店是舊的，貴賓房是舊的，他坐著的地面亦是力克曾經中槍躺下的地面。但他的心情是新的。老習慣，拿了一手爛牌，唯一能夠做的是把牌打到最好，雖然好的爛牌仍然是爛牌，但他舒坦。換不了牌，換個想法便成了。反正事情的開始和結果往往由天不由人，如果能夠作主的時候也不作主，便太對不起自己了。所謂作主，便是相信做選擇，然後做自己的選擇，人世匆匆幾十年，沒理由選擇讓自己不快樂，沒任何理由要跟自己過不去。這點道理從隔窗偷看她母親和蝦米叔在床上翻雲覆雨的那天，他已明白。所以他選擇相信阿冰。金牙炳沒有向阿冰追問任何細節，他不願意跟自己過不去。反正他贏了，輸家是高明雷，金牙炳生平很少有當贏家的感覺，他快樂。

生活恢復如常，金牙炳照舊在陸北風身邊「做跑腿」，也照舊在女人的床上浪蕩，而阿冰照舊不問不提，倒是外頭的世界已不如舊。

幾個月過去，阿冰誕下第三個孩子，感謝老天，是個女孩，取名純芳。一年後，一九五〇年，韓戰爆發，美國對香港禁運；中華人民共和國初立，倫敦宣佈兩國正式建交；數以萬計的國民黨殘兵舊將湧入香港，擠住到調景嶺山頭；14K頭目葛肇煌把堂口總壇從廣州移師到香港，打出了自己的地盤；一個名叫李嘉誠的潮州商人創辦「長江塑膠廠」，開展他的工業和貿易生意。時間彷彿比先前走得更快，更不容易追趕。然而無論世界怎麼變動，每天夜裡，巷道之間依然準時傳來最後一班電車的「叮鈴鈴……叮鈴鈴」響聲，收更了，司機習慣沿途拉鈴，提醒車廂裡看不見的乘客下車，孤魂野鬼必須自尋歸路，其他人的幫忙總有盡頭，人間地下，生死幽冥，唯一能夠依靠的都只是自己。

當電車駛過，巷道野狗吠聲不絕，那麼固執，那麼頑強，那麼熟絡，像在和應著鈴聲，又似老朋友們前來對汕頭九妹道晚安。阿冰望一下街外，把窗戶閂緊，替三個孩子蓋好被子，返回房間躺到金牙炳身邊，每天夜裡，就這樣，沉沉地睡了一覺又一覺。

幾個鐘頭已經可以談完一輩子的事情。
到底是我們做過太少的事情，
抑或是時間過得真的太快？

第三部　當年結義金蘭日　紅花亭上我行先

二十二・無惡不作，眾善奉行

一九五〇年是李嘉誠值得高興的年份，也是陸北風的。這一年，李嘉誠拓展業務，成立了「長江塑膠廠」；同一年，陸北風的新興社亦壯大了勢力，一批又一批湧到香港的國民黨殘兵舊部被他收容到堂口，成為他的馬仔。軍統吳銅青當然有在幕後幫忙，灣仔的地盤他抓得更穩當了，新興社成為響噹噹的名號，道上的人誰來灣仔，誰都要先拜風哥的碼頭。

高明雷的事情讓他不舒服了好一陣子，但也只是不舒服。江湖道上，各有各的路，身作身受，命作命抵，別說是拜把兄弟，就算是親生父母亦只能做個旁觀者。若真要怪，只怪高明雷當時沉不住氣，搞出了大麻煩。但畢竟高明雷是跟他搏鬥才誤傷力克，又是他的拜把兄弟，陸北風自覺有收屍的責任，送殮當天，他對棺材喊道：「雷大爺，來生別做亂世人！」

當天夜裡，陸北風夢見高明雷站在貴賓房抽菸，用嘴巴嗞嗞地吸，菸霧卻從頸上的一條裂縫裡呼呼噴出。高明雷睨他一眼，盡是恨。陸北風拱手道：「大哥，一切可好？」高明雷不作聲，猛力蹬腿踢翻椅子，椅子竟像弓箭般飛撞過來，他抬臂擋攔，不知何故雙臂完全不受使喚，眼看木椅快要撞到額前，金牙炳突然推門進房，房門轟轟隆隆地往前延伸成一道木牆替他擋住了椅子。高明雷忽然像雲霧一樣在他眼前消失，牆上依然懸掛著書法對聯，「每恨江湖成契闊，長留篇什繼風詩」，那個「風」奇怪地變得很大很大，彷彿急不及待想從對聯裡蹦跳出來。

驚醒後，陸北風恍恍惚惚地琢磨出一番道理：「呵，『風』就是我呀！江湖無情，人來人往，誰能夠『長留』誰才是贏家。原來命運早已寫在紙上。當天如果不是阿炳突然闖入，高明雷不會被椅子絆倒，後局難料。雷大爺，當年救你一命的人，竟亦是今天害你一命的人，你認命了吧？」沉吟半晌，陸北風又領悟：「看來，阿炳是我的貴人！」這陣子金牙炳重提過幾次退出之意，陸北風眼看新興社日漸人手興旺，本來也考慮遂其心願，讓他跟阿冰專心經營糧莊和菜館，然而經此一夢，決定免了，必須把貴人留在身邊做護身符。

力克出院後返回英國休養半年，再被調往馬來西亞檳城做警政官，赴任前在香港停留一天，從陸北風手裡接過一個手提箱，裡面塞滿英鎊鈔票，算是買斷他在鴛鴦樓的乾股。力克的任務暫由饒木處理，全盤管住港島的堂口，大家喚他「饒總華探長」。官方制度裡其實沒有「探長」的職位，「探長」只是警署署長，官階是「沙展」，但因為日夜帶領下屬在華戶查探案件，直接面對三教九流，手裡握有實權，始尊稱「探長」。饒木是港島區最能主事的探長，故又加個「總」字，是華人，故又有個「華」字。陸北風跟饒木向來談得投契，少了力克的制肘，更是無話不談，其中少不了三角碼頭的控制權。

陸北風向饒木試探道：「是時候收拾飛天東了？」

饒木聳沒答腔，只搖一下頭。

「還等什麼？」陸北風心下一凜，連忙追問。「夜長夢多，沒必要吧？」

饒木笑道：「不是要等，只是不必用拳頭、動刀槍。」

香港政府去年訂立了〈驅逐不良分子出境條例〉，舉凡被認定為「不良分子」的人皆可被強押到大陸鄉間，任其自生自滅。乞丐、瘋子、「無人供養，不能謀生」的人，統統屬於「不良」，黑幫堂口當然亦在其中，饒木打算利用這條法規把飛天東和他的兄弟趕回潮州。

陸北風瞪目道：「哎喲，我亦是不良分子啊，豈不也會遭殃？」

饒木輕拍陸北風的肩膀，道：「風哥是幫忙緝捕槍殺洋警官的功臣，怎會不良？如果我做得了主，肯定頒個英王勳章給你！」陸北風眼裡閃過一絲不悅，他不喜聽見提起貴賓房裡那天的兄弟鬩牆。

主意定了便要行動，為免顯得只針對飛天東，饒木指派手下分頭掃蕩各區不同的堂口，筲箕灣、北角、西環、上環，以至灣仔亦有行動，只不過預先把時間地點通知陸北風，由陸北風吩咐兄弟，找幾個替死鬼在現場束手就擒，再給安家費，風聲過後再想辦法把他們接回。事情本來簡單順利，然而人算不如天算，阿冰兄長阿火大搜捕當夜在友人家中喝酒，酩酊大醉，扶路而歸，半途竟然醉倒在汕頭街的樓梯口，一群警察正好收隊路過，剛才抓得興起，順帶也把阿火扣上手銬。阿火迷迷糊糊地掙扎，一個警察拔出警棍，朝他後腦重重敲下，就這麼一敲，血流披面的阿火從此變了個呆子！

阿火被送進高街的精神病院，不管碰見誰，都學狗吠，吠吠吠，吠吠吠，或許在精神錯亂裡回到了童年故鄉，以為自己是父母刀下待宰的狗。阿冰哭得死去活來，不斷喊著：「我要親手報仇！我要親手報仇！」金牙炳和陸北風商量，要抓到那個揮棍的警察是不可能的事情，饒木不會答應，唯有急忙張羅一套警察制服，再胡亂找個欠債的賭鬼，叫他穿上冒認，把他推到阿冰面前。阿冰不虞有詐，一見到他，不問不說，立即執起一支鐵棒朝他頭上掄打，咚！咚！咚！咚咚咚咚！汕頭九妹有許多年沒施展打狗棒了，沒想到重出江湖之日，便是殺人奪命之時。但這一殺，同時殺死了阿冰對金牙炳金盆洗手的堅持，她說：「最靠得住的是自己手裡的棍棒。阿炳，別退了！拿好棍棒，爭爭氣氣！」

飛天東的地盤終於到了陸北風手裡，新興社同時控制灣仔碼頭和三角碼頭，白貨黑貨，上船落船，貨如輪轉，鈔票一箱一箱地搬進總堂。陸北風此時更不可以沒有金牙炳，金牙炳替他管賬，替堂口買屋置產，又對兄弟們該得的額份配備妥貼，新興社上下齊心，聲勢和人馬皆為香港島第一大幫。力克在英國休養，饒木的上司換成另一個英國警官史坦克。饒木對陸北風抱怨道：「又是『克』，說不定會『剋』住我們呢！」

陸北風笑道：「但也可能會倒過來。別忘了上回是我們『剋』住力克！」

堂口事繁，金牙炳無暇顧家，事無大小全落在阿冰身上，她招來幾個汕頭同鄉姐妹幫忙料理菜館，所以游刃有餘，把三個孩子看顧妥貼。八歲的純堅好動，經常在三層樓的家裡奔上跑下，像隻停不下來的猴子，也確跟金牙炳一樣長個猴相，阿冰乾脆喊他「孫悟空」，隱隱擔心他長大了真會大鬧天宮。五歲的純勝體質羸弱，三天兩頭咳嗽發燒，最讓她提心吊膽。只有把一歲半的純芳抱在懷裡的時候，阿冰能夠忘記所有勞累。純芳的眼耳口鼻都長得像她，彷彿有個巧手工匠依照她的模樣雕出了另一個何艷冰。所以她替純芳取了個乳名：小冰。兄弟妹都是她的心頭肉，讓她覺得重新並且同時過著三個童年，沒有狗血腥氣的童年。

陸北風兒子陸世文也六歲多了，陸北風沒在香港續弦，只經常帶不同的女人回來，這個女人住半年，那個女人住三個月，都是暫時的女主人。世文尚不懂事，有個壞心的女人哄他喊「媽媽」，被陸北風聽見，三個巴掌把她摑得臉青鼻腫。陸家的女傭常把世文帶到阿冰家裡跟純堅和純勝玩耍，世文發現茶几上擱著一個算盤，小眼睛一亮，咯咯咯地抓起把玩，愛不釋手。金牙炳逗他唸珠訣：「隔位六二五，兩價三七五，轉身變作五，見九無除作九八……」，世文竟然依依呀呀地模仿，儘管咬字不清不楚，然而節奏分明，有模有樣。金牙炳撫摸他的頭頂，笑道：「好哇！叔叔一輩子替你老豆管賬，你這小子數口精明，就讓叔叔傳你衣鉢，日後新興社的賬全部交番俾你！」

孩子長大得快，阿冰偶爾憶及前事，禁不住好奇如果不曾把高明雷交出，用行動讓阿炳安心和放心，今天將是何等局面。這樣的想像並未讓她惆悵，反而，每多想一回她便添一分踏實，慶幸自己果斷。每年他們去香港仔拜祭陸南才，陸北風也替高明雷在附近買了墓。在陸南才墓前叩拜之後，緣份一場，陸北風亦會帶兄弟到高明雷那邊上香，金牙炳和阿冰年年託辭先行離去，頭暈、肚瀉、看顧孩子，能夠想出來的藉口都想了，陸北風取笑道：「雷大爺跟你們八字不合！」兩人走路下山照例沉默，即使回到家裡，話也比平日少，過去的都過去了，但仍似牆邊角落留著的一道深深刮痕，冷不防瞥見了，難免忐忑一陣。

下山後，陸北風通常轉到東華義莊一趟，為的是拜祭杜月笙。杜先生於一九四九年來了香港，兩年後病逝，借厝東華義莊，因為家人打算局勢平穩才把他送回上海落葉歸根。每回到義莊，陸北風都想起杜府的出殯情景。在駱克道與分域街交界的萬國殯儀館，喪務三天，收到花圈七百多個，附近花攤向來由新興社兄弟看管，數口精明的金牙炳得知鮮花不敷供應，獻計讓手下偷龍轉鳳，把部分花圈由前門恭敬送入，擺放一陣後即由側門鬼祟運出，換過贈輓名條，冒充全新的花圈，再次送進二樓的殯儀禮堂。每搬一個花圈，喪家贈送「力金」兩元，加上花圈賣價以及其他跑腿酬勞，數天之內兄弟們賺了四、五千元，所有人眉開眼笑，事後宵夜慶功，無不舉杯歡呼：「多謝杜老闆！」陸北風暗忖，生時提攜手下，死去亦提攜手下，這才是最有實力的堂口大佬。

陸北風又憶起發殮當天，達官貴人魚貫前來，李麗華也現身，黑旗袍把腰和胸包裹出動人的弧線，鼻上架著太陽鏡，終究是大明星，連送喪亦把嘴唇塗得像兩瓣紅花，走路時婀娜多姿，彷彿走到哪裡，哪裡便有風。陸北風帶領兄弟把守殯儀館門前，有機會近距離盯住她左搖右擺的臀部，有一刻，竟然硬了，連忙暗誦「阿彌陀佛、阿彌陀佛」，慚愧於對杜老闆之大不敬。

下午兩點一刻，擇定的時辰已至，靈輀車隊從萬國殯儀館出發，沿駱克道、軒尼詩道、軍器廠街慢駛，在大佛口稍停辭靈後，再開往皇后大道東、皇后大道中、西營盤、薄扶林道，最終停柩於東華義莊，莊前有永別亭，亭前有聯「永不能見，平素音容成隔世；別無復面，有緣遇合卜他生」，陸南才和張迪臣生前常來此處幽會，只是陸北風不知不察。

車隊行發時，最前方高舉用鮮花綴成的「義節聿昭」四字橫額，由蔣介石從台灣隔岸頒揚，沿途執紼親友和門生數千人，白車素服，另有百餘輛私家車跟隨於後，又有數十部警車巡邏指揮，圍觀者更是把馬路兩旁擠得水洩不通。車隊最尾處，有十多個壯漢在吶箏奠聲中舉舞黑獅，獅身黑，獅眼白，白中有一球黑點是眼珠，黑中又有一滴白點是眼淚。陸北風忍不住感慨：「在杜老闆面前，黑途白道，邪妖正俠，無一不是自家人。這才是真正的老大！」

而當車隊駛至石水渠街口之際，忽然有六、七個藍衣布袄的男女從盧押道交界處走出，跪在馬路旁向靈車飲泣叩頭。他們手裡捧著花圈，一看即知是用不知道從哪裡撿拾而來的野花匆忙拼湊而成，圈上有白布條，漆著歪歪斜斜的黑字：「杜爺千古，義薄雲天，大恩大德」。新興社兄弟擔心有人鬧事，趨前查問，三言兩語起了衝突，混亂之間有兄弟把花圈一腳踢翻，一陣風吹過來，殘花在苦雨淒風裡紛紛亂飛，倍添悲涼氣息。其後搞清楚了情況，才知道這群人是昔日曾在上海灘受過杜月笙「閒話一句」解救的一家老少，如今落難香港灣仔，自慚形穢，不敢往靈堂上香，唯有來此向靈車遙遙跪拜。

陸北風抱胸站在路旁掌控一切，記起十三年前初到香港，曾跟哥哥陸南才到告羅士打酒店拜候杜月笙，那一天，瘦削的杜老闆從容自若地坐在厚軟的沙發上，不怒而威，略問過兩兄弟的身世，只輕輕說了一句：「有什麼事情需要幫忙，跟我的秘書說便好。」這些年後陸北風終於明白，混江湖的關鍵正是「幫忙」。幫忙既是道義，卻同時是自保。別人前來求助，必是認你有幫得上忙的本事，你不幫，便是你欠他，這危險；幫了，便是他欠你，這安全。所以萬無一失的法門是，不管誰來開口，與人為善，能幫就幫，更何況你永遠不知道自己何時倒過來需要別人幫忙。幫會幫會，「幫」是幫派的幫，其實也可以是幫忙的幫。陸南才生前對弟弟提過信謙堂的張子謙，他是杜月笙的上海門生，抗戰時期來了香港，他曾經提醒陸南才：「越是無惡不作，越是眾善奉行。」說的就是這個道理。

可是，明白道理是一回事，有些忙終究幫不出手。既然幫也死，不幫也死，不如乾脆快意行事，待麻煩找上門時才看著辦。開口要求幫這種忙的人，這回是力克，對，是早已重臨香港的力克。

二十三・K金十四為標記，誓保中華享太平

力克重回香港已是一九五五年底的事情，香港已是另一個香港，力克更已是另一個力克。他長胖了不少，頭頂微禿，留了滿臉的絡腮鬍，嘴角咬著菸斗，垂下的腫腫眼皮壓住一雙曾經靈敏多端的藍眼睛，眼珠子彷彿從不轉頭。以前的他健談風趣，現下卻不苟言笑，歷史故事都鎖在肚皮裡。唯一令陸北風感到熟悉的是他仍然嗜吃。

力克被調往管理九龍，陸北風請他吃了幾回飯，但都不在鴛鴦樓，特地避談舊事。每回三人，他，力克，金牙炳，無論是在尖沙咀的天香樓、灣仔的英京酒家或龍門茶樓，都點八、九道菜，力克狠吞虎嚥地把食物送進嘴巴裡，陰沉的藍眼睛迸出亮光，彷彿從啃、咬、撕、噬的舉動裡甦醒過來。但陸北風覺得他並非在享受食物而是在攻擊報復，似乎食物，以至所有可觸之物和人，都是仇敵。有一回力克不滿意侍應生的服務，竟然執起桌上的茶壺重重地敲過去，侍應生血流披面臉，蹲下呱呱喊痛。力克不罷休，蹬腿把他踢翻，並呱哩嘩啦地罵了一輪英語，陸北風只聽懂個「dog」字。金牙炳跟侍應生相熟，連忙勸阻，力克不買賬，狠瞪他幾眼，二話不說，站起身離開。

重返香港的力克仍舊負責警政，但管的是九龍和新界，手下猛將是探長張榮金。饒木半年前高血壓中風，無法不退休，權力交給比他年輕十歲的華探長呂樂，洋主管依然是史坦克。陸北風有一回在龍門茶樓向力克試探道：「什麼時候回來港島？我們兩兄弟再好好大幹一場！」

力克把嘴裡啃著的東江雞胸肉渣吐到碟上，啐道：「太硬了，咬不動！香港島的雞不只骨頭比九龍的硬，想不到連肉也是！」陸北風和金牙炳皆不作聲。半晌，金牙炳打圓場道：「香港九龍很快一家親，不分你我了！政府不是宣佈要在海底鑿弄一條什麼鬼道嗎？之前一直填平海面，現在竟然連海底也不放過，海龍王肯定氣得吹鬚碌眼！」

「是海底隧道！」陸北風笑道：「還早呢！聽說要建十多年，到時候我們早就去咗賣鹹鴨蛋。」

金牙炳道：「大吉利是！阿 Sir 和風哥長命千歲，香港九龍新界，全部吃得上！」

洋政府這兩年確實大興土木，似想把香港倒轉過來。中國大陸翻天覆地，香港也在翻海覆天。港督楊慕琦戰時被日本鬼子先後押送到台灣和瀋陽，戰後回來了，再做了一年總督，提出了大規模的改革方案，因為擔心南京政府會把香港收回，先下手為強，打算對華民逐步下放參政權力，萬一真要撤退，亦要預先留下親英的自治格局。楊慕琦離任後，新上場的葛量洪先緩下計劃，隔岸旁觀國共戰況。中華人民共和國不久成立，英國和北京建交，周恩來也說了話：

我們對香港的政策是東西方鬥爭全局戰略部署的一部分。不收回香港，維持其資本主義英國佔領不變，是不能用狹隘的領土主權原則來衡量的，來做決定的。建國後，英國很快承認我們，那是一種半承認，我們也收下了。我們把香港留在英國人手收回也比落入美國人的手上好。香港留在英國人的手上，我們反而主動。我們抓住了英國人的一條辮子，我們就拉住了英國，使它不能也不敢對美國的對華政策和遠東戰略部署跟得太緊，靠得太攏。

這樣我們就可以擴大和利用英遠東問題上對華政策的矛盾。當然，我們也要反對英國過份支持美國孤立中國的反華政策超過我們的安全和國家利益所能容忍的程度。還有，英國不讓我們利用香港的可能。此外，我們只抓一條，反對英國支持美國在亞洲鎮壓民族獨立解放運動，例如朝鮮和越南。對香港，我們要長期打算，充分利用。

香港政府放心了，終於在一九五二年宣佈：「無意在香港推行重要改革。」政治不碰了，其他方面倒大展拳腳，填海拓土，賣地建屋，開路築堤，讓華洋商賈安安心心做生意。洋大人們建議在海底鑿一條貫穿香港和九龍的隧道，立法局通過了，須要耗時十多年，是大工程。阿冰從廣播新聞裡聽見，莫名亢奮了兩天，對三個孩子哄道：「以後可以搭車過海了！還可以看魚魚游來游去！」但念到海底隧道建成之日孩子早已不是孩子，又不免悵然。幸好銅鑼灣開展填海工程，建起了一個大公園，取名「維多利亞」，來得及讓她帶孩子奔跑嬉玩。戰前中環廣場有個高聳的維多利亞女皇銅像，日本鬼子拆下送到東京，準備鎔鑄為砲彈，但尚未動手已經戰敗，英國人把銅像搬運回來，改放在公園正門之內。維多利亞女王早於一九〇一年駕崩，之後是愛德華七世、喬治五世、愛德華八世、喬治六世，一堆洋名輪流上陣，陸北風既聽不懂也懶得理會誰是誰，只知道到了加冕或誕辰紀念之類的大日子，洋政府必在香港舉辦巡遊，新興社控制了大部分的鮮花買賣生意，都是發財的好機會。現任英王又是個婆娘，叫做什麼伊莉莎伯二世，聽說才廿六歲，香港的廣東佬慣稱她做「事頭婆」。

大江南北的人不斷湧入香港，人，很多的人，更多的人，如波似浪，戰後的十年間由七十萬暴漲為兩百五十萬，香港像被悶在蒸鍋裡的包子，一直發脹、發脹、再發脹，人擠人，在這樣的一個小城市裡，到處是臨時搭建的木屋和棚屋，終於有過幾回火災，而且一回比一回嚴重，死人傷人，居民流離失所，躺睡在街頭路邊，洋政府決定興建平民房屋予以安頓。一幢幢的四、五層樓房蓋起來了，名為「徙置區」，流徙和置放，是生活秩序的重整。最先蓋好的是石峽尾的「李鄭屋邨」，早前這裡是滿佈木屋的菜田山地，聚居的人若非姓李便是姓鄭，分為李村和鄭村，洋政府收地重建屋舍後，原居民可住，外來人也可住，「村」被改為「邨」，但保留了「李」和「鄭」的稱號名份——力克就是為了李鄭屋邨而找陸北風的麻煩，因為李鄭屋邨先找了力克的麻煩，大麻煩，非常大的麻煩。

那是一九五六年十月十日，國民黨的「雙十節」，李鄭屋邨居民照例在門牆各處懸掛青天白日紅旗，這裡是所謂「白區」，有不少住民是從大陸南下的國民黨家眷，又是「十四K」的盤據地，理所當然。

十四K龍頭叫做葛志雄，廣東河源人，父親葛肇煌本是國民革命軍第九十三師的一個小連長，加入了軍統，汪精衛老婆陳璧君弟弟陳耀祖在廣東省省長任內被殺，開槍的便是他。戰後葛肇煌接收了跟日本鬼子合作的堂口「五洲華僑洪門西南本部」，將之易名「洪門忠義會」，不做兵了，改做幫派老大，一時之間還真搞得有聲有色。不久，國民黨敗走台灣，他亦南下香港，召集舊部重開香堂，堂名化繁為簡，就叫做「十四」，因為洪門忠義會設址於廣州寶華路十四號，飲水思源，不忘老巢。堂口「十四」常被喊作「十四號」或「孖七」（七加七等於十四），不久又變成「十四K」，那個K字，有幾個來源說法。其一是代表老K國民黨，其二是代表葛肇煌的英文姓氏KE，其三是代表如假包換的堅硬K金。另外有個傳說，有一宗涉及「十四號」的案件在法院審判之日，有個政府文員匆匆忙忙在檔案上用「14K」標示「屬於葛肇煌的十四號堂口」字，卻忘記修正，法官於判決時直接讀出「14K」，把它認定為堂口名號，新聞記者照錄如儀，習非成是，大家便也懶得改口，後來還錯有錯著地演化出幾句招牌詩：「龍飛鳳舞振家聲，招牌一出動天庭，K金十四為標記，誓保中華享太平。」

葛肇煌在廣州時曾跟陸北風的「萬義堂」作對，後來在香港重遇，本來是冤家，但葛肇煌已經搖身一變做了幫會老大，便又變成了「親家」。道上的人，不管屬於哪個堂口，大家吃的都是江湖飯，所以互稱「親家」。新興社在港島，十四號在九龍，「你不搶我的牌九，我不搞你的番攤」，各發各的財，相安無事。葛肇煌病逝於一九五三年，才五十九歲，喪禮排場比杜月笙有過之無不及，陸北風亦曾到靈堂上香致祭。洋政府老謀深算，借葛肇煌之死整肅幫會，乘機把幾個堂口老大驅逐到台灣，警告蔣介石別縱容三合會在香港搞事。被逐的人裡面有「義安」龍頭向前，這傢伙跟葛肇煌一樣出身於國民黨特工系統，也跟葛肇煌一樣把龍頭棍交由兒子接班，堂號改為「新義安」。但不管是葛肇煌之子或向前之子，都沒想到三年之後忽然有了一場黑警大對決。

話說十月十日那天早上十點，李鄭屋邨徙置區已是一片青天白日旗海，G座大樓的外牆更豎起兩個高達五米的「十」字花牌。這其實是意料中事，但不知道是否因為前夜輸了麻雀或者其他理由，徙置事務處有兩個職員看不順眼，竟然動手撕走旗幟，又把花牌拆下，不到一刻鐘之後，立即有幾百個人衝到事務處門外喊罵，職員報警求助，警察趕到調解，他們答應讓居民重新佈置，群眾陸續散去。

衝突本來到此為止，但G座有個十四號的小囉嘍阿勇因跟其中一個職員早有嫌隙，他覺得對方經常色瞇瞇地盯看自己的老婆，為此爭執過幾回，眼下有了機會，趁人不覺，來個插贓嫁禍，偷偷撕走幾面旗幟，然後慫恿堂口兄弟和其他居民再去鬧事。這一鬧，便鬧出連天大禍。

當天下午一點，包圍徙置事務處的人已經多達兩千，帶頭的是「孝字堆」的雙花紅棍白無常。十四號以「忠孝仁愛信義和倫」分為八個「堆」，即是各據一方的八個派系，石峽尾和深水埗是「孝字堆」的地盤，白毛常平日橫行霸道，如今更倚勢凌人，要求職員應允四項和解條件：燃燒一串十萬頭的鞭炮慶祝「雙十節」；在徙置區當眼處懸掛孫中山和蔣介石肖像；登報道歉；下跪認錯。口頭談判破裂，便動拳頭，兩個職員被追逐毆打，警察來了，防暴隊也出動了，群眾用石頭和瓶子做武器，辦事處被搶掠和火燒，警察施放催淚彈，傍晚時分總算壓住了局面。

然而翌日早上，群眾再度集結，十四號的人馬傾巢而出，手持棍棒封鎖深水埗、青山道、油麻地一帶，趁火打劫，居民和汽車進出皆被脅迫購買青天白日滿地紅旗，商戶亦被掠奪一空，甚至有婦女被輪姦，有街坊被斫殺。遠在台灣的國民黨保密局見事有可為，馬上派來七名情治人員，宣達總統府高層的嘉許肯定。一個姓畢的駐港特務為了表功，猛力一拍桌子、口沫四濺道：「諸位放心！為了國家的體面，以及振奮海內外人心，我們的兄弟必大幹一場，震住『左仔』氣焰，也讓香港的洋鬼子不敢小覷我黨！」

軍統來客拱手道：「極峰已有指示，要錢有錢、要槍有槍，我們是兄弟們的堅強後盾！」

這麼一說，十四號更肆無忌憚，群起攻擊新中國政府的駐港機關，報社、工廠、報社、戲院、商店，無一倖免，荃灣和青山道一帶頓成鬼域。台灣的《中央日報》把暴動描述為「香港同胞對附匪人員的懲罰」，把殺人放火的爛仔譽為「護旗義士」。白毛常指揮手下在街頭作亂，他高舉斧頭，紅著眼睛，嘶喊道：「兄弟們，上！趁佢亂，攞佢命，今天殺人不用償命！」十四號的其他字堆人馬以至其他堂口的幫眾亦混水摸魚，連香港島那邊也有人渡海前來發財。

形勢失控了，香港政府宣佈九龍半島戒嚴，防暴隊真槍實彈鎮壓，跟爛仔們打了四、五天拉鋸戰，終於穩住陣腳。幾天裡，傷亡枕藉，爛仔死，平民死，瑞士大使館副領事夫人亦在的士車廂裡被活活燒死。警察的事後報告說，死者六百人，傷者三百人，有兩千多人遭受逮捕，港督葛量洪緊急訂立「非常時期拘捕條例」，不經審判便可以維持治安理由把他們無限期監禁。

北京當然憤恨駐港機構受到攻擊，周恩來公開指責英國縱容國民黨幫會作亂，廣州市民也集會聲援，香港政府在官方調查報告裡堅稱「尚無足夠證據指證暴動由國民黨策劃」，卻又承認鬧事堂口是「跟國民黨當局有密切關連的半官方組織」，到了最後，港督下令把九成的被捕者驅押離開香港，其中包括十四號龍頭葛志雄，以及根本未曾參與其事的陸北風。

時也命也，陸北風欲哭無淚。

二十四・快樂的風

那是十一月初的下午，力克把陸北風約到尖沙咀的米高酒吧見面，神情凝重，所剩無多的幾綹頭髮橫七豎八地搭在頂上，一雙眼睛彷彿隨時噴出火焰，能讓桌上的威士忌熊熊燃燒。陸北風尚未坐定，他已劈頭劈腦地開罵：「你們不想活了！如果我是總督，把你們統統抓去槍斃！」

「我們？」陸北風猜到他說的是李鄭屋邨的事情，緊皺一下眉心，臉色沉下。「干我什麼事呀，三弟，不，警官！」

力克哼道：「蛇鼠一窩！」

陸北風默然，向侍應生點了一杯啤酒。送來了酒，他舉起厚重的啤酒杯碰一下力克的威士忌小杯，道：「不是都解決了嗎？抓的抓，趕的趕，雨過天青。來，別惱火，江湖事情江湖了，兄弟歸兄弟，何況我確實並未摻和。」力克沒反應，陸北風不管了，先喝幾口，再道：「中國老話說『亂世出英雄』，如果不亂，怎有機會顯出警官大人的本領？」

力克瞅他一眼，一字一頓地說：「你也沒說錯。所以，陸，幫個忙，讓它再亂一些。」初認識時力克習慣只喊他的姓氏，混熟之後，有時候會叫他的外號「十三風」，做了結拜兄弟，私下會喚「二哥」。去年久別重逢，生份了，又是「陸」來「陸」去的了，聽進陸北風耳裡，發音像「轆」來「轆」去，恰似轉來變去的兩人關係。

陸北風兀自喝酒，眼睛望向酒吧前方的小舞台，一個年輕的洋少年抱著吉他唱著洋歌，他聽不懂，只想起很久以前力克說過自己喜歡拉小提琴，他還取笑過那叫做「洋二胡」。半晌，力克用鋒利的眼神掃他一眼，問：「陸？」

陸北風喝光了啤酒，再點一杯。然後提高嗓門對力克道：「警官，有什麼事我可效勞，儘管吩咐！『人人為我，我為人人』嘛。你說，我去搞掂，兩肋插刀！」

原來李鄭屋邨和荃灣皆屬力克的管轄區域，鬧出暴動，上峰非常不高興，把他召到辦公室臭罵了幾回，責怪他無能失職，幸好上峰是愛爾蘭的老同鄉，尚未至於辣手處分。事到如今，他雖有拚命善後，但不服氣香港那邊風平浪靜，所以希望陸北風安排手下鬧它一鬧，把那邊的主管史坦克也拖下水，如果搞走了史坦克，他便有機會調回港島。

陸北風心頭一震，暗道：「豈不等於推我的兄弟出去擋子彈？」他不作聲，直望著玻璃杯裡的啤酒，錯覺黃澄澄的平靜一片像波濤洶湧的海浪。

力克用兩隻指頭咯咯輕敲桌面，跟隨舞台的音樂打著拍子，故作輕鬆地說：「不必擔心，史坦克再過三個月便退休了。但我打聽到他在申請延遲，你那麼一鬧，他便延不了，沒法擋住我的路。日後我回去港島，替你也拿下北角碼頭，由上環到北角的海岸線都是新興社的了，你想運什麼進來便運什麼進來，你想送什麼出去便送什麼出去！Is it a good deal，陸？」

陸北風心動了一下，但也只是一下，然後馬上決定了應該怎麼做。能夠信任力克嗎？開玩笑！看看高明雷的下場便知道了。高明雷替他在九龍城寨鬧事，儘管後來形勢有變，廣州沙面的英國領事館被燒了，力克卻置身事外，完全沒替兄弟善事。人人為他可以，他卻不會為其他的任何人。這筆生意，並非不划算，而是不牢靠。

但也沒必要當場翻臉。陸北風佯裝認真思量，半晌方道：「兄弟的事情就是我的事情，北角碼頭拿不拿下，慢慢再說。先讓我回去佈置一下。」

力克乾笑了兩聲。陸北風想到不如把話題扯開，打算向他探聽那些撈什子「樓花」是否值得投資。這陣子有一家叫做「立信置業公司」蓋樓，平常是全幢蓋妥之後才分間出售，但那公司是在打地基的時候已經開始賣樓，顧客預繳一筆訂金，再每月分期付款，兩三年後樓房落成，便是業主了，而在這以前，樓房業權容許轉讓，房價一旦節節升高，最先下手的買家等於用很少的首期便可以賺取不輕的差價利錢，箇中原理像買下了花朵，雖然尚未結出果子，卻已有機會先嚐甜頭。金牙炳對陸北風提過此事，認為香港地狹人多，房價只會漲、不易跌，應該把新興社賺到的錢盡量轉移到樓房投資上面，亦算是留條後路。陸北風近日正在盤算此事，反正要沒話找話，不如聽聽見多識廣的力克有什麼意見。

豈料他才說了「你怎麼看那些樓花……」幾個字，力克已經揚一揚手掌，示意他可離開，會面到此結束。力克正眼沒看陸北風，只望著酒杯，不耐煩地說：「就這樣了。別讓我等太久。三天，就三天。」

回到家裡，陸北風生了一天一夜的悶氣，把金牙炳召來喝酒，拍桌罵娘的叱喝聲音把陸世文嚇得不敢踏出房門半步，只讓工人送進飯菜。陸北風道：「新興社以前是真金白銀地孝敬他，現在亦是真金白銀地孝敬史坦克，無拖無欠，鬼佬以為我會讓他揮之則來、呼之則去？就算真要北角碼頭，我『十三風』會自己拿下，不必靠他！死鬼佬，冇個好！」

金牙炳唯唯諾諾地附和，卻亦勸他沉下氣，認真想個應對的法子：「鬼佬靠唔住，但越是靠唔住，越要小心。好佬怕爛佬，爛佬怕鬼佬！」

「刁那媽！誰教你這句話？」陸北風忍不住笑。「別長他人志氣，滅自己威風！我們不是隨隨便便的爛佬，我們是新興社的爛佬！」

商量一夜，陸北風提了個主意：找個懂英文的人寫封告密信給史坦克，揭露力克的陰謀，讓鬼佬內哄，鬼打鬼，兩敗俱傷。金牙炳擔心兩個鬼佬會官官相護，到頭來吃虧的依然是新興社。陸北風搖頭擺手道：「不會！史坦克要退休了，肯定不想鬧事，依我看，他會把信交給上峰，讓上峰出手修理力克那仆街。老實說，爛佬怕鬼佬，鬼佬又何嘗不怕爛佬？而且鬼佬之上又有鬼佬。大家都靠大家，也大家都怕大家！船頭驚鬼、船尾驚賊，還混乜撚江湖？」

金牙炳點頭同意，但建議道：「何不乾脆寫信給力克的上峰？」

一言驚醒夢中人，陸北風拍一下自己的後腦勺，決定就這麼辦了，打蛇打七寸，直接向力克的老闆告狀。此事交到金牙炳手上，他找了一位自稱懂英語相熟的代書先生，囑其寫信揭發力克刻意搗亂，掇攛三合會在港島鬧事，吃裡扒外，不是個好東西。豈料代書先生的英文其實只是半桶水，把廿六個英文字母堆砌了半天，最後竟然把力克對史坦克的陷害「陰謀」錯寫成兩人聯手「合謀」，conspiracy 變了 collaboration，意圖給香港 make trouble。金牙炳取過信函，半眼沒看，反正看不懂，馬上遣人輾轉送到警察總部，收件者署名警務處長，香港警隊的最高指揮官。警務處長日理萬機，信函皆先由秘書過目，秘書按例把匿名的投訴信轉給副處長，副處長就是力克和史坦克的直屬上司，早上九點十分看完信，十點鐘已把他們召到辦公桌面前臭罵一頓。

他並不相信信函的胡說八道，但洋警局被人用亂七八糟的英文信告狀已經非常有失體面，他伸手把桌面的文具木盒砰聲掃到地上，怒道：「我叫你們管著那些中國豬，你們竟然被豬反咬一口？英國人如果都像你們，還怎麼管住香港！」

兩人面面相覷。史坦克似被人用麻袋蒙住臉，白白捱了一記悶棍。力克則有一股怒火從心裡燒起，因為他心知肚明是怎麼回事。肯定是陸北風搞的鬼！不僅不幫忙，還敢倒打一耙，好大的膽子！火氣把力克陰森的臉色燃燒得漲紅，像一片三分熟的牛肉。

副處長再咆哮一陣，最後下達指令：「掃平他們！把他們趕下海，掃！一個不留！要讓中國豬知道誰才是香港的老大！是我們警察！是我們英國人！今晚就做，明天早上我要向處長報告！」

指令就是結論了。走出了辦公室，力克按捺住怒火，故作輕鬆地拍一下史坦克的肩膀，道：「其實他說的對，沒理由讓中國佬吃定。反正你要退休了，離開以前顯顯威風，不也是好事嗎？」

史坦克瞟他一眼，跳上汽車返回港島。他明白力克知道自己希望延遲退休，那麼，黑函是不是力克在背後搞的鬼？如果是，黑函又為什麼把力克拖下水呢？他想不透，只是隱隱覺得事情不簡單。可是，簡單也好，複雜也罷，副處長說了算，指令不可能不執行，執行之後再找答案也不晚，反正滅了中國佬的氣焰，假如自己真能留在香港，日後行事亦較方便。跟金牙炳以至所有人一樣，史坦克在亂世裡學懂了把壞事看成好事的本領，世事越是亂，越不可以不懂。

回到辦公室後，史坦克花了二十分鐘撰定名單，寫了又刪，刪了又添，終於列出六個橫行堂口的龍頭姓名，然後命令可靠的手下分頭行事，馬上動手把他們逮捕驅趕。九龍堂口的人先前被趕到台灣，史坦克決定分散目的地，這回改把港島的混蛋押往菲律賓。

當警察砰砰嘭嘭破門闖進房子的時候，陸北風仍在床上抱著女人呼呼大睡，瞬間被五花大綁，黑布蒙頭，強押上警車直往中環卜公碼頭。歷任香港總督依傳統坐船在這裡登岸，然後搭乘馬車前往總督府宣誓就任，在第十五任的梅含理以前，港督搭的是木轎，但梅含理在轎上被華人李漢雄開槍行刺，之後的上任儀式便棄轎從車了。梅含理在一八九八年英國租借新界時是香港的警察總長，元朗居民武裝抗爭，廣東省的三合會眾前來助陣，梅含理領隊鎮壓，戰鬥了六、七天，殺了一些華民，種下仇恨，十三年後他榮升港督，據說李漢雄是新界人，嚥不下先前那口氣，遂來報仇，可惜眼界差、手氣背，子彈只射中轎的木架子，失手就擒，被判處無期徒刑。卜公碼頭船來船往、人進人出，只不過人們不易記得碼頭天空上的血腥氣。

金牙炳趕到陸北風家裡的時候，只見到女傭把陸世文抱在懷裡，蹲在地上雙雙嚎啕大哭。陸世文不斷哭喊：「爸爸……爸爸……他們抓走了我爸爸」

阿冰聞訊趕至，在門外已經聽見陸世文的哭聲，被惹得一陣傷心，站在金牙炳身邊，把臉埋在他臂膀嗚咽飲泣。金牙炳呆若木雞，不斷暗問自己：「會不會是我跟這兄弟八字犯沖？是我命剋他們？南爺突然被炸死，風哥又突然被趕走，到底怎麼回事？」

警輪在海浪裡顛簸了數十小時，六個堂口龍頭在岸上耀武揚威，被困到船艙內卻似六隻病懨懨的老貓，趴著、躺著、蹲著、抱膝坐著，船身一下傾斜向左，一下偏側向右，轟轟隆隆的引擎聲響震耳欲襲，似有一支螺旋槳在所有人的喉嚨不停攪動。「和合和」的跛佬雄臉色慘白得像被放光了血，忽然，嘩嘩吐了一地。穢物的腥臭氣味惹來另一個人的嘔吐，然後，第三個、第四個、第五個。陸北風一直壓住胃裡翻騰，此時再也忍不下去，但肚裡空空，吐得滿嘴苦水，連鼻孔亦被胃汁塞哽住。他一陣惆悵，恍惚間希望這是個夢，然而嘴裡鼻裡的苦澀是如此確切，不可能不是真的，唯有告訴自己，是福不是禍，是禍擋不過，頂硬上吧，頂過便好。他堅信可以，打死他也不相信自己會死在海裡。我是「十三風」啊，鐵打的漢子，福大命大，不會的，絕對不會。陸北風暗暗運勁調節氣息，吁——呼——吁——呼，漸漸覺得理順了呼吸，但過了一陣，腸胃突然反撲，胸口一悶，喉嚨一苦，胃汁重新無休無止地從嘴裡湧出，他眼前一陣昏黑，暈倒過去。

陸北風甦醒的時候，風平浪靜，菲律賓的馬尼拉，碼頭的船笛響號和沸騰人聲迎接他登岸。

岸上是陌生的世界，卻亦是熟悉的世界，因為有唐人街，更因為唐人街有洪門。六位堂主雖是初到的客人，但踏進唐人街，鄉音是親切的，規矩是老舊的，先往洪門致公堂向各方人馬拜碼頭，再由他們領路到中華商會拜會老僑領，接下來的一個星期是一頓連一頓的飲宴款待，主人好奇香港的動靜，客人探究本地的門路，各自扔出一堆問號，你來我往，相互秤斤掂兩。江湖人是鼻子靈敏的野狼，不管身處何埠何城，遠的近的，富的窮的，只要是有華人的所在，總能聞嗅到血腥的可能，然後掌爪發勁一蹬，撲前噬咬。所以主客雙方很快有了攜手發財的默契：馬尼拉需要的，借助六位堂主的香港手下集齊運來；香港需要的，由馬尼拉的洪門幫會張羅運去。黑貨白貨，香菸洋酒，槍砲子彈，百無禁忌，互通有無，關鍵是能夠保證貨源充足、海路暢通。兩個字，就是走私。

說句老實話，六位堂主都不愁錢，各有兄弟陸續從香港匯來美金花用，並未人走茶涼，這點起碼的江湖義氣仍然是有的。然而混江湖不只為了發財，鋌而走險是一種刺激的癮頭，沾上了，不易戒掉。他們坐下商量了一夜，無不喝得臉紅耳熱，一方面重複又重複地回顧舊事，輪番誇大吹噓自己昔日的打殺身世，另方面對於擺在前頭的走私生意感到無比亢奮，爭相認定自己出得上力的地方。最後得出結論：與其各自為政、單打獨鬥，不如聯手在這片新天地闖蕩，江湖日月新，亦是很有意思的挑戰。「潮興義」的師爺貴提了個主意：「一二三四五六，我們六個人，新堂口就叫做『六合堂』，如何？老天爺把我們湊在一起，時也命也，唔擀好浪費老天爺的一番好意。」

陸北風首先拍桌贊成，道：「好名字！中國武術有六合拳，大刀王五和燕子李三都是此道高手，我也練過，可是說來慚愧，練來練去都只是三腳貓。除了六合拳，也有六合掌、六合腿、六合棍，招招攞命！六合，六合，六六大順，六六無窮，如意吉祥，六合堂，好！」其實他心底想著的是粵語的「六」和「陸」同音，「六合堂」便是「陸合堂」，在名號上已經以他為尊，讓他佔盡便宜。

其他人聽陸北風說得頭頭是道，當然沒有不同意的理由。接著便要排輩份分座次了。

六個人當中，論歲數，陸北風只排第二，但新興社掌握了灣仔碼頭和上環三角碼頭，對人貨來往最為有利，所以年紀最長的跛佬雄主動建議陸北風當龍頭老大。陸北風連忙拱手推辭，故作謙虛地說：「在座有誰不是獨當一面的英雄好漢？怎麼可能讓諸位委屈？堂口既然名為『六合』，大家就該不分高低、同心協力。洪門開山老爺子不也有前五祖和後五祖？我們今天六人聯手，呵，還比他們多了一祖，等到打出一番局面，再把『六合堂』帶回香港。總而言之，大家平起平坐，咁高咁大！」

「天義堂」的豉油張豎起大姆指道：「風哥泱泱大度，果然是做大事的人！但既然要做大事，始終要有個穩當的方法。不如這樣，小弟大膽建議，我們對外是『六合堂』，私貨的瓣數全由風哥安排作主，然而對內各有副號，我的叫做『六合天義堂』，師爺貴的叫做『六合潮興義』，跛佬雄的叫做『六合和合和』，餘此推類，各自招兵買馬，養足了勢力，可以搞的便不止於私貨了，否則，只搞一瓣，唔撚過癮啊！」豉油張多年以前是柴灣街頭的醬料販子，後來混幫派，有了自己的堂口，又靠日本仔的庇護壯大了力量，平日橫行霸道，如今忽然被流放到馬尼拉，懋得慌，恨不得馬上打出另一個江山。

豉油張的主意燃點了所有人的雄心，上慣了戰場的人，最擔心的並非戰死沙場而是無仗可打，於是紛紛意氣激昂地附和。陸北風從此成為「六合堂」的大路元帥，其餘五人各為二路統領，亦各有手下。大家又有協議，每當遇上重大難題，陸北風須提出商量，模倣洋人的會議規矩，經由投票決定，少數服從多數。僅花了一年多的時間，「六合堂」已在唐人街打響名號，各個副堂亦跟本地幫會勾結，分別插手黃賭毒，難免掀起陣陣血雨腥風，但總算都站穩陣腳。跛佬雄最倒楣，在一場打鬥裡被轟了兩槍，右前臂失去知覺，既是跛佬雄亦是跛手雄。陸北風是「六合堂」元帥，同時是「六合新興社」龍頭，主要靠軍火買賣發財，他在唐人街仍然被尊稱「風哥」，走到外面，菲律賓人都叫他做 Bagyo，風，從中國吹來的勁風；在馬尼拉美國海軍基地的鬼佬大兵則稱他做 Happy Wind，快樂的風，只要向他開口，他有本領替你找來世界上所有使人快樂的東西。

至於香港的江山，有金牙炳替他全盤打理，問題是，金牙炳，不快樂。

二十五·阿娟

陸北風不在香港了，金牙炳便是新興社的龍頭，堂口為陸北風所開，堂規為陸北風所訂，而且他什麼時候會回來，誰都不知道，所以他說誰做龍頭便誰做龍頭，兄弟們全無異議。金牙炳或許是唯一不同意的人。他從來不想當頭，也不稀罕當頭，因為當頭便要負責任，他嫌累，那是心裡的累，比張羅跑動累上十倍。金牙炳只願聽令行事，被兄弟喊喚「炳哥」已感滿足。

他去了兩趟馬尼拉，第一回是領著陸世文過去讓他們父子團聚，第二回是交代私貨走運的安排細節，每回都被海浪晃得腸嘔胃吐。他怕水，一上船已頭暈。登岸後陸北風派手下安排他找樂子，但在女人的床上，英雄無力難抬頭，掃興得無法原諒自己。在馬尼拉的兩回，他都力勸風哥回港坐鎮，大不了偷渡，先匿藏一陣，待史坦克消氣了，送些美金，天大的結亦可解開。陸北風答應認真考慮，但後來認識了老鬼，卻又加倍認真地決定留下。

老鬼，原名劉天貴，祖籍福建泉州，年輕時做過江湖郎中，兼通占卜命理，自稱師承中州派，尤其拿手紫微斗數。一九五〇年老鬼從福建去了香港，還替杜月笙在上環公館算過命，之後跟同鄉跑船到菲律賓，娶妻定居，卻糊里糊塗上了海洛因的癮，老婆跑了，什麼都荒廢了，窩在唐人街的小客棧裡苟且度日，做清潔工，偶爾也替妓女和房客占卦算命，開開偏方，賺點小錢，但轉身便把錢轉到毒販子手裡。有一回，陸北風夜裡突然全身發熱，上吐下瀉，肚皮鼓漲得像吞了半斤石頭，服藥無效，躺了幾天床，經常夢見死去多時的陸南才，自認命不久矣。

幸好師爺貴說：「我認識一個人懂很多旁門左道，不如死馬當活馬醫，試一試？」

找來了老鬼，老鬼抓一條大蜈蚣和一堆亂七八糟的小蟲扔進碗裡，加些草藥和燒酒，攪扛成血紅濃漿，強迫陸北風咕嚕咕嚕地一口氣喝個精光，陸北風覺得腸胃似被無數利針插刺，痛苦掙扎了幾分鐘，喉頭湧起一股腥氣，嘩一聲張嘴吐了一地，全部是綠色濃液。飄浮在房間裡的臭味使他再吐了幾回，吐空了胃，出來的都是胃液。然後，清醒過來了。

老鬼站在床邊笑道：「以毒攻毒，百毒不侵！」

兩人自此談得投契，某夜老鬼到陸北風家裡閒聊解悶，他央老鬼算命，老鬼在紙上塗塗劃劃，花了半小時開了個紫微命盤。其他相士是一個時辰一個時辰地推，老鬼卻是一分鐘一分鐘地算，終於找到跟陸北風最貼近的生平徵驗，父喪之年，娶妻之年，為父之年，無有不準。老鬼把命盤鋪展桌前，戴起眼鏡湊近研究三方四正的吉凶碰撞，推敲了一陣子，嘖嘖連聲，說此為號令天下的府相朝垣格，破軍、七殺、武曲、太陽皆入廟，主有兵有權，只可惜，擎羊陷，鈴星陷，天哭亦陷，權難持久，位高勢危，而且逢五或七歲數之年易生轉折，尤其在三十七至四十五歲之間，若不以退為進，必招大禍，幸好他從香港被驅離到菲律賓，遠離故地故人，已算是退了。

陸北風暗忖：「逃離廣州那年，我不正是廿五歲？囡囡世韻死於天花那年，我不正是卅五歲？去年被鬼佬趕來菲律賓，我不正是三十有七？看來，確實，是福不是禍，是禍擋不過。」

他問老鬼有沒有化解法子，老鬼道：「老話常說『成大機者速斷，成大功者善藏』，韜光養晦，君子善藏，錯不了。我以前提醒過杜月笙老爺，他偏不聽，但也許是人在江湖，以他的地位，可不是想藏便藏得了。」

陸北風問：「我們是爛仔啊。爛仔也要善藏？」

「君子是人，爛仔就不是人？是人就要替自己負責任。自己的因，自己的果，因果才是最大的命理。我只能就盤論盤，命盤以外的因果，恕我看不透。老弟好自為之。」老鬼說著說著，語調漸轉低沉，忽然打了幾個哆嗦，陸北風明白他犯煙癮了，連忙掏幾張披索塞進他口袋，老鬼來不及道謝已起立溜走，卻又在門外停住腳步，轉身探頭對仍在房裡的陸北風道：「再說一句，一字記之曰『花』，你是土命，多接近花花草草，有吉有利。」

兩人後來再談命論運，陸北風說金牙炳是他的貴人，曾把陸南才的黃金和鈔票還給了他，又在汕頭九妹菜館的貴賓房裡意外救他一命。老鬼探問金牙炳的生辰八字，陸北風打電報向金牙炳要，老鬼後來據之開盤細究，結論是四個字：前貴後敗。人與人的和合沖剋依隨時節而變，像廣東人飲湯，冬天的補湯不宜於夏天喝，秋天的潤湯不合春天喝，金牙炳曾經有旺於陸北風，並不表示會一直旺下去。以盤論盤，金牙炳前十年確對陸北風有逢凶化吉的助力，但到了另一個十年，星移運轉，便不一定了，他的夫妻宮和子女宮被擎羊星和陀羅星沖撞，所謂「擎陀四墓，五勞七傷」，雖然事業宮仍跟陸北風相配，但只宜遠交而不合親近，「離則雙利，合則兩傷」，否則容易霉運。老鬼皺著眉頭道：「風哥，貴友六親緣薄，接下來還有幾道難關要過，過得了，自有後福。」

「過不了呢？」

「過不了便過不了，如人飲水，冷暖自明。」

陸北風知道提錯了問題，改道：「有方法令他過得了？」

老鬼道：「始終是那句老話，行善積德，福有由歸。另外或可沖喜一下。他既是有家室的人，那麼，不妨納門偏房，務求分散擎陀衰星的沖撞力量，化強為弱。」

陸北風搖頭苦笑，說金牙炳的老婆是慓悍的「汕頭九妹」，一旦知道老公納妾，肯定棒打鴛鴦，鬧出人命。

老鬼道：「不納妾就休妻，不休妻就拈花惹草，總而言之要想辦法把擎陀衰星擾亂到頭昏腦脹，牡丹桃李，到處都是他的女人，即使衰星要來沖撞，亦分不清楚到底應該沖哪裡、撞哪裡。」

陸北風朗聲大笑道：「那就好辦！這個傢伙從來沒讓雞巴閒著，我叫他再加把勁就是了！」

這邊廂，金牙炳再度訂妥從香港前赴馬尼拉的船票，出發前一周忽然接到陸北風寄來的信，仍然是口述筆錄，但以前只是簡簡單單的幾句話，這回卻整整寫滿兩頁紙，主要談三件事。首先是交代關於私貨送運的諸種安排，貨種的調整、接收的地點、時間的變動等等。其次是直接轉述老鬼的批算，提醒他萬事小心，尤其得看顧家裡的老少平安，這幾年暫時用書信和電報聯絡，過一段日子再見面，「到時一切都會妥當」。最後說的是一樁喜事：陸北風竟然重遇阿娟並且冰釋前嫌，重新相好，阿娟還替他開拓鮮花批發市場的生意。

阿娟是陸南才在寶華縣河石鎮時討的妻，由飽受父親凌辱的少女變為沉溺床上歡愉的女人，無法自拔，不僅到處勾搭，更跟家翁胡作非為，和小叔也就是陸北風好上以後，一起去了廣州闖蕩江湖，但沒多久她又跟男人跑了，此後十五年，音訊全無，陸北風作夢也沒想過會在馬尼拉美軍營地附近遇見她。原來她在男人和男人之間消耗了青春，有個機緣便跟一個廣東老頭輾轉來到菲律賓，老頭沒多久病歿，她拿著他留下的錢在小巷裡開花店，其實早已風聞來了「Happy Wind」這號人物，但自覺人老珠黃，不敢相認，直到陸北風意外來到花店門前，不管是有緣抑或有孽，千里相會尤其在他鄉，總能使人唏噓，許多事情，好的壞的，皆易由此趁虛而入。

陸北風沒在信裡寫出跟阿娟的那天重遇情景，他不可能對代書先生承認自己哭過。他已經很久很久沒流過半滴眼淚。上一回哭泣，是一九四三年從廣州到香港處理陸南才的遺體，他跪在棺材前面嗚咽道：「哥，放心去吧！我替你活下來，而且活得痛快！」十年前，一個晚上他看見四歲的陸世文在床上酣睡，肉團團的童稚臉容，鼻樑卻已挺拔，像他，也像陸南才，也像祖父，是如假包換的陸家男丁，他忽然想起兩代人的流離命運，悲從中來，幾乎鼻酸下淚。然而他勉力忍住，對在夢鄉沉睡的陸世文說：「你不會像我們，一定不會。我不會讓你會。」而這回在馬尼拉遇見阿娟，前塵往事瞬間湧上心頭，河石鎮、廣州、香港、陸南才、父母親，胸口一陣愴楚，竟然心頭抽緊，眼眶泛起了把自己嚇了一跳的男子淚。

站在阿娟面前，陸北風抬手揉眼遮掩，但，太遲了，阿娟發現了。體態已經發福至近於臃腫的阿娟不明白他為何傷心，只調侃他道：「哎喲，怎麼了？見到我，有這麼開心？可惜我是個胖老太婆了，不然馬上跟你回家，打我踢我也不放手！」

阿娟終究回了陸北風的家，跟二十年前一樣無名無份，然而二十年前沒有半刻有一起走下去的意志，如今，兩人皆年近四十，也都，有了。

讀過了信，金牙炳癱軟身子坐在總堂的藤椅上，把信紙拎在左手不放，右手撥弄旁邊茶几上的算盤，咯咯，咯咯，咯咯咯，算珠隨著手指頭的召喚上晃下跳。咯咯，咯咯，咯咯咯。他多麼渴望生活能夠如此接受擺佈。金牙炳並不介意陸北風囑咐他別去馬尼拉，陸家兩兄弟都在他身邊遭殃，換作是自己，可能也會有所避忌。「夫妻本是同林鳥」，何況只是堂口手足？雖然有情有義，但當面對現實的直接威脅，自有另一番考慮。關鍵是要安排得妥貼，在情義和威脅之間，讓大家各有生路，高明雷之所以出狀況，正因為一翻兩瞪眼，彼此無路可走了，選擇便很明顯。現實是樓房的地樁，情義是亭台樓閣，根基爛了當然什麼都垮塌下來。倒過來想，唯有把樁基打得穩當，始有更多的閒情逸致把樓閣佈置得花枝招展。金牙炳不認為自己無情，他只是清醒，而且年齡越長越清醒，如果到了這齡數仍然自己騙自己，便是非常不長進。

至於陸北風重遇阿娟，金牙炳打由心底替他感到高興。陸南才對金牙炳提過阿娟的事情，但說的不多，不外說阿娟水性楊花，幾乎不放過任何一個身邊的男人，後來跟了陸北風，又跑了，其實陸南才並未跟她正式休離，所以南爺偶爾笑道：「我也是個有老婆的人！」

那是跟陸南才結識不久的年頭，之後金牙炳知道了張迪臣的存在，便從此不再跟他談及男女情事。越知心的兄弟越要迴避一些話題，甚至連想也別去想它，無必要把對方迫到牆角。金牙炳這刻倒好奇阿娟的長相模樣，能有這樣的桃花隨身，連到老去亦有男人走近身邊，她不一定名如其人，相貌未必娟好，但猜想必是個風情萬種的女人，深懂抓住男人的心意。

想著想著，金牙炳忽然輕聲失笑。咦，自己不也一樣？風流遍地，床上不愁女人，說來其實跟阿娟是同一類人。但自己畢竟是男人，是男人便不一樣了。他不必懂得女人心意，更不須用擺弄風情，只要捨得花錢，要多少女人有多少女人。多花點鈔票，得到的是比較養眼的女人；少花點錢，女人醜些，但終究是女人，不見得無法讓他爽快。床上艷事多了，男人頂多被看成「淫」，女人卻是「賤」，淫和賤可有天壤之別。這些年來金牙炳並非沒對女人動過心，但擔心一旦出了亂子，阿冰可非好惹，他向來怕煩，那就算了，偷偷摸摸亦是情趣，反正阿冰早已睜一隻眼、閉一隻眼，在家門以外尋歡作樂，抖完了下身，乾手淨腳，剩下的時間用來應付其他煩心的事情，他認為更划得來。在阿冰身邊，他感覺非常自在，不，應該說是非常實在，不僅閒話家常覺得心寬，連在吵架的時候亦感到渾身是勁，氣完了，便爽了，而那種爽跟在其他女人身上的爽快截然不同。

金牙炳把算盤珠子推上拉下，撩撥得越來越急促，咯咯噠，噠噠咯，像敲著木魚，但手指頭戛然止住，因為一個比喻浮現腦海把他逗笑了：對，老婆是用筷子呼呼呼地扒進嘴裡的白米飯，吃得胃腸充實，如果澆淋幾滴熱豬油更回味無窮，一天半頓不吃飯，胃裡空蕩蕩地難受，渾身乏力。其他女人則像一粒粒地挾起的蝦餃燒賣，固然美味可口，但總不至於從早到晚把蝦餃燒賣當飯吃吧？

想出了這樣的比喻，金牙炳自鳴得意，開心笑了幾聲，手肘支撐著椅柄，拎起算盤高舉在半空裡左右搖晃得嘩嘩沙沙地作響，像戰士凱旋而歸，他自覺擺定了所有女人的位置，心安理得。他瞄一下鐘，傍晚六點半，是回家的時候了，純勝的哮喘病這幾天發作得嚴重，阿冰千叮萬囑要他早回。

二十六・冇仔送終

純勝在病床上躺了兩個星期，打針吃藥，阿冰不眠不休地照顧，早晚到洪聖廟上香祈福，瘦了好幾圈，原先寬厚的腮骨被臉皮牢牢包住，骷髏似的。幸好熬過來了，她慷慨還願，廟裡的人高興得把她看成現世的觀音菩薩。然而過了半年，入冬了，香港這個冬天特別地濕寒，天天飄著雨，許多人誇張地說：「看清況，搞不好會下雪呢！」雪並未降下，然而一個傍晚，純勝從家裡浴室步出，身子一涼，打了個噴嚏，然後不停地咳嗽，哮喘再犯了，一啖濃痰哽在喉嚨，含糊地喊了兩聲「媽！媽！」，阿冰在廚房裡煲湯顧火，沒聽見，走到客廳時看見兒子臉色慘白躺在地面，無知無覺，召來救護車急送往醫院，尚未送到病房已經去了，十二歲。

辦過喪事，金牙炳非常內疚兩年前沒告訴阿冰，陸北風在信裡做過提醒，他的災星移向子女宮，六親緣薄，家族不寧。他是為了不讓阿冰擔心，反正無論是否知道老鬼的批算，憑她的謹慎性格，都會萬事提防。如今出了事，他忍不住暗自回想，如果當初多嘴說一說，能否避開此劫？阿冰面對喪兒之痛，不茶不飯，活得似行屍走肉，金牙炳多僱一個女傭在旁看顧照料，更不敢提半句關於老鬼的批算了。他發電報給陸北風，只寫：「不幸言中。」——他想不到的是，不幸陸續有來。

十五歲的純堅本已無心讀書，弟弟純勝猝逝後，難過心傷，乾脆不上學了，金牙炳安排他到堂口看管的花檔幫忙，他反叛，堅持自食其力，跑到北角的上海理髮鋪做學師仔。八歲的妹妹趙純芳倒勤奮用功，每天搭電車從灣仔到鵝頸橋上下課，成績從來不是第一便是第二，堂口兄弟都恭喜炳哥家裡出了個女狀元。她的志向是日後辦一間專收貧窮子弟的學校，教好每個窮家小孩。學校老師問她為什麼有這想法，她低頭輕聲道：「阿爸成日打人，所以我要救人。」純芳向來憎厭自己是爛仔頭的女兒。

純堅出事於一九六三年。那一年，香港嚴重水荒，水塘僅有一個月的存水量，政府宣佈限水，民居和商鋪全部受管，五月二日開始每天供水四小時，五月十六日改為隔天供水四小時，到了六月，情況嚴峻至每四天供水一次四小時，水來的時候，家家戶戶用上了所有能用的容器，桶子、浴缸、壺、碗、鍋、瓶、杯，每滴水都是甘露。四、五層的唐樓住戶，下層猛開著水龍頭，水壓弱，上層取不了水，唯有推開窗戶，扯開嗓門像是命令、又似央求地呼喊：「樓下閂水喉！樓下閂水喉！」也有時候不得不到街上的公眾水喉前排隊。每逢街喉開放，路上擠滿男女老少，身旁擺滿木桶鐵桶，前胸貼後背地排著長長不見尾巴的隊龍，像盼望天神降臨般守候水龍頭流出的第一滴水。

滴，滴，滴答，滴答，滴滴答，滴滴答，滴滴答答……隊伍最前方的人凝神屏息注視水況，嘴裡唸著：「來了！來了！」背後的人亦跟著喊：「有水了！有水了！」喊嚷像電流般一直往後傳開、擴散、爆裂，有婦人竟然興奮得哭泣，孩子見母親哭，便也哭起來，是歡欣的哀傷，迎接水龍頭嘩啦啦地湧出的街水。

人龍裡有趙純堅和他的打工拍檔，阿倫和阿輝，理髮店耗水量大，老闆派他們每天到街邊提取食水。三個男人扛著六個大水桶，赤裸上身，在夏天的大太陽下焦灼地等待。水來了，所有人高聲喝采，阿倫道：「刁那媽，他日解除制水，我發誓要沖足一天一夜的涼，打撚死都不離開浴室！」

純堅附和道：「一天一夜唔夠！要四日、要五日、要一個禮拜！沖到皮破血流都唔怕！」隊伍開始緩慢移動，眾人不約而同地伸長脖子，用眼神和罵聲催促前方取水的人加快手腳。好不容易排近水喉頭，前面只有四、五個男子，阿倫的肚子突然咚咚作痛，急於往公廁解決，忍不住踏前兩步向其中一人問道：「大佬，人有三急，幫個忙，讓我先，得唔得？」

對方回頭瞪他一眼，用福建口音的廣東話罵道：「死撚開！」然後瞄見他背後的趙純堅，又道：「哦，我認得你，金牙炳的大少爺！別以為新興社大晒！這裡係北角，唔係灣仔！」

趙純堅根本無意插隊，被冤枉了，不服氣，何況福建佬把他跟父親堂口扯上關係，更令他怒火中燒，立即回嘴嘲諷道：「灣仔唔係大晒，但北角細過鼻屎！」

福建壯漢不甘遭受奚落，霍地轉身走向純堅，他個子不高，但肩臂非常粗壯，同樣沒穿上衣，兩團胸肌像兩塊堅硬的花崗石。站在他們中間的阿倫舉起手掌阻止壯漢前行，福建壯漢伸臂格開，掄拳朝前直打，阿倫冷不防中了招，「呀！」聲往後倒去。純堅連忙將他扶住，另一個拍檔阿輝加入戰團，衝前撲向福建壯漢，隨手執起一個鐵桶砸向他的頭，壯漢閃開，桶子掉滾到地上砰然亂響。對方同伴此時亦殺至，亦是三人，三對三，六雙拳頭揮來打去，水桶也是武器，街坊群眾慌張走避，無人理會依然開啟的水龍頭，街水沙沙嘩嘩地噴流，把崎嶇的地面射成小河。

扭打之際，純堅腳底一滑，不小心跌個四腳踉蹌，倒楣鬼，後腦門轟然一聲撞到路旁豎起的一支尖頂石柱，一個被踢起的鐵桶剛好從半空掉到他臉上，把五官密密遮蔽，像殮房裡的蓋屍布。趙純堅沒有醒過來，尚差五個月才滿廿一歲。

阿冰也幾乎醒不過來，往後幾個月在昏昏沉沉中度日，就算偶爾清醒亦呆坐終日。失去一個兒子，好不容易熬過五年多的慘愁日子，再失去一個兒子，禍不單行的打擊像兩條粗重的鐵鍊般把她牢牢鎖在家裡，客廳便是她的牢房。純芳懂事，每天下課趕起作業便坐到床邊陪伴母親，金牙炳亦盡早從堂口回家，木櫃上擱著純堅和純勝的黑白遺照，照前繚繚嬝嬝飄著香火煙霧，另有兩盞冥紅的長明燈，進門便覺得到了靈堂。

一天傍晚金牙炳回到家裡，見純芳抱膝坐在椅上哭泣，問了半天她才說：「我好驚，阿媽傻咗！」

「乜事？她做什麼？」金牙炳瞄一眼緊閉的房門，問道。

「阿媽學狗吠！好細聲，但我好驚！我好驚！我好驚！」純芳把臉埋在手掌裡失聲痛哭，單薄的身子不斷顫抖。金牙炳坐到純芳旁邊，讓她把頭偎到他肩上，眼淚，也滴到他肩上。

待純芳冷靜下來，金牙炳拉開抽屜找出鎖匙，踮著腳走近睡房，咔咯一聲，扭開門把進房，竟然看見阿冰坐在床沿，嘴角掛著詭秘的笑意。昏暗裡，他幾乎不認得阿冰，純勝病逝之後，她老了十年，純堅走後，她再老二十年，蓬亂的蒼白頭髮遮蔽了半張臉，深陷的眼窩似兩個盛滿了淚水的破碗，鋒利的碗沿朝眼裡戮去，隨時刺出兩行鮮血。金牙炳感到不對勁，連忙喚她：「阿冰！阿冰！笑乜？」阿冰似沒聽見，不答理，金牙炳更慌了，威嚇道：「你再這樣，我要送你去醫院！」阿冰聽見了，眼白朝上一翻，收起笑容，倒執起牆角的一把長掃巴朝他頭上如雨掄打，金牙炳抱頭衝出客廳。砰一聲，阿冰關上房門。

金牙炳坐回純芳身旁，見女兒又哭起來，他伸手輕摸她的頭髮，安慰道：「別怕，爸爸在，沒事的，相信爸爸。阿媽是個堅強的人，你以後也要做個堅強的女孩子。」他抬頭望向牆上的兒子遺照，強忍住鼻酸，嘆氣道：「仔呀，是命呀，認吧。」趙家絕後了，金牙炳有朝一日身故，注定「無仔送終」，每回念及此事，他都恨得緊握拳頭，但縱然萬般不甘心，亦唯有認了。他曾經作夢，夢裡，純芳半躺地上，口鼻滲出血水，他萬分難過地低頭端詳著她，轉頭卻見純堅嘻皮笑臉地坐在餐桌旁，阿冰從廚房端來一碗冒著白煙的熱湯，兩母子相視而笑，那一刻，在夢裡，他心頭竟然泛起陣陣幸福的暖意，慶幸死去的是女兒。翌晨回想，金牙炳羞愧得不敢直望純芳半眼。手掌手背都是肉，割哪裡都痛，然而有些肉被割走，不只是痛。

其實金牙炳不知道純芳有什麼理由相信他剛才說的安慰話語，但這不重要，重要的只是阿冰用行動證實了他對純芳的安慰。這個傍晚，在迷迷糊糊、恍恍惚惚裡，阿冰聽見由遠而近的、熟悉的狗吠聲。不，不是平日從巷口傳來的狗吠。現下的吠聲湧自她腦海深處，咆哮，嚎叫，是一聲連一聲的挑釁音調，把阿冰從天昏暗地裡喚醒，她勉強撐起上身坐在床上，告訴自己，來了，終於來了，那是在汕頭和澳門死在她和父親以及母親刀下的狗在耀武揚威——怎麼樣，看到了吧？我們回來了，該還的總得要還，但我們不要你，我們要他們，他們就是你，比你更是你。

阿冰其實一直隱隱有這擔憂，只不過強迫自己不去想，日子過得越順遂，她越感受到過去的鮮血虧欠。世上的屠夫多的是，但其他人有何遭遇和想法，她不管，也管不著，她只相信自己母親說過的話，狗靈必會回來討債，以這樣或那樣的方式。過了這麼些年，這一天果然來臨，萬料不到的是竟然連討兩回。所以她笑。先是苦笑，在痛苦中無奈地接受命運折騰的苦笑。但慢慢地，苦澀裡竟然浮起絲絲的自豪感，彷佛有一片片碎木此起彼落地從海底冒升，飄著，蕩著，無聲無息地霸佔了半個水面。阿冰心裡嘆氣，暗道：「狗靈啊狗靈，你們意志這麼頑強？好的。可是我是阿冰，不見得會輸給你們。你們以為這樣可以把汕頭九妹打垮？休想！我還活著，我要活著，看你們這些畜牲能夠把我怎樣！」她低聲模仿狗吠，吠吠吠，吠吠吠，是對狗靈作出調侃和抗議，沒想到把純芳嚇著，而金牙炳冷不防闖進睡房，恐嚇把她送去醫院，聽進阿冰耳裡代表他要放棄她了，阿冰砰然一聲燒起滿腔怒火，火勢由胸口蔓延到腦袋，激發了熊熊鬥心。揮動在她手裡的那柄掃把，打的既是金牙炳同時是狗靈，她不再擔憂，更不懼怕，遇人殺人，遇佛殺佛，遇狗靈殺狗靈。把金牙炳趕出了房，她再對空氣吠了幾聲，是對狗靈說：「你們敢動純芳一根毛髮，看我不把灣仔的狗全部碎屍萬段！」

阿冰決定活下來，並且要生龍活虎，她要親眼見到純芳長大，要替純芳找個好歸宿，其他的統統不重要。她問金牙炳：「你冇仔送終了，點算？」金牙炳心裡似被撞了一下，但見阿冰好不容易恢復精神元氣，不忍讓她傷心，只好故作輕鬆地說：「冇咪冇囉！有仔送終要死，冇仔送終亦是死，雙眼一閉，人死如燈滅，知道個屁！」然後又調侃說：「不如我們再生一個？」

阿冰瞪他一眼，欲擒故縱地罵道：「要生，你搵其他女人生！」她比金牙炳年長一歲，快四十八了，去年開始停經，生孩子只能是下輩子的事情了。金牙炳可不清楚她的狀況，兩人已經好幾年沒有魚水之歡，但在床上同被共寢，仍然有說不出的親密。何況金牙炳確實跟阿冰無話不談，除了外邊的女人。阿冰是他的妻、他的友，似他的上半身。但下半身也不屬於其他女人。下半身像算盤的木珠，只歸自己控制，征服，駕馭，勝利，非常地單純，玩歸玩，不至於出現不可預料的混亂。

跟其他女人生孩子？金牙炳沒接阿冰這句話，腦海卻冒起一幅可怕的畫面：阿冰握刀在後頭追趕，他和一個女人在前頭奔跑，女人的手裡抱著嘩嘩啼哭的嬰兒，阿冰快要追上，走頭無路，他和女人被迫跪下求饒。金牙炳太了解阿冰了，她可以故作不知地讓他拈花惹草，頂多只是妒忌，然而一旦在外留根，尤其如果留下的是傳宗接代的兒子，妒忌即變仇恨，汕頭九妹可吃不下這個虧。他自己也不希望搗亂眼前秩序。何必呢？已經是新興社的龍頭了，陰錯陽差地完成了阿冰要他爭氣的渴望，又經歷了兩回喪子之痛，再不一切看淡，便是自尋煩惱。金牙炳的最大心願是等待陸北風重回香港，讓他交卸堂口的擔子，重新專心做個老老實實的生意人，「上岸」了，一家三口平安度日便是福氣。純勝去世後，他自覺老了十年，純堅遭不幸，他再老十年。不僅心態老，體能亦大不如前，儘管仍常到妓寨和歌廳尋歡作樂，卻只像抽菸喝酒和撩撥算盤，是改不掉的老習慣。會改的，會改的，他自己知道，會改的，但順其自然吧，這一天不會不來。

見金牙炳半晌沒言語，阿冰開始擔心了，狠道：「醜話說在前頭——如果你在外面另外有家，我會親手替你送終！」

這句話說得殺氣騰騰，金牙炳心膽俱裂，急忙搖頭道：「放心，不會！放心，放心！」阿冰見他氣急敗壞，忍不住抿嘴笑道：「你也可以放心。我答應你，我不會比你先死，我要留著命，只要你不是死在其他女人的床上，我也會親手替你送終。我會替你風光大葬。你答應過一起下地獄，但是我不想去地獄了。要去，一起去西天極樂世界！」

二十七・龍頭鳳尾碧雲天

阿冰做回了阿冰，似有用不完的精力，三下五除二地安排了所有想安排的事情。先是搬了家，在汕頭街找了個三樓的租宅單位，她說感覺像回到了老家。又在星街的伯公壇旁後山佈置弄了個「四方犬靈」碑墓，花錢請道士打醮兩天兩夜，她站在墓前上香合什，喃喃稟道：「從今而後，春秋二祭不會欠缺，該還的都會還給你們。冤有頭，債有主，你們別來碰我純芳。」從伯公壇回家的晚上，她對金牙炳說決定守長齋，而且要到莊士敦道開設鴛鴦樓分館，但只賣齋菜。金牙炳感到突然，可是才「咦？」了一聲，阿冰已經抬高嗓門道：「咦什麼咦！我是替你們積陰德！你們不用守齋，我守便可，所有罪孽由我一人承擔，你只需要掏錢！」

金牙炳連忙安撫道：「一定支持、一定支持！你不是說我們是鴛鴦同命？有你就有我，有我就有你！我和純芳也吃齋，但要慢慢來、慢慢來。我們初一十五戒肉，過時過節也戒肉，好不好？」

阿冰道：「你們可以慢，我卻慢不得！」

金牙炳其實也在盡力配合阿冰。他到診所拔掉金牙，鑲了一隻平整的瓷牙，醫生說是英國的舶來貨，他希望換牙齒就是變運氣。不是金牙炳了，牙也不哨了，但大家一時改不了口，仍然喚他哨牙炳。更重要的是他盡量把堂口事務交給手下處理，自己集中精神管賬。

他有幾個得力助手，拳腳硬朗的刀疤德、好勇鬥狠的大隻良、詭計多端的鬼手添、嘴甜舌滑的花王二，兵馬船運談判，各司其職，哨牙炳只要管住糧草明細以及跟菲律賓那邊的對應，日子過得其實不算忙碌。他發過不少電報問陸北風何時回港，風哥的回覆卻跟他對阿冰的說法一樣：慢慢來、慢慢來。原來阿娟甚具經營手腕，幾年間替陸北風在馬尼拉美軍營區一帶開了十間八間店鋪，賣花、賣煙，賣女人，賣黑貨，無所不賣，「六合堂」拆夥已久，堂主們各有各的江山門路，用回自己原先的堂口招牌，各自發財，「六合」二字歸陸北風所有，他把堂口喚作「六合新興社」，招了不少嘍囉，華人和土人皆有，算是灣仔的新興社在海外開枝散葉。生意做得順遂，陸世文亦已入讀馬尼拉大學的商學院，交了女朋友，陸北風計劃過幾年幫助他成家立業，之後再作回港的打算，但也不一定要走，反正適應了這裡，走不走都無所謂。

陸北風驚訝於自己的心境變化，坐在大房子的大陽台上，眺望山山水水，無盡的綠和無窮的藍，看多了，放鬆下來，竟然漸覺懶怠。小時候在河石鎮亦與山水為伍，但那是青春年少，外頭的世界不向他招手，他亦急不及待奔跑過去，江湖闖蕩二、三十年，出生入死，早已忘掉「累」字怎麼寫。但是這兩年經常覺得精神困乏，有一回手下報告堂口雜事，聽著聽著，一陣涼風從窗外吹拂過來，他的眼皮竟然說闔上就闔上，還睡得鼻鼾連聲，也不知道到底是心累抑或身累。如果老鬼在就好了，可以找他批算一下，是否應該江湖引退，可惜老鬼三年前斷氣於唐人街的路邊垃圾槽旁，滿嘴泡沫，據說因為抽了師爺貴那邊賣的劣質土貨。他本想找師爺貴算賬，但記得老鬼說過自批陽壽不長，看來是命，就算不死於這樣亦會死於那樣，於是作罷。

沒有老鬼指點迷津，卻有洋醫生；老鬼用的是紙和筆，洋醫生用的是針和藥。一天早上醒來，陸北風伸個懶腰，打算翻身下床，豈料雙腿不受使喚，右腿尚可微微挪動，左腿則像一支沉重的木棍，半分動彈不得。他慌張高喊：「娟！我的腿！娟！我的腿！」阿娟倒鎮定，囑他躺著別動，並連忙喚來一個大鬍子美國醫生，可是洋醫生才剛踏進家門，他的腿已經恢復知覺，一骨碌下了床。陸北風對大鬍子醫生擺一擺手，說：「不用麻煩了，沒事了。」阿娟連勸帶罵道：「來都來了，讓醫生摸一摸，會死嗎？」

大鬍子醫生擺著椅子坐在床邊，從牛皮手提包裡翻出各式各樣的冷冰冰的檢查工具，從額頭到眼睛到舌頭到手到腳，幾乎把他全身審查了一遍，又用針筒抽了血，最後皺眉道：「我判斷是高血壓、高糖尿和高膽固醇，中年人常見，沒什麼大不了。你的睡姿不妥，壓麻了小腿神經，如此而已。這裡有三包藥，你先早晚各服三粒，但要吃飽了飯才用，有了驗血結果再說其他。這幾天必須盡量休息，保持情緒冷靜，不然血管爆裂，一輩子躺床！」

阿娟在旁聽見，喃喃道：「糖尿？尿裡面有糖？那麼噴出來的東西豈不都是甜的？怪不得……」

陸北風睨她一眼，她卻仍說下去：「是真的啊，那天我吞下去的時候……」

「說夠了未?!」陸北風把她喝住，她愣一下，滿臉不服氣地閉嘴。

驗血報告後來確認了大鬍子醫生所言不虛，陸北風從此每天早午晚要跟一堆紅紅藍藍的小藥丸打交道。他非常不服氣，對阿娟發牢騷道：「老子練過鐵布衫啊！一身好武功，鐵打的體魄，怎麼落得如此下場?!」說得激動，揮掌把床邊桌上的藥丸全部掃落，阿娟趨前蹲下撿拾，突然抬臂緊緊捏住他的褲襠不放，笑道：「唔緊要！留得青山在，只要保住你的小鐵人金剛不壞，多吃幾粒藥丸有屁關係！」

陸北風回港無期，哨牙炳唯有繼續管住堂口事務，卻亦開始思量到了適當時間該把龍頭棍交到哪個兄弟的手上。他向陸北風要過指示，陸北風卻說由他作主，唯一要求是到了交棒之日，哨牙炳須把賬目理個清楚明白，堂口的歸堂口，其餘部分便該依據昔日約定分配，哨牙炳佔兩成半，陸北風要七成半。這點其實不勞陸北風操心，哨牙炳向來數目分明，不貪心，公道是第一要義，對南爺是這樣，對風哥也是這樣。他這輩子唯一的手腳不乾淨，是從陸南才留下的箱子裡取走了五支金條，但他覺得那只是借，將來拆夥分賬，該還的他都會還給風哥。

新興社的老巢在灣仔，分堂在三角碼頭，史坦克早已退休，接任的鬼佬華萊士只要有花不完的黑錢，樂意任由香港島的總華探長呂樂呼風喚雨。力克仍然管住九龍和新界，手下是藍剛，力克偶爾在港島遇見哨牙炳，不忘語帶挑釁地問：「你們的風哥什麼時候回來？香港風大，如果回來了，提醒他別又被吹進維多利港！」哨牙炳不願得罪他，嘻皮笑臉地說：「風哥不想念香港，只想念力克警官！他每回都在信裡託我向警官問好呢！」

堂口以外沒有太多事情需要煩心，堂口以內的人事反而要謹慎應對。敢情是手下看出了哨牙炳意興闌珊，新興社的龍頭大位早晚得交出，於是難免有暗潮洶湧的爭奪，幾個兄弟分頭招攏人馬，擁兵自重，更常因小事藉故磨擦較量。哨牙炳不斷提醒他們以和為貴，他們無不答應，卻是說歸說、做歸做，三不五時互打小報告。但是幾乎鬧出人命的一回倒只跟女人有關，江湖是英雄地，英雄若有死穴，向來是女人的事情。事緣刀疤德睡了大隻良的老婆，紙包不住火，兩個猛將在堂口扭打搏鬥，事情鬧大了，哨牙炳對跪在地上的刀疤德斥責道：「此乃洪門大忌，三刀六眼，家法難容。連我這麼鹹濕也不會碰兄弟的女人！」

刀疤德被罰捱棍，由戴綠帽的大隻良親手執家法，啪！啪！啪啪啪啪啪啪！刀疤德的背脊皮開肉爛，問題是皮開肉爛卻仍無法終結心中怨仇，過了三、四天，大隻良餘恨未消，認為哨牙炳處事不公、有所偏袒，越想越心懷忿恨，索性要求破門脫幫。他到總堂找哨牙炳，主動交出三千六百六十六元「過底費」，並用一把小刀自割左前臂三下，湧出了三行鮮血。大隻良又吓嗵一聲，雙膝跪下，口誦「大底詩」：「龍頭鳳尾碧雲天，一撮心香師祖前，當年結義金蘭日，紅花亭上我行先。」這首詩，入社時唸是結為手足、恩深義重；離社的時候念是分道揚鑣、恩盡義絕。

哨牙炳無奈嘆氣道：「唉，何必呢？」

大隻良從此不再是新興社的人，未幾轉投北角的合義堂門下，擔任「草鞋」崗位。人雖走，仇仍存，半年之後，大隻良派手下把已經離休的老婆強拉到後巷「輪大米」，七個兄弟輪流上，自己坐在旁邊喝酒吃肉。又過了幾天，一個夜裡，大隻良收到消息，刀疤德在大王東街的「操記粥麵店」吃夜宵，他親領五個手下埋伏門外，等了一陣，果然見到刀疤德剔著牙走到街上，身旁也有哨牙炳和鬼手添。大隻良略為猶豫，可是既然來了，不想回頭了，他大喝一聲，其他兄弟衝前糾纏鬼手添，他則揮刀猛斫刀疤德，刀疤德身中多刀，應聲倒地。哨牙炳發現是大隻良，厲聲道：「仆街！阿忠，你係咪黐撚咗線！」

大隻良殺紅了眼，轉身撲向他，染血的刀刃高舉半空，道：「你那天唔斬佢，我今天代你執家法！你包庇手下，我也替遠在天邊的風哥執你家法！」

哨牙炳閃躲不及，右肩吃了兩刀，忍痛一路狂奔，終於在「蛇王芬」店門前不支蹲下。大隻良窮追至，手起刀落，刀尖直抵哨牙炳的胸口，哨牙炳渾身顫抖，竟然噙淚求饒：「唔好呀！我錯！是我錯！」。

大隻良不屑地朗聲笑道：「無膽匪類！你無撚資格做大佬！」

大隻良終究放生了哨牙炳，警察來了，救護車來了，哨牙炳被送進養和醫院，躺了一個星期，以寡敵眾的鬼手添則毫髮無損。阿冰悉心照顧哨牙炳，養和醫院旁邊是跑馬地，一個午後，她俯下半個身子在床沿不知不覺地睡去，忘了關窗，未幾即被外面的人聲吵醒，那是賭徒們的喧嘩歡騰，有著最忘形的狂喜與狂悲。因為睡得沉，醒得特別猛烈，腦袋昏沉沉似被敲了幾下，大白天的陽光直射進來，刺眼戳目，恍惚之間不知道身處何方何地，以及何時，只知道跟窗外好似是徹徹底底的兩個世界，一分為二，弄不清楚哪邊是陽界哪邊是陰間。她揉一下太陽穴，定一定神，然後伸手到被褥下面觸碰到哨牙炳的手掌，暖烘烘的，有肉有骨有皮膚毛髮，是的，他在了，結結實實的在的感覺，像船找到了舵，阿冰的心立即沉靜。

結婚二十多年，夫是夫，妻是妻，生兒育女，起跌患難，按道理沒有比這更實在，但，不，這一刻卻是前所未有地沉實，彷彿先前的一切都只是粵劇的六國大封相，只為提振觀眾精神，讓他們看完一輪熱鬧，更能靜心領會才子佳人的悲歡離合。自己的老公並非才子，自己當然也不是佳人，阿冰不是沒有自知之明，但是誰說只有才子佳人始配有戲？她是不會服氣的。只要是人便有戲，問題是要跟誰有戲，以及演給誰看。她要做自己的花旦，更要做自己的觀眾，所以她牢牢握緊哨牙炳手，彷彿稍微鬆開他便會消失。她不會放開他的，當年在澳門她願意為他冒險跳海，今天如果可以，她亦願意替他捱刀，一刀，兩刀，十刀，廿刀，無所謂的，她都可以，她都心甘情願。

哨牙炳亦從熟睡裡轉醒，感覺到阿冰的手，「嗯」了一聲，想說話，卻因喉舌乾涸發不出聲音。阿冰連忙遞過白開水，他呷了幾口，說：「唔該。」阿冰望著他，明白他後面仍然有話。果然，哨牙炳再清一下喉嚨，道：「對唔住，我對你唔住。」

阿冰不明所以地問：「對唔住什麼？你傻咗？」

哨牙炳皺一下眉頭，道：「我都唔知道。只係覺得對你唔住。」

阿冰嗔道：「你成日亂搞，當然對我唔住！」

哨牙炳語塞。愧疚，是因為自己一直亂搞？因為自己身為龍頭，竟然跪在地上求饒？因為自己幾乎被亂刀斫死，遺下阿冰和純芳？一時之間他分辨不清，恐怕是，這都是。

兩人沉默半晌，阿冰再開口說：「如果你真的突然走了，才真係對我唔住。你千祈唔可以走。答應我，你不可以先走。」

哨牙炳笑道：「你先前不是說過我要比你先死嗎？怎麼又反悔了？我讓你先死，誰替我送終？」

阿冰在他大腿上輕捶一拳，道：「誰都別死！我們要一起活！唉，不說了，不說這個了。我去給你泡杯蔘茶。」卿卿我我，連自己也覺得肉麻，她站起身走出病房。

望向她的背影，哨牙炳忽然記起在洋片裡聽過的 love，中文就是「愛」了，他從未講過這個字，更不會想去講，充其量只在相親和新婚的日子裡說過「鍾意」，鍾意就是喜歡，喜歡就是愛。但此刻又覺得不是，不是鍾意也不是喜歡，就只是愛。愛，愛，他愛阿冰，心底湧起強烈的願望把這個字說出來，第一次，或許也是最後一次。但是，來不及了，阿冰已經離開了房間，待她端著茶杯回來，他已經不好意思說。吊扇在天花板上旋轉搖晃，吱嘎——吱嘎——吱嘎，彷彿已經代他說了那個說不出口的字詞。

二十八・確實，真的是老了

往後兩年的日子過得有點怪異，阿冰經常感到頭暈，胸口滯悶，極容易受驚。去看醫生，醫生說是「神經衰弱」。她問：「那就是神經病囉，跟我阿兄一樣？」醫生笑道：「不至於。可能只是……」他頓住了，不想提及她的喪子悲痛，改口道：「只是天氣悶熱，高血壓，畢竟有了些年紀。」阿冰黯然道：「確實，老了，真的是老了。」

醫生給她開了安眠藥，囑咐她多休息。她同時去看中醫，早晚灌一碗黑濃似墨的苦澀藥湯，喝得感覺連眼白亦變灰色。兩間鴛鴦樓的生意交給好姐妹打理，阿冰可以放心，只是偶爾到店裡張望，查一查賬本，然後歸家。家門內的時間彷彿凝固，照顧純芳，禮佛誦經，守候阿炳回家晚飯，兩人幾乎從來不談外邊的世界，只在客廳陪伴純芳，一起聽她說學校的事情，中學四年級，一心一意期盼考得上大學，老牌的香港大學或兩年前成立的中文大學，都好。考得上便是中狀元了，女狀元，其實比男狀元更難能可貴。把外頭訊息帶給阿冰的是收音機和新聞紙，它們告訴她，外邊世界的腳步用難以理解的忙亂速度往前衝刺，似乎有個確定的方向，唯有她不知道方向。內地試爆了原子彈，卻亦有更多的人捱不了飢餓，一批又一批地逃來香港。香港街頭有了更多的難民，卻亦有了更多的工廠、更多的生意，八、九層的樓房一幢一幢地建起，連小市民都在討論一種叫做股票的東西，說可以很快賺個盆滿砵滿，一九六五年又出現了一種叫做「股災」的事情，有人虧盡財產上吊自殺。

她不懂什麼是「股災」，猜想既然稱為「災」，自可跟旱災、水災、風災一樣能夠置人於死地，所以也不為怪。真正令她寢食不安的是股災那年七月，收音機說一名貿易公司老闆被謀殺分屍，放進八個塑膠袋，再塞於樟木箱，事發現場就在距離她家不遠的駱克道怡華大廈。聽見新聞的時候，她胸口抽緊，當天夜裡夢見有一把利刀在雙乳上狠狠地切、割、剮，她覺得身體一寸寸地灰飛煙滅，在世界裡不再佔有任何空間，是哨牙炳的嚎哭把她召喚回來。但是在夢中動手分屍的竟然是她自己，她握刀把左腿斫斷，然後是右腿，再然後是左臂，最後朝脖子抹上一刀，鮮血如柱嘩沙沙地噴濺。她驚醒過來，一顆心砰砰跳動連自己亦聽得見聲音，在床上坐直身子，看哨牙炳躺在旁邊睡得唏哩呼嚕，心情漸漸平復，瞄一下床頭櫃上的鐘，半夜四點廿八分，她渴望永遠不會天明。

時局繼續以阿冰不理解的方式亂下去，一九六六年天星碼頭加價五分錢，一個名叫蘇守忠的廿九歲的年輕人絕食抗議，支持者湧來，引發了街頭暴動。澳門那邊也烽煙四起，氹仔的市政府人員阻攔興建學校，學生和工人到總督府門前朗讀《毛語錄》，警察開槍，死了人，示威一發不可收拾，葡萄牙鬼鎮壓不住，大家都說澳門已經是「半個解放區」。

隔了一年，香港鬧得更厲害，渣華郵船、南豐紗廠、的士公司、青洲英泥廠、新蒲崗人造花廠等先後罷工，警察越抓人，左仔越瘋狂，組成「港九各業工人反對港英迫害鬥爭委員會」，路上到處是炸彈，無辜市民陸續死傷。街頭巷尾更貼滿大字報，「港英武裝鎮壓造成的血債我們一定要償還」、「偉大的中國人民是不可侮的」、「毛澤東思想戰無不勝」，白紙紅漆，殺氣騰天。廣州和深圳亦有集會支持，紅衛兵代表宣讀聲明：「我們早已嚴陣以待，只要祖國一聲令下，便開往前線消滅一切敵人。如果港英繼續無視我國人民，繼續一意孤行，只要我們紅司令毛主席發個命令，我們立即行動起來，造你們的反！」每天聽著新聞廣播，阿冰膽戰心驚，年紀大了，膽子小了，惶惶終日彷彿大禍臨頭，早上望著純芳出門上學的背影，總在疑心這已是最後一見。於是報紙不讀、廣播不聽，以為只要自己不顧世界，世界便亦不會前來侵犯。

鬧到七、八月，沙頭角的洋警跟中國民兵衝突槍戰，各有死傷，坊間盛傳紅衛兵已在深圳邊境集結，背後有廣州司令員黃永勝撐腰，任何時刻都有可能南下香港。有一天在龍門酒樓飲早茶，鬼手添邊啃咬鳳爪，邊問哨牙炳：「炳哥，大陸兵如果打來，你估英國鬼守唔守得住？」

哨牙炳想起一九四一年日本仔進攻香港前夕，他亦曾在現下坐著的龍門酒樓內向陸南才提出相同的問題，南爺當時氣定神閒地說：「是鳩但啦！守得住，我們是堂口的人；守不住，我們也是堂口的人。不管誰來當家，堂口的人，最緊要係認得誰是堂口大佬。」於是他有樣學樣，把這幾句對今天的鬼手添複述一遍，也指明是「祖師爺」陸南才留下的遺訓。鬼手添「呸！」一聲吐出一截雞腳骨頭，道：「話雖如此，但英國鬼和日本仔賣堂口的賬，共產黨卻不理會什麼堂口不堂口呀！新聞紙不是說青幫老大黃金榮也要在上海掃街嗎？如果共產黨容得了幫會，杜老闆又怎會逃來香港，最後死在香港？」

哨牙炳無法回答，他不懂，他只懂管賬。這幾年陰錯陽差地當上龍頭，許許多多事情都是問了親信兄弟的意見才作主張，他們的意見就是他的主張，也許時運好，沒出過什麼大差錯。幾乎是唯一一次的自作決定，他只給刀疤德捱棍而不見血，結果惹出了大麻煩。哨牙炳定睛望住滔滔不絕地議論時局的鬼手添，沒認真細聽，只在心裡暗想：「罷了，不如讓這傢伙去管新興社算了，老子樂得逍遙過好日子。」然而腦海又忽然想起花王二，左右為難，終究有必要仔細鋪排。

花王二名叫黃二，長得高大，頭腦動得快，中學畢業後在洋行做信差，一九六一年加入新興社，負責向灣仔的花檔強索保護費。當時有個順德佬「花王昌」壟斷了鮮花批發生意，有一回跟筲箕灣「和聯興」的獨眼龍在門酒時生起衝突，吃了拳頭的虧，黃二在事後施妙計替他出了氣。黃二的父親黃豫山是一九三七年從山東應聘到香港的「魯警」，雖已不在人世，但黃二透過長輩打聽到獨眼龍跟一個警長曾有嫌隙，於是建議花王昌掏錢買通小報記者，不斷發放新聞影射該警長貪瀆和嫖娼，字裡行間，暗示消息來源於筲箕灣某堂口大佬。警長當然質問獨眼龍，他否認其事，樑子結得更深，黃二在這節骨眼上帶兄弟在筲箕灣路邊侮辱警長的家眷婦孺，警長怒不可遏，把所有的賬算到獨眼龍頭上，找個罪名抓他到牢房關了三個月。

立了功，精明的黃二得到花王昌賞識提攜，兩三年後，花王昌老病引退，願意把批發生意轉賣給他，他跟哨牙炳商量，由新興社出資，佔股七成半，其餘的歸他。黃二，從此變成「花王二」，灣仔由大佛口到鵝頸橋的一百二十七個花檔都要從他手裡進貨。曾經有人問黃二為什麼不走父親的當差老路，黃二笑道：「都只係搵食！不穿制服始終比較放肆！」別人以為純屬戲言，唯有他自己知道，是真的。黃二自小受到父親嚴厲管教，卻亦知道父親收規索賄，心裡痛恨他是個偽君子。長大後，黃二看見警察制服便感討厭，父親心臟病猝逝後，他索性步入黑途，越是能讓父親在陰司地府裡嘔氣的事情，他越做得高興。

花王二與鬼手添話不投契，說起來，其實是隔代積怨。

鬼手添，原名傅邵添，父親傅德興昔年在北角路邊開賭，人稱「賭鬼添」，曾因規費的數目爭拗，被黃豫山抓到警局打至臉青鼻腫。事情解決後，傅德興帶同兒子遷居灣仔，齊拜在陸南才門下，替孫興社打理賭館。傅德興和黃豫山先後去世，上一代的怨恨卻燃燒到下一代，傅邵添是新興社的二把手，處處留難黃二，但到底壓不住對方冒升。黃二跟妓寨的雞佬成最談得來，鬼手添則跟白粉攤的潮州仔走得近，潮州仔多番要求黃二在花檔兼賣黑貨，他堅持拒絕，難免成為鬼手添和潮州仔共同敵人。

傅邵添自小跟在父親身邊，學懂十八般賭博武藝，有「鬼手」之名只因懂得偷牌換牌，廣東麻雀十三隻牌，他左藏右夾，能夠打「十六隻」，比別人整整多了三隻牌，豈能不贏；推牌九，只要由他搓牌疊牌，再由他擲骰，便可要給誰九點給誰九點，讓誰拿至尊誰便拿到至尊。新興社的賭檔都歸他管，賭檔內抓到出老千的賭仔，帶到摩理臣山邊，用石頭敲手指，初犯者敲左手，重犯者兩手齊敲，若敢再來，便不客氣了，山邊有個小樹林，林內有個水坑，街坊稱之為「賭鬼坑」，不知道埋了多少賭仔屍骨。

但有人是個例外，而且是個女人。曾有個名叫方小露的女人在麻雀桌上動了手腳，被抓到了，毒打一頓，三天後竟敢回來故技重施，再被打，這回她發狠躺在地上，雙腿張開，高喊道：「打吧！打死我！想怎麼打就怎麼打！」鬼手添罵道：「今天不打死你這八婆，老子不姓傅！」說畢往她的下體連踩幾腳。豈料方小露不僅沒哭半聲，反而發出像拉得荒腔走板的二胡的尖寒笑聲，道：「踢吧！我老公短命死了，沒留半毛錢，卻把骨肉留在我肚裡，我也不想做人了，乾脆把我母子倆一起打死！」

鬼手添的右腳頓時停在半空。方小露的肚皮奇蹟地保住了，後來更當了他的妾侍。鬼手添喜歡慓悍的女人，反正妻子連鹹蛋也生不出半粒，取得她的同意，他把小露和孩子帶在身邊，是男孩，取名傅十三，期望他長大後日日吃糊十三么。之後方小露再生一男一女，男的取名傅一色，女的取名傅四喜，都是麻將桌上的大好牌，前者吃胡「清一色」，後者吃胡「大四喜」，大吉大利，賭運暢隆。至於小露，下體被踢之後竟仍能保下胎兒，大家戲稱她做「金閪露露」，她是知道的，也不以為忤，江湖有江湖的名號規矩，箇中總是喜意多而惡意少，往往比本名更具生趣。

花王二和鬼手添有心結，哨牙炳並非全不知情，他最擔心的是花王二被迫走，再無可靠的人幫忙管理堂口的正行生意。他堅持堂口必須有黑有白，黑是進攻，白是防守，正行生意是在黃賭毒以外的後路，說不定到了某年某月，會變成唯一的活路，有必要守住。花王二精明幹練，萬一他不在，自己便得操勞，萬萬不可讓此事發生。

所以他三番四次提醒鬼手添，陸南才初創孫興社時曾領過黃豫山的庇護人情，新興社創立之後，黃豫山同樣有過幫忙，做人不該忘恩負義，不可以待薄他的兒子。另一方面，哨牙炳不斷叮嚀精明幹練的花王二，行走江湖必須時刻懷著兩個錦囊，首先是團結忠誠，兄弟齊心，其利斷金，所謂「義氣」，其實是對自己的最大保護。其次是與人為善，昨天不如你的朋友，難保明天不會比你優勝，所以能幫忙便幫忙，可以扶持便扶持，多一個朋友多一個窗戶，多一個敵人是多一道高牆。

這是老生常談了，即使哨牙炳不講，花王二也懂得，他唯唯諾諾地說「多謝炳哥塞錢入我口袋」，心裡卻暗暗給了自己第三個錦囊：忍耐。你鬼手添現下走運，老子不跟你硬碰，但人有三衰六旺，終有一日你個契弟會跪著向我求饒。我老爸曾經吃定你老爸，我也必有機會吃定你。

花王二能夠忍耐，鬼手添卻越來越不耐煩。陸北風遲遲不回香港，哨牙炳主要跟他對應私貨的送運，潮州仔管白粉，雞佬成管雞竇，黃二打理花檔花店和其他正行生意，賭館則在鬼手添手裡，他亦是二路元帥，一旦有了糾紛，兵馬糧草皆由他調動。可是他不滿足。論輩份，除了哨牙炳，以他的資歷最深遠，由孫興社到新興社都有他的一份拳頭功勞，由南爺到風哥都有他在旁邊幫忙。論搵銀，他的賭館替堂口賺進了大把大把的鈔票，潮州仔旗下的粉攤也聽令於他，在他的謀劃裡，新興社應該跟油麻地細眼超和荃灣鶴佬德合作，三堂結盟，打通新界九龍港島，人貨兩旺，暢通無阻，只要把呂樂和藍剛兩個總華探長打點妥當，想窮都幾難。哨牙炳眼中的亂世正是鬼手添眼裡的盛世。他並非不服炳哥，但炳哥從陸北風手裡接過新興社以來，行事溫吞，長此下去很容易被其他堂口蠶食。九年了，既然陸北風回港遙遙無期，乾脆換個龍頭亦是天經地義，而且，要換便得快，一旦讓黃二坐大，便壓不住了。

鬼手添對哨牙炳提過幾回結盟想法，哨牙炳一味搖頭道：「再說，再說。我問過風哥了，風哥未有表示。」其實他說謊，年近半百了，他只想「落雨收柴」，保住堂口的老本便算了，再無精力和興趣開山劈石，所以一直未向陸北風談及此事。

鬼手添終於沉不住氣，一天下午坐在堂口樓下冰室，他再向哨牙炳探問陸北風的意向，哨牙炳的答案仍是意料中的「風哥未有表示」，鬼水添單刀直入地說：「不如我去馬尼拉跑一趟，親自跟風哥講一講？這樣或許比較清楚……」

哨牙炳打斷他，擱下端在手裡的熱鴛鴦[2]，拍桌瞪眼道：「添仔，什麼意思？你嫌炳哥唔識做嘢？你想做埋炳哥的份？」

「唔係！我點敢？」鬼手添連忙解釋。「所謂一人計短、二人計長，我只不過想幫幫口。其實如果炳哥自己拍板說做就做，咁就一天光晒，誰都不用去了。那個鬼山旯旮地方，山長水遠，誰要去呀。」

鬼手添多說多錯，哨牙炳更惱怒了，說：「你嫌炳哥作不了主？咁不如你來作主，你添仔說了算，好不好？炳哥聽你的！新興社幾百個兄弟都聽你的！」

被嗆得灰頭土臉，鬼手添乾脆把話攤開來說：「我正是為了新興社的幾百個兄弟著想！炳哥，人望高處，抛身混堂口，當然希望食到大茶飯，唔想日日坐在這裡飲鴛鴦。其實我同細眼超和鶴佬德談過了，在大嶼山搞賭船，專門招呼豪華貴賓，他們感興趣，萬事俱備，只要炳哥點一下頭，其餘事情我拍心口搞掂！」

哨牙炳氣得臉色鐵青，把杯子端到唇邊，又放下，一時之間不知道如何反駁，心裡隱隱覺得鬼手添因曾經見他向刀疤德跪地求饒，瞧不起他，所以膽大妄為。鬼手添見他不答話，站起身道：「炳哥，我先回堂口，忙得很呢。事情有了進展，我再向你老人家報告。」

望著鬼手添施施然離開，哨牙炳嘆了口氣，忽然感到混身無力，似捱了幾記悶棍。他呷一口鴛鴦，冷靜下來，漸漸覺得鬼手添其實並未說錯。人望高處，混江湖是賣命的勾當，既然連命都可以不要，誰不希望有錢賺盡？在上位的人，如風哥，如我自己，年紀大了，錢賺得差不多了，免不了持盈保泰，若能適時而退，讓下一輩的兄弟掌權，未嘗不是明智的決定。但哨牙炳不服氣於鬼手添的咄咄逼人，必須先挫挫他的銳氣，讓他搞清楚誰是大佬，令他說個「服」字。

註釋

1 閪：女人的性器官。

2 鴛鴦：港式飲料，在咖啡中加入熱茶。

二十九・呂樂與藍剛

鬼手添兩個星期沒現身，哨牙炳也沒找他，如果是夫妻，便算是「冷戰」了。然而畢竟不是夫妻，無法一切聽其自然，人心隔肚皮，先下手為強往往是最安全的防守。所以哨牙炳做了他相信是該做的事情，然後，等待對手出招。

十多天後的一個早上，鬼手添終於搖來電話，請炳哥下午到安樂園餐廳談事。哨牙炳在電話裡問：「就我們倆？」鬼手添冷哼了一聲，道：「炳哥放心，我不是大隻良。」哨牙炳再問一次：「就我們倆？」鬼手添倖倖然道：「總之炳哥來就對了，到時候慢慢談大茶飯。」不答就是答了。掛上電話，哨牙炳對自己冷笑道：「仆街，作反了！」

當天下午四點，哨牙炳準時來到安樂園，進門步上二樓，在樓梯間已經聽見幾把放肆笑聲。果然不出所料，二樓角落桌旁坐著鬼手添、細眼超和鶴佬德，臉上眉飛色舞，談笑旁若無人。眾人望見哨牙炳，連忙站起身，如斯隆重有禮，令他更知道必有三分險。

哨牙炳坐下，大夥風花雪月說了一輪江湖閒話，話題扯到左仔暴動上面，無不同意街上的炸彈使得人心惶惶，然而賭館的生意更見興旺，只能說是一賭解千愁。細眼超在油麻地廟街掌控十幾個賭攤，習慣叼著牙籤說話，他是地中海禿頂，一對眼睛狹窄如兩條縫線，嘴唇是薄的，眉毛是濃的，鼻頭是寬扁的，左右兩邊的招風耳朝外橫撐，整張臉看上去似三歲稚童用鉛筆在紙上隨手塗出的漫畫。他一邊說話，一邊用手指撣按嘴角的牙籤，牙籤上下抖彈，彷彿搔撩著啃牙炳的耳膜，令他渾身不自在。

細眼超正經八百地分析形勢，認為香港九龍賭檔林立，但手裡有錢的生意人嫌它們擁擠得似菜市場，去澳門呢又嫌路程遙遠，如果堂口這時候能夠弄些新花樣，肯定能夠令這群人像螞蟻看見蜜糖般攏聚過來。他道：「我唔囉唆啦，相信添仔已經跟炳哥講過，我們打算在大嶼山搞個有咁豪得咁豪的賭場，要賭有賭，要粉有粉，要女有女，但只招待駛得起錢的人，閒人免問……」細眼超說到激昂處，「呸！」地把牙籤遠遠噴吐到地面，同時把一口濃痰咳到口腔，他卻懶得吐了，咕嚕一聲吞回肚裡。

鬼手添接腔把話說完，道：「炳哥，我們商量過了，三個堂口聯手去搞，把香港九龍的有錢賭鬼和鹹蟲[1]統統拉過來。賭館需要的本錢，三個堂口分攤，但利錢由新興社佔四成，其餘的由超哥和德哥平分。我們有著數啊。」

啃牙炳問：「有咁大隻蛤乸隨街跳[2]？」

長了一張馬臉的鶴佬德笑道：「炳哥真是明白人。賭館要搞得成，首先要過得了藍剛和呂樂兩個大門神的鐵門關，他們同炳哥稱兄道弟咁多年，只要勞駕炳哥出馬打個招呼，肯定冇問題，對吧？炳哥以後就是賭館的門神，差佬那邊的門路，全部由炳哥說一不二。」鶴佬德十年前從福建來到香港，落戶荃灣，跟鬼手添一樣擅長千術，一九五六年李鄭屋邨暴動後，許多堂口大佬被驅逐出境，他和細眼超趁空而上，各自有了自己的地盤。

啃牙炳瞟了鬼手添一眼，方對鶴佬德和細眼超拱手道：「多謝兩位帶挈！可惜我阿炳不慣俾別人差遣工作，呢碗飯，我食唔落。其實，添仔有毛有翼了，你們跟他合作便好，只要唔搞到新興社的老本，我冇興趣阻任何人發達。」

聽了這幾句重話，眾人臉色大變，尤其鬼手添，又氣又急。他明白自己先跟其他人談妥計劃，才把哨牙炳抬上轎，確有幾分霸王硬上弓，但說到底這是好財路、大財路，哨牙炳再不滿亦無理由反對，否則便是對人不對事了。所以他漲紅著臉，氣急敗壞地說：「炳哥，慢慢商量，無必要意氣用事。」

哨牙炳瞪向鬼手添，眼前的這張臉孔，明明看了二十多年，此刻忽然讓他有了陌生的怪異感受。鬼手添臉上盡是褶皺，嘴角眼角皆下垂，眉毛稀疏，兩道虎紋深深刻在嘴邊。哨牙炳努力回想他的昔日模樣，卻總想不起來，方才驚覺，老了，原來同夥多年的兄弟跟自己一樣，不知不覺已經老去。然而難以說清是福還是禍，這位兄弟的眼神裡仍然點燃著火，火裡面，仍然有刀光劍影的江湖，不像自己，滿腦子想的只是收成享福。他心底湧起一陣糾纏，有佩服，有憐惜，也有嫉妒。或許一個江湖養出百種的人，如南爺，如風哥，如黃二，各有各的路，最重要的是大家都有路可走，至於能否走到底，雖說要看個人造化，但也得互相扶持。結交這麼久了，他明白鬼手添的倔強脾氣，一旦有了主張便會堅持，所以哨牙炳暗暗慶幸其實做了他的準備，兄弟一場，就算鬼手添不仁，他亦做不出不義。

鬼手添被哨牙炳端視得有點發毛，硬著頭皮好言解釋：「炳哥，如果左仔入城，你做又死，唔做又死，左仔點都唔會放過我們。咁就不如放手一搏，搵得幾多得幾多。搵多些錢，日後走路也可以走得快些……」

未待他說完，哨牙炳已經離座走向櫃枱搖電話，之後再施施然回到桌旁，坐下把話題扯到近日的暴動亂況上面。眾人認為他是刻意緩和剛才的僵局，遂陪著有一搭沒一搭地聊，聊了大概半個鐘頭，樓梯間響起皮鞋的踏踏響聲，轉臉望去，出現了一個高大俊朗的男人——竟然是藍剛。

藍剛慢步走往他們的桌子，四個人立即站起齊聲喊道：「無頭 Sir！」

「無頭 Sir」是藍剛的混號，他幽默詼諧，沒架子，喜開玩笑，但記性不佳，經常忘了自己說過的話，「無頭」指的便是說到後面忘了前面，像被斫去了頭。藍剛不以為謔，還對堂口的人說：「你們送我這個名號，我受落了，但如果你們不聽指揮，我分分鐘也令你們人頭落地，跟我一樣變成無頭！」他是三代在香港的廣東中山人，卻長著一副北方臉，眉清目秀，有七分似當紅小生謝賢，如果他說自己是電影明星，你不會有懷疑半秒鐘。他原名藍文楷，中學畢業後做警察，嫌名字太柔弱，改名為「剛」，經常自誇：「有了個『剛』字，我的老二果然金剛不壞！」他有一妻四妾，妻是堂堂正正的妻，妾亦是堂堂正正的妾，香港到了一九七一年才立例禁止立妾，在此以前，只要有錢和原配首肯，想娶幾個就娶幾個。

藍剛跟上司和同僚相處融洽，但他在警察之路扶搖直上，靠的並非拍馬屁而是其他兩個本領：口才和膽色。他精通外語，英、法、德、西班牙、比利時，完全難不倒他。他有極強的說服能力，一九五八年有「雙槍虎將」之稱的悍匪李卓綁架九龍巴士公司總經理，藍剛自告奮勇進門跟他談判，勸他投降，他願意替他向法官求情，他日出獄，亦會讓他在堂口賭館上分一杯羹。李卓考慮一陣，答應放下手裡的槍。藍剛一九六二年做了九龍和新界區的總華探長，香港那邊是呂樂，兩人分庭抗禮，心裡互有不服，表面倒還客客氣氣。

呂樂是藍剛的同年人，看上去卻比他老十歲。他是海豐佬，圓臉，有兩個深酒窩，雖具喜氣，卻威嚴十足，一雙眼睛像射光燈般把人瞪得心寒。他原名呂慕樂，大家喊他「樂哥」或「阿叔」，有人在背後說他是文盲，他氣得把講壞話的傢伙抓到警察局，親眼看著他在紙上默寫〈千字文〉，然後迫這傢伙抄寫他的〈千字文〉一百遍，抄錯任何一個字都要重寫。當差二十多年，呂樂足智多謀，想出了不少花樣把堂口管得服貼，例如制訂了一套全新的規費會計方式，堂口的黃賭毒有多大規模，便要依例給多少錢，像政府納稅般有根有據。收回了規費，各級警員警目警長警司該抽多少，亦是半點不含糊，人人有份，皆大歡喜。

呂樂的管轄地盤是香港島，長期租下灣仔道的白宮酒店517號房會客談事，江湖人開玩笑喚他作「香港總統」，跟美國鬼佬一樣有個白宮辦公室。然而到了一九六七年初，香港政府突然宣佈把呂樂和藍剛的管轄崗位對調，香港的去九龍，九龍的去香港，意圖切斷兩人的地方勢力。兩人毫無反抗餘地，唇亡齒寒，反而放下心結，經常相約坐下一邊打牌一邊互通消息，也難免暗自慨嘆大風大浪就在前頭，只不過都不願先說出掃興的話。

藍剛這天忽然現身安樂園餐廳，呂樂亦是事先知曉，因為哨牙炳早已跟他們通了聲氣。所謂「人老就精，鬼老就靈」，自從約略聽過鬼手添的大嶼山開賭大計，哨牙炳像打算盤一樣左推右敲，料想他必會要求自己打通探長那邊的老關係，倒不如先發制人。他約兩個探長坐下見面，說服他們，大嶼山高級賭場是條大財路，關鍵只在於把賭場交託給哪個可靠的人。三人商量半天，有了主意，但暫時沉住氣待蛇出洞。終於，鬼手添、細眼超和鶴佬德攤牌了，哨牙炳也不客氣了，依計行事，把藍剛找到現場，教他們分清楚誰是莊家誰是閒家。

藍剛甫坐下，劈頭即罵：「聽說你們想食大茶飯，有沒有先問過我和樂哥？好呀，香港九龍新界一條心，想搞事，就不怕被飯噎死？」

三人忙不迭地說：「不敢！不敢！」又解釋一番，只希望一切鋪排就緒，才請炳哥出面向兩位探長請求批准，絕非有心在背後搞搞震。哨牙炳不發一言，只是一直含笑望著鬼手添滿臉窘態。

藍剛繼續開罵：「大茶飯人人想食，之但係並非人人有資格食！細眼超！鶴佬德！你們連自己的地頭都未搞掂，憑乜把腳伸到大嶼山？小心被大海浸死！樂哥託我同你們講，千祈唔好以為他剛轉去管九龍，你們就欺生！樂哥動一隻手指頭已經可以把你們壓扁！」原來荃灣和油麻地近日各有地盤搶奪械鬥，呂樂認為是堂口利用探長對調作亂，滿肚子是氣，然而忍住，抓準機會才出手整頓，而現在，正是機會。

細眼超和鶴佬德低著頭，像被校長訓話的小學生。藍剛最後狠道：「如果不是我替你們說過好話，樂哥早就把你們的地頭掃得一乾二淨！還不快滾回九龍？」

待兩人挾著尾巴離開，藍剛「嘭！」聲一拍桌子，問鬼手添道：「誰是香港老大？」

「無頭 Sir ……」鬼手添囁嚅道，不忘拍馬屁。

「錯！是英女皇！英女皇就是事頭婆，事頭婆就是香港龍頭！」藍剛兇道：「但係事頭婆住到好撚遠，所以叫差館的鬼佬替她在香港辦事。鬼佬又好撚懶，所以叫我和樂哥替他們辦事。我和樂哥又好撚忙，所以叫你們替我們辦事。既然替人辦事，就要把事情辦好，更要明白到底自己在替誰辦事。一天搞唔清楚這點，凡事自把自為，就係冇分寸，大逆不道！」

鬼手添點頭不絕地說：「知道！知道！知道！」。

藍剛轉臉望向哨牙炳，道：「唔好意思，阿炳，我幫你教仔。」

哨牙炳滿嘴歉意地說：「我才應該說唔好意思。咁小的事情，竟然要驚動無頭 Sir，看來我冇資格做大佬了！」

「亂講！世界越亂，越要我們這些老屎忽[3]坐鎮，管住呢班馬騮。問題係有人已經明明年紀唔細了，卻仍魯莽行事，離撚晒譜！」藍剛邊說邊狠瞪一眼鬼手添。

「呵，在大老眼中，兄弟永遠只係細路仔。添仔叫做『鬼手』，有名你叫嘛，梗係手多多，乜都要伸手碰一碰。話說回來，大嶼山賭場開張之後，肯定財源滾滾，這條財路由添仔諗出來，以後我也會交俾他打理，他始終係聰明仔，只不過太心急，無頭 Sir 肯花時間教他，是他的福氣。」哨牙炳道。然後呼喝鬼手添：「還不斟茶感謝無頭 Sir？」

氣氛緩和下來，藍剛道出早已跟哨牙炳和呂樂商量好的決定。大嶼山賭場仍然要搞，但沒細眼超和鶴佬德的份兒，呂樂要求新興社跟由他扶植的旺角「福義堂」的大哥木合作，開賭利潤由兩個探員和兩個堂口平分，至於本錢，當然只由堂口掏出。這樣的條件不可謂不苛刻，但既然是哨牙炳和兩個探長的協議，鬼手添除了應聲附和，不敢再吭半句。其實藍剛和呂樂另外私下談妥，香港和九龍的堂口規費稍後亦要增加，時勢動盪，盡情搜刮便是最好的應對。

再聊一陣賭場大計，藍剛離開安樂園，剩下鬼手添和哨牙炳沉默相對。鬼手添一支接一支地抽菸，等待哨牙炳開聲斥責。哨牙炳卻不言不語，只再點了一杯熱鴛鴦和一塊西多士，喝著，嚼咀著。鬼手添偷瞄他幾眼，這回，輪到他覺得哨牙炳有點陌生。先前是哨牙炳察覺到鬼手添的衰老，現下卻剛相反，是鬼手添感覺哨牙炳顯得年輕。或許只是因為他沒想到平日行事溫吞的炳哥有此一著，竟然捷足先登，預設陷阱讓他跳下去。生氣是有的，但更強烈的感受是慚愧，低估了炳哥，薑是老的辣，自己一時衝動而丟失面子，咎由自取，抵撚死[4]。當一個男人展現了意料之外的生命力，看在別人眼裡，便有了「回春」的勁道。

其實哨牙炳亦在心裡沾沾自喜。他暗忖：「老虎唔發威就當我病貓！現在知道誰才是大佬了吧？」這些年來，他憑的是分寸。跟在陸南才身邊，再跟在陸北風身邊，他都知道什麼該做和不該做。該做的份內事，有時候難免做錯，但，人誰無錯？錯了便改，說幾句「唔好意思」便可以了。然而一旦做了不該做的事情，逾越了分寸，就算只是小事，後果很容易不堪設想，打死他亦不會幹。即連此番對付鬼手添，以及到大嶼山開賭，他也事先打電報到馬尼拉徵求陸北風同意，風哥一天不回覆個「可」字，他一天無法覺得踏實。做兄弟，哨牙炳用分寸來要求自己，亦用分寸來要求別人對待自己。

喝完熱鴛鴦，吃完西多士，哨牙炳只說一句「埋單吧，衰仔！」便起身離去，鬼手添急不及待地跟在後頭，涎臉笑道：「炳哥，聽說金樂舞廳新來了幾個靚女，不如去睇一睇。」

註釋

1 鹹蟲：色鬼。

2 有咁大隻蛤乸隨街跳？：怎會有這麼現成的便宜可佔？
3 老屎忽：老炮兒。
4 抵撚死：活該。

三十・哨牙雙俠

哨牙炳沒去金樂舞廳，他心血來潮，囑鬼手添先回堂口，自己獨自搭船到九龍寨城找德叔。德叔是他的多年朋友，當哨牙炳的心情特別好或特別差，總想跟他喝酒敘舊，對老友吐苦水或吹牛皮，不必顧慮體面不體面，老友相處的好處就在於能夠盡興。

德叔原名曹崇德，廣東惠州人。有個外號「哨牙德」，跟趙文炳一樣有兩隻突出的門牙，只不過德叔胖，哨牙炳瘦，但都有一對小眼睛，年紀相差四、五歲。兩人的緣份很深，一起在張發奎的第八集團軍做過兵，因長相酷似，索性結拜，曹崇德為兄，趙文炳為弟，戰友戲稱他們為「哨牙雙俠」。哨牙炳後來逃離部隊，慫恿哨牙德同行，哨牙德搖頭道：「我老豆老母老婆兒子全被蘿蔔頭炸死，不殺回一百個、一千個鬼子，我不會走！」

哨牙炳逃亡後，哨牙德留在部隊裡南北征戰，官拜砲兵排長，殺了幾年鬼子，總覺得殺得不夠本。打完鬼子打共軍，又打了幾年，國民黨兵敗如山倒，哨牙德和戰友混在難民潮裡來到香港，終於跟哨牙炳重逢，一人在灣仔，一人在九龍寨城，各有一片堂口江山，偶爾渡海互訪，打牌喝酒叫雞，哨牙炳還在他開設的酒吧醉倒過幾回。

其實哨牙德最初的根據地並非九龍寨城。當年一批批難民湧到殖民地，元朗、沙田、佐敦、深水埗、北角、筲箕灣，山上，街頭，樓梯，巷尾，無不是衣衫襤褸的男女老幼，彷彿地殼震動崩滅，蛇蟲鼠蟻湧到地面，各自另覓求生洞穴。曹崇德抵港之初的落腳處是港島上環，那裡聚集了許多國民黨官兵，排長連長營長甚至師長，昔日沙場殺敵，此刻卻全是睡在街頭的落難飢民。香港的善長仁翁募款救濟，東華醫院每日派飯，但難民繼續來、來、來，醫院撐不下去了，向政府求援，香港社會局把難民轉移到摩星嶺軍營舊址。摩星嶺位於西環，面向硫磺海峽，是維多利亞港西邊入口的戰略高地。十幾幢軍營容不下七、八千個難民，社會局唯有在高低起伏的山嶺上搭建油紙營棚，野地荒山，許多人猶在幻想國民黨會派船前來把他們接到台灣。

一九五〇年的端午節，新中國成立後的第一個端午節，兩百多名年輕人舉著「軍政醫職工旅行團」布條和五星紅旗從山下走到山上，白衣藍袄，腰間縛牽秧歌小鼓，來到營棚面前敲敲打打、扭腰跳舞，更吶喊挑釁道：「回鄉去為人民服務吧！大陸解放了，你們逃來香港，但是香港很快便也解放，你們還有地方可逃？」

營棚裡的敗兵殘將並非善男信女，破口回罵。來踢館的年輕人情緒激昂，嘲諷道：「你們只是蔣幫走狗！蔣幫走了，把走狗扔在這裡，你們等著餓死吧！」

哨牙德終於按捺不住，把汗衫一脫，光著膀臂，執起地上的一根粗木棍，一邊往前撲去，一邊咆哮怒罵：「刁那媽！老子爛命一條，今日唔打死你班死左仔，老子唔姓曹！」其他人蜂擁跟上，紛紛撿起棍棒和石頭衝前追打學生，雙方肉搏混戰，當過大刀隊隊長的楊大爺把一個年輕人擊昏於地，再用雙手死命緊捏他的脖子，眼看年輕人快將吐舌氣絕，做過工兵的孫曉軍從後抱腰把他拉開，楊大爺雙眼滿佈血絲，用山東話嘶吼道：「別阻俺殺共匪！別阻俺殺共匪！」國共血戰一場，傷了三、四十人，有兩個學生被打得面目模糊，但命大，死不了。

血戰的結果是摩星嶺住不下去了。港英政府為絕後患，乾脆用兩天時間把難民通通轉移到九龍半島東隅的吊頸嶺，並跟台灣當局商量，要求盡快派船把他們接走。國民黨卻遲遲沒反應，港英政府改弦易轍，計劃把難民遣回大陸，翌年春天在山嶺的棚房牆上貼出告示：「自下月起，粵籍居民飯票，停止換發。」難民看見告示，慌張混亂，女的哭，男的怒，在山坪上齊聚商量應對，紛說一旦回到內地，肯定會被當戰犯看待，坐牢事小，說不定還會殺頭。哨牙德坐在地上，把兩顆小石頭在手裡不斷盤來滾去，老習慣了，是為了鍛練掌力，突然，他把石頭拋向山下，厲聲道：「鬼佬唔俾飯我們食，我們就乜都唔撚食！我們死俾佢睇！」

一呼百應，男男女女坐在山坪上不吃不喝，齊聲朗唱中華民國國歌。洋記者們前來採訪，有人對記者說：「明天早上再來吧！我們會到懸崖排隊跳海！這裡不是叫做吊頸嶺嗎？以後要改名了。叫做跳海嶺！」又有人掇攛孩子在營房牆上張貼標語：「我們甘願追隨爸媽跳海，不願返回大陸！」

新聞見報後，輿情洶湧，港督葛量洪亂了手腳，只好推說一切只是謠言，難民政策並未改變，住吧，繼續住吧，我們是人道政府，絕對不會把難民趕回大陸送死。

政策不改，地名倒是改了。吊頸嶺最早名為照鏡灣，地勢三面山、一面海，波平如鏡。一九〇五年有個叫做 Alfred Herbert Rennie 的加拿大籍退休洋人來這裡開設麵粉廠，三年後，經營不善倒閉，他絕望得跳海自殺，但以訛傳訛，附近居民不知何故都相信他是上吊致死，竟把工廠所在之地喚作「吊頸嶺」，一喚便是四十年，直到難民湧至，青天白日滿地紅旗掛滿山頭，一位中學老師向官員建議把吊頸嶺易名「調景嶺」，意喻「調濟景況」，官員讓葛量洪做決定，葛量洪一口答應。

曹崇德同樣改了名，兩回奮不顧身帶領難民抗敵，贏得敬重，大家不再叫他哨牙德，改喊「爛命德」，爛命一條，有前冇後，打死罷就。爛命德就在調景嶺住下來，而且做了大佬。

調景嶺沒有堂口，卻有大佬，大佬就是大家都會聽從他的意見的男人，尤其有了糾紛，他說了算。爛命德非常滿足於大佬身分，主要因為住在這裡的部隊士兵來自五湖四海，有許多人的官階比他高，但如今都脫下軍服，肩上沒了勳章，手裡沒了槍炮，都一樣了，都是敗軍之將，一切由零開始，還原成一個個赤條條的人，赤條條的生命。生活是艱苦的，可是打過仗的人連槍林彈雨都不怕了，怎會把這點飢餓折騰放在眼裡？他反而覺得解放了，這是真解放，住在荒山野地上，從頭做起，彷彿有了新的生命，其他人都聽他指揮。為此，他曾獨站山頭、志得意滿，對著大海喊道：「壯志飢餐胡虜肉，笑談渴飲匈奴血，待重頭，收拾舊山河，朝天闕！」

爛命德在調景嶺做了七年大佬才聯絡上哨牙炳，哨牙炳帶同手下搭船到調景嶺找他，被風浪拋得嘔吐不已，上岸時坐在石灘旁喘氣休息，哨牙德老遠喊一聲：「阿炳！」他激動得流淚，但因手下在旁，硬生生忍住。

兩個哨牙老友坐在碼頭聚舊，胖的瘦了，瘦的胖了，以前像兩兄弟，此刻倒似兩叔侄。哨牙炳叫哨牙德——不，已經是爛命德——到灣仔跟他搵食，爛命德搖頭苦笑道：「留在這裡，我係大佬，去了灣仔，便要做你細佬。唔撚去！」

哨牙炳認真地說：「風哥才是大佬，我亦是他的細佬，大佬上面永遠仲有大佬，這個世界，冇人最大。坦白說，誰最大，誰倒楣！」哨牙炳當然沒想過陸北風三年後會被力克警司下令驅趕到菲律賓。

爛命德依然搖頭，但向他提出了請求：「不如替我弄幾支鬼火傍身。萬一左仔又來搗亂，我把他們射個腸穿肚爛。冇槍在手，點算大佬，啱唔啱？」

有了槍，爛命德的大佬更當得如虎添翼，他組織了五十個人的營村自衛隊，以練武強身為名，稱為「雄嶺健身團」。這時候的調景嶺已聚居了兩萬多名難民，香港政府設置了辦公處安排基本救濟工作，國民黨不把難民接走，只成立「中國大陸災胞救濟總會」，其後改為「港九各界救濟調景嶺難民委員會」，承擔政府辦公處撤離後的援助任務。

然而就算有援助，難民仍須自食其力，女人在山間墾田種菜、養雞養豬，也從觀塘的工廠承接塑膠花加工，家家戶戶把花從紙箱裡傾倒到地上，坐船的人經鯉魚門靠近調景調，遙遙遠眺，夕陽斜照下，漫山遍野的紅黃橘白使人錯覺這是個渡假莊園。男人呢，天未亮起床，翻山越嶺走路到青山道的工廠打工，或搭小艇到港島的太古船廠或北角糖廠工作，工資每天三元，是唯一的出路了。年紀較大的，走不動了，留在村裡的基督教會工廠做零活，有幾位以前是軍長、師長級的大爺坐在小竹椅上幫忙婦孺穿花工，大家在背後笑稱「百萬將軍學繡花」，他們聽見，自我解慰道：「這不是虎落平陽，這叫返璞歸真，比中國人殺中國人好得多。」

話雖如此，村裡卻仍偶有打殺。有幾回有不識相的流氓來到嶺上耀武揚威，「雄嶺健身團」的兄弟把他們打得屁滾尿流，爛命德刻意抓住其中一人，請四川的黃大爺給他狠狠搧幾個耳光，過一下久違的動武癮頭。黃大爺老實不客氣，摑完耳光，再一腳蹬向流氓的春袋，目露凶光，嘴裡喊道：「格老子！吃了豹子膽，敢來我軍陣地搗亂？讓你絕子絕孫！」

流氓易擋，左仔難防，村裡失過幾回火，都是在十月底，山嶺上到處懸掛「蔣中正總統誕辰」的慶祝紅布條，竟然有人把它撕下，甚至有棚屋無故燃燒，幸好被及時撲滅。然而真正為爛命德帶來霉運的是右派的「雙十暴動」，香港政府於鎮亂後嚴懲黑社會分子，有個叫「細強」的惠州仔並非堂口兄弟，卻趁亂貪玩對鬼佬警察扔石頭，事後被緝捕，慌忙從荃灣逃到調景嶺，爛命德一拍胸脯，作主收容，因為對方的父親是他的同鄉死黨，一起滾泥沙、打群架長大，他沒法說不。

這下可慘了。村裡有個山西來的魯大爺，自恃當過旅長，佔用鄰房孤兒寡婦的菜地，爛命德代為出頭討公道，惹下怨恨，魯大爺此番乘機報仇，一天傍晚跑去救濟委員會辦事處打報告，職員暗中通知爛命德，他趕進辦公室之際，魯大爺正跟職員搶奪桌上電話打九九九報警。爛命德從後一把抓住他的汗衫，猛力一扔，把他摔個四腳朝天，再叉腰罵道：「這裡誰不是落難人、喪家狗？沒必要迫人太甚吧？趕狗入窮巷，大家都沒好結果！」

魯大爺啐道：「你他媽的才是狗！老子乃堂堂國民革命軍第十九軍總司令閻大將軍的旅長！正因為有你這類下三濫，我們才敗給共匪！」

爛命德冷笑道：「閻大將軍？他不是跑去台灣了，有帶著你嗎？香港這邊不也跑來一大堆將軍，有理過我們嗎？仗是我們打的，功是他們領的，吃了敗仗，他們卻他媽的逃得比誰都快。醒醒吧，大爺！這裡是調景嶺，沒有什麼將軍了，只有我們！我們以前打生打死，卻要聽別人指揮，現在也是打生打死，但至少沒人指揮了，是生是死都得靠自己。閻大將軍，閻大將軍，我呸！他還不是仍靠蔣介石養著？」，

躺靠牆角的魯大爺聽他出言侮辱閻錫山，一股怒氣衝上腦門，掙扎起身，執起一張木椅衝前發狠勁朝爛命德擲去，山西老漢畢竟佔了個子優勢，瘦死的駱駝比馬大，何況是怒從心上起的老漢。爛命德被擲得額頭血披臉，暖燙的鮮血滲滴到眼簾上，矇矓間，彷彿回到戰場，彷彿耳畔響起隆隆砲聲，眼前的魯大爺不知道是鬼子抑或共軍，總之是敵人，不是你死，便是我亡。爛命德猛喝一聲，撲過去把魯大爺推跌，然後跨腿壓住他雙肩，一巴掌、一巴掌地摑他的臉。左、右，左、右，左、右，不知道摑了多久，直到雙臂感到酸痛才如夢初醒，察覺魯大爺嘴角流出白沫，眼睛半閉，兩邊臉頰腫得發紫。辦事處職員在旁目瞪口呆，望望魯大爺，再望望爛命德，嘴唇顫抖，嚇得不敢說半句話。

爛命德知道闖了禍，探一下魯大爺鼻息，沒了，必是被活生生摑得心臟病發作。他馬上站起轉身衝出辦事處，連奔帶跑返回自己的棚房，找到細強，表示必須逃離。

「德叔，點解趕我走？」細強被這突然的消息弄得莫名其妙。

「不，我和你一起走！刁那媽，我殺咗人！」爛命德把難民證和兩件簡單衣物塞進麻布袋，道：「你先到後山路口等我，快！」

細強走後，爛命德攜著麻布袋到棚房後面的菜園找到老婆阿喜，對她略道原委，說不必擔心，很快會回來接她。阿喜是他到調景嶺後新娶的妻，廣西壯族人，先前的丈夫是李宗仁的桂

系工兵，戰死於鬼子手上，其後嫁給胡宗南部隊的砲兵，又死於共軍手裡。她逃到香港做難民，自認剋夫，本來不肯再嫁，爛命德糾纏她，道：「你剋夫，我剋妻，剋剋相沖，什麼霉氣都會抵銷。」她便答應了，兩人無兒無女，相依為命，萬料不到結婚五年仍要分離。

阿喜低頭流淚，泣道：「對不起，對不起，早說過我命硬，身邊留不下男人。」爛命德嘆氣道：「別傻了，明天的事情誰知道？他日我發了財，派大紅花轎回來再娶你一次。」

阿喜哭得更厲害了。爛命德再安慰幾句，不得不離開，因猜想辦事處職員必已報警。他先到菜園旁的雞欄，在飼料桶下的泥地裡挖出三把哨牙炳弄來的黑星短槍，然後急步走向後山會合細強，邊走邊感慨，天地茫茫，安居卻竟如此不易，吊頸嶺，調景嶺，哨牙德，爛命德，看來不管如何改名易字，歹土仍是歹土，歹命依舊是歹命，天意難違呀。剛來時還說什麼「待從頭，收拾舊山河」，原來是新山河收拾了他，把他打回原形，又得從頭飄泊。

逃出了調景山嶺，進入九龍寨城，正是哨牙炳出的力。

爛命德和細強到灣仔新興社的時候，正值陸北風被史坦克警司驅趕，新興社群龍無首、存廢未卜，但哨牙炳依然仗義，囑兩人安心留下，幫忙看管譚臣道的幾間妓戶。反對的是鬼手添，他毫不避諱，在爛命德面前直道：「炳哥，江湖落難，互相照顧是天經地義的事情，可是我們現在七國咁亂，差佬日日來搞我們的生意，堂口兄弟都幾乎冇飯食，仲點照顧外邊人？何況德哥殺人逃亡，好大鑊。」

哨牙炳嘿兩聲，道：「江湖兄弟有邊個乾淨？不是殺人就是放火，有乜問題！」

鬼手添卻續道：「就算德哥冇問題，那個細強老弟呢？差佬發瘋一樣要掃清荃灣暴動的人，新興社明明冇份，仍被差佬搞得雞犬不寧，連大佬都被趕走。萬一鬼佬警司知道我們這裡有個暴動友，肯定冚家鏟！」

哨牙炳正欲發作，斥責鬼手添不顧江湖義氣，爛命德卻從椅子上站起，抱拳道：「阿炳，添哥說得對，『救急不救貧』是江湖規矩，我們卻是又急又貧，加上有案在身，絕沒理由讓新興社百上加斤。兄弟的好意，心領，我們不打擾了……」

細強在旁搶白道：「德叔，不如我們回去九龍，聽說寨城沒人管，差佬也不敢進去。」

哨牙炳眼前一亮，彷彿自言自語地說：「如果你們落城，裡面倒有自己人。新興社有個肥仔桐，十年前虧空了麻雀館的賬，被風哥趕走，我居心不忍，把他引薦給寨城的拜把兄弟雷大爺，雷大爺雖然是四川幫，仍然看我面子，收容了他，聽說現在撈得唔錯。」

爛命德和細強從此在九龍寨城落戶生根。哨牙炳自覺有所虧欠，親自送他們過海，花了四百元在光明街買一間寮屋讓他們住下，再帶他們找肥仔桐，肥仔桐此時已經自立門戶，是「九新社」堂主，但過了兩年，才三十六歲，心臟病發猝死在妓女床上，手下之間爭奪廝殺幾個回合，爛命德掌了權，細強是二把手。每天有新的人湧進寨城，有新的寮屋、木屋、石屋建起，於是每天有新的爭奪，卻亦有新的生意，寨城堂口不像外邊那麼多規規矩矩，總之強者為王，誰在打殺裡站到最後，誰便搶到了生意。

站穩了陣腳的爛命德再次改名，這回比較單純，就叫：德叔。

跟高明雷一樣，德叔的救命恩人是哨牙炳，亦以九龍寨城為堂口地盤，但德叔在高明雷上了絞刑台之後才進入寨城，江湖人來人往，在同一處地方，在不同的時間，各有身影與故事。

哨牙炳每回來到寨城，免不了憶起高明雷，幸好他不多愁善感，過去的就隨它去吧，所以每回都像挖鼻屎一樣，把從腦海冒起的往事念頭抓起一揮，狠狠扔到遠處。他不喜自尋煩惱。但是這回不太一樣。剛才恩威並濟地收服了鬼手添，讓曾經目睹自己跪地求饒的兄弟明白他雖無勇，卻非無謀，哨牙炳覺得重重吐了一口烏氣，心情放鬆，酒便喝多了，話也更多，跟德叔坐在樂口福茶樓裡吃小菜、喝雙蒸，從抗戰時的舊事聊起，逃難，流亡，灣仔，吊頸嶺，大事小事無不想當年一番，不知不覺從下午一直聊到黃昏。最後，疲倦了，哨牙炳起身告辭，德叔伸展雙臂打個大大的呵欠，懶洋洋地說：「原來三、四個鐘頭已經可以談完一輩子的事情。到底是我們做得太少，抑或是時間過得太快？」

「刁那媽！我們做得還不夠多？」哨牙炳不服氣地道，索性重新坐下。「三十年了，死了一個大佬，跑了一個大佬，連兒子也死了兩個……」他突然頓住不說。怎可能說呢？老友歸老友，難道要告訴他「幾乎連綠帽也戴了一頂」嗎？於是唯有把最近的煩惱再說一遍，鬼手添的逼宮，阿冰的精神，左仔的暴動，統統都是令他或憤怒，或難過，或擔憂。

德叔聽後，道：「左仔確實惡得越來越過份，幸而寨城這邊仲頂得住。城裡沒有英國佬，等於沒有敵人，他們懶得來搞搞震。但咁搞落下，搞到香港雞毛鴨血，有錢佬全部移民走人，香港人想食啖安樂茶飯都難！」

「移民」兩個字輕輕撞了哨牙炳的腦袋一下。他愣一下，彷彿想起些什麼，並未專心聆聽德叔對暴動時局的大勢研判。再坐一會，他打斷德叔的滔滔議論，道：「時候不早了，我該走了。」

幾十年老友，德叔感受到哨牙炳話語裡的倦意，於是揚揚手，道：「走吧。想走去邊度就去邊度，我們幾十歲人，死就一世，唔死就大半世，無必要太委屈自己。這兩年我搞懂了一個道理。你對兄弟有道義，兄弟不一定對你有道義，可是如果你因為這樣動氣，等於別人準備好毒藥，你自己搶來喝進肚皮。多不值得！守不守道義，自己決定，無必要理別人怎麼做怎麼想。做人，終究一個人來、一個人走，刁那媽，決定不了自己幾時死，總可以決定自己幾時去邊、幾時唔去邊吧？」德叔用手指頭篤一下胸口。「但我始終不明白，守道義這麼難？道義就是信用，守道義就是守信用。守信用真有這麼難？男人大丈夫，不就是說得出，做得到嗎？冚家鏟！說話不算話，做乜撚男人？」

哨牙炳的心震了一下。在菜館的那個夜晚，高明雷也說過同樣的話，「守信用真有這麼難？」而到最後，高明雷也走了，但其實走了也許更為痛快，不必再計較誰守信誰不守信，儘管這樣的走法並非由他決定。但說到底，誰又有能力決定些什麼呢？南爺走了，風哥跑了，純堅和純勝死了，阿冰死了又活過來，可是又越來越變得陌生，彷彿漸吹漸遠的風，要留也留不住。捫心自問，哨牙炳亦不是個守信用的人，下巴輕，胡說八道的承諾經常達成不了，尤其面對阿冰，拈花惹草便是對她的最大違背，不去想便罷了，一想起即感愧疚。唯有自我安慰：「我背叛承諾，錯是錯，但只是小錯，當初做了不該做和做不到的承諾，才是大錯。假如沒有最先的大錯便不會有之後的小錯。然而話說回來，阿冰相信我的承諾，同樣是錯，是第三個錯。真是一塌糊塗啊，錯上加錯再加錯，一眨眼，唉，已經過了大半生。」想到這裡，哨牙炳忍不住稍稍感到高興。既然大半輩子只是諸多錯誤的層層相疊，自己其實不必負起全部責任，生命是一本理不清的賬簿，不像算盤般可供他任意調撥。他記起南爺那句口頭禪：「是鳩但啦！」原來確可安心。

在搭船回家的路途上，哨牙炳重複唸著這兩句話：「是鳩但啦，無必要太委屈自己！」他非常慶幸有南爺和德叔這樣的老友。

下船後，他走向碼頭旁邊的石灘，坐下來。海邊有塊光滑平整的石頭，遠看像一張矮椅子，陸南才昔時常來沉思，一坐便是幾個鐘頭。哨牙炳曾對南爺開玩笑說這塊叫做「撚樣石」，廣東話的「撚」跟「諗」近似，「諗」是沉思的意思，「諗樣」就是思考中的人，至於「撚樣」，則是像陽具一樣的王八蛋、龜孫子。南爺臉上展現神秘的表情，意有所指地笑道：「對，我係撚樣，我係個冇撚用的撚樣！」哨牙炳不太明白陸南才的確切意思，他只知道自己願意付出一切保護他和張迪臣的秘密。在張迪臣被日本鬼子關在集中營的戰爭歲月裡，哨牙炳有好多回曾來此尋找呆坐沉思的南爺，遠遠望見他的身背暗影，在夜裡，不知何故，阿炳一口咬定他是悲傷的。

在南爺不在的日子裡，哨牙炳每回到海邊必多望幾眼「撚樣石」，彷彿南爺把哀傷遺留在石旁。而當望見石頭，他總想起有一天傍晚向南爺報告張迪臣已被關進集中營，南爺臉上展露的惶恐和擔憂是他所未曾見，而就在那夜，他首回窺見了兄弟不可告人的秘密，回家後，心情煩悶不安，藉故跟阿冰爭執甚而動手推撞。二十多年後的這夜，哨牙炳坐在同一塊石頭上，九月初秋的海風霍呼霍呼地吹颳臉額，他感到寒冷，用雙手環抱自己取暖，下巴低低貼在胸前，打了幾個哆嗦，一陣酸楚在胸腔裡翻騰，他抽索著鼻子，壓住淚水，低聲說，彷彿陸南才就在眼前：「南爺，其實我才係冇撚用的撚樣！除咗玩女人、打算盤，乜都做唔好！」半晌，又道：「可是南爺你應該不會怪我。我守住你的秘密，沒對任何人說過，從來沒有，沒有！」

自憐自憫一陣，哨牙炳得到的領悟是：死亡不見得是最悲慘的事情。人死燈滅，張迪臣死了，南爺也沒有活下來，一了百了，眼不見為乾淨，亦是瀟灑乾脆。但這樣的想法馬上引發了另一個念頭：要一了百了，不一定要死，大可以有其他方式啊。對，就像在賭桌旁轉身離場，贏了該走，輸了更要走，這才乾淨俐落。恐怕是放下的時候了，就當收服鬼手添是引退前的最後一仗，像閉目斷氣前的「迴光返照」。

哨牙炳的腦袋瞬間變得輕盈，彎腰用手掌掬水洗臉，海浪突然撲打岸邊，他向來懼水，連忙後退轉身離開。在慢步走回堂口的路途上，心情澄明如頭上的皎皎皓月。

三十一．自此應當百事宜

「移民？去邊度？」阿冰被哨牙炳的提議嚇了一跳。「難道去南非？」

半年前阿冰的三伯娘從外地回港相約茶聚，她生平首回聽聞地球上有個叫做約翰尼斯堡的城市，在一個叫做南非的國家。這年有不少香港居民往外移民避亂，最有錢的人去荷蘭、英國和澳洲，其餘的去泰國和馬來西亞，三伯娘選擇的是南非首都約翰尼斯堡。在英京酒家食蝦餃燒賣，三伯娘歡天喜地講述當地的平靜生活，阿冰聽得入神，冷不防三伯娘道：「你們也來吧！去開間鴛鴦樓，照樣做老闆娘，那邊很多中國人，白人鬼佬也愛吃中國菜！」阿冰聽過便算了，沒放在心上，萬料不到哨牙炳今天突然提議移民，她便隨口說出「南非」二字，其實她並未當真。

但是哨牙炳認真，爽快地說：「南非也不錯，勝在有親戚在那邊照應！」

「講笑而已！南非咁多黑鬼，好鬼恐怖！」阿冰搖頭道。但忍不住用試探的語氣問：「去到那邊，你不再是堂口大佬，捨得咩？」

哨牙炳冷笑道。「有黑鬼好過有左仔！香港亂到這地步，早走早著。荔枝角道前幾日又炸死了兩個人，還說是什麼文革，我說只是武革！萬一被炸死的是純芳，怎麼辦？而且這樣搞下去，解放軍肯定不會放過香港，鬼佬更肯定不會為香港打仗。大佬？解放軍才是大佬！解放軍來了，孫興社以前替日本鬼仔做過的事情，瞞得住嗎？」

阿冰被唬得不敢作聲。她從未想過移民，可是阿炳一旦提出，便像在她心裡推開了一道門縫，忍不住窺探門後風景。在香港的日子過得一天比一天提心吊膽，純芳朝早出門上學，她總憂慮街頭巷尾的炸彈和子彈會奪走她最後的孩子，往往擔心到徹夜失眠，唯有不斷央求醫生配發安眠藥，吃得雙手顫抖。經哨牙炳一說，她覺得一走了之確是一了百了，此地不宜久留，只要阿炳和純芳平平安安留在身邊，再遠的天涯地角她都可以去、願意去——問題是仍得先到文武廟問問神明。

感謝神明，阿冰在文武廟求得一支上吉好籤，籤題是「張子房遊赤松」，文曰：「盈虛消息總天時，自此君當百事宜，若問前程歸宿地，更須方寸好修為」。二十多年前替她解籤的鹹濕相士仍在開攤，禿頂了，仍然戴著眼鏡，遠遠望見阿冰，立即低下頭佯裝翻書。這些年來她經過他攤前無數遍，都是昂首濶步。他當年用嘴巴吃她豆腐，她也早已給了他教訓，按道理應是兩不相欠。生命也分出了勝負。她當了堂口龍頭的妻子，當了菜館的老闆娘，當了三個小孩的母親，他卻仍然是個日曬雨淋、傴彎著腰的擺攤解籤佬。她是勝利者，儘管兩個兒子的性命保不住，但生命也許像穿著一雙破底而狹足的繡花鞋，即使滲水，就算腳疼，只要走在人前，仍得走出個風光排場。吃了黃蓮，只要把驕傲的笑容掛在臉上，鞋面也保持光鮮艷麗，便無人得知——也沒必要讓人知道——心底有多大的苦澀。

這個傍晚，阿冰前來探問遠行吉凶，有萬事俱休的離愁別緒，忽然想到既然已經到了終場，勝負分明，何不多展現幾分大方？舞台上的大戲結局通常是大團圓。贏是好事，而贏得漂亮，是好上添好。

所以她在鹹濕相士的攤前坐下來。相士吃了一驚，身子往後一仰，幾乎跌倒而重演二十多年前餓狗吃屎的狼狽戲碼。阿冰連忙道明來意，從銀包掏出一張五十元鈔票塞到他手裡，並且遞過籤條，和善地請他解說。相士微微定神，低聲唸道：「鴛鴦飛入鳳凰窩，莫聽旁人說事破，自是良緣天配汝，不調和處也調和。」阿冰眼眶一紅，幾乎滴下淚水。這麼多年了，他居然記得那時候她求的姻緣籤，或許那天他捱過揍，一輩子忘不了。但不管是什麼理由，他的記得令她感激，多年宿怨原來可以煙消雲散得如此簡單。阿冰馬上再掏五十元，用鈔票代替她說道謝。

這回解籤，相士當然不再鹹濕了，連正眼都不敢望阿冰，只低頭聳肩，一本正經地略說籤文本義。這籤並不難解，既說是「百事宜」，自可遠行無礙，但若要行而大吉，仍須做出一番「好修為」。相士托一下眼鏡，終於抬頭望向阿冰道：「就是說要做好事囉。做了好事，走得順利。」

阿冰啐道：「老娘日日都做好事！相夫教女，開菜館賣齋菜，全部是好事！」

相士哈腰連連道：「是的，是的，都是好事，好事。但是好事不嫌多，臨別秋波更不妨多做好事，這是為了往後的日子積福。」

阿冰想了一想，道：「簡單！我在移民以前擺酒請客，宣佈不收禮金和贈禮，免得大家破費，不也是做好事？」

相士唯恐馬屁拍得不夠響，故作誇張地附掌道：「好主意！好事不必複雜，確是簡單就好。大姐英明、英明！」

阿冰白他一眼，翻一下銀包，只剩兩三張十元紙鈔，統統抓出來給了相士，笑道：「嗱，我又做好事了！」

相士臉一紅，鼓起勇氣，對她抱拳敬禮，羞愧地說：「昔日有所冒犯，希望大姐大人有大量，別再放在心上！」

她懶得回話，微微一笑，站起轉身離去，昂首闊步沿嚤囉街走往皇后大道中。途經弦月巷，豆腐花攤檔已經不在，她眼裡卻仍看見昔年跟高明雷蹲坐在矮凳上聊天談笑的自在情景，可惜自在之後，便是煩惱，煩惱全因動了心。阿冰突然生起些許愧疚，對高明雷。繼續緩步走下斜坡，抬頭望望天空，掛著一圈淡淡的太陽，久久戀棧不肯退位讓月亮現身。她暗笑道，何必呢，該放手的時候便要放手。或許剛才跟相士的「和解」令她放鬆了心情，彷彿腦袋被掏空了，連走路腳步亦變得輕盈，於是冷不防冒起一個古怪的念頭，如同許多感情的決定都只是一時衝動，有時候對，有時候錯，有時候就算錯了亦可補救，最痛恨的是總有些事情回頭很難。

回到家裡，阿冰倒了杯茶給哨牙炳，要他坐在沙發上認真聽她說話。他一邊撩撥茶几上的算盤，一邊笑道：「乜事？中了彩券？」

阿冰慢慢道出在歸家路上想到的主意：「擺酒請客，其中一桌要請跟你上過床的女人！」

「砰！」一聲，哨牙炳驚嚇得十隻手指頭一震一抖，算盤從茶几掉到地上。他連忙彎腰撿起算盤，仰臉望向阿冰，見她眼神堅定，不似開玩笑。哨牙炳搞不清楚阿冰的葫蘆在賣什麼藥，強作鎮定，刻意用誇張的口吻調侃道：「一桌十二個座位？點夠用？一百二十個也不狗！」

阿冰蹬腳踏翻茶几，叉腰罵道：「唔好三分顏色染大紅！我叫你請，你就請！這是給你面子，也是給我們積福！你唔肯請，我和純芳留在香港，你一個人去那個黑鬼地方！」

剛才搖搖晃晃地搭電車回家，她已經想通透了。自問並非對哨牙炳這些年的花花草草毫不知情，但是吵也吵過、鬧也鬧過，斷不了就是斷不了，再無力氣理會。況且經過了高明雷那事，她心虛，不願干涉，後來又經歷喪子之痛，更懶得在此用心，只求天下太平，做個穩穩當當的龍頭阿嫂便已滿足。每回為女人的事情吵鬧，他都答應下不為例，以前她痛恨他不守信用，但近幾年，她覺得願意承諾已經等於「重視」，有重視，便算了，世上畢竟沒有不偷腥的貓。她明白哨牙炳花名在外，不僅兄弟們知道他好色，連街坊鄰里都知此事，到了這一刻，她忽然覺得與其被人在背後說三道四，不如反客為主，把花花草草大方邀來，當著眾人眼前，讓大家確認誰才是最後的贏家。你們跟我老公上過床，又怎樣？終究只有一個趙太太、趙夫人，就是老娘，而且跟他一起遠去天邊海角，沒你們的屁份。天下間亂搞的男人多的是，有膽識讓老公的花草亮相的女人或許只有我汕頭九妹。我不但要贏，更要贏得體面堂皇。

聽完阿冰的妙想天開，哨牙炳仔細琢磨了兩日，反覆思量，終於點頭同意。不算是被迫，他有他的盤算：在亂七八糟的時局裡離開香港，說不定有人覺得老子怕事。老子確是怕事，但也怕受到嘲笑，所以如果在晚宴裡搞些花樣，便可把注意力從他轉移到那些花花草草之上，老子成為萬紅叢裡一點綠，倒有獨特的風光。到時候，大家將讚許老子是大丈夫、真好漢，做人有情有義，敢讓上過床的女人在晚宴裡亮相，亦算是給了她們一個小小的名份。自問龍頭大佬擔當得不夠出色，若能在煙花江湖留個情深義重的威名，聊勝於無啊。世間嫖客多的是，但能夠在老婆的同意下宴請有過一腿的女人，老子可算前無古人、後無來者。

這麼一想，哨牙炳自鳴得意，睡前站在客廳良久，向神枱上的關公肖像虔誠上香。關老爺左手撚鬚，右手提著青龍偃月刀，腰背挺直，雙目炯炯有神地望向前方，嘴角掛著豪氣萬丈的淺笑。哨牙炳盯住肖像的眼睛，彷彿想看出什麼玄機，看久了，竟有幾分覺得頭暈，幸好在暈眩裡忽然有了靈感。翌晨睡醒，他匆匆忙忙趕往龍門茶樓，對圍聚飲茶的堂口手下道明申辦移民之意，並謂關二哥半夜顯靈報夢，囑他大排筵席，邀來昔日紅粉，贈金送財，公開承認床上情分，讓世人明白他是個情義充沛的好漢，上對得起兄弟，下對得起紅顏，他這一輩子有頭有尾，有始有終，有為有守。辦完這場晚宴，他將選定新興社的下任堂主，在移民以前正式交出龍頭棍。

兄弟們聽了，面面相覷，無不暗覺胡鬧，唯獨鬼手添另有想法。他已在密鑼緊鼓籌劃大嶼山賭場，也明白炳哥已對自己放心，炳哥移民，龍頭棍理所當然交到他手裡，於是馬上一拍胸脯，表態支持：「新興社冇咗炳哥，群龍無首，好撚麻煩。但難得炳哥看得破、放得下，我們應該替炳哥感到高興。炳哥放心，只要有我阿添在一日，保證冇人敢來搶地盤！誰來，我阿添斬開佢十八碌！來一個，斬一個！來十個，斬五雙！六親不認，『新』字當頭！」

花王二不甘後人，在旁道：「炳哥，這確實是『雙金臨門』的大喜事呀！」他已聽聞開賭之事，心裡暗喜，因為他判斷大嶼山船程遙遠，香港九龍新界的有錢佬不會受落，要搭這麼久的船，不如直接去澳門。到時候，新興社和福義堂血本無虧，鬼手添領導無方，才是他要求換人的大好機會。他不急，鋪橋搭頭都要耐性，何況爭奪龍頭大位。

「雙金臨門？」哨牙炳不解，追問花王二。

花王二笑道：「炳哥退出江湖，是金盆洗手；告別紅顏，是金盆洗撚。一金加一金，就是『雙金』了。」

哨牙炳縱聲朗笑，豎起大姆指，佩服花王二的古靈精怪。鬼手添睨了花王二一眼，覺得不是味兒，嫉妒得牙癢癢。

哨牙炳呷一口燙熱的普洱茶，向花王二問道：「那麼，這場宴會應該叫做『金盆洗手』抑或『金盆洗撚』？又或者『雙金全洗』？快快想個好名號。辜負炳哥無所謂，千萬別辜負了關二哥的託夢提點！」

花王二略為沉吟，輕拍桌面，道：「炳哥是名震灣仔的龍頭大佬，小弟建議，宴會不如喚作『沐龍宴』。」

「木龍？木雕的龍？」哨牙炳抓一下後腦勺，不明所以。

花王二連忙說：「不是木頭的木，是沐浴的沐。炳哥是大龍，炳哥的老二是小龍，如今炳哥出洋移居，等於雙龍出海、龍游浪奔，全身上下水氣飽滿。沐，就是水氣旺盛的意思。水為財，水旺則財旺，舉辦完『沐龍宴』，到了番鬼佬的地方，炳哥肯定再有幾十年財運可享。至於桃花嘛，在這邊放下了，去到那邊誰說不可以重新栽種？有水就有花，說不定洋桃花更香艷，更合炳哥的胃口！」

哨牙炳猛力一拍花王二的肩膀，誇獎道：「灣仔才子！冇撚得頂！」

移民手續竟然比預期中辦得順暢，阿冰委託三伯娘介紹的洋律師，有錢駛得鬼推磨，洋鬼日鬼黑鬼白鬼都是鬼，只要願意在律師費以外多送幾個紅包給南非領事館的人，在一疊厚厚的文件上簽幾個名字，兩個月後已可成行。他們既不脫手房子，也不頂讓店鋪，留下退路，以防萬一，待到約翰尼斯堡安頓之後再作打算。「沐龍宴」亦依計劃進行，阿冰請英京酒家的陳部長擬定菜單，十八席，她把菜單拿回家遞到哨牙炳面前，他看也沒看，只道：「你話事，老來從妻，都聽你的。」阿冰的精神衰弱一天比一天嚴重，哨牙炳體貼，讓她說一不二。

阿冰戴起老花眼鏡，湊近沙發旁的小燈把菜單讀了再讀，彷彿多瞄一眼即可令移民的事情多添一分篤定：

英京酒家　一九六七年十二月廿四日

趙文炳先生　沐龍大典

大漢全筵

每席盛惠港幣兩百元整

到奉點心

玉液桂魚卷、玫瑰菊花球、上湯片兒麵

四雙拼冷葷

波羅浴日、白雪紅霞、金玉鴛鴦、荷塘並蒂

四熱葷

碧綠珊瑚、金縷銀針、玉種藍田、松江玉膾

四海碗

一品官燕、鳳尾群翅、錦殿花狸、彩凫鹿羓

四大碗

龍紋鮑片、京扒熊掌、松鶴延年、紅扒海狗

四中碗

竹林瑞鹿、錦繡香羅、四海昇平、龍肝鳳髓

四每位

月中丹桂、雪花雀利、彩鳳啣芝、上湯雪蛤

四燒烤

硃盤獻宰、如意雞成對、花甲雙周、哈兒巴全體

四座菜

肘子婆參、河清人壽、瑞裙鱉肚、合歡比翼

四飯菜

京都醬肉、嶺南風腸、金銀乳酪、蘭遠金錢菇

四甜菜

蓮蓬豆腐、杏仁紅豆沙、甜仙翁露、百合海棠羹

敬奉

四看果、四水果、四糖果、四蜜果、四京果、四生果

八仙賀壽、三星公、爵祿封侯、五瑞獸

王母蟠桃乙座

眼睛瘦了，摘下老花眼鏡，阿冰揉揉眉心，哨牙炳忽道：「來，我幫你。」阿冰受寵若驚，臉上冒起一陣紅暈，呶一下嘴，羞澀地笑一笑。

哨牙炳坐近她，伸出兩根手指頭輕壓她的前額，由額到眉，由眉到太陽穴，問：「舒服嗎？」阿冰無比受用，輕輕發出「嗯嗯哼哼」的舒坦聲音，但馬上感到不好意思，刻意拉開話題，閉目說話。想當年，從汕頭說到澳門，又從純堅說到純勝，中間當然跳過了高明雷的一段，彷彿生命裡有些事情從未發生，唯有說得出口的才算真的存在。哨牙炳不答腔，只是聽，望著一直緊閉眼睛的阿冰，她的臉變成一幅白幕，放映著一段一段的影畫戲，戲裡，一張張臉龐，男的女的，老的少的，狂怒的，興奮的，焦灼的，剛毅的，一張重疊一張，慢慢地，阿冰沒提到的人，他的爸媽，蝦叔，南爺，都在眼前登場了，然後呢，又退去了，一張張漸漸地消散無形，白幕也不見了，剩下的只是陪伴他走過了二十九年人生的阿冰和她那皺紋斑駁的、眼肚浮腫的臉。

一陣陣複雜的感覺湧上心頭，是溫暖吧，卻也是寂寞，是淒涼，哨牙炳分不清楚、說不上來，唯覺心裡似被沉甸甸地壓著。他累了，垂下手，張嘴打個呵欠。阿冰溫柔地眼笑了，說：「快睡吧。老了，熬不了夜。我們都老了。」

哨牙炳伸個懶腰，站起身走回睡房。阿冰再瞄一眼桌上的菜單，然後對空蕩蕩的沙發另一端喃喃道：「阿炳，鴛鴦同命啊。這是你前世欠我，亦是我前世欠你。」

而她和阿炳都無法知曉，即使知曉了亦不願相信，「沐龍大典」將是他們夫妻共聚的最後一夜。

做人，無論如何總得找個不放手的倚靠，否定了它，便是否定了自己。

第四部　江湖笑看日初升　夢醒桃花沐飛龍

三十二·沐龍大典

阿冰特地訂造了一襲玫瑰紅旗袍，量身時吩咐裁縫把腰圍尺寸盡量收緊。個子矮細的老師傅抬頭瞄她一眼，彷彿在問：「你穿得下？」她對試裝鏡裡的自己偏一下頭，嘟嘴笑笑，想著：「可以的，只要我想要，可以的。」

離開裁縫店，她到中環永安百貨花了五十五元買回一條英國製的腰封，一星期後返店再度試裝，出門前喚女傭阿娟幫忙，她舉起雙手，阿娟依照說明書上的圖畫指示，把綿質封帶往她腰間轉兩圈，軟軟的贅肉被硬生生圍出了高低起伏，像擠摺的窗簾布，也似饅頭花卷最上端的層層疊疊。痛是痛的，但阿冰忍得住，還倒過來安慰阿娟，不要緊的，可以再用力，要靚就要付出代價。

被旗袍包裹的阿冰絕對配得美艷二字，腰顯得細了，本已圓翹的屁股更見跋扈，腰之上是胸，用的亦是在永安百貨買回來的英國胸罩，罩杯裡縫著墊杯，擠托得雙峰挺拔，於是身體變成一截曲折的河灣，奔流著火紅詭異的水，似工廠內在管道裡流竄的鋼鐵溶漿，冒著熱呼呼的蒸氣，稍有疏失即噴出傷人。阿冰知道強裝出來的好風光難以持久，但是「沐龍宴」是她的大日子，再難受亦須挺住，反正內衣襯托的加工效果除了阿炳和自己以外無人知道，「不知者不罪」，不知者也不笑，世上事情只要隱瞞得過去便沒關係，門面功夫即是內裡功夫。活著，誰不希望有內也有外？如果只能二選一，她寧要後者。

宴會當天，哨牙炳出門時已是下午五點半了，猜想阿冰已在英京酒家裡嘀咕抱怨。她囑咐過五點以前必須到達，但他貪睡午覺，朦朧醒來之際伸手摸摸下身，軟綿綿，沒精打采，跟他的腦子一樣。阿炳低頭苦笑道：「好兄弟，對不起你了，但今晚你是主人家，你就勉為其難，配合老哥演齣大龍鳳吧！」

出門前阿炳在鏡前端詳自己，昨天到「祥記理容店」找明叔把頭髮染黑，西裝也是新造的，淺灰色的直條「人」字絨布料，一百二十支針，上海裁縫師傅用半鹹淡說這是英國名廠Hollend & Sherry，廣東話諧音便是「好撚犀利」。哨牙炳在幾個抽屜之間左翻右尋，好不容易在重重疊疊的衣物底下找出一條桃紅絲質領呔，是陸南才的遺物，他留作紀念。

領呔在抽屜裡被積壓了許多年，縐得像一瓣乾枯的橘子皮，又有點褪色，其實出不了場面，然而哨牙炳並不介意，是陸南才把他引進江湖，到了金盆洗手之夜，特地打上這領呔，算是對南爺恩情的答禮和告別。呔背縫著一截細布條，繡著 Made in Scotland 的一行金字，米煙史葛倫，他懂這句英文，估計領呔是張迪臣當年送給南爺的小禮物。工人見到領呔也看不過眼，嚷著要替他先熨一熨，哨牙炳道：「不必，我自己來。」

他把窄窄的領呔平鋪在板子上，灑點水，用力把熨斗在呔面來回掃燙，水點在熨斗和領呔之間蒸發出絲絲霧氣，暖暖地，都飄進哨牙炳的眼裡，那是倉皇歲月的突襲重臨，眼前隱隱看見昔日跟南爺稱兄道弟、拉肩拍膊的放肆場景，闖蕩江湖似在玩遊戲，然而才一眨眼，已經消散無形。他把手掌壓在領呔上面，一陣燙熱穿透皮膚傳到心頭，令他對陸南才有了椎心的痛惜。那天坐在海邊的「撚樣石」上他覺得死得痛快亦是好事，這一刻，他卻不這麼認為了。南爺服氣嗎？張迪臣的死，他自己的死，都來得這麼使人措手不及，該說的話沒說清楚，該報的仇仍然未報，不甘心啊不甘心。然而在命運面前，再不甘心亦無能為力，如果他們能夠活下來，到了他這把年紀，必亦有跟他相同的領悟。哨牙炳曾經強迫自己想像陸南才和張迪臣之間到底是一種什麼樣的依戀關係，兩個男人，到底是怎麼回事。兩個男人，真的可以？但又有誰說過不可以？南爺不是讓他親眼看見，這是可以？每回這麼一想，心裡便不舒服，他告訴自己這絕對不是妒忌，然而如果不是，那又是什麼呢？如果是，又妒忌什麼？他分辨不清了，只知道三十年的日子都過去了，剩下的便是唯一的，能夠有剩下的已經值得快樂。

哨牙炳感到迷茫，說不清楚是欣然抑或淒然。不再想了，手忙腳亂地牽妥領呔，領結緊緊貼著喉頭，似是南爺陪他一起出席晚宴。望望鏡子，哨牙炳自覺年輕了五歲。

車子早在門外等候，本來英京酒家就在汕頭街附近，兩分鐘走路穿越莊士敦道的電車軌便到，但今晚是大日子，哨牙炳必須講究排場。傍晚的天空竟然有幾分暗紅，風裡有濕氣，俗話道「天紅而雨」，這該是一個水汪汪的雨夜。汽車沿莊士敦道往東行，在菲林明道來個急轉彎便到酒家，但忽然有一個男子不知從何處騎著單車衝出來，幾乎碰上哨牙炳的車，司機緊急剎停，男子卻頭也不回地駛得老遠，白襯衫捋起袖子，殘舊的藍布袂，戴眼鏡，背影消失在修頓球場外的電燈柱之間。阿炳朝車窗外白他一眼，啐道：「呸！仆街，死左仔。」

英京酒家門前早已擠滿湊熱鬧的街坊，新興社的兄弟拉開車門，哨牙炳慢條斯理地下車，人潮裡竟然有人起哄拍掌並高喊「炳哥，好嘢！」甚至有人咔嚓咔嚓地按動照相機，像歡迎大明星。阿炳含笑點頭，昂首濶步踏進酒樓。

五個月前英京酒樓被扔擲炸彈，炸壞了大堂右邊往上迴旋的乳白色大理石樓梯，是左仔幹的，他們承認了，理由是酒家助紂為虐，招待了港英防暴隊。樓梯早已修復，哨牙炳卻搭左邊的電梯，直上六樓金鑾殿，叮叮噹噹兩聲，電梯門關了又開，眼前大廳煙霧迷漫，推牌九的推牌九，打麻雀的打麻雀，也有在猜枚比酒，喧嘩叱喝比街市還熱鬧。兄弟們該來的都來了，「福義勇」、「和新義」、「和聖堂」、「敬義」、「粵東」的賓客也來了不少，彼此之間平日偶爾有衝突糾紛，更動過刀槍，但該吃喝時還得吃喝，有錢賭時更要賭錢，俗語說「賭桌上無父子」，賭博必須認真，只講贏輸，不論情面，哨牙炳深信賭桌上也無仇人，除非真有不共戴天之仇，否則站到賭桌前，長三板四，牌上論英雄，賭桌外的恩怨皆可暫時拋開。

哨牙炳跨步邁前，大廳內兄弟都喊「炳哥！」、「炳哥！」、「炳哥！」，他不斷點頭揮手，走到大廳最前方有個臨時搭建的舞台，台上豎著兩座高得誇張的大紅花牌，幾乎觸碰到天花板，由頂到底綴滿花簇，射燈直照花上，鮮紅桃紅緋紅淡紅，濃烈的花香被天花板上晃動的電吊扇吹得流竄四濺，湧進哨牙炳的鼻裡，他鼻翼一緊，忍不住打個噴嚏。花王二連忙走近遞上熱毛巾，道：「炳哥，今日係你老人家的大日子，保重龍體！」

哨牙炳接過，狠狠地把鼻涕擤在毛巾上，啐道：「刁他媽，要金盆洗撚了，龍體保重來有乜意思？」

花王二笑道：「不用擔心。不是常說『女人一日唔死，一日都可以再哄回來』嗎？男人一樣，細佬一日唔斷，一日都可以再硬起來。留得賓周[1]在，哪怕冇女搞？炳哥去到南非，幾萬個黑妹排住隊任你搞，對不對？炳哥是飛龍，沐過的飛龍是更勁的飛龍啊！」他向大廳前方台上揚一揚下巴，哨牙炳順著他的目光望向台上花牌，左右並排，花簇裡各垂下一幅紅布條，上有金漆字，直寫道：

江湖笑看日初升

夢醒桃花沐飛龍

台上亦吊掛著一幅紅布橫幅：

沐龍大典

花王二得意道：「我寫的，希望炳哥啱聽！」

哨牙炳點頭讚好，然後伸手輕扶花王二的手臂，提醒他：「阿添的賭館和碼頭是堂口的金礦，幾百個兄弟，幾百口人家，有冇飯食，全靠他。可是阿二你管住堂口的花檔，其實更佔便宜，差佬會去冚大檔，卻永遠唔會去冚花檔。中國人嘛，死人白事送花圈，吉慶喜事送花牌，新界佬和蜑家佬又一年到晚要搶花炮，花來花往，長做長有，做到九十九歲都唔驚冇飯開。總之你兩兄弟都是在做善事，賭錢的人高興，買貨的人高興，做人嘛，求的不就是個『高興』二字……」

此時背後忽然傳來一道聲音把他打斷：「講得好！阿炳，既然走得咁高興，點解唔帶埋我去？」

回頭一看，是挺著個圓滾肚腩的灣仔區華探長廖丁凡，大家在背後叫他做「麻煩探長」，當面則尊稱「廖老闆」。哨牙炳連忙轉身抱拳，滿臉恭謹地說：「哎呀，驚動廖老闆，罪過罪過。小弟今晚在這裡做這場大龍鳳，真係『靈堂放屁』，失禮死人。話說回來，全香港的人都可以走，只有廖老闆不可以，你一離開，香港會陸沉！」

兩人相互恭維之際，阿冰悄悄出現身旁，眉目皆是喜盈笑意，像願望成真的新娘子。廖丁凡故意在阿冰面前調侃哨牙炳：「我特地來看你個仆街仔點樣洗撚，等一下一定要掏出來讓大家看個夠！」

阿冰掩嘴而笑，哨牙炳則大方回道：「廖老闆，我們在浴德池一起泡過幾百次上海澡了，早就互知長短，還有什麼好看？全香港，當然係你最長！」

阿冰笑得更開心，嗆了兩聲，廖丁凡吮一口夾在手指間的雪茄，道：「呵，炳嫂千萬要保重身體，去到鬼佬的山旮旯地方，阿炳以後得番你一個女人，辛苦你了。你確是大方，如果我家的黃臉婆有炳嫂的一半器量，我就快樂過神仙！」

聊笑一陣，廖丁凡使個眼色，示意哨牙炳到大廳側的小房間坐下細談。廖丁凡告訴哨牙炳，無頭 Sir 今晚不方便親臨致賀，但託他帶話，提醒阿炳留意鬼手添的動靜，雖然他和「福義堂」大哥木在籌備賭場，卻仍暗中跟跟細眼超和鶴佬德明眉來眼去。哨牙炳臉色一沉，嘆一口氣，暗忖人雖未走、茶卻已涼，鬼手添原來是個養唔熟的反骨仔，但今夜是沐龍大典的好日子，得先忍住，明天才把他召到堂口嚴詞責問。

廖丁凡道：「無頭 Sir 只是善意提醒幾句，你留心一下便好，唔好陰溝裡翻船。既然要走，就要走得清清爽爽，去到番鬼佬的地方，安心享下清福，搞多幾個黑鬼婆，但千祈唔好俾炳嫂發現，她會閹咗你，我們汕頭女人好撚惡死。來，推幾口牌九，我好久冇同你賭錢！」

兩人步離房間，走向鬼手添的賭桌，大家擠出空位讓哨牙炳和廖探長站到桌邊，阿炳對站在他對面的鬼手添喊道：「阿添，玩歸玩，要玩得規規矩矩，收起你其他幾隻鬼手，唔撚好對炳哥出古惑！」

就是在這番牌九局裡，哨牙炳一連取了三鋪「鴛鴦六七四」。

註釋

1 賓周：男人的生殖器，陽具。

三十三・仙蒂，親愛的仙蒂

還記得先前現身的仙蒂嗎？我在前面只略提了她一下，只因覺得把仙蒂留在「沐龍宴」重新出場最適宜。像她這樣的女人，唯有在這樣的宴會裡最能展現風光。

仙蒂，調皮的仙蒂，頑強的仙蒂，親愛的仙蒂，如果陸南才不曾遇上這樣的女子，他對張迪臣的愛還會這麼強烈？恨，也會這麼強烈？他從仙蒂身上看見了生命力，也灌溉了自己的生命力，仙蒂讓他明白絕不可以在傷害面前屈服。這是仙蒂告訴他的：「阿才，他們傷害不了我們，真的，我們一定要活得比他們好。」仙蒂給了陸南才力量和勇氣，如果張迪臣是他的神，仙蒂便是他的仙。

仙蒂是身體力行。戰前被父親從惠州賣到香港石塘咀歡得樓做「琵琶仔」，那時候叫做「小白仙」，破身後一路做得紅牌阿姑，政府一九三五年取締華娼，她轉到灣仔 Crazy Darling 做吧女，取洋名 Cindy，練得一口順溜的 Chinglish，跟英國客人打混出另一番風光明媚。香港陷落，日本鬼子准許塘西復業，酒吧老闆冬叔見她精明幹練，找她合作在花艇開設歡得廳，她換個新名字叫做「碧仙」，大家喊她「仙姐」。日本鬼子後來灰頭土臉地走了，她可沒有，跟冬叔重返灣仔駱克道，他出錢她出力，各做半個老闆，再度掛起 Crazy Darling 的霓虹招牌，並且因為韓戰和越戰的關係，美國的阿 John 阿 Jack 來了一堆又一堆，酒吧招牌比昔日更璀璨，她深信世上只要有男人，最好同時有戰爭，霓虹光線便不熄滅。

可她只對男人的鈔票感興趣，能夠給她快樂的是姐妹。儘管佩姬嫁到英國，她卻不愁欠缺這個姬那個姬，旗下有幾十個吧女，她是老闆，想要誰都不會受到拒絕。至於愛，她不急，該來的時候自然會來——譬如說，一九六一年。

碧仙那時早已把名字改回仙蒂，大家仍然習慣喚她「仙姐」，四十四歲了，手臂和臀部固然比年輕時圓潤了不少，幸好保住腰肢的曲線，把旗袍穿到身上，依然配得上魅媚二字。去年荷李活電影公司到灣仔酒吧區取景拍〈蘇絲黃的世界〉，新興社在盧押道收陀地，她和姐妹們湊熱鬧擠在人群裡，踮起腳尖老遠爭看靚仔小生威廉荷頓，導演忽然要求多找幾個吧女做臨時演員，她當仁不讓，高舉雙手喊嚷「Me! Me! Me!」結果真的被選中，電影放映時仙蒂拉隊請姐妹們到英京酒家旁的東方戲院觀看，在大銀幕上瞥見自己的三秒身影，暗暗高興，覺得年輕二十多歲的女主角關南施有的只是人人有過的青春，而自己呢，卻是只此一家的風韻。散場後，她請姐妹們到汕頭街的操記吃泥鯭粥慶祝做了「國際明星」。

然而仙蒂不會發明星夢。並非因為老了，只是生命折騰得她相信鈔票比任何事物都更實在，她恨不能用鈔票做床板，躺睡在上面，嗅聞著錢香入夢。除了每日坐在Crazy Darling的櫃枱後面收錢數錢，她也跟雞佬成合股開了兩三間女子理髮和女子擦鞋，酒吧賺英國佬美國佬的錢，其他的店賺廣東佬上海佬的錢，華洋通吃——更吃出一段不打不相識的緣份。

一個傍晚，仙都女子擦鞋店的清潔阿姐氣沖沖地到酒吧找仙蒂，神色慌張地說有警察找麻煩。仙蒂怒問：「邊個差佬咁夠膽？雞佬成不是派了規費？」清潔阿姐答道：「唔係差佬，係差婆！」

原來是深水埗區的女警目三姐，忽然便服現身於仙蒂旗下的女子擦鞋店，但非收錢勒索，而是花錢享受，像其他大爺客人般坐在高腳椅上，欣賞低胸裝女侍應蹲下時的搖晃雙乳。女侍應不慣服務女人，板著臉，又出言譏諷說：「女人睇女人，點解唔番屋企照鏡睇自己？」三姐盛怒之下蹬腳把她踢了個倒樹蔥，再衝前左一巴掌、右一巴掌，將女侍應摑得臉青鼻腫。仙蒂趕往調停，命令女侍應鞠躬賠罪，然後她把三姐拉進小房間，淡定地說：「這種事情一旦傳出，會被街坊死笑。不如到我的酒吧喝一杯，我請客，那邊女人多得是，有個由桂林來的Irene，嘩，對波好似竹筍咁尖，我估你一定喜歡。」

那個晚上三姐把 Irene 帶到酒店，仙蒂望著她們踏離酒吧時的背影，心底湧起一陣莫名的暖意，竟覺她們都是自己的親人，鼻頭一酸，幾乎掉下眼淚。過了三天，三姐再度出現，可是這回是為了仙蒂，坐在吧枱旁嬉笑到酒吧打烊，再嚷著請她吃宵夜。

仙蒂猶豫一下，道：「累了，改天吧。改天我在家煲湯，你來喝。」

三姐自此常在仙蒂家裡出入，見到客廳供奉了滿天神佛，十八羅漢、關二哥、觀世音、釋迦牟尼，還有一個矮木櫃，櫃上或橫或豎地擺放著十多個不同材質和尺寸的十字架，是陸世文從菲律賓寄回來送她的禮物，生日寄一個，復活節寄一個，聖誕節寄一個，他在香港念的是天主教小學，到馬尼拉跟父親陸北風團聚後，信仰不改，對仙蒂的禮貌也不改，年年準時寄出賀禮。另有幾幅掛在牆上的油畫，出自陸世文手筆，他自小喜歡拿筆在紙上塗塗畫畫，小時候常喊仙蒂「神仙阿姨」，因為仙蒂對他說，陸南才和陸北風都是她的結拜哥哥。

仙蒂對三姐說了陸南才的故事：「你出生那年，阿才從河石鎮到茂名當兵，你兩歲那年，他從茂名徒步逃來香港……」

三姐本名徐茵姍，三十二歲，警隊編號是PC6003，所以同僚戲稱她做「三姐」。她是澳門人，母親在一九二九年把她生下，不久後死於霍亂，當苦力的父親獨力撫養她，卻在她十七歲的時候爬上她的床。她從家裡逃出，到酒樓當枱面收銀員，幾天後被部長拉到二樓辦公室的小房間裡蹂躪。她又逃出，索性逃到香港，四、五年間先後做了亂七八糟的幾個工作，一天讀到報上的女警招募廣告，月薪一百六十五元港幣，是她在出版社當抄寫員的四倍，鼓起勇氣報名，過五關斬六將，竟然讓她考上。

香港政府於一九三八年通過〈保護婦孺條例〉，應允招聘女警察，但拖到一九四九年二月廿八日的《華僑日報》始出現這樣的新聞標題：「適應各種工作需要，本港設女警察，初期招女警士五十名，副幫辦三名」。然而無人報名，主要因為條件苛刻，入職者必須懂英語，且要接受六個月訓練，到了第三次招聘，終於有五個女子申請女副幫辦職位，到了年底，選定其中一人，在馬來西亞婆羅州出生和成長的Kimm Koh，後來由上司替她取了個中文姓名「高健美」，女警之母，新時代總算開始。徐茵姍是高健美的師妹，警察訓練結束的時候，二十三歲，畢業那天步離黃竹坑學堂，抬頭仰望門前藍天，她對自己發誓道：「今天起，我不會再讓任何人欺負。」

三姐交往過幾個女子，但是都不長久，對方若非受不了蜚短流長，便是受不了她的壞脾氣，被她罵跑、打跑。認識仙蒂的時候，三姐其實已有一位拍拖半年的女朋友，在油麻地果欄工作，三姐對她說：「對不起，我不是不愛你，我只是更愛她」。三姐擔心阿麗會隨手執起水果刀捅她，幸好阿麗只是閉上眼睛，張開嘴巴大聲嚎哭，不斷哭、一直哭，她手足無措，轉身離開，走得老遠依然聽見阿麗的淒厲哭喊。事隔六年了，每回想起阿麗，三姐隱隱覺得她到了今天仍然在哭。

遇上仙蒂，三姐覺得是自己的好運氣，仙蒂令她明白原來自己渴求的並非保護而是受到疼惜，每回心裡有氣，仙蒂輕輕幾句開解已可馴服她的心底野獸。仙蒂的年紀比三姐大十二歲，一個心思綿密，一個硬朗慓悍，或許友誼往往如愛情，互相從對方身上補回自己失去的一半，同樣是鴛鴦不搭地配對始可長可久。在仙蒂面前，三姐心甘情願做一隻聽話的貓咪。有一回兩人相擁床上，三姐把手指埋在仙蒂的長髮裡，幽幽慨嘆道：「點解我這麼遲才遇見你？點解你這麼遲才出現？」

仙蒂聽了有點不悅，張嘴咬了三姐肩膀一口，罵道：「哼，你嫌棄我老？是早是晚，佛祖自有安排！何況什麼叫晚、什麼叫早？有人相逢恨晚，有人卻相逢恨早，早聚往往早散……」「不散！不可以散！」三姐用嘴封住她的嘴，不准她往下說。然後從床邊小櫃裡掏出一對手銬。「把我們緊緊扣住，誰都不准離開誰。」

仙蒂捉狹地說：「Yes, Madame!」

哨牙炳是患難之交的老友記，「沐龍宴」這麼意義深遠的大日子，仙蒂不可能不盛裝出席。她選了一襲藍綠色的直襟鳳仙領旗袍，天氣冷，外加一件灰銀狐皮短褸，是在先施百貨買的時髦款式，售貨員說英國流行。

她當然備了禮。仙蒂在譚臣道的百福金行訂了一支金如意，九九金成色，旁邊特地擺放兩粒金蟠桃。一棒二桃，時時刻刻提醒阿炳在灣仔有過的無邊風月。

瞄瞄牆上掛鐘，時近六點，仙蒂拉開梳妝桌的小抽屜，找出一個象牙首飾盒，裡面橫豎放著幾對她最鍾愛的耳環和幾隻鑽戒，也有幾張細小如郵票的黑白照，她小心翼翼地拎起照片，湊近眼睛端詳照裡的兩張臉孔，陸南才坐著，站在他旁邊的洋人是張迪臣，那是個下雨的傍晚，兩人興沖沖地到她的住處，帶著張迪臣從警局偷出來的照相機，央求仙蒂做他們的攝影師，他們不久前分別在手臂紋了個「神」字，要拍照紀念。仙蒂覺得新鮮，不懂拍也拍了，生平第一回拿照相機，張迪臣教她好久，她仍然手忙腳亂，像做賊一樣地緊張。結果只拍了三、四張，焦點調校不準確，兩人的五官模糊一片，似小孩子在功課簿上用橡皮筋擦了擦的兩圈錯字。其中一張照片，兩個人手牽手，張迪臣比陸南才高了半截，阿才扭著脖子把臉貼到張的肩上，仙蒂嘲笑他像個待嫁的新娘，沒有半分堂口龍頭雄風，阿才對她吐舌頭、裝鬼臉。她拍下這個場景，如今隔著時間看去，人不在，鬼臉更如鬼魅。

後來張迪臣在仙蒂居所的廁所裡用藥水把照片沖出，奇怪，今夜看著照片，當年那股濃烈的氣味立即重新湧進鼻孔，彷彿兩人仍然在她的屋裡。忘了是什麼理由，兩人沒把照片帶走，照片一留便到今天，成為阿才寄存在她這裡的秘密。今天是哨牙炳的「沐龍宴」，三十年的老朋友，走一個便沒一個，思潮起伏，忍不住翻看陳年老照，似是代表阿炳向阿才正式說句再見，天涯路遠，各自挑路前行。

其實幾天以來看過照片不知道幾遍了，看一回，難過一回。自問並非沒見過場面和世面，這麼多年了，多少變卦都能沉著面對，生離死別，踐踏欺凌，仙蒂都告訴自己忍一忍便熬得過去，如果一切是命，唯一能做的事是配合命運的腳步，即使走投無路，同樣是命，認了便好了。只要選擇站在命運這邊，你跟命運同命，苦便沒那麼苦。相士曾批仙蒂八字，命局中滿盤金水，水旺而無制，桃花而無主，並且官剎混雜，多出入煙花之地，淪落風塵。她認了，活得心安理得。但恐怕因為有了歲數，更因為有了三姐，好不容易找到一位知心的人，她要讓三姐快樂並且一直快樂下去，仙蒂忽然非常渴望把眼前手邊的世界留住不變，抓住它們，抱住它們，不准它們流失。到這年月，仙蒂最恐懼的是一個「變」字，所以經常回看舊照，幻想自己仍然留在照片裡的遙遠世界。照片裡的陸南才和張迪臣，共同守護一個只屬於他們的秘密。

對於秘密之保守和揭露，仙蒂一直有她的看法。以前她對陸南才說過：「自己認為可以就可以了，再不然，不要讓別人知道就可以了。沒關係的，有了秘密，躲躲藏藏的，像冒險似的，他們看我們像鬼，我們看他們也像鬼。就算被知道了其實也沒關係，秘密沒你想像的咁重要，知道了就知道了，只不過，守住秘密，本身就很刺激。」阿才確實守住了秘密，守得非常非常緊，她曾取笑他膽小如鼠，是「鼠頭」，不是龍頭。然而近些年她逐漸變得謹慎，經常覺得有許多對眼睛從暗處探望過來，可真應驗了「江湖走老，膽子走小」的老話。此刻把陸南才的照片握在手裡，仙蒂再次提醒自己萬萬不可輕率，對於生者，對於死者，絕對不可以有任何傷害。

反而三姐的坦蕩蕩常使仙蒂吃驚，在大街上攬抱，大模大樣地出入她的居所，三姐全不忌諱。仙蒂提醒她，雖然女人和女人來往親密是合理正常，比較容易掩飾隱瞞，但三姐吃的終究是政府皇糧，步步為營始是安全上策。三姐卻絲毫沒有收斂，抬頭挺胸地說只要有兩人相愛，天塌下來也能頂住。跟三姐相處，仙蒂從對方身上窺見自己昔日的痛快影子，那麼無懼無畏，那麼自給自足，三姐讓她感受到失去已久的理直氣壯。

但有一回，三姐比仙蒂更多愁善感，兩人到洪聖廟前上香之際，三姐忽然流了一臉的熱淚。仙蒂笑道：「哭什麼哭呀，又不是來替我上墳！」三姐抹去淚水，道：「我不知道……我也不知道。」仙蒂心裡其實亦是感動的。友情，親情，愛情，活得年歲越久，她越明白唯有「情」字能夠讓人像在泥土裡扎了根，到了斷氣臨終的時候，如果沒有對誰牽掛，或者沒有被誰覺得不捨，想必是難以彌補的遺憾。匆匆活過幾十年，情最傷人，情卻亦最動人。

三十四・沖天香陣透長安

仙蒂這夜整裝妥當，暗忖：「差不多了，家俊應該不會遲到吧？」

她把照片放回首飾盒裡，朝鏡子補一下臉妝，這幾天睡不安穩，眼皮腫脹，特地把眼影塗得深厚，彷彿房子有了可供依靠的堅實屋頂，有了抵擋風雨的安全感。

蕭家俊並未遲到。在約定的時間，傍晚六點一刻，門鐘叮噹響起，一個肥胖的身影出現於仙蒂的謝斐道唐樓門前。

一九三八年初蕭家俊把陸南才帶到毛妹家裡，始認識仙蒂，始有了後來的故事。毛妹活到一九五四年，四十二歲，戰前患過肺炎，戰後再犯一次，躺在醫院像一根被榨乾的甘蔗，家俊哭得死去活來，有情有義的男人，日子過得比沒心沒肺的男人辛苦得多。此後家俊彷彿變了另一個人，吃喝再吃喝，臉和身都胖得像圓滾滾的球，也不再混堂口了，跟親戚學做生意，以前三兄弟在修頓球場一帶向黃包車伕勒收保護費，現在開設的士公司，取名「摩利」，英文Molly，跟毛妹的洋名相同，是只有他和仙蒂明白的情義暗號。公司開始時管理五部的士，自僱司機載客，後來有十部、十五部，改把的士每部每日八十元租給司機，一天進賬一千多元，資金豐裕後，開拓樓房維修業務，承接了不少政府工程，財源滾滾要擋也擋不住。

蕭家俊發了財，經常請仙蒂旗下的吧女到紅寶石食大餐，是給她做面子。這次仙蒂送禮給哨牙炳，事先曾找家俊商量，他出了主意，更買了單，家俊的年紀其實比她還大三歲，但這些年來因常得她提點，倒像他是弟、她是姐。

進門後，蕭家俊用手帕朝額上抹汗，喘氣吁吁地說：「我們應該走路過去，大道東剛剛又有『同胞勿近』，防暴隊封鎖了一截電車路，開車反而更慢。我也是在和昌押那邊下車，連跑帶跳趕過來，累死人！」這陣子路旁經常出現貼有「同胞勿近」的紙袋，大多數裡面只放磚頭，卻亦有真炸彈，殺傷力雖不太大，已足令風聲鶴唳，防暴隊更是疲於奔命。

仙蒂用塗了艷紅蔻丹的指甲隔著襯衫輕刮一下家俊的肚皮，說：「你再不減肥，不必勞煩炸彈，你自己會心臟病發。」

蕭家俊急忙拉好西裝外套的鈕釦，豐胖的臉頰竟然浮起霞氣，像一個被捉弄得手足無措的男學生。仙蒂朝桌面嘟一下嘴，示意他記得帶著金禮，又說：「別忘記拿南叔的木把手，否則他會報夢找你算賬。」蕭家俊執起綁了一條紅絲帶的木把手，掃打了幾下空氣，欲言又止地道：「其實，我也有神秘禮物送給炳哥。」

仙蒂問道：「是什麼？」

家俊眨一下眼道：「要保密。你肯定也會高興，所以，等於同時送給你！」

仙蒂懶得追問，兩人急步出門，沿謝斐道走到盧押道，轉經軒尼詩道修頓球場，燈亮了，賣武賣藝賣吃賣衣的人都來了，江湖就是搵食，搵食就是江湖，吃不飽的江湖是最混亂的江湖。但時局終究影響了生意，仙蒂的酒吧有越南戰爭休假的美軍撐著門面，尚算過得去，女子理髮店和女子擦鞋店卻甚冷落，客人被遍地的「同胞勿近」嚇怕了，尤其史釗域道的「杜老誌」舞廳，兩星期前被左仔用油漆在閘門塗上大大的紅字，「徹底打倒港英白皮豬！」、「堅決推翻萬惡資本主義！」守門阿差告訴她的姐妹，別說老襯不敢上門，連舞小姐都不來上班，擔心舞廳被扔炸彈。仙蒂聽後，對姐妹笑道：「幸好我的酒吧只服侍鬼佬，比較安全，左仔如果敢來搗亂，炸死了一個阿 Jack，美國人可能用原子彈炸爛香港！」

舞廳通常與球室相連經營，地面店鋪是跳舞喝酒，一樓「波樓」打桌球，同時供堂口兄弟聚集，有糾紛的時候可以立即就近調兵遣將。鬼手添說這是「以場養兵」，像古代的屯軍佈防。英京酒家也有舞廳，叫「英京夜總會」，在五樓，但沒有波樓，可是獨樹一幟，由駐場樂隊演奏粵曲《胡不歸》讓賓客跳慢狐步舞。

這夜快走進到英京酒家，仙蒂拉一下蕭家俊的西裝衣袖，說想先到春園街的「楊春雷」涼茶店喝一碗廿四味，這幾天吃得太多煎炸油膩，喉嚨沙啞，待會兒難免又要大吃大喝，得先在胃裡打個底。楊春雷是五、六十年的老店，在順德行醫的楊四海於清末南香港灣仔賣涼茶，戰時由兒子楊檍楠接手經營，連日本鬼子感冒了也來幫襯，卻從不付賬。仙蒂慢慢喝下熱騰騰的廿四味，蕭家俊在旁一直看錶，焦急催促道：「飲快啲！炳嫂說有好戲看，別錯過。」

仙蒂白他一眼，道：「急什麼急！老友鬼鬼，炳嫂肯定會等埋我們才開場。唔知炳嫂搞乜鬼，總不至於真的叫阿炳把細佬掏出來用熱水洗完又洗吧？」

家俊聳肩道：「汕頭女人，什麼事情做不出？說不定還要由你仙姐主持大局，動手幫炳哥洗乾淨呢。」

仙蒂把空碗擱在桌上，啐道：「洗你個死人頭！可以走了，短命種！」

英京酒家電梯緩緩升向六樓的金鑾廳，行經五樓夜總會，傳來一把響亮雄渾的女聲，唱的是白光名曲〈戀之火〉，嗓子比原唱更厚實，更接近時代的斑駁氣息。蕭家俊一聽便知道是那位本名徐鄖書的小姑娘，兩年前參加《天天日報》舉辦的「香港之鶯」歌唱比賽，取得第一名，很快走紅歌壇，改藝名為小鳳，用十八歲的青春在夜總會與夜總會之間換取喝采和家用，外號「小白光」。家俊在北角「麗池」和「天宮」多次欣賞過她演出，聽得陶醉難忘，沒料到今晚又在這裡遇上，電梯門打開，他竟然一個箭步衝出，頭也不回地沿大理石樓梯走下五樓，只留下一句：「我聽完馬上回來！」

仙蒂哭笑不得，只好獨自往前穿越一張張的賭桌，本來只是餐桌，鋪上報紙，在紙上賭個天昏地暗，便是賭桌了。堂口兄弟紛紛跟她打招呼，仙蒂卻被舞台上的花牌攝住注意力——此時已經不只有兩座花牌了，又增添了十一座，每座都比人高。

原先的花牌仍在，擺在中間，左邊「江湖笑看日初升」，右邊「夢醒桃花沐飛龍」。它們兩側各另放置了稍矮的花牌，牌上前前後後貼滿紅色的紙花和絲帶，頂部皆嵌著一面圓形的小紅牌，上有紅紙黑字，各寫一個花號。仙蒂站在台上，默唸一下，左側五座，分別是梅、杏、桃、石榴、蓮。右側六座，是玉簪、桂、菊、芙蓉、山茶、水仙。她明白這是一年四季的代表花種，只不過，欠缺了四月的牡丹。

「仙姐，犀利吧？十幾個花牌都是我店鋪的隆重鉅獻。」花王二突然在仙蒂耳邊逞威自誇，把她嚇了一跳。回過神後，仙蒂問這是搞什麼把戲，花王二壓低聲音，幸災樂禍地說：

「今晚不是請來炳哥的十一位老相好嗎？十一種花，十一個女人，春夏秋冬，齊哂腳，一人一座花牌。這陣勢叫做『沖天香陣透長安』，犀撚利！炳嫂說等一下炳哥要把花名親手剪下。我連金剪刀都準備好了，他老人家大剪一揮，咔嚓一聲，從此告別女人了！」

「臨別秋波，每人送一座花牌做分手費？太寒酸了吧？」仙蒂問：「牡丹呢？怎麼沒了牡丹？」

花王二笑道：「炳嫂說她自己就是牡丹，所以只邀請了十一個女人。有一座最巨型的牡丹花牌放在後台，好戲在後頭。」牡丹是眾花之王，號稱「花魁」，龍頭上的龍頭，老大中的老大。十一個花牌名號全由花王二親筆提寫，但「花魁」二字不寫書法，改貼金紙，讓人一眼看出獨特的地位。

仙蒂又問：「炳哥搞過的女人少說也有一千幾百個，只邀來十一個，太失禮了吧？這十一個點樣揀出來？」

花王二道：「炳嫂只准他請十一個！我問過炳哥，他說這十一個女人不只跟他上過床，還懂得討他歡心，跟他談天說地，聽他發過牢騷。其實這類女人也不只十一個，他列了一張名單，有四、五十個！最後他閉起眼睛，用毛筆在名單上面畫圈圈，畫中誰，便請誰，讓老天做決定。」

仙蒂抿嘴笑道：「真是亂點鴛鴦譜！」

十一座花牌置於台上，仙蒂暗笑哨牙炳自尋煩惱，男人大丈夫，其實想屌就屌，想唔屌就唔屌，何必多此一舉？但她明白炳嫂的剛烈性格，英雄難過老婆關，況且阿炳並非英雄，他一直只想做二把手，可惜阿才不在，風哥也不在，命運把他推到大哥的位置上，如今移民他往，卸下重擔，是好事，可打死她也不相信移民之後阿炳管得住自己的老二，到時候且看阿冰如何應對。

剛念及阿冰，她便來了，興高采烈地跟仙蒂打完招呼，又興高采烈地轉身招呼其他客人。今晚是她的祝捷大會，苦戰二十多年，終讓阿炳答應金盆洗撚，等同焦土政策的慘勝。仙蒂朝阿冰的背影遠望過去，大廳後右方坐滿盛裝打扮的鶯鶯燕燕，十六、七人，其中大部分必是哨牙炳特定請來的老相好，梅蘭菊杏芙蓉水仙，全都在了吧？另外的幾個女子，仙蒂也認得，阿英、阿月、阿玫，有些是旺角「十二金釵」的人，都是伴舞女郎或女大班，分屬「14Ｋ」、「和勝和」、「聯英社」、「和安樂」、「同新和」等不同堂口，卻互通聲氣，恁誰也不敢欺負。每天下午十二個金蘭姐妹齊集在旺角鳳如茶樓飲茶聊天，比麻甩佬們更聒噪。

三年前這群女人鬧過大事，她們慣用的茶樓桌子被潮州幫「敬義」佔據不肯讓座，吵嚷一番後大打出手，女人終究吃虧，處於下風，大家姐阿英乾脆跳到桌上，猛喝一聲：「條四兄弟在哪裡？」所謂「條四」就是14Ｋ。經她一喊，立即有十多個茶客挺身助陣，把潮洲佬打得屁滾尿流。事後幾個堂口召開江湖大會，舊怨新仇盡被掀出，再經歷了幾輪廝殺才談和解決。

姐妹堆裡，有個女子叫阿群，嗓門最大，用沙啞的鵝公喉撩撥鄰桌男賓鬥酒，一張國字臉漲紅似一塊燒得火紅的炭，可把身邊的人炙傷。戰前阿群的洋名叫 Angel，也在灣仔酒吧搵食，吧女們在一九三九年的聖誕辦「抗日籌款舞會」，她有參與，仙蒂籌了廿五元美金，第四名，阿群僅僅比她多籌一元，第三名，因為不服輸，所以印象深刻。

阿群是安娜的親密姐妹，安娜從澳門來港搵食，在White Horse酒吧上班，經常跟Crazy Darling的吧女打麻將、吃宵夜，大家混得熟絡。安娜後來回澳門嫁人，開了酒吧當老闆娘，阿群被招攬過去，也嫁了人，但又離了婚，帶著孩子長居當地，眨眼廿多年，跟仙蒂極少聯繫，沒想到今夜在此重逢。阿群胖了可不少，穿一襲窄身艷黃旗袍，像個塞滿了硬幣的利是封，但仙蒂只憑眼神已認出她，一對眼睛深陷在腫脹的眼肚裡，就算是笑著，亦似含恨，彷彿全世界虧欠了她。

阿群遠遠看見仙蒂，揮手招她過去湊熱鬧，仙蒂擠起笑容，花顫柳擺地走過去，但忽然覺得仍是應該先找主人家道個恭喜和送禮，於是停住，隔空用手勢向阿群示意稍後再談。仙蒂回身找了花王二，問：「炳哥呢？臨陣脫逃，不洗撚了？」花王二笑道：「他敢？炳嫂斫死他！他在貴賓室。」

仙蒂朝貴賓室走去，走近門前已聽見哨牙炳的嗞嗞笑聲，他的聲音偏向尖吭，笑起來像拉壞了的二胡調子。她咯咯敲門，再輕輕一推，門後站著一個男子對她做出誇張的舉手禮，喊道：「神仙阿姨！」

仙蒂大吃一驚。男子鼻樑挺拔，戴著金絲框眼鏡，印堂開闊，粗濃的眉毛往上放肆飛揚，嘴唇薄，她見了，幾乎衝口而出喊一聲：「阿才！」

三十五・阿群

眼前人並非陸南才。只是陸世文。

仙蒂上回在香港見陸世文，他才十四歲，身子開始拔高，卻仍一臉娃娃肉，是個大小孩。九年多未見，已經徹頭徹尾是個大人，雖然他寄過不少照片給仙蒂，有血有肉地站在眼前卻是另一副模樣，陸南才和陸北風是兄弟，他卻比北風長得更似南才。俗語說「外甥多像舅」，他卻是長得酷似伯父。

站在門前，仙蒂驚訝得說不出話來，眼神是興奮的，但又馬上沉下來，覺得委屈。怎麼回來香港也不預先知會她，難道把她看成外人？

「阿姨，我代表父親回來給炳叔餞行，想給你們驚喜，所以先不說。明天我請神仙阿姨吃飯賠罪！」陸世文見仙蒂滿臉不悅，連忙婉言解釋。他預訂的是前天抵港的航班，但馬尼拉的天氣壞，拖延到昨天中午才起程，夜晚抵埗後先往蕭家俊家休息，今早去飲茶和理髮，也在修頓球場附近轉一轉，好好看看久違的舊地。

哨牙炳坐在房內沙發上幫腔圓場，笑道這是很好的事情呀，風哥真有心，自己回不了香港，特地派兒子做代表前來，還送了一堆菲律賓土產手信，木筷子、木匙、木碗，剛好讓他帶去南非跟當地土著一起吃飯。純芳也在，陸世文和她相差五歲，小時候結伴玩樂，長輩們經常調侃兩人青梅竹馬，不如乾脆日後成親。純芳站在沙發背後，望向仙蒂阿姨，調皮地笑著。

陸世文拉仙蒂坐下，端茶賠罪，她白他一眼，把茶杯擱在桌面，急急探問陸北風近況。世文托一托眼鏡，嘆了口氣，本來打算輕描淡寫說說便算，畢竟年輕，坐在長輩面前一陣激動，忍不住把陸北風的病情和盤托出。剛才已跟炳叔說了，現在再說一遍，陸北風的糖尿病情壓止不住，這幾年有了腎臟的併發症，每天要到洋醫院洗腎，精神非常虛弱，只不過一直不對香港的故舊門生提及。至於發財的事情，倒很順利，阿娟——陸世文喚她做「姨媽」——拉線跟一位美國軍官合作，開了一間貿易公司，接了不少洋生意，財源滾滾，陸北風搖身一變成為僑領，在馬尼拉的華人商圈非常吃得開，甚至常跟當地官員往來。當初拉線的人來自台灣，名叫顧謙榮，聞說原先在台北開人造花工廠，大家稱他「花哥」，他在菲律賓的企業亦叫做「花榮行」，至於他跟陸北風做的到底是什麼貿易，世文了解不多，只知道父親屢有感慨，相士老鬼曾說「一字記之曰『花』，有吉有利」，果然應了預言。

仙蒂嘆息連聲，不勝唏噓。她問陸世文自己的日子又過得如何，世文三言兩語略說了近況，半年前在馬尼拉大學商科畢業，到一間美國商行上班，跟同事相處不來，又覺得升遷的前景不明朗，索性辭了職，這次回到香港，如果有好的出路，說不定考慮留下來。其實他有其他說不出口的故事。三年前他在大學交了一位女朋友，父母是來自紐約的生意人，女朋友畢業後，父母離婚，她被迫陪伴母親返回美國。這是陸世文唯一的戀愛經驗，三年已是天長地久，分手的時候，如同每個經歷第一回分手的年輕人，認真相信自己這輩子無法再愛任何人。他從洋行辭職其實跟人事或前途無關，他只望盡快離開馬尼拉這片傷心地，湊巧有了哨牙炳的「沐龍宴」，他主動向父親請纓代為回港贈禮祝賀。

哨牙炳問陸世文：「往後有什麼打算？」突然拍一下大腿，逗他道：「炳叔要移民了，不如讓你接替堂口的位子！你肯接，我明天就『開香堂』，在祖師爺面前把龍頭棍交給你，風哥肯定同意！」

陸世文搖頭笑道：「如果炳叔的堂口是新興書局，我一口答應。」又道：「家俊叔說可先到他的公司幫忙一陣，我不急，感謝主，主有安排。」他是天主教徒，雖然不算虔誠，在家裡也跟隨父親拜關公和佛祖。

說曹操，曹操到，蕭家俊此時推門進房，喜盈盈地誇讚徐小鳳歌藝了得，後悔沒花錢請她到「沐龍宴」獻唱助慶。仙蒂和哨牙炳異口同聲抱怨他嘴巴守得太密，家俊滿臉得戚，道：「我早說過要送神秘禮物給炳哥。不口密，怎可以神秘？」。

哨牙炳與眾人一邊談笑、一邊拆開仙蒂送來的金禮，抓起那根又長又硬的金如意，調皮地說：「像我！真像我！」房裡坐著阿炳，家俊也在，年輕時候的好友調笑情景似重現仙蒂眼前，恍惚間，一直錯覺三十年的事情統統在這個房間裡發生，友誼、愛戀、傷害、逃離、忠誠、背叛，都在這裡誕生和完成，但是來到這一刻，無影無蹤，都不在了，都不在。然而並非水過無痕。大家的臉容便是痕跡，頹敗，蒼老，好像舊房子的幾支柱子，斑駁剝落，不知道還能撐到何年何月。幸好有世文和純芳，彷彿有人在舊房子裡掛起兩個紅紅的燈籠，帶來了明亮的火影，以及跟他們早已無關的青春朝氣。仙蒂的心往下沉，但因為世文和純芳，不至於沉到最低。

也許剛才在大廳跟兄弟們貪杯喝多，哨牙炳滔滔不絕地憶記舊事，對陸世文談到陸南才，竟然忘形地說：「南爺的棍術是無師自通，說不定他是保護唐僧取西經的孫悟空投胎轉世，唔怪得同西人咁傾得來……」

「阿炳！」仙蒂臉色大變，厲聲喝止。眾人吃了一驚。她立即清一下喉嚨，岔開話題，道：「咸豐年的事情，無謂講了。家俊，你帶世文到外面見見其他叔伯，長大了，不妨學下賭錢，不賭錢，你不知道人心可以有多壞。純芳，你陪著吧。」

眾人站起走出貴賓室，仙蒂板起臉孔望向地面，哨牙炳低下頭，像犯事的孩子般滿臉尷尬。兩人默然對坐，十二月天，小房間沒開電風扇，也沒窗戶，空氣凝固得使人窒息。這些年來仙蒂從沒對哨牙炳提過半句張迪臣和陸南才，但她猜他總知道些什麼，跟在阿才身邊那麼久了，常替他到赤柱集中營打聽張迪臣的消息，就算阿才沒親口承認，阿炳亦必猜到七、八分。對陸南才和張迪臣之間的事情，他們心照不宣，從不論及——直至這個夜晚。仙蒂深信陸南才花了這麼大的力氣保護自己的秘密，不可以的，誰都不可以把他捅破，這太對不起被炸得斷手斷足的南爺了，他死難瞑目。

所以仙蒂打破壓住了三十年的避諱，抬頭直視哨牙炳，問：「你沒對其他人說過，是嗎？是嗎？」

哨牙炳急忙自圓其說：「沒有！我發誓，沒有！我剛才只係說西人。香港由西人管，堂口老大個個都同西人熟，我也同西人好熟，西人確實好撚親切……」他發現自己越描越黑，馬上住嘴。

小房間恢復死寂。門外是賭錢和鬥酒的熱鬧世界，以及，突然響起的高跟鞋步履和隨之而來的一道推門聲。

推門進房的人是阿群，漲紅著臉，幾乎撞倒門後的掛衣木架，雙眼血絲密佈得像蜘蛛網，兩隻手各端一個酒杯，盛滿啤酒，口齒不清地抱怨哨牙炳怎麼不到大廳跟大伙玩樂高興。哨牙炳正心煩意亂，懶得答腔，皺眉擺手示意她別胡鬧。

阿群的臉頓時再紅了兩分，豎起一對吊睛虎眼，道：「哎喲，好撚威風，果然係大佬！來，老娘敬炳哥一杯！大家都在找炳哥呢，炳哥卻躲在貴賓室，是不是瞧不起老朋友？」

哨牙炳再擺擺手，眉頭皺得更深。

阿群把目標轉向仙蒂，親熱地說：「哎呀仙姐，好久不見，仲係咁靚，嘖嘖嘖，羨慕死我這個老太婆了。剛才已經想跟仙姐敘舊，你卻唔理我，原來跟炳哥躲在這裡幽會！炳哥真有魅力，香港九龍新界都有你的女人，老的少的，燕瘦環肥，來者不拘，怪不得今晚只請我來飲酒，沒有給我預留半座花牌。好！我今晚要喝光炳哥的酒，炳哥唔念舊，我卻是非常長情！」

仙蒂耐住性子道：「炳哥不太舒服，別勉強他了，我來飲。男人有撚用，點都比不上我們女人的耐力。」

阿群不僅沒收斂，反而趁著酒意越說越過份，竟道：「炳哥今晚金盆洗撚，傷盡天下女人心呀！老娘久違炳哥雄風了，炳哥不會不給面子，連喝一杯也托手踭[1]吧？」

仙蒂明白醉酒的男人容易變得脆弱，醉酒的女人卻通常特別慓悍，為免局面鬧得不可收拾，她踏前幾步，從阿群手裡奪過酒杯，笑說：「我口渴，來，讓我飲！先乾為敬！」仰頸把杯裡啤酒咕嚕咕嚕地喝得見底。

換是尋常日子，有人出面緩頰，阿群自然見好就收，但今晚可不尋常，她已喝出八分酒意，煞不住車了，何況自覺承受了很大的委屈。哨牙炳「金盆洗撚」請來十一位老相好，居然沒她的份。阿群為此鬱結已久。自從「沐龍宴」的消息傳出，她滿心歡喜期待哨牙炳邀約，請柬確是來了，但只是被請去喝喜酒而不在老相好名單之列。其實原先連請柬也欠奉，只不過她的老姐妹阿英說項，說阿群剛好從澳門回到香港，老友一場，不妨讓她來湊高興，反正不佔用那十一朵花的位置。哨牙炳抵不住阿英的情面，勉為其難答應。阿群明白哨牙炳是無女不歡的色鬼，上過床的女人恐怕可以坐滿英京酒家整整三層樓，但是阿群覺得自己不一樣，她跟阿炳共過患難。

話說淪陷後期，美國佬經常派機轟炸港島，當響起防空警報，哨牙炳不去防空洞躲避，卻跑到她家，把她拉到床上滾來覆去，完事後用被子蓋住身子，安靜地躺在被窩裡，不知道是等待轟炸結束，抑或等待被從天而降的炸彈活活炸死。阿群初時心驚膽顫，後來倒覺刺激，像在賭大小，軍機在天空轟轟隆隆地是在搖骰子，炸彈落到地面，沒炸到她的房子便是開「大」，把他們炸死了便是開「小」，他們把命押注在「大」上面，結果都中，每次穿回衣服的時候，有從賭場贏錢的滿足。

有幾天哨牙炳的舉動特別怪異，把她抱得非常緊，就只抱著，手腳很規矩，把頭埋在她的乳房中間，像在學校被老師責罰後，回到家裡向母親撒嬌訴苦。有一回還真的流出眼淚，她一直記得滴在胸口的那股溫熱，之前未有過，之後亦未有，男人在她乳房上哭。阿群輕輕摸弄他的頭髮，似用手指替剛睡醒的孩子梳頭。摸著摸著，阿炳由飲泣變為嚎啕大哭，哭了一陣子，竟然在隆隆的轟炸聲裡沉沉睡去。醒來後，啃牙炳沒說半句話，穿衣離開，阿群在這剎那間覺得自己是個偉大的女人。

不久後她聽說孫興社南爺死於美軍轟炸，恍悟啃牙炳流淚的前因後果。這更讓阿群自覺獨特，她跟他是「生死夫妻」啊，擁抱在床面對生死，自己的生死威脅，兄弟的生死去留，時間短，卻難忘。但仆街阿炳竟然假裝忘記！其後他跟她逐漸疏遠，儘管偶有碰頭，亦表現生份，止於上桌打牌而非上床打炮，彷彿戰時一切從未發生，假裝都不存在。他們活著，但是他們之間有過的事情已經死去——啃牙炳沒有勇氣再次面對自己在痛惜陸南才時的軟弱，

這夜在「沐龍宴」上，乘著濃濃酒意，阿群不願放過啃牙炳，把自己的酒杯硬塞給他，他不耐煩了，伸手撥開，厲聲道：「唔！撚！飲！」啤酒濺倒到阿群的檸檬黃色短旗袍上，這可是她特地為參加這場宴會訂製的服裝，啃牙炳對她說過喜歡黃色。

仙蒂見狀，連忙執起桌上熱毛巾替阿群拭抹衣服，阿群甩開她的手，一屁股坐到椅上，彎腰把頭埋到膝間淒涼地哭起來，但是擔心驚動房外姐妹，咬唇壓住哭聲，聽起來像一隻貓咪在街角受傷。仙蒂勸解道：「炳哥快離開香港了，他捨不得老朋友，最近睡不好，脾氣大，你得體諒。」

阿群仰臉道：「體諒？他有體諒我嗎？你知道我為他冒過多大的險？我敢說，我跟他，和他其他的女人都不一樣。」仙蒂暗暗嘆氣。普天下的女人都是傻子，都相信自己跟男人的關係比較獨特，跟他和其他女人的都不一樣，都覺得男人應該把她掛得最深、念得最久。其實，活

在這世上，誰跟誰的關係不是唯一？或許倒過來說，正因每段關係都獨特，像哨牙炳這種男人始會上下求索，不願錯過任何一次可能的歡愉。況且男女關係既然能夠由無變有，有了之後，為什麼不可以重歸於無？一旦沒有了，便沒有了，不承認就是願賭不服輸，是傻上加傻、笨上加笨。

可是阿群不這麼想。她繼續吐出積壓了許多年的怨氣，豁出去了，道：「我是陪他玩命的女人！忘恩負義，冇義氣，仲話係堂口大佬！你不看看他趴在我心口哭來喊去的死樣子！嗚嗚嗚，嗚嗚嗚……喊到死狗咁……」

哨牙炳盛怒，從沙發上躍起，衝過去就是一巴掌，但手掌落到阿群面前忽然停住。他生平只打過一次女人，在南爺要求他想辦法保護集中營裡的張迪臣的那個夜晚，他從南爺的眼睛裡看見恐懼、渴望，以及，愛。他承擔不了這樣的秘密，回家後哭了，借故跟阿冰打架發洩，摑了她兩個耳光。阿冰常說自己前輩子欠他債，他倒覺得是他欠阿冰，前世這世後世，債上加債，十世輪迴也還不清。

阿群止住哭聲，定睛看著他，眼線化妝融化滴流，在兩邊臉頰劃出幼細的黑線，像一條條的楚河漢界。她堅決認定阿炳欠她好多好多——而貴賓房裡的這幾個人，誰都沒想到會被陸世文撞見這麼尷尬的一幕。

註釋

1 托手踭：拒絕。

三十六・安娜

陸世文本來跟在蕭家俊身邊到大廳向前輩們問好，純芳卻忽然喊餓，想去修頓球場吃東風螺和炒辣蜆，他轉身回去貴賓房，只為取回吊衣架上的外套。萬料不到，一進門，三位長輩，一個坐著，兩個站著，木然不語，扭曲的神情像將搖搖欲墜的頹垣敗瓦。他從未見過阿群，但是他對炳叔有最起碼的了解，猜想她是他的其中一個老相好，因為這樣或那樣的理由，跟她在鬧。

阿群低頭用手背抹走臉上的幾行黑線，再掠兩下耳邊的頭髮，擠出頑皮的笑容，像在街角發現了可愛的小貓小狗。她不知道眼前人是誰，仙蒂為了打破僵局，簡單介紹道：「這是陸世文，風哥的兒子，認得嗎？」又道：「世文，喊『群姨』，你來到香港的時候，她已經去了澳門。」

陸世文點頭喊：「群姨！」。阿群尖著嗓子道：「曖，我早聽聞風哥有個靚仔兒子，想不到長得又高又壯。嘻，如果群姨年輕二十歲，愛死你了。」

對於群姨的不正經，陸世文完全不知所措，唯有呆站在門邊，尷尬地笑著。阿群索性站起走到他面前，踮起腳尖，抬頭湊近端詳他的臉孔五官，一陣濃烈的酒氣撲進世文的鼻孔，他被嗆得後退半步。她不收手，繼續進逼挑逗，眼珠子像從泥濘裡伸出來的貓舌頭，上下舔玩世文的五官。忽然，阿群臉色一變，眼神由捉狹變成狐疑，自言自語，卻又似向哨牙炳和仙蒂試探：「咦，這對眼睛怎麼這樣像……安……安娜……嘖嘖嘖，這對臥蠶，還有眉毛，太像了，鬼鬼地，跟她一模一樣。還有這個挺直的鼻樑，又似另一個人，不是風哥，不，你不像他。」

沒有人說話，空氣沉重得令仙蒂覺得暈悶，來不及反應，阿群已經追問世文：「你幾歲？二十四？二十二？」

「二十三。」世文靦腆地說。

阿群沉吟一下，若有所悟地說：「哦，二十三歲，那是一九四四年，日本仔還未走，安娜那年也是挺著個大肚子，說要回澳門老家生小孩。你，安娜，呵，呵，呵……」一連三個「呵」字，似是問號，又像答案。

聽見「安娜」的名字，仙蒂馬上回神，用失火般的焦躁聲音喊道：「世文！快出去，去陪純芳！」

陸世文「嗯」了一聲，急急忙忙拿回外套，奪門衝出大廳，轟然一聲帶上貴賓房門，把阿群嚇得抖了一下。房裡再次剩下三人，仙蒂和阿群誰都沒看誰，刻意避開彼此的目光，卻又把對方納入視線的餘光裡面，隨時防備，也隨時攻擊。哨牙炳一臉疑惑地站在中間，看看她，又看看她，終於打破沉默，問阿群道：「到底搞乜春？什麼安娜？邊個安娜？」

阿群尚未回答，哨牙炳卻先想起了些什麼，自己給出了答案，喃喃道：「啊，記得了，那個好似男人咁高頭大馬的吧女，以前常跟南爺……」

哨牙炳沒往下說去，腦海似有無數的零亂碎片，在混亂的思緒裡，他想像了一些驚人的空白，剎那間，碎片被拼湊成一幅可以被理解的圖案。於是他側臉望向仙蒂，凌厲的眼神像連發的兩記子彈，問道：「你是知道的，對嗎？只不過從未告訴我，對嗎？」

阿群在旁搶白道：「她怎會不知道？安娜在澳門生了孩子，後來帶孩子去香港，卻獨自回來，說孩子被拐子佬搶走了。她告訴我在香港和仙蒂見過面，仙蒂還幫了她的忙。兩年以後安娜又來了香港，之後被發現在海裡淹死，當時我們都說她跳海自殺。現在想起來，呵，呵，呵，有問題！肯定有問題！」

仙蒂一臉木然，半晌方道：「我不知道。我記不得了。」

阿群冷笑兩聲，扭身奪門而出，卻在拉門前扔下一句話：「好哇，不知道？記不得？我自己去問！我自己去查！到時候，你記不得也要記得，不知道也要知道。」

仙蒂頹然坐到沙發上，閉起眼睛，再無力氣說半句話。可是又無法不說。重重壓在心裡多年的秘密，像乾枯的柴枝忽然被點燃著火，熊熊焚燒至不可收拾，若不把話說個清楚明白，她實在沒有再站起來的力氣了。何況哨牙炳不會不追問，他沒說話，但抱胸站著，狠狠瞪著她，整個人便是個問號。就算她不說答案，他也會自己去找。

一旦下了坦白的決心，仙蒂心頭一鬆，阻止不了眼淚汩汩而出，都是委屈。哨牙炳心軟，嘆一口氣，坐到她旁邊，拍一拍她的背。隔了些時，仙蒂止住淚水，拿手巾擤鼻子，直視他，輕聲道：「沒錯。南爺是世文的父親。」

安娜是仙蒂介紹給陸南才的其中一個女人。張迪臣要求他處理日本鬼子的情報經費，陸南才知道他在利用兩人之間的感情，卻仍願意幫忙，為的只是一個「義」字。他狠下心不再跟張迪臣有感情拉扯，他以為可以在女人的身體裡忘記張迪臣，於是夜夜放縱床上。其後發生於陸南才和張迪臣之間的種種背叛和出賣，仙蒂其實並不完全掌握，只知道張迪臣被日本人抓走了，沒能走出牢獄。阿才也死了，但不小心留下骨肉——在安娜的肚裡。

安娜的娘家在澳門，她回去搵食後始發現有了孕，想找陸南才負責任，南爺卻被炸死。因為身子太弱，她不敢打胎，把世文生下來喚作「阿細」，洋名Fernando；她是個情義女子，沒把細節告訴任何人，只說連自己也不確定肚裡是誰留下的種。過了兩年，她要嫁給一個土生葡人，輾轉聞說陸南才的弟弟來了香港，便把孩子帶去，希望南爺的家人領回撫養，讓她有個全新的開始。安娜當時找仙蒂幫忙說項，仙蒂出主意，讓陸北風給安娜一筆封口費，又編故事告訴大家，訛稱孩子的媽媽和兄妹受陸北風的漢奸罪名連累，已經死在廣州獄裡，親戚冒險把兩歲的兒子送回父親身邊，諸如此類。陸北風同意了，反正隻身在港，沒理由放著哥哥的血脈不管。他把阿細喚作「世文」，二十多年來視如己出，也守住了孩子的身世秘密。

多年以來仙蒂一直提醒陸北風，千萬別讓孩子知道自己被吧女母親遺棄，其實她的最大擔心是，陸世文長大之後，順藤摸瓜知悉自己的龍頭父親原來是鬼佬的秘密情人。所以她未把所有告訴陸北風。她以前對南爺說過：「我們一定要活得比他們好。」南爺不在人間了，她希望見到他的兒子活得好。她要保護他。

關於張迪臣，陸北風在廣州時已聽聞他對孫興社撐持甚大，但僅止於此，不知道有其他。陸北風的萬義堂替汪精衛政府辦事，他不希望連累陸南才，所以刻意疏遠，幾年間彼此只通過幾封報平安的簡函，哥哥猝逝的消息傳到他耳裡的那天晚上，他借酒消愁，對空氣反覆說著醉話：「閻王爺，如果你不好好對待我哥，我帶兄弟到陰司地府找你算賬！」

但是，紙包不住火，陸北風到了一九五四年終於知悉一切。世文十歲了，有一天，安娜突然現身門前，不僅向陸北風要錢，更要人。她的葡國丈夫爛賭，在澳門輸掉了兩間店鋪，更欠了一屁股債，在黑沙灣被貴利流氓迫得跳海。流氓再來迫她，她唯有逃到香港，打算在灣仔的酒吧旁邊開店賣餐給英國水兵，需要本錢，更希望陸北風同情她孤苦零丁，讓她領回Fernando，母子倆今後相依為命。當天仙蒂在場，親眼見著陸北風一巴掌狠狠把安娜摑得嘴鼻噴血。他瞪眼怒道：「你以為孩子是衣服，不要的時候就脫掉，忽然想要就穿起來？刁那媽，你想要小孩，自己搵鬼佬再生一個！」

安娜伏在飯桌上淒厲地哭，呼天搶地說懷孕兩次都流產，生不了，擔心老去無依靠，一定要把孩子拿回身邊，親娘就是親娘，誰都拆不散。陸北風站在她背後不斷粗言喝罵，安娜終於坐直腰板，認真地說：「孩子年紀不小了，我們問他，讓他自己選擇。告訴他真相，你只是他叔叔，他親生爸爸是南爺。放心，我半句不提南爺和鬼佬的事情，我會小心，他不會知道。」原來陸南才曾有一夜躺在她身邊，說過不三不四的夢話，驚恐地喊喚張迪臣的名字，愛，love，所有不該讓別人知道的事情都在夢話裡透露。她把他推醒，他哭了，在軟弱裡道白一切。

陸北風如墜五里霧中，追問「什麼鬼佬？」到底怎麼一回事。仙蒂來不及阻止，安娜已經和盤托出一切。一切都是陸南才在床上告訴她的，男人上了床便守不住秘密，赤裸相見的不僅是身體而往往更是心底的壓抑包括欲望和恐懼。北風愣住了，跌坐到椅子上，手肘支在桌面，手指使勁搓揉額頭，彷彿有人在腦袋裡面敲、敲、敲，他奮力對抗，不讓腦額崩裂。

仙蒂對安娜道：「有話好好談，沒必要鬧到不可收拾。」

安娜道：「孩子在哪裡？我們現在就問他，讓他自己選，留在香港抑或跟我回澳門。」

「他上學了。別急，明天再談。明晚九點我們在灣仔碼頭見面，先散散步，我帶世文見你，慢慢把事情說清楚，他會明白的，他很懂事。但我把話說在前面，我哥哥的事情，你從來沒對人提過？」陸北風冷靜地問，眼神卻似寒風般一道道地颳向安娜。

安娜堅定地說：「沒有！南爺對我很好，放心，我沒對半個人說過半句。」

那天以後，仙蒂便沒見過安娜。她沒向陸北風探問他跟安娜在碼頭見面的經過，男人做事，搞掂了便好了，女人最好別問。只不過後來輾轉聽說有人在海面發現安娜的屍體，是「自殺」。她被迫帶走了南爺的秘密，陸世文仍然是陸北風的兒子。

哨牙炳聽完陸世文的身世，默不作聲，左手拇指不斷輕按右手腕的太淵穴，是老習慣了，中醫說能清肺定心。他戒菸一年半了，此刻卻伸手從桌上的鐵罐裡抽出一支待客菸，緩緩點燃，太濃了，吸了兩口便把菸蒂重重壓死在菸盅裡。他發現仙蒂一直盯著他，心知肚明她在想什麼。於是道：「放心，不會讓世文知道的。我會搞掂阿群，對，搞掂她。」

「點樣搞掂？」仙蒂十三年前沒向陸北風追問如何搞掂安娜，但眼前的人並非陸北風而是阿炳，她不放心。阿群亦非安娜，安娜只是無親無故的雜種吧女，阿群卻在香港有親有故，有根有源，有底有面，難對付得多。所以她勸道：「阿炳，女人吃軟不吃硬，先把她哄住再說。」

她求的不就是做你其中一個登台的老相好？不如你出去跟炳嫂講講，臨時加一座花牌，讓阿群也到台上風光風光？」

哨牙炳搖頭認為此路不通，臨場變陣，性子硬的阿冰不會答應。仙蒂略沉思，道：「那麼，換人不換花！」她提議送點好處給其中一個老相好，叫她佯裝身體突然不舒服，趕去醫院看病，花牌陣缺人，唯有由阿群頂上，否則場面難看。

哨牙炳拍桌道：「好主意！找阿梅談談，她最容易說話。」又忽然驚喊道：「哎呀，我們得趕快攔阻阿群，免得她向世文左查右問！說不定她知道南爺同張迪臣……」

仙蒂打斷他，道：「不至於吧？她連世文和安娜的關係亦未確定，怎會想到南爺那邊的事情？」

哨牙炳搖頭道：「難說，難說。就算她冇法確定世文是南爺的骨肉，亦不見得安娜沒對她說南爺的閒話，女人最愛說別人的秘密，自己的倒口緊得很。」

「這更事不宜遲！我去找阿梅，你去哄住阿群！」仙蒂邊說邊站起身推門，哨牙炳跟在後頭。

甫出房間，哨牙炳迎面見到鬼手添，鬼手添說想跟他談談堂口接班的事情。他臉色凝重地道：「再談，再談。現在不是時候。」鬼手添愣住，支支吾吾地說：「咁……咁……咁即係點樣？今晚不……交棒了？怎麼可以不交棒？」

哨牙炳不滿鬼手添話裡的使喚語氣，負氣道：「我說不交就不交！點樣？還要先向你問准，經你批准？你是大佬，抑或我是大佬？」說畢跨步邁去大廳。

鬼手添拉住哨牙炳的西裝袖子，沉住氣道：「呵，炳哥唔捨得金盆洗撚？沒關係，南非有大把黑妹白妹，聽說也有唐人街，肯定有屌不完的女人。只要提防些，別讓炳嫂發現便行，偷偷摸摸，仲撚刺激！」又道：「炳哥放心，真的，香港這邊由我管著，保證冇人欺負新興社。」

哨牙炳覺得他說的過份，厲聲斥道：「由炳哥管，就有人敢欺負？你即係話炳哥冇撚用？我係大佬，我想屌邊個女人就屌邊個女人，我想幾時交棍就幾時交棍。你冇資格說三道四！」

鬼手添已有七分酒意，終於按捺不住衝動，反唇相譏：「如果風哥在香港，整個港島九龍新界都是新興社的地盤了。」

哨牙炳愣住，胸口似被捶了一拳。但是因要趕往攔住阿群，先不計較，使勁甩開鬼手添，拂袖而去。

鬼手添覺得被擺了一道，站著恨得咬牙。多年的好兄弟，自己替堂口出生入死，哨牙炳就這樣出爾反爾，難道完全不考慮他的處境？他暗罵一聲：「刁那媽！」但亦無奈跟著哨牙炳的腳步進入大廳。

大廳內的貴賓坐下得七七八八了，花王二擔任司儀，在台上賣力說笑話暖場，筵開三十六桌，主家席在台前中央，是一張特別大的圓桌，鋪著紅布，中央擺著一盆紅花，連阿冰在內花團錦簇地坐了十二個女人。哨牙炳終於現身，本來四處張望的阿冰興奮得像孩子迷路重遇父親，急忙揮手召喚他坐到旁邊。花王二瞧見炳哥身影，立即扯開嗓門對麥克風高喊一聲：「有請各位貴賓、各路好漢馬上就座。吉時已至，小弟榮幸宣佈，沐龍大典，正式開始！有請新興社堂主，趙文炳先生，炳哥！」

三十七・朱家搭橋洪家過，不過此橋是外人

「仆街，人呢？」哨牙炳站在大廳中央四處張望，心裡一直罵著。他心焦如焚，希望盡快找阿群。然而花王二突然呼喚他的名字，全場響起熱烈掌聲，更有幾個兄弟趨前把他簇擁到台上。他心神不定，幾乎跌倒在台階前面，台下有人朗聲捉弄道：「炳哥，小心金盆洗撚變成金盆斷撚！」

上台站定後，哨牙炳拉整一下西裝，環顧大廳四周察看阿群何在，竟然毫無蹤影，不由得不惶恐萬分。花王二在他身邊催促了幾次請他發言，他仍只木木地站著，腦海空白一片。阿冰坐在中央的主桌前，面對舞台，嘴角擠出生硬的笑容，眼睛卻似石頭般向哨牙炳狠狠扔擲過去。同桌的姐妹開始竊竊偷笑，美寶對阿儀說：「炳哥可能唔捨得洗……」她明明把聲壓低，卻仍讓阿冰清楚聽見每個字。

其他嘉賓亦交頭接耳，彷彿到處是潺潺滑動的蛇，嗞嗞地吐著毒舌和咧著利齒。

哨牙炳清一下喉嚨，半晌方開腔，說，今晚驚動了各路英雄和各位兄弟，真係唔好意思。小弟我出道三十年，結交了無數江湖朋友，亦得罪了無數江湖敵人，感謝各位貴賓前來賞光，我阿炳想借今夜沐龍之宴的難得機會，向各路英雄好漢鄭重聲明，萬一昔曾有所冒犯，還請海量包涵。

台下「好！」聲雷動，震天響的喝采聲竟然令哨牙炳的心情由焦灼變成激昂，剛才在貴賓

房裡的事情像拳腳一樣把他打得頭昏腦脹，南爺、安娜、世文、風哥，詭異的關係令他幾乎忘記了今晚是自己的金盆洗手和金盆洗撚，現下突然成為所有人的注目焦點，我，我，我，對於這個江湖，總該留下一些想法。

於是他向台下抱拳，把嘴巴湊近麥克風，似對眾人說話，但是只有他自己明白，其實他是在對自己說話。

哨牙炳慢條斯理地說，我阿炳行走江湖這麼久，對什麼是江湖，總有資格講幾句意見。要明白江湖，必要先明白陸地。陸地之上，有道有路，有方有向，何去何從大致有軌跡可依可循。但在江湖之中，浮浮沉沉，漫無邊界，東西南北誰都說不準。所以得靠自己闖蕩，要靠自己打出江湖規矩。江湖裡，有大魚也有小魚，有真龍也有假龍，各有各的貨色和本領，但不管是什麼貨色、有何本領，求的大抵都是生存二字。生活不容易啊，能夠在茫茫大海裡活下來，已經是一樁不簡單、不容易的事情，大家都得體諒大家。

台下「炳哥，好嘢！炳哥，有見地！」之聲不絕於耳。

哨牙炳得意了，繼續把話說完，但其實剛才和之後要說的話，有許多是陸南才以前對他說過。哨牙炳對台下道，混江湖，吃的是四方飯，無論東南西北，有飯吃的地方便得去吃，而江水流動、湖海興波，許多時候身不由己。恩也好，仇也好，天天在變，時時在變，想留也留不住。可是，留不住，卻必須「對得住」，闖江湖既要對得起自己，更要對得起別人，吃飯終究要講公道，否則便不是吃飯而是搶飯。新興社前身是孫興社，由南爺所創，南爺最常提醒兄弟們的，就是公道二字。南爺離開了，風哥掌舵，孫興社雖然易名新興社，名字變了，但仍把公道放在最前頭。如今風哥身處遠方，小弟不才，暫掌龍頭之位，最看重的依然是公道。

台下又是一輪鼓掌。

說到南爺，哨牙炳急往前方搜望，看見世文和純芳並肩而坐，胸口湧起一股淒酸，整顆心像忽然放鬆下來，卻又似突然被提上去。他深吸一口氣，再道，感謝祖師們，感謝南爺，感謝風哥，感謝在座各位兄弟手足，沒有你們，便沒有新興社，更沒有我趙文炳，請受小弟拜謝。

說畢，哨牙炳抱拳躬身，把左手姆指和食指捏成圈狀，其餘三指伸直，是為「三把半香」，再用手指在右肩、右上臂、右肘、右前臂而至右手腕各碰一下，是為「過五關」，五個部位分別代表洪門典故裡的高溪廟、烏龍崗、長沙灣、二板橋和姑嫂墳。為求隆重，哨牙炳邊做手勢邊朗聲唸詩：「二板橋頭過萬軍，左銅右鐵不差分，朱家搭橋洪家過，不過此橋是外人。」又唸：「頭髮未乾出世遲，家貧少讀五經書，萬望義兄來指示，猶記花亭結義時」。

洪門老派人憑這手勢和詩句為江湖相認之禮，但現下已不時興了，更沒幾個人知道，懂得的人各自向鄰座低聲解說，臉色得意自豪。然而無論懂或不懂，也不管是男是女，在座嘉賓只要是洪門徒生，無不站起身抱拳回禮。阿冰則仍坐著，感動歸感動，卻同時訝異於阿炳怎麼今晚似是變了個人，說話正經八百，嚴肅端正，不像跟她度過了二十多年患難的那個趙文炳。

嘉賓重新坐定，花王二拱手請哨牙炳坐到台側的一把太師椅上，忽然，鑼鼓響鳴，新興社分堂「洪義國術館」的門生從後台咚咚隆隆地舞獅出場，黃獅在右，紅獅在左，生猛威風，贏得滿堂喝采不在話下。四個人，兩頭獅，在哨牙炳面前搖晃擺動，妨礙了他的視線，他在人與人、獅與獅的舞動身影之間往台下張望，隱隱約約窺見主桌的眾女臉容。

阿冰已經喝得雙目漲紅，黃獅頭震顫顫地晃一下，把她遮蔽了；阿貞的臉圓得像月餅，黃獅尾左晃右擺，把她擋住了。還有阿嬋、阿玉、阿意、阿靜、阿容、阿美、阿惠、阿思、阿桂，臉頰無不塗抹得霞光照艷，深深淺淺的胭紅在縫隙之間時而現、時而隱，像掛在神壇前的燈泡串，壞掉了，閃爍無定。有門生在簾幕旁敲鑼打鼓，篤鏜，篤鏜，篤篤鏜，喧天嘩地，鬧聲震動他的耳膜，剎那間彷彿他的額頭是鼓，他的後腦是鑼，每響一下都打出他的一段銷魂記憶。都是曾經給我無比快樂的女人啊，她們也曾告訴他，她們也快樂，但她們到底怎樣快樂，他無法體會，只能從她們的呻吟和顫抖裡想像。每個女人的快樂都一樣也都不一樣，各有各的聲調和身姿，一千個女人便有一千種風情，然而到了風情的最高處，眼神竟是相同的迷離，似在對全世界宣佈，我什麼都不想要了，且讓我停在最高處，這是我的歸宿，我的故鄉，我願意付出所有，只要能讓我在這裡留下。正是她們義無反顧的渴求令哨牙炳覺得自己擁有實實在在的力量，他不再只是堂口的龍頭，他就是龍，呼風喚雨，他是潮濕和狂暴的創造者，他有能力讓對方的時間靜止在最瘋狂的剎那。

一張張臉容在哨牙炳眼前掩映，因被遮擋而破碎，似有還無，是陌生的熟悉。都過去了，快樂無論如何深刻，過去便是過去，之前之後不管還有其他多少個女人，依然無法彼此替代，終究都是獨特的人，獨特的快樂。他不禁戚然。快樂一旦被依依懷念，傷感即像青苔般在牆腳蔓生。

跟哨牙炳共尋過快樂的女人當然遠遠不止十一個，但沐龍宴只容許這個數字，唯有挑選能夠安全曝光的人，都是風塵女子或堂口中人，沒有名節的顧慮負擔，求取生存和快樂是生活裡的唯一義務，阿冰也不介意她們的存在，反正她是擁有名份的贏家。其他的女人，只好留在彼此的腦海成為心照不宣的秘密，有過而不能說，依然是有過，總強過一無所有。阿群其實並非不能公開，但是哨牙炳必須忘掉她，必須忘掉在她胸前曾經流過的男兒淚，這樣才可忘記南爺的突然不在。許多時候，要遠離傷痛，沒法不把快樂一併踢開。

可是此刻他忽然發現自己沒有踢開一切的資格。在仙蒂說明一切之後，陸世文已經不再是陸世文，在哨牙炳心中，他的出現等同南爺重現眼前，讓他感受到無可逃開的責任，他必須在陸世文身邊守衛秘密，絕對不可以讓世文知悉南爺和張迪臣的關係，也不可以讓他知道陸北風如何對待了他的親生母親。驟然而降的責任給他帶來力量，相對於這樣的力量，床上的呼風喚雨竟是如此輕浮，他從未試過這麼認真的對待責任。四十年前目睹父親被土匪割喉喪命，他覺得自己有責任代父報仇，但戰場砲聲把他的報仇意志炸得煙消雲散，之後跟親戚做生意，再之後跟南爺混堂口，因緣際會坐到龍頭的位子上，有上千名兄弟門生合力撐持，一路上似有風浪把他推到前頭，他並非全盤心甘情願，卻亦沒做過什麼嚴肅的取捨。說服阿冰移民，又倒過來被阿冰勸服金盆洗撚，這都當然是最有決心的取捨，但誰說取捨不可以改變？陸世文在，對哨牙炳來說便是陸南才活過來了，既然南爺在，他阿炳怎可以離開？如果世文願意，又有誰說不可以把他栽培為新興社龍頭？世文在香港，風哥在菲律賓，讓他們兩父子——不，兩叔姪——分在兩地把新興社的香火接續下去，豈不甚有意義？

他被自己的念頭嚇了一跳。真的嗎？真的不該離開？可是已經騎虎難下，怎麼辦？好，山不轉路轉，路不轉人轉，再無辦法亦要想出辦法。無論如何，今晚這場「沐龍宴」好戲還是得演完，否則實在對不起阿冰。大不了去到南非之後，把阿冰和純芳安頓妥當，他再獨自回來，繼續主管新興社，再花幾年時間認真扶持世文接位。這當然要先問問世文是否有此意願，但他今年沒有，不等於明年不會有，一切大可從長計議，唯今最要緊的事是尋得阿群，免她口沒遮攔，捅出了所有不該被捅出的秘密。

打定主意後，哨牙炳站在台上，望向遠處，暗道：「南爺，阿炳又要替你辦事了。你放心，我一定辦好！」

三十八・人呢？阿炳呢？

晚宴主人致詞完畢，「沐龍宴」依計劃往前推進，十一個女人全部登台，站在屬於自己的花牌面前，先由阿冰用一塊經廟公施咒的紅布拭抹哨牙炳的袂襠三遍，再由哨牙炳執起一把金剪刀，逐一剪斷懸吊在花牌頂端的一束小花球。花球代表女人們的元神，統統割走，袂梢乾淨。

這夜，喊喚主桌旁的女人登台以前，花王二瞄瞄手錶，距離洪聖廟祝指定的九點三刻吉時尚有十五分鐘之久，於是擅作主意，先邀炳嫂對大家說幾句。阿冰大方起立，在掌聲裡緩步拾級登台，走得極慢，她要用心享受每一步的勝利感覺，短短的幾秒鐘的路，於她是二十多年的生命付出。她終於在眾人面前獨佔阿炳，儘管很可能就只有這麼一夜，然而一夜也好，至少在這一夜，丈夫對她正心誠意。

站定後，阿冰環視滿堂嘉賓，略說了幾句感謝光臨，再把目光投向主桌的女人身上，特別感激她們這些年來跟哨牙炳有過的緣份。她道，世上沒有不吃醋的女人，但男人嘛，你吃醋，他會搞；你不吃醋，他也會搞，與其吵來罵去，不如眼不見為乾淨。況且炳哥是大佬，如果大佬不愛女人，實在不太值得手足尊敬。請各位說句老實話，世上有乾乾淨淨的大佬嗎？

嘉賓笑翻了肚皮，紛紛鼓掌喊是。哨牙炳望向台下的陸世文，他正咧嘴而笑，臉無異樣，阿炳始稍稍放心。但仍然沒看見阿群。

阿冰此時續道，說句實話，我並非不懂吃醋，但是我深信惡緣壞緣都是緣，我跟炳哥是前世注定，姐妹們跟炳哥亦是前世注定，只不過我是十世，姐妹們可能是三世，十世緣贏三世緣，像打牌九，「雙天至尊」贏了「孖梅孖斧」，所謂「格食格」，你們輸了也該甘心。

這個牌九比喻惹得滿堂轟笑，大家從沒料到炳嫂這麼風趣。

嘉賓的笑聲令阿冰的情緒漸趨激昂，加上喝了不少酒，興致來了，乾脆道，今夜難得濟濟一堂，不如我唱幾句汕頭山歌給大家助慶，好不好？又掩嘴笑道，我是處女下海喲，生平第一次公開獻唱，兄弟們千萬別笑阿嫂。

嘉賓鼓掌，哨牙炳坐到舞台左側擺著的一張太師椅上。阿冰定一下神，扯開嗓門，唱的是潮汕客家小曲〈送郎綁傘尾〉的幾句折子：

> 送郎拿傘出廳堂，祖宗面前來燒香，一來庇佑家中事，二來庇佑出外鄉；送郎賣茶出遠門，手拿點心送夫君，行一步來停一步，夫正夫，濕透兩條圍身裙；
>
> 送郎送到屋簷下，目汁雙流衫袖遮，手牽衫袖擦目汁，我郎何處去賣茶；
>
> 送郎一崗又一崗，幾句言語勸夫郎，路邊野花夫莫採，記得家中牡丹香，夫正夫，嫖賭兩字愛——提——防！

唱至最後一句，阿冰側臉瞄瞄阿炳，刻意把音調拔高，竟然把自己感動了，鼻子一酸，嗚嗚索索地泣不成聲。嘉賓齊聲喝采：「炳嫂冇得頂！」花王二連忙趨前遞上熱毛巾讓她抹臉擤鼻。

這時候台下有男子喊道：「唔好喊！快點叫炳哥把東西掏出來讓炳嫂洗乾淨。金盆洗撚，我們要睇巨撚！」哨牙炳認得是福義興的雙花紅棍「雙鷹浩」，他們多年前去過泡澡，見到他胸前紋了兩隻展翼騰飛的彩鷹，兩粒粗黑的乳頭是鷹眼。於是哨牙炳朗聲喊道：「阿浩，我條龍大過你隻鷹，你早就見識過！」

台上台下來來回回地、不正不經地互相調笑，主桌忽然站起一個子矮小卻長著兩個像柚子般豐滿乳房的阿惠，喊道：「炳嫂，姐妹們商量過了，今晚懇求你大方到底，讓我們跟炳哥好好道別……」

阿冰打斷她，笑道：「不至於要我們十幾個女人一起上吧？」阿惠在滿堂笑聲裡道：「我們無所謂，只怕炳哥吃不消啊！畢竟今時唔同往日，炳哥年紀唔輕了！」

隔兩個座位的阿貞搶白道：「是呀，炳哥以前好鬼犀利，成條鐵咁，他的花名應該是『鐵棍炳』，不是『哨牙炳』！」借著酒興，老相好們一個說得比一個放肆大膽，笑聲此起彼落。

阿思加入戰團，說：「對！我是證人！我被炳哥弄得躺在床上三天三夜，現在想起來也覺得疼。」

阿容在旁附和道：「係呀，只有金鬮才頂得佢順！」崩口人忌崩口碗，一提「金鬮」二字，外號「金鬮露露」的鬼手添老婆從鄰桌遠遠扔來一支筷子，半認真、半開玩笑地喊罵：「死八婆，我得罪你了？做乜拉埋我落水？我跟炳哥清清白白，咪亂講嘢！」

鬼手添起立叉腰，指著阿容叱喝道：「笑我老婆？信唔信我將你條脷根挖出來！」

阿容吐一吐舌頭，裝個鬼臉。阿思不服氣，幫腔回斥道：「男人嚇女人，唔知醜！」鬼手添作勢動一下身子，似想衝過去揍人，但嘉賓起哄鼓譟把他壓住，他不便發作，只罵一句：「好佬怕爛佬，爛佬怕潑婦！」

老相好們再度你一言、她一語，無不誇讚哨牙炳當年如何神勇。哨牙炳不斷搖頭苦笑，有女人誇他，尷尬歸尷尬，總不能不准她們說話。阿冰卻聽得渾身不自在，倒非尷尬，而是有一股莫名的妒火在心底熊熊燃起，越聽火勢燒得越旺，由小腹至胸口，由胸口而喉頭，由喉頭而額頭，令她發熱冒汗，恨不得衝到台下給她們每人一個響亮的巴掌。

此時阿貞不識相地向阿冰重提剛才尚未說完的要求：「炳嫂，不如讓我們到台上輪流摸一下炳哥袟襠，算是『握手禮』，此後散夥，兩不相欠？」

隔桌有人唯恐天下不亂地喊過來：「不如索性輪流錫一錫[1]炳哥的巨龍，好似鬼佬流行的乜撚『骨拜騎士』？」花王二在身旁對阿冰輕聲解說，「『骨拜騎士』就是Goodbye Kiss，道別前的親吻。炳嫂狠瞪他一眼，嚇得他馬上退後兩步。

這句「骨拜騎士」像澆淋到爐火裡的汽油，一股熱氣沖上腦門，阿冰再難自制，老遠向阿貞厲聲道：「你玩夠未？今晚是金盆洗撚，不是金盆『玩』撚，唔好得寸進尺！」

阿貞不甘示弱，反唇相譏道：「哎喲，炳哥確實喜歡『騎士』！我們都是知道的，姐妹們，對吧？」她把視線在其他女人的臉上掃了一圈，有人微微點頭，有人掩嘴偷笑。向來百無禁忌的阿容執起一支筷子，用色瞇瞇的眼神說：「是啊，有一回炳哥還要求我塗上豉油『騎士』呢，害我的舌頭鹹得發麻……」

話未說完，阿冰已從花王二手裡搶過用來割斷花詩的金剪刀，朝阿容狠狠投擲過去，邊罵道：「你咁鍾意俾人插，我就插死你個八婆！」

剪刀落在台下地面，噹鏘鏘一聲，女人們嚇得呱呱大叫。阿容亦非善男信女，定過神後，一跺腳，執起桌上的碗筷猛力扔去，其他女人看不過眼，竟然助攻，紛紛向台上擲盆扔碟，花王二連忙衝前用背擋護炳嫂，一瞬間，場面大亂，賓客們都是見過世面的江湖兄弟，並未落荒而逃，只是全部抱胸站到一旁看熱鬧。

鬼手添這時候匆忙躍到台上，打算用麥克風喊話制住場面，卻不慎被電線絆跌至手腳朝天，左足一蹬，踢倒了最旁邊的水仙花牌，它傾斜翻側，撞向旁邊的芙蓉花牌，芙蓉花牌又碰倒了山茶花牌，再而是杏、菊、梅、蘭、蓮、桂、桃、石榴、玉簪甚至丹牡，以致那兩座「江湖笑看日初升」和「桃花夢醒沐飛龍」花牌亦嘩啦啦地接連垮塌，牌上的真花和假花皆像山泥傾瀉般鬆脫掉落，但又被幾把吊扇吹得漫天旋舞，不知者必以為是洋人的除夕倒數派對。

哨牙炳依然坐在台上，愣住了，萬料不到熱熱鬧鬧的沐龍宴變成一場胡胡鬧鬧的混戰，當女人不可理喻起來，比男人更像孩子。眼前的花舞令他想起十多年前杜老闆的那場葬禮，同樣是花葉飛揚，所不同者在於當時飄起的是白花，今夜飄動的是紅花，杜老闆的喪事被辦得像喜事，他的喜事卻被鬧得像死了人，生死生死，成成敗敗，看來真各有天意。

恍惚之際，哨牙炳望見仙蒂走近台前向他招手示意，他站起趨前，半蹲下來。仙蒂對他道：「阿群跑了！」

哨牙炳慌張了，馬上躍身跳到台下地面，拉住仙蒂的胳臂跑回貴賓室。

「阿群跑咗去邊？」哨牙炳邊跑邊問。

仙蒂用疑惑的眼神望他，反問道：「你不是負責哄住她嗎？怎麼回事？」

「我踏出大廳就被他們推上了台，一直沒看見她啊！」

「我跟阿梅談好了，她睇錢份上，答應讓位。我剛才陪她走路回家，確保她不會中途反悔。回到這裡已經見到七國咁亂，阿群正拉著世文說話呢！我擔心地從遠處喚她，估唔到她掉頭便走！」

「慘！走！趕快去找世文！」哨牙炳一走仙蒂緊隨後頭。

大廳的男男女女仍在臉紅耳赤地吵翻天，他的老相好們和他們的男人是一夥，阿冰身邊則有蕭家俊、花王二、鬼手添、潮州仔、雞佬成等兄弟護駕，雙方對峙喝罵，粗言穢語令英京酒家的金鑾殿喧擾得比街市更像街市。這裡曾是宋慶齡舉行酒會的地方，亦曾是英國王皇夫菲臘親王舉行晚會的廳堂，這個夜晚卻變成亂世江湖，全因哨牙炳的老二而起。

張望了一下，兩人發現陸世文和純芳坐在接近電梯的桌子旁，臉上神情有七成惶恐、三分好奇，對這群脾氣暴躁的叔伯姨嬸感到莫名其妙。阿群仍然不見蹤影。原來她剛才步離貴賓房，激動得胃裡翻騰，衝進廁所蹲在馬桶旁嘩啦嘩啦地嘔吐，吐得乾淨之後，竟然坐在地上昏睡，好不容易醒來，返回大廳，驚見一遍混亂，湊巧見到陸世文，馬上走過去跟他說話，但是說不到幾句，遠遠望見哨牙炳和仙蒂從貴賓房出來，立即像見鬼般掉頭走人。阿群覺得今晚受盡委屈，這口氣，她嚥不下，但決定先到英京酒樓附近海邊吹吹風，冷靜下來，慢慢思量如何用陸世文的身世秘密來威脅哨牙炳，敲他一筆錢，天經地義，亦算是替失蹤已久的安娜討回公道。

「群姨跟你說了什麼？」站在陸世文面前，仙蒂劈頭問道。

世文回道，她問我有沒有聽過一個叫做什麼安娜的女人名字，又問我有沒有聽父親提過母親和家人的事情，我聽得一頭霧水，隨口敷衍了幾句。她突然看見你們，便像見鬼一樣跑了。他問仙蒂：「誰是安娜，神仙阿姨？」

純芳在世文旁邊，瞪著一對澄明天真的圓眼睛，羞赧地問仙蒂：「那個群姨也是阿爸的……那個？」

仙蒂道：「大人的事你們就別管了。」她稍稍放心，事情應該未至於不可收拾，但忽然察覺哨牙炳原來沒跟上腳步，回身四處尋找，咦，奇怪了，人呢？阿炳呢？

註釋

1 錫：吻。錫一錫：吻一下。

三十九・光明街上的黑暗

哨牙炳失蹤了。

大家找他，尋他，喊他。不見了就不見了。想必是趁著混亂裡離開了英京酒家，但是為什麼離開，又去了什麼地方，誰都摸不著頭腦。大家能做的是你眼望我眼，七嘴八舌地，爭吵著，討論著。

阿冰頹然坐在椅子上，身子朝後仰靠在椅背，天花板的吊扇嘎嘎啦啦地轉動畫圈，似是個漩渦把她吸進黑暗無底的大海。耳畔是吵雜的聲音，有人跑到家裡察看，人沒回去，人像被扔進海裡的小石頭，瞬間不知所蹤。蕭家俊用熱毛巾替阿冰抹臉，又勸她喝熱茶，她半閉眼睛，整個人癱軟著，再也顧不得主人家的儀態。

到底怎麼回事？阿冰實在想不透。好端端的一場宴會，老公忽然跑了，老公的老相好翻臉了，在眾目睽睽之下把她的面子盡毀，今後叫她如何見人？快要移民離開了，卻留下這樣的爛攤子，她在香港生活了幾十年，可不願意變成流傳在這裡人的嘴邊笑話。才一瞬間，她由贏家淪為輸家，輸得徹徹底底，想起便非常的冤。阿冰萬般不服氣，自問盡心盡力為丈夫、為女兒、任勞任怨，這晚落得如斯下場，是老天對她不公道。想著問著，問著想著，阿冰流了一臉的淚水，不知不覺間暈倒過去。

不知道過了多少時間，阿冰轉醒，張眼見嘉賓走得七七八八了，新興社的幾個親信兄弟當然留下，蕭家俊、仙蒂、世文等亦在，抽菸的抽菸，喝悶酒的喝悶酒，沒人說半句話。看見阿冰醒來，鬼手添打破沉默，厲聲道：「炳嫂，你問仙蒂，她肯定知道發生乜事。她不可能不知道。」鬼手添先前瞄見仙蒂和哨牙炳在貴賓廳內聊了許久，還有阿群，見到她怒氣沖沖地走出房間，其中必有古惑。

仙蒂故作鎮定道：「剛才不是說過了嗎？只是阿群吃醋花牌名單內沒她的份，來找炳哥撒嬌，女人嘛，談不到幾句便哭，哭了便罵，罵了便走。你阿添又不是沒見識過女人，應該比誰都明白。」

阿冰忽然想起阿群確實神色怪異，開席前過來問她記不記得安娜，又問是否知道安娜和南爺以前的關係，她忙著應酬，隨意敷衍幾句便沒理會。當時不察，現下倒覺得另有隱情。陸世文插話道：「我覺得那個群姨好奇怪，問我的出生日期和家事，緊張到不得了。」

仙蒂不顧長輩身分，怒道：「冇乜好緊張！她只是等錢駛，想來搵著數，她就是個貪得無厭的死八婆！」又對阿冰道：「炳嫂別擔心太多，說句難聽的話，炳哥可能捨不得金盆洗撚，去搵女人在床上告別。幾十年夫妻，你應該明白他的為人。不如你先回家休息？等炳哥回來了，你鬧他三天三夜，我保證他不敢回半句嘴！」

阿冰搖頭道：「不會的，我了解炳哥。他平日三心兩意，卻不至於在這時候一走了之。他鹹濕，但他不是黐線！他不會無緣無故扔下我。去！去找他！把灣仔翻轉亦要把他找出來！」她雙手按住椅柄勉力站起來，但是過於激動，精神徹底耗盡，身子癱軟無力，咚一聲跌回椅上。眾人連忙勸道：「炳嫂，你在這裡休息比較穩妥，我們去找就好了，肯定找得到！」

阿冰用似哭非哭、像嚎非嚎的聲音喊道：「馬上去！我要衰佬還我一個公道！怎麼其他女人嚇我，他竟敢跑掉！你們去，誰先找到炳哥，我保證讓誰做新興社的龍頭！衰佬不答應，我上吊，死給他看！」

眾人聽得目瞪口呆。

動作最快的是鬼手添和潮州仔，他們交頭接耳一番，帶著滿身酒氣步離大廳，仙蒂和花王二仍在慢慢思量對策。

仙蒂想了一會兒，忽然問花王二，炳哥平日最慣常到哪裡搵女人。花王二答道，難說，只要是有女人的地方炳哥都會去。這時候陸世文囁嚅道：「炳叔先前在貴賓廳問我有沒有去過九龍寨城，我說有。他又問我有沒有看過寨城艷舞，我答沒有。他說約了一個寨城老友，這兩天找時間帶我去開開眼界。」

花王二用手指敲一下自己的額頭，「呀！」了一聲，說炳哥確實跟他提過，寨城的龍門戲院最近來了一個艷舞團，有日本妹和法國妹，只留一星期便轉到越南，這是最後兩日，他一直嚷著要去，順便探望「九新堂」的德叔，德叔早陣子走樓梯失足跌傷腳踝，今晚來不了，只派手下細強送來一個金算盤做賀禮。細強私下透露，其實腳傷不是問題，關鍵是臨近聖誕節，差佬通風說這幾天將有洋警司帶隊落城掃蕩鴉片場，德叔必須留守打點，交出若干白貨給他們帶回警署交差演戲。

「九龍寨城？」阿冰當然知道德叔，是哨牙炳三十多年的老朋友。沉吟一陣，她道，走，我們過海，落城。

走出英京酒家，仙蒂建議分頭行事，雞佬成到灣仔的風月場所打聽炳哥下落，她和花王二沿菲林明道往碼頭搭船前往九龍城，陸世文嚷著跟來，仙蒂不同意，道：「你咁斯文，姐仔姐腳，去到那邊會嚇死你。」

花王二卻說：「他是風哥的兒子，新興社出了事，有他在旁幫忙亦是應份。」

仙蒂聽見「風哥」名字，想到的卻是陸南才，心裡想：「他是南爺的兒子，讓他接觸一下父親的世界也是有道理的。」於是應允。

船程十八分鐘，這是個暖冬，海上吹拂過來的風竟然帶著微微的溫熱和淡淡的腥氣，忙亂了整天，仙蒂幾乎一坐下即恍惚睡上，把頭側靠在長椅旁的木柱上，她多麼渴望這根柱子是三姐的肩膀。風浪平靜，輪船在海上緩緩前行，黑沉沉的頭面被船頭剷開，又在船尾復合，彷彿有人用湯匙輕輕攪動一碗芝麻糊，他們是在匙裡覓食的螞蟻。

花王二和陸世文坐在船頭甲板閒聊，遠處若隱若現的一束強光便是九龍城碼頭燈塔，下船後還要搭十分鐘的白牌車才到達寨城。政府規定的士車牌黑底白字，私家車則是白底黑字，用私家車非法收費載客的便喚作白牌車。這陣子左仔鬧工潮，的士司機組織罷工，白牌車乘機擁而出賺錢，也方便了市民，政府放任不理，甚至暗示解決暴動後會推動白牌車轉為正式經營的小型巴士，蕭家俊打算分一杯羹，曾找哨牙炳和花王二商量他日如何壟斷灣仔的生意。

上了年紀的花王二面對後生小輩，有了想當年的興致，他伸手指向對岸碼頭，笑道：「以前很少去寨城，但跟了炳哥搵食，經常陪他落城，那邊的雞、鴉、狗，樣樣齊，是男人天堂，可惜你在香港時年紀太小，錯過了。」他又眨眼道：「今晚倒可以帶你見識見識。你不會仍是青頭仔[1]吧？」

陸世文臉色一沉，花王二想起他是虔誠的天主教徒，還有個洋名叫做彼得，不宜亂開玩笑，立即把話題轉回寨城上面，解釋道，雞是女人，鴉是鴉片，狗是狗肉，加上賭，所有闇黑欲望，在寨城外面要偷偷摸摸的滿足，到了寨城裡面可以光明正大。出入寨城的男人都得感謝李鴻章，若非他在一八九八年把新界租借給英國時堅持留下寨城由清廷管理，殖民地的男人即無此刻的享受。九龍寨城是所謂的「三不管」，中國管不了，倫敦不願管，香港不敢管，而中國人只要不被管，所有生猛的事情都會發生得像山洪爆發。但寨城仍然有寨城的秩序，由堂口來管，堂口便是秩序，香港警察除了落城收規，或者城裡發生了命案，甚少插手過問。

輪船靠岸後，仙蒂先找電話亭，聯絡三姐告之今夜諸事，但當然沒說世文的身世。聽見三姐的聲音，仙蒂心裡一陣激動，幾乎哽咽難言。這些年來都是她在照顧別人，到這年紀，她最渴望的是倒過來做個弱者，就算事情最終仍得親手解決，但幾句安慰言語已足讓她感動許久許久。三姐答應忙完手上的工作即趕到寨城會合。掛上電話，花王二已找來白牌車守候，三人登車直驅寨城，停在龍津道東側的東南樓門外，徒步進入南門。

南門其實沒有門，只是幾級窄窄的石梯，往下走，便是寨城。當初是有的，有門，因為有牆。下令拆城牆的是日本兵，迫寨城居民親自動手，許多人一邊用鐵錘敲下石磚，一邊流淚。城牆石磚被移作擴建啟德機場，自此只剩城基，城只像村不像城。戰後不久，一幢幢三、四層高的樓房沿著城基四周內側蔓延建起，其後是五、六層，再其後是七、八層，轉眼把城寨再次團團圍住，只不過換成水泥圍牆。但城內民居主要仍是橫七豎八的木屋和石屋，誰先來佔了土地，建起房子，誰便是主人了。後來者向先來者租屋或買屋，才有了房客和業主的分殊。新界租借予英國鬼子時，城寨住了四百多人，三十年後變成兩千多，再過三十年，變成兩萬多，一代接一代的南來者像蛇蟲鼠蟻般先後擠進這個不到七英畝的洞穴。

城內本來只有幾條小路，樓房相繼現身，屋與屋之間遂有了縱橫交錯的寬窄巷道，街名路名亦是自然而然地喊成習慣。西邊的叫西城路，有水井的叫大井街，老人無所事事聚集的叫老人街，有天后廟的叫天后廟街，又延伸出一路二路前街後街，隨意隨興卻又都有說得通的道理，最重要的是讓住民鄰里懂得尋路歸家。城邊的龍津道倒是文雅的，跟城內的龍津路一樣，典出「聚龍通津」，對人間興旺有著堂皇的期待。

花王二等人從南門入城，位處兩路交界，直行是龍城路，南北直通東頭村道；朝左是龍津路，東西接通西城路。花王二熟門熟路地左轉，走不到兩百呎，右邊岔出一條「光明街」，陸世文往裡面瞧去，窄路兩旁每隔幾步即見燭光燐燐，光影晃閃裡另有人影，蹲著，坐著，躺著，像一隻隻大鼠躲在廚房暗角偷偷地、貪婪地啃噬殘羹剩飯，陣陣灰煙白霧在他們頭上繚繞不散，令他想起在馬尼拉見過的叢林夜景，不同的只是這裡沒有樹、只有樓，也沒有鳥鳴蟲叫，只有此起彼落的咳嗽和痰音。

畢竟在灣仔長大，陸世文可沒被眼前景象嚇倒，但第一回目睹這麼肆無忌憚的吸毒場面，難免愣住腳步，幾乎碰跌身旁的仙蒂。仙蒂笑道：「你是教徒，但你未見過天堂。你看他們多快樂。這裡就是他們的天堂。」走在前頭的花王二停下腳步，道：「他們叫這裡做『電站』，叫粉檔做『電台』，死道友有錢便來『上電』，沒錢也來『上電』，跪在地上乞求施捨。賤！」

癮君子佔據街道巷尾，把海洛因粉末放在金屬紙上，用燭火燙熱紙底，粉末融化成縷縷輕烟，用小管子吮吸的叫「追龍」，用火柴盒空殼吸索的叫「吹口琴」。也有直接把粉末滲入香菸裡的，叫「打高射炮」。至於抽鴉片煙，雖不時興了，卻仍有，道友躺在木板煙床上像一具具快樂的殭屍。因燭光密佈，街道乾脆被命名光明街，街側另一條短窄的光明巷，更是黑夜如白晝，蹲在巷裡的人以肉身為柴薪，直到燃燒殆盡，每天總有人死在「電台」，屍體抬到龍津道的溝渠邊，乾淨俐落如丟棄一條喪犬。

拐彎步入光明街，在煙霧裡前行三百呎便是龍津後巷，幾間石屋門前零零落落吊掛著紅色燈泡，門後傳出音樂聲和男人的陣陣歡呼，陸世文猜想這就是花王二尋找的艷舞場所。果然，花王二趨前問坐在門外摺椅上把風的道友：「德叔呢？灣仔炳哥今晚有冇來搵女？」

道友歪斜著身子倚靠牆上，在紅燈掩照下，臉色更顯蒼白，深陷的頰和眼像骷髏。他認出花王二，馬上堆起笑容道：「二哥，好耐冇見！德叔剛才去咗『孖記』啖香肉，我看見他和幾個人一起，但唔知道係唔係炳哥。」又瞄一眼陸世文，以為是花王二的兒子，道：「帶細侄來開眼界？今晚有正嘢，快開場了，阿叔請客，免費！」

道友推開木門，陸世文隔著門縫望進去，屋裡擠滿坐、蹲、站的人，小舞台打著鎂光燈，有個金髮女人赤裸裸地張腿坐在地板上，眼睛半瞇半開，身旁有個玻璃缸，水裡浮游著幾尾不知道將面對什麼命運的金魚。仙蒂伸手推一下陸世文的背，提醒他花王二已經走向巷尾的孖記香肉店。廣東人常說「三六滾一滾，神仙都企唔穩」，三加六是九，粵語的「九」和「狗」同音，狗肉的濃烈氣味聞在廣東人的鼻子裡，是天堂的芳香。

龍津後巷是脫衣舞場和賭攤集中的地方，舞場門口掛紅布、吊紅燈，賭攤掛的則是藍布，吊的是黃燈。行有行規，偏門有偏門的講究。每間賭攤必在牆角供奉地主神位，牆上貼著兩張黃紙，上寫「五方五土龍神，前後地主財神」，還有一張小橫批，寫的是「大殺三方」。牆前沒有香爐，卻有兩塊削皮老薑，一塊插了香燭，另一塊插著一柄利刀，刀口朝外，同樣是大殺三方的意思。

寨城裡的街和路都窄，巷道更窄，但無論是街或巷其實都只像深而長的隧道，幾十年來「三不管」，蓋房建房不受法例規管，樓房高高低低緊貼相連，樓與樓、屋與屋之間的狹窄空間便算是路了。這裡沒有政府，所以沒有電和水，堂口便是政府，水和電皆從城外接駁到各屋各戶，水費電費都由堂口控制的公司收取，電線和水管既無秩無序、又有因有果地穿越街道巷牽引進入家家戶戶。整個寨城像是一幢龐大的老房子，苔蘚由地底冒出，蔓延到每寸角落、每處隙縫，終而像一片無邊無際的蜘蛛網把老房子重重包圍，人在不見天日的網格裡爬行，卑微，但有卑微的自由。

路面起伏不平，陣陣尿羶惡臭從各方各處飄襲過來，仙蒂連忙掏出手帕掩蓋鼻子。她瞄向牆邊角落，發現散置了一團團的報紙，像一個個紙球，蒼蠅在旁黑壓壓地飛繞，地上積滲著一灘灘黃濁穢水。寨城樓房十居其九沒有廁所，人有三急，居民須走路到南門外的龍津道或者北門外的東頭村才有公廁可用，所以乾脆在家解決，糞便拉在報紙上，把報紙包裹成球，再帶到城外的垃圾站丟棄，但常有人隨手把戲稱為「荷葉飯」的糞包棄放在巷道之間，反正是公眾的地方，而公眾的地方便也是自己的地方。

因擔心被髒水滑倒，仙蒂一手用手帕摀住嘴和鼻，另一隻手往前拉住陸世文的右臂，隔著襯衫觸摸他的厚實肌肉，有青春的溫度，微微發燙，彷彿有一群孩子躲在血管裡面吱吱喳喳地談笑。她忽然記起陸南才的胳臂，她拉過，那對拉黃包車的手，那對揮舞木棍的手，恍惚之際，錯覺回到昔年和阿才奔往防空洞的逃難歲月，心裡一陣淒然，輕輕嘆了口氣。

註釋

1 青頭仔：處男。

四十・答應我，保守秘密，好不好？

德叔的「九新社」總堂設在光明街的一幢石屋，但性好熱鬧的他每晚十點半後必出現在孖記香肉店，跟兄弟談事，跟老友喝酒。這兩年他喝出了肝病，少碰烈酒，卻仍一杯杯地猛灌啤酒，否則無法跟朋友聊得盡興。哨牙炳常到店裡光顧，有時候是單槍匹馬，有時候帶領手下，他不吃狗肉，但是因為德叔在這裡，他便來這裡。

花王二這夜來到孖記香肉店門前，聽見裡面一陣吵鬧，認出是鬼手添的聲音，馬上伸手攔住身後的仙蒂和陸世文，囑咐大家先別進店，聽清楚他們在搞什麼把戲。兩個聲音沙啞的男人越吵越激烈，似乎跟新興社和哨牙炳有關。

鬼手添太了解自己的大佬了，開心的時候要找女人，不高興的時候更要找女人，哨牙炳前兩天曾對鬼手添提過打算到寨城看艷舞，同時跟德叔臨別話舊，所以他指派手下在港島各處搜尋哨牙炳，自己和潮州仔則遠來寨城探究，依憑的主要仍是直覺。

德叔的肝病越來越嚴重，背駝腰彎，坐在店裡角落的桌子旁，把背靠在牆上，一對眼袋腫脹似在眼底塞著兩支湯匙。見到鬼手添踏進孖記香肉店，德叔感到意外。哨牙炳確實說過這兩天會到寨城找他，細強代表他出席晚宴，目睹混亂景況，火速返回向他報告，他判斷阿炳稍後會來，萬料不到的是，阿炳未到，新興社的二把手卻先現身眼前。

德叔是老江湖了，佯裝對哨牙炳的失蹤不無所知，追問細節，察言觀色一番，發現鬼手添眼神閃縮，又隱隱帶著戾氣，明顯只是急於找到大佬而非真心擔憂大佬的安危處境。於是他故意拖延，沒說哨牙炳已經來了，也沒說哨牙炳尚未出現，只敷衍道：「我這裡的女人全部好靚，炳哥要搵開心，不來這裡，還能去哪裡？」然後招呼鬼手添和潮州仔坐下，又道：「來，德叔請你們嘆吓香肉，下午劏咗隻唐狗，好撚肥，肥撚過我。你們大佬唔食，你們食，咪撚客氣！」他暗中吩咐細強到城裡的艷舞場尋找哨牙炳，機會最大。

孖記香肉店只有四、五張矮木桌，客人通常屈膝坐在小板凳上，幾近於蹲，有人喜歡把板凳踢開，直接蹲著，用小腿承托屁股，捧著碗筷，圍著瓦爐，炭火在爐底噼哩啪嘞地燃燒，爐內的狗肉香氣混雜了當歸、茴香、桂皮，飄在半空久久不散，人被包圍在氣味裡，肉氣又從胃底冒起，再喝幾杯雙蒸酒，很快已可進入暈眩的離神狀態。

這夜的客人不多，可能都去爭取最後機會看洋妞艷舞了，鬼手添和潮州仔坐下後，香肉尚未上桌，德叔不斷向他們灌酒，追問沐龍宴細節。鬼手添略說了幾句，開門見山地道出憂慮：「炳哥似乎忽然唔想移民，唔撚知他到底在想什麼，明明說好要走，沒理由又說不走……」

「他走不走，你咁緊張？」德叔打斷他，直問。

伙計端來瓦爐，掀蓋，肉塊在冒泡濃湯裡浮沉翻滾，嗞嗞作響，彷彿仍有生命，在微微哀鳴。德叔挾起一塊狗肉，沾一下爐旁的腐乳芥茉，把肉送進嘴裡，唇邊掛留著一抹淡黃，像是問號的圓點。他用手背抹一下唇，擱下筷子，刻意講幾句恭維，把鬼手添吹捧一番：「你是新興社的第一大將，德叔旁觀者清，在你面前這麼說，在炳哥面前同樣這麼說，沒有你，便沒有新興社。只要有你看住新興社，炳哥在南非，風哥在菲律賓，乜都唔駛擔心！」

果然中伏。鬼手添沒動筷，伸手抓吃小碟裡的花生，用牙齒咬去花生衣，吐到地上，道出滿腔牢騷：「我無論做乜都只是為了新興社。左仔搞到七國咁亂，堂口就乘機搞到亂過七國，炳哥一直忍讓，俾人欺負到上心口都忍完又忍，咁唔係辦法。其實倒過來想，這是千載難逢的好機會，新興社應該殺出灣仔，要食大茶飯，唔好再細眉細眼。炳哥並非不同意，只是不想再拚搏了，他年紀大了。何況德叔你也知道，他並非打江山的人，我們的堂口是南爺打來的地盤，後來由風哥掌舵，炳哥雖然又接了手，但是，根本……天地良心，炳哥只是個大管家。德叔，請你老人家評評理，萬一我接唔到龍頭棍，公道嗎？」

德叔端杯喝酒，只搖頭，心裡感慨沒想過鬼手添這麼反骨，但是看在鬼手添眼裡，他的搖頭代表「不公道」。於是鬼手添更肆無忌憚地說下去：「其實炳哥也心知肚明，他一天不走，新興社便一天被其他堂口欺負，我只求替堂口重振聲威。混江湖，有仗就要打，點可以做衰仔？德叔你知唔知道，兩年前刀疤德沿著莊士敦道一路追斬炳哥，他嚇得跪地求饒？我見到都覺得羞家。」

鬼手添越說得激動，德叔越覺得事有蹊蹺，但刻意氣定神閒，挾了一塊狗肉放到他碗裡，勸他先把肚子填飽，慢慢再說。鬼手添仍不動筷，嘆了幾口悶氣，抓起杯子喝酒，一杯一杯，沒幾杯已經把自己灌得雙眼滿佈紅絲。忽然，他囑咐潮州仔到店外買菸，剩下他和德叔，他再猛喝一杯雙蒸，口齒不清地說：「論資排輩，新興社點都應該輪到我做莊，共產黨快來了，再不抓緊機會搵水，來不及了。炳哥不一樣，他疊水[1]，隨時話走就走。德叔，我跟你講個秘密。」

德叔猶豫一下，把身子傾前，鬼手添壓低聲音道：「炳哥忽然唔想離開香港，我懷疑跟陸世文有關。」

「陸世文？陸北風個仔？他不是跟老爸去咗菲律賓嗎？」

「他回來了！炳哥今晚跟他在貴賓房裡面傾咗好久，之後便心事重重。更離奇的是，炳哥有個老相好跑來問我知不知道那小子的身世，我話係人都知他老爸係風哥啦，她卻笑得陰陰濕濕，說覺得那小子長得很像南爺。」原來阿群從廁所回到大廳的時候，尚未找到陸世文，先碰見鬼手添，隨口談了兩三句。

鬼手添定睛看著爛命德，等待他的反應，德叔卻只抓了一把西生菜扔進爐內，再用筷子把菜壓到湯裡，彷彿想壓住什麼秘密。其實爛命德根本不知道任何秘密，他只知道哨牙炳是他的老友，越是狀況不明，越有必要信任和保護老友，如果連這份基本的仗義都做不到，他的江湖是白混了。唯今之計是盡快找到阿炳，搞清楚來龍去脈和提防鬼手添。

德叔瞄一瞄手錶，快十一點一刻，哨牙炳應該不會現身了，心想不如索性搭電艇到灣仔碰碰運氣，說不定阿炳此刻正在哪間客棧的哪張床上同時跟幾個女人鬼混，狗改不了吃屎，鹹濕佬的賓周不到斷氣之日不會軟下來。於是他想「借屎遁」，猛地站起，道：「弊！我屎急！可能隻死狗在我肚裡反咬一口！你先坐坐，我肚痛，要去踎塔！」

鬼手添馬上拉住他的手肘，道：「德叔，越南立立亂，那邊的人要錢唔要貨，要軍火有軍火，要鴉片有鴉片，我打算接手堂口之後，把貨運來香港，先賣一批，再轉到台灣、日本、南韓，打通水路和陸路，肯定發過豬頭炳。實不相瞞，我跟細眼超和鶴佬德談好了，他們負責油麻地和荃灣的線，寨城這邊冇皇管，最好用來做貨倉，有你老人家幫忙睇住，萬無一失。我們合作吧！」

德叔沉下臉，甩開他的手，冷笑道：「多謝你賞飯吃！不如讓我先問問炳哥？他同意，我就同意！新興社到這一分鐘仍然由他話事，至於之後係唔係改由你話事，嘿，對唔住，有人知。」

這話像一拳打到鬼手添臉上，他嚥不下這回氣，右手一揮，桌上的碗筷碟盆玎玎瑯瑯地應聲跌到地面。他厲聲喝住德叔的腳步：「這是我應得的！新興社十幾間賭攤和字花檔，全部由我管得企企理理，是堂口的糧倉。新興社不給我，難道給花王二？他這小子做過什麼？管花檔，管兵器，說白了就只是個大打雜，最厲害的只是拍馬屁！雞佬成管住那群臭雞，潮州仔管住那群道友，全部人當初都是跟我出身搵食，我做龍頭，天經地義，受之無愧！德叔，你瞧不起我，以後一定後悔！」

德叔停下腳步，扭身回道：「沒錯，江湖上誰不知道你鬼手添叻仔？但再叻的人亦要講規矩、分大細，否則連鬼都睇你唔起。你大佬一日未同意，你最好一日唔好搞搞震，明唔明？」

「我對大佬講規矩，大佬有冇對我講規矩？話走就走，話唔走就唔走，變來變去，衰過女人！我唔理咁多，你快把炳哥交出來，這是我們的家事，唔到你理！」鬼手添越說越失了分寸，更伸腳踢向身旁板凳，小店地面濕滑，板凳朝德叔的小腿撞過去，剛好撞到他的腳踝舊患。

腳上的痛楚激發心底的怒氣，德叔彎腰執起板凳朝鬼手添頭上擲回去，猛喝一聲：「冚家鏟，你敢打我？你別想走出寨城！」

鬼手添側身閃開板凳，回罵道：「寨城大撚晒？你們像老鼠一樣躲在這裡，冇膽匪類！」然後撲起衝前掄拳打向德叔，德叔抬臂擋隔，兩個男人像兩隻發狂的狼犬，在香肉店的地面纏鬥互噬，食客四散，紛紛逃到店外。

店門外站著花王二、仙蒂和陸世文，把剛才的一切聽得一清二楚了——除了關於阿群對世文身世的懷疑。仙蒂苦惱琢磨，今晚不管誰先找到炳哥，更不管炳哥日後會否離開香港，新興社已是一山難容二虎。花王二倒暗中竊喜，兩虎尚未相鬥，鬼手添和德叔卻先廝殺起來，最好讓他們弄個兩敗俱傷，自己才收拾殘局。

但是仙蒂跺腳尖叫，往花王二背後一推，催促他道：「打起來了！打起來了！阿二，還不快去阻止？」

花王二完全沒有推搪餘地，硬著頭皮衝進店裡，德叔正被鬼手添壓在地上拳打腳踢，他用力拉開鬼手添，鬼手添卻殺紅了眼，回頭一看是他，舊恨新仇湧上，二話不起，擺起地上的板凳做武器對他進攻。德叔乘機從地上爬起身，朝店外跑去召喚救兵，卻在門前碰上買菸回來的潮州仔。鬼手添對潮州仔喊道：「唔撚好俾條阿伯走！今晚最多一鑊熟！」

潮州仔立即攔腰抱住德叔，德叔死命掙扎，跌倒在地，潮州仔用雙膝壓住他的肩，拳如雨下打得他血流滿臉。打架畢竟是年輕力壯佔便宜，再打幾下，德叔已經眼肚翻白，雙唇間吐出「呼……呼……呼」的羸弱喘息。潮州仔有點慌了，他無意鬧出人命，雙拳頓止在半空，一時之間不知道如何是好，仙蒂旁觀得心驚膽裂，高聲喊喚花王二援救德叔，卻發現花王二早已被鬼手添的板凳擊敗，暈倒躺在店裡牆角。

陸世文站在仙蒂旁邊，眼見德叔臉色發紫，馬上撲前，彎腰用雙手猛壓他胸口，再俯身捏住他鼻孔，用嘴巴對他施行人工呼吸。他吸氣，吐氣，再吸氣，再吐氣。反覆吸吐十多回，德叔的喉嚨響起幾聲咕嚕，又乾咳出一口濃痰，胸口恢復了順暢的起伏。陸世文明白，德叔活過來了，剛才被痰哽住喉管，千鈞一髮，而自己在馬尼拉大學的體育課上學習過急救，當時覺得無聊，沒想過回到家鄉能夠派上用場。

陸世文鬆一口氣，站起身走到仙蒂身旁，臉上掛著像孩子向長輩邀功的得意表功。鬼手添此時已經衝到店外，眼裡兩道寒光直直射向陸世文。就是你！你是我在龍頭路上的絆腳石！今晚，有你冇我，有我冇你，你自找死路！

鬼手添一步一步朝他們走去，仙蒂嚇得躲在陸世文背後，陸世文逞強，用身體護著仙蒂，自己雙腿其實已經嚇得顫抖，隨時癱軟跪下。鬼手添踏前一步，他們後退一步；鬼手添再往前一步，他們再後退一步；巷道窄，退後不了幾步，背後抵住石屋圍牆，是絕路。

陸世文突然想：「如果真的跪下求他，他會不會放過我和神仙阿姨？大家無怨無仇，我父親陸北風又曾經是他的大佬，這分面子他總得給吧？好，跪！跪了再說！」

想通了，屈膝便是非常容易的事情，陸世文毫不猶豫地卟聲跪下，仰臉望向鬼手添，見到他額角掛血，左臉抽搐得像一團擰皺的報紙。陸世文這一跪令鬼手添感到愕然，旋即爆出猙獰的笑聲，轉臉對站在店門內的潮州仔喊道：「呢個衰仔丟盡陸家的面子，唔係男人，唔死冇撚用！」

陸世文回身抬頭望向仙蒂，仙蒂低頭看他，眼裡滿是憐惜。這樣的眼神像兩把利刀割向他的心，令世文更感委屈，整顆心似被割得四分五裂、支離破碎，但當割到一無所剩，反而激起一股突然其來的勇氣。世文忽然瞥見牆邊地上有幾個用報紙包袱的「荷葉飯」，再旁邊，有幾支水喉鐵管，他快速挪動身子，伸手握起其中一支，閉起雙眼，猛喊一聲往前衝去，把尖銳的管端直刺仍在嘲笑他的鬼手添。鬼手添此時仍在跟潮州仔相視而笑，冷不防有此偷襲，鐵管不偏不倚地插進他的喉頭，鮮血像噴泉般濺向四周，沿著鐵管的窄道汩汩流到世文手上。陸世文嚇得後退，把仙蒂碰跌倒地，他也像嬰孩般癱靠在仙蒂胸前，濃烈的血腥從雙手湧進鼻腔，然後，嘩啦啦幾聲，他把今夜在英京酒家沐龍宴上吃進胃裡的鮑參翅肚吐個一乾二淨，腦子亦變得空蕩蕩。剎那間，陸世文想起以前在馬尼拉經常用刀劈開椰殼，嗞嗞地喝光了汁，再挖啃椰肉，最後把殼扔到路旁。崩裂的椰殼靜靜躺著，菁華去盡，什麼都不是了，正如此刻的他。

醒過來的人都活下來，活不下來的人都醒不了。這是廢話。但廢話不同於假話，假話通常悅耳動聽，廢話卻是平平凡凡的真實，而在真實背後，另有唯有當事人明白的惴惴暗影。活下來的人往往在另一個意義上死去，但是如果運氣夠好，又會以另外一種方式活過來，周而復始，遠在你控制之外。

陸世文最懂。

陸世文被送去警署，潮州仔也是。花王二被送去醫院，德叔也是。鬼手添去的是殮房，只有他。並非居民報的警，九龍寨城的人不會報警，江湖事，江湖了，江湖以外便無世界。只是剛好有兩個警察到寨城找德叔商量過兩天的掃場安排，從艷舞場走到香肉店，剛好碰見最後一幕。所有暴力電影都由警察在最後一幕現身收科，然而收科並不等於結束，其後的故事多著呢，只不過有些為人所知，有些卻永遠石沉大海。

先說陸世文。在寨城殺人不算小事，但在寨城裡，再大的事情也可以化為小事，「九新堂」安排了一個未滿十六歲的小兄弟替陸世文頂罪，小兄弟被控謀殺，陸世文只是參與打鬥。豈料到了法庭，小兄弟望見前來聽審的祖母淚眼汪汪，忽然後悔得當場翻供，高喊：「冤枉！我只是替死鬼！是大佬強迫我頂罪！」

審訊過程被刊登於《華僑日報》和《South China Morning Post》，洋法官礙於面子，沒法不下令重新調查並重審案件。德叔和花王二脅迫潮州仔作偽證，表示當時另有一個道友在場，是德叔的朋友，拔刀相助，意外捅死了鬼手添，真凶早已逃之夭夭。陸世文為此只被控參與打鬥，罪名成立，判監一年；潮州仔傷人罪成，判監兩年；花王二和德叔是打鬥的受害者，在醫院躺了幾天便放回家；細強因為找人頂罪，干犯「妨礙司法公正」，判監三年。

一年匆匆過去，陸世文活下來了，踏出牢房，卻似進入了另一個輪迴。嚐過牢獄之苦，身家已不清白，一輩子扛著「監躉」名份，他終於想通了，天主既然不給他庇蔭，他能夠依靠的只是自己，以及在監獄裡面派人保護他、在監獄門外派人迎接他的花王二。陸世文出獄時，花王二已是新興社龍頭，數度到馬尼拉探望病中的陸北風，商量後，決定把堂口的花檔和其他合法生意交由世文打理，沒有堂口的崗位名份，但仍被堂口兄弟視為自己人。左仔暴動早已平息，一九六九年初的香港是另一個香港，陸世文亦是另一個陸世文。

　　哨牙炳去了哪裡？有沒有活下來？誰都不知道，除了他自己，以及寫小說的我。既然你買了這本書，也已經讀到這裡，我沒有任何理由不跟你分享。可是請你答應我，保守秘密，好不好？

註釋

1 水，指錢。疊水，表示有財力。

四十一・我們的約定

是這樣的：哨牙炳那夜瞥見阿群的背影，她沿樓梯從三樓跑到二樓，從二樓跑到一樓，從一樓跑到地面門外；他來不及知會仙蒂，先追上去再說，從三樓追到二樓，從二樓追到一樓，當追到地面的時候，心急，失足翻了個大筋斗，砰一聲跌坐到地上。重新站起，右腳踝疼痛得幾乎走不動，但是走不動也得走，勉強一拐一跛地追往前頭，順著莊士敦道朝海邊走去，穿越漆黑一片的修頓球場，忍住腳痛，終於來到灣仔碼頭。港島傍晚下過雨，一路上再次飄起雨粉，哨牙炳脫下西裝外套，勾搭在頭上遮擋。

「阿群！阿群！」哨牙炳一路喊著，但是越喊得急，阿群的腳步越走得匆忙，身影最後消失在碼頭旁的幾根石柱之間，消散如霧。碼頭打烊了，墨綠鐵門用鐵鏈牢牢鎖上，門前懸吊著兩盞汽油燈，風吹來，燈搖影晃，彷彿配合著海面的波浪節奏擺動。哨牙炳跛著腳步走過去，沒見到半個人影，無奈彎腰在石柱間喘氣，感覺到——也許只是希望——阿群仍在附近，他必須盡快找到她，弄清楚她知道什麼不知道什麼。世文會知道的，也有理由知道，但並非現在。這一切只能由他親口告訴他，到了適當的時候，然而到底何時才是適當，哨牙炳其實亦無頭緒。今晚所有事情發生得太急太多，此刻他的腦袋一片糊塗，只想找到阿群，別讓她搞亂局面，其他再從長計議。他明白阿冰必然心焦如焚，那更要盡快解決問題，回到英京酒家才慢慢對她解釋。

喘定呼吸後，哨牙炳沿碼頭岸邊走向右面的石灘，僅僅依憑直覺，事實上除了直覺，這時候他無所依靠。幸好直覺並未辜負他。走了數十步，遠遠聽見石灘傳來一道低微的飲泣聲，阿群，果然在！她抱膝坐在石上，「撚樣石」就在不遠處，哨牙炳望一下那塊石，竟似見到老朋友，心情頓然穩了三分。他踮起腳尖爬過岸堤，走向阿群，雨停了，石面仍然潮濕，他足底一跣，幸好雙掌撐住石頭才不至於跌倒。

好不容易顛著腳步走近阿群身邊，她其實已經聽見他的步聲，但木然不動，飲泣的聲音變為淒涼悲哭。哨牙炳俯身用西裝替阿群抹拭濕透的頭髮和肩膀，像替一個洗完澡的孩子弄乾身體，然後，跟她肩並肩坐在石面，沉默地望向維多利亞港上無數的船燈。半晌，阿群一扭身，把頭埋在他的肩上，泣不成聲地說：「沒人理我，從來都沒人理我！我是垃圾，我是尿壺，你們用完便扔，扔了也不說半聲多謝！」阿群姓丁，父親早逝，母親帶她到中環半山富戶當妹仔，不久，母親投海自盡，阿群被賣到塘西做歌女，長大後再到酒吧搵食，又輾轉到了澳門。有人對她說過，她母親其實是被老闆在床上虐待致死，死後才把屍體扔進大海。過了許多年，打聽到老闆葬在香港仔，她特地到他墓前「報答」——蹲在墓頭脫下褲子，拉了一坨臭屎。

這夜來到了海邊，阿群感懷身世，悲從中來，淚如決堤。哨牙炳為了哄住她，溫言細語地說：「別太難過，其他人不理你，炳哥理你。我們混江湖的，何嘗不是被人視為用完便踢開的尿壺？最重要是自己爭氣。爭了氣，才有機會出氣。」江湖和尿壺的比喻是他從陸南才的口裡聽來，南爺說這是杜月笙講過的話。

阿群聽後，卻毫不領情，啐道：「你理我？我連做你其中一個登台的老相好也不配呢！你理我個屁！我是連尿壺都瞧不起的尿壺！」

哨牙炳急忙解釋道：「唔好意思！唔好意思！只不過太久未見了，炳哥猜想你已經名草有主，擔心請你登台，會破壞你的名節呀。」

「我這種人還稀罕名節？還有資格稀罕名節？炳哥太看得起我了！」阿群罵道，然而話音裡隱含笑意，又伸出手指戳一下他的額頭，顯然開始心軟。

於是哨牙炳打蛇隨棍上，用更柔和的聲調，繼續哄道：「其實，越是珍貴的東西，越要珍藏起來，自己回味享用，沒必要拿出來示眾嘛。」

阿群不作聲，只嗔了一聲「啤！」

哨牙炳用手肘輕碰她的肩膀，然後伸開胳膊，把她攬進懷裡，在她耳邊說：「過幾天，我請你到中環吃西餐，只有你和我，你最大，你是唯一的女人，算是炳哥對你賠罪，好不好？」

阿群把臉貼在哨牙炳胸前，半晌方道：「其實你這樣說說，我聽了已經足夠，做不做，無所謂。」她明白男人肯騙女人，已經是對女人的好意，遠勝於連欺騙也懶得費精神。

哨牙炳輕輕撫弄她的頭髮，慢慢打開話閘子，問及她的昔時舊事，也談了自己這些年來的起跌風浪，高明雷，力克，陸北風，新興社，馬尼拉，終於把話題拉到陸南才上面。他小心翼翼地問：「以前那個什麼安娜，有說過南爺的事情嗎？」

阿群立即驚覺有詐，抬頭瞪他一眼，反問道：「他們能有什麼事不可告人？還不是做過一陣子霧水夫妻！有乜大不了？」她竟然倒過來試探哨牙炳，道：「你和仙蒂這麼緊張，肯定心裡有鬼！那個小伙子長得這麼似南爺，你說說看，他會不會是南爺留下的種？我覺得是！」

哨牙炳連忙抬高嗓門道：「不會！別胡說！別對世文亂講！」他愣住，發現自己露了底牌。這麼一提世文的名字，豈不等於間接承認了答案？

見哨牙炳神色惶恐，阿群更加相信自己抓住了把柄，裡面絕對大有文章，剎那間，她把腦海裡所知道的蜘絲馬跡通通串連在一起，彷彿想通了所有事情。於是乾脆把話說穿，直接道：「安娜和南爺相好的那年，正是她懷上孩子的那年，後來她到香港找風哥，回來澳門已經沒帶著孩子，好多年後又說要找風哥，之後便斷了音訊。其實我懷疑很久了，你說裡面沒有古惑，我才不相信，唔好當我係三歲細路！姓陸的兩兄弟本來就古古怪怪，安娜有一次喝醉了，說過幾句，南爺好似跟一個鬼佬警察非常親近，我問她什麼叫做『親近』，她只說『比兄弟更親的那種親』，我當時不以為意，現在回想起來，嗯，有問題！有問題！但我還真想不透，如果南爺鍾意俾鬼佬搞屎忽[1]，有乜理由又會跟安娜要好？呵，說不定他比你更鹹濕，乜都食得落？」畢竟出身風塵，阿群口沒遮攔，毫無半分界線顧忌。

聽見「搞屎忽」三個字，哨牙炳暴怒，跳起身，叱道：「賤！嘴巴給我放乾淨點！」

「我賤？不乾淨？如果我唔賤，以前能夠讓你在床上爽得叫來喊去嗎？要我不乾淨的時候就求我不乾淨，想我乾淨的時候就罵我不乾淨，老娘確實是任由炳哥擺佈的尿壺啊！嫌女人髒，就唔好搞女人，去搞男人。可是，嘿嘿，男人更髒，但這也好，髒上加髒，髒過屎坑！」阿群不吃眼前虧，連番回罵，哨牙炳聽得臉上一陣紅一陣白，不過岸邊有微弱的燈光，他背光站著，阿群看見的只是一道黯黑的單薄的身影，以及聽見嘖嘖抽抽的因盛怒而發出的嘖嘖喘息。

阿群罵得興起，收不住了，繼續說：「姓陸的兩兄弟，耀武揚威，但其實一個短命、一個走路，有乜了不起？做男人，有乜咁威？我們女人再賤，亦是自食其力，不偷不搶，比你們打打殺殺乾淨得多！你就更加冇出息！除了識得坐在櫃枱後面打算盤計數，識得攬住女人喊苦喊忽，識得跟在姓陸的屎忽鬼背後做跑腿，你仲識做乜？香港一亂，你就馬上走人，寧可跑去黑鬼的地方自生自滅，無膽匪類，有乜資格做大佬？」

哨牙炳氣得雙腿顫抖，幾乎在石上站不穩腳。兩年前被刀疤德斫殺的時候，他被罵過「無膽匪類」；卅八年前他母親離家出走，叫他舅舅傳話，也曾罵他「沒出息」。阿群的嘲諷把這兩幕景象推回他的眼前。這個女人！這個賤女人竟敢瞧不起我，她憑什麼！哨牙炳氣得鬆開手掌，西裝外套掉落石面，他明白，只要雙手輕輕往前一推，便可令這個賤女人葬身大海。

他的手掌微微動了幾下。他告訴自己，留不住了，這個賤女人。她把我再罵得狗血淋頭也無所謂，我吞得下這口氣，但是她顯然知道得太多，南爺和張迪臣，風哥和安娜，萬一也讓世文知道，他的母親下場，他的父親秘密，怎麼辦？怎麼承受？我怎麼對得起南爺、對得起風哥？哨牙炳突然感到全身冰冷，垂著手，猶豫著是否應該往前推去。是的，萬一。不怕一萬，只怕萬一，不可以讓死去的南爺和活著的風哥承受萬一。

然而眼前的女人是曾經給過他慰藉的女人。而且，是個女人。哨牙炳深深佩服陸北風對安娜下得了手，也許這便是混江湖和跑江湖的差別了。自己只是「混」，隨著波浪漂到哪裡便混到哪裡，依憑的是風向運氣。「跑」卻是殺出一條活路、生路，要用力氣去劈石開山，依靠的是膽色勇氣。他，終究不是陸北風。

站在阿群面前，哨牙炳呆若木雞，他費力控制自己的手掌，別動，千萬別動。或許看在阿群眼裡可笑，但他顧不了面子，右手幾根手指頭忽然上撥下撩，想像有個算盤壓在手掌底下，「隔位六二五，兩價三七五，轉身變作五，五四倍作八，見九無除作九八，無除退一下還九」，心裡反覆默唸著算訣。唯有如此他才能鎮住不斷抖動的神經，不讓自己做出回不了頭的事情。每唸一輪算訣，神經便鬆弛一分，再唸，再鬆，這是他的「定心大法」，算盤是他的老朋友，從小到老從來沒有讓他失望。

唸了三、四回，可以了，他覺得已有足夠的冷靜，事緩則圓，世上沒有事情不能夠從長計議，還是回去找仙蒂商量一下吧，也可聽聽阿冰的意見，這幾天暫時把陸世文看顧妥當，別讓他有機會接觸這個瘋女人，然後，再找阿群坐下來，有事好談。如果她為的是錢，大可用銀紙解決；如果她為的是面子，他願意給她斟茶道歉。只要她答應守住秘密，他都答應。不都說「退一步，海闊天空」嗎？好，老子就退，反正沒有人看見此情此景，也沒人聽見他剛才被出言羞辱，退又何妨？啃牙炳暗嘆：「我的確是無出息、無膽匪類！」阿群罵得半點不假。

想通了這一點，啃牙炳長長地吁一口氣，彎腰撿起石上的西裝，聳一下肩，不發一言地，轉身走向岸邊石堤。然而這麼突然的離去，倒令阿群錯愕得更是生氣，女人吵架最痛恨對方不回嘴，像對著空氣擊出一個巴掌，無聲無息得令人覺得自己愚蠢可笑。於是阿群不甘善罷，一個箭步踏前抓住他的西裝袖子，喊道：「你以為可以一走了之？今晚不把話講清楚，老娘不會罷休！屎忽鬼！陸南才！你！通通係屎忽鬼！屎忽鬼！」

一連串的「屎忽鬼」像擲到啃牙炳心裡的鞭仗。轟！轟！轟！徹底炸亂了啃牙炳的腦袋，他停步轉身，把拎在手裡的外衣像石頭般扔向阿群，阿群扭身閃躲之際，他已衝過去用右手五根指頭緊緊揑住她的喉頸，她失聲喊叫，卻僅能發出「嗚……嗚」的悲鳴，雙手不斷掙扎捶打哨牙炳的臂膀。哨牙炳罵道：「賤人，敬酒不吃吃罰酒！說呀！還敢不敢說？你再說半句，唔打死你，老子唔姓趙！」

阿群雙目滿佈驚惶血絲，瞪著，拚命搖頭，臉色漲紅發紫。

哨牙炳慢慢鬆手，退後半步，嘆氣道：「唉，點解？點解我們要咁樣？我們本來可以唔駛咁樣。」

阿群彎著身子痛苦地咳嗽，眼淚流到頰上，鼻涕流到唇間，口水滴到鞋面。哨牙炳緩步走回碼頭岸邊，卻又轉過身來，趨前伸手執撿灘石上的西裝外套。阿群沒望他半眼，只盯著自己的腳，一邊撫順自己的心口氣息，一邊像自言自語地說：「屎忽鬼……只識欺負女人……」

她說得輕聲，但在哨牙炳耳裡卻有千斤沉重，像從背後颳來一股強大的風，把他不由自主地推向阿群。他徹底失控地再度衝前，高高舉起巴掌再狠狠摑下。拍！拍！拍！拍！阿群口鼻都是血。然而四記耳光亦像火爐旁的風般煽起了阿群的滿腔怒火，她抬膝撞向哨牙炳下陰，他痛得直不起腰，她雙手扯住哨牙炳的頭髮，眦睚咧齒地罵：「老娘想講乜就講乜，要你管！屎忽鬼！屎忽鬼！聽清楚了！屎——忽——鬼！」

哨牙炳一咬牙，撲前把頭殼頂向阿群，抓住她的腰，用力一推，阿群來不及掙扎，腰背一仰，整個人朝後倒去，像從崖上鬆脫的樹枝。然而腳下已是石灘邊緣，阿群背後只有海，沒有石，她慘叫一聲，失重往海裡掉去，但是在跌落之際，雙手拉住哨牙炳兩隻肘臂。哨牙炳大驚失色，不知道是否幻覺，他看見阿群的嘴角微微抽搐，並非恐懼，而是笑，是報復式的、同歸於盡的滿足笑容。好一個賤婆娘！

阿群死命抓緊哨牙炳不放，像崩堤般噗噗兩聲掉進海裡，幾個大浪撲來吞噬了他們，海浪的澎湃漲退似是怪獸的牙齒啃咬和腸胃蠕動，轉眼間，他們消失在大海的肚裡，無肉，無骨，無聲，無息，無影無蹤。

在海裡的哨牙炳往下沉，往下沉，再往下沉。他不諳水性，懼水，他無比驚恐，覺得身體無比沉重，可是又前所未有地輕盈。身體不再受他支配，浪潮推他向右，他便往右；向左，他便往左。腥澀的海水湧灌進哨牙炳的口鼻，他無法呼吸，但是仍有無數念頭像波浪般在另一個海裡——他的腦海——重重疊疊地冒起。

混江湖這麼久了，死在海裡，是名符其實的死在「江湖」，算是對得起自己了。他同時自覺對得起南爺，阿群罵你是屎忽鬼啊，怎麼可以放過她？不可以！她活不下來了，南爺放心，所有秘密都會被守住。至於阿冰，廿七年前曾經跳進澳門的海裡救過他，但這一回，在哪裡？不是說好鴛鴦同命嗎？怎麼此刻沒有在我身邊？哨牙炳想起晚宴上連拿了三鋪的「鴛鴦六七四」，果然註定今夜倒大楣。

哨牙炳繼續往海底深處沉去，一個急浪把他沖往岸邊，他的後腦勺轟隆地撞到岸灘石上，多麼清脆的聲響，像算盤框裡的木珠碰撞。停了，一切停頓，所有該停和不該停的都停了，他手腳橫展，癱軟漂浮在海浪裡，天地不聞。

然而在失去知覺前的剎那，他仍然堅信壞的事情不一定全是壞的結局。阿冰傷心是難免的了，淹在海裡的他能夠想像阿冰和純芳的心痛。但哨牙炳此刻唯有告訴自己：我們之前有過約定，我要比阿冰先死，她會替我風光大葬。阿冰啊，我守住了約定，沒有食言，相信你亦會信守承諾。但是，終有遺憾：阿冰，唔好意思，我竟然死在另一個女人的身邊，儘管這裡只是海，不是床。

註釋

1 屎忽，指屁股。

尾聲

千算萬算，算盤打得再響再好，哨牙炳亦有失算。人死了，連屍體都找不回了，阿冰如何替他風光大葬？

那個晚上，風浪大，哨牙炳和阿群的屍骸先後被海浪從灣仔沖到調景嶺旁的海上，被發現的時候，早已腫脹得面目模糊，誰都認不出來。那是一九六七年啊，無數的人持續從中國大陸南逃香港，有人翻山越嶺，亦有人抱著個水桶便跳進海裡，游個三天三夜，在好運氣的扶持下登灘上岸。可惜好運氣不常有，每天有太多太多的無名屍體浮出海面，哨牙炳和阿群，只是其中的兩具，在大時代裡，算老幾？

阿冰放棄移民，留在香港，守著純芳，守著汕頭街的房子，守著鴛鴦樓，守著有一天突然家裡門鐘「鈴……鈴……鈴」地急躁響起，她去開門，見到哨牙炳站在門外的最後一絲盼望。她決定不讓自己傷心。不，不可以傷心。傷心等於承認哨牙炳不會回來了，她不承認，也不相信。阿炳怎麼可以死呢？不可以的。阿炳常說，不知道的事情便等於沒發生，這是南爺教他的。生要見人，死要見屍，沒見到他的屍體，他便並未死。況且阿炳說過愛她，她深信愛一個人必須對未來有盼望，現在在一起，以後也在一起，沒有未來便沒有愛。即便阿炳不再愛她，她要親耳聽他說，她要他回來家裡親口說，她絕不接受不明不白。純堅是死了，純勝是死了，但，不，阿炳沒有死，他只不過在其他地方忙著，總有一日會回來，他知道她在等他，在召喚他。

所以無論對誰說話，阿冰都把「等阿炳回來之後……」掛在嘴邊，她從來不在人前流淚，亦不准純芳流淚，她總跟她說「等你阿爸回來之後……」，純芳不答話，只點頭，她孝順。唯有一回她忍不住說了一句：「媽，算了吧，別騙自己了。」阿冰一記耳光打下去，但仍然不哭，只道：「亂講話！等你阿爸回來之後，你要對他講對唔住。」

一年過去，三年過去，五年過去，善意的親戚婉轉地勸她死心，唯有死心始能重生，和純芳一起開展新生活。她未聽取。「鴛鴦飛入鳳凰窩，莫聽旁人說事破，自是良緣天配汝，不調和處也調和」，她只認文武廟賜給她的這道籤文，做人，總得找個倚靠，這四句話便是她的倚靠，她在它上面投注了一輩子的生命，否定它，便是否定自己。阿炳絕對只是因為有事耽擱，而且必是大事，所以耽擱得這麼久這麼杳無音訊。

這些年來阿冰一直沒有更換半件家具，床頭一直擱著相架，上面是一張黑白照片，那年純堅升讀中學一年級，一家五口到軒尼詩道的金蘭影樓拍照留念，哨牙炳穿西裝打領呔，五歲的純芳紮著兩條烏溜溜的黑馬尾髮辮，小紅裙，乖乖坐在他的膝上。純堅和純勝垂手臂站父母旁邊，也都穿西裝，領呔結得歪歪斜斜，嘴角緊繃得像小大人。阿冰身上是新造的旗袍，又到上海理髮廳燙了頭，眼神裡有著滿溢的幸福。一個圓滿的世界就這樣被定格下來，誰都搶不走了。阿冰每夜睡前定神凝望照片一陣，再把相框牢牢抱在懷裡，恨不能讓自己擠進框裡，擠回那個片刻的圓滿。

每天早上，阿冰起床後做的第一件事是親自到睡房和客廳的神枱前上香，門外的地主牌位也要。她合什叩頭，每天承諾一回，「等阿炳回來之後」，三牲酒禮，答謝神恩。大門外沿上方貼有一對紅色紙鴛鴦，好多年了，年復一年，月復一月，舊了便換，再舊，再換。灣仔汕頭街的房子便是他們的「鳳凰窩」，終有一日，當飛得累了，會的，總有一日，阿炳會回來的。

（完）

後記

終究難忘哨牙炳

《龍頭鳳尾》出版於二〇一六年，在宣傳演講裡，我對聽眾們說：「這只是第一部曲，我五十歲才開始寫長篇小說，有必要急起直追，不寫則已，一寫便要寫三部曲，因為我發現寫三部曲的作家好像比較容易成為經典，譬如說，巴金。」

說時只是開玩笑，但，一言既出，弄假成真，未幾我確在「香港三部曲」的路上規劃前進，打算好好寫寫香港民間的江湖故事——豈料一寫就耗去四個年頭。

只因寫作過程有過多番轉折。

《龍頭鳳尾》主要寫上世紀三十和四十年代，按道理應該往下寫，五十至七十年代是第二部曲，七十至九十年代是第三部曲，寫到一九九七年六月卅一日結束。可是，某回跟杜琪峰導演聊得高興，他邀我合作寫個故事拍成電影，初步想法關乎香港廉政公署成立後的警黑風雲，那就是說，我必須暫時擱下第二部曲，先跳到第三部曲的時間場景，之後，才再回頭。

我答應了，並且開展工作，花了幾個月蒐集材料、構思故事、開會討論。然而有一回在詹宏志大哥的台北家裡吃飯，他輕輕提了一個建議：「其實你可以續寫陸南才身邊的人物。」這句話，我聽進耳裡、記在心頭，不知何故慢慢發酵成為揮之不去的執念，而到最後，顧不得了，放肆地暫停杜導演那邊的項目，重回書房，認真地經營哨牙炳。

其實在寫哨牙炳的同時，我又忍不住手，先寫了十二萬字關於探長饒木的故事，那是以出生於一八九五年而自殺於一九五七的姚木為藍本，所以，寫及民國。寫作期間，一位北京朋友忽然支持我擔任導演，把太平天國「瑛王」洪春魁於一九〇二年的廣州起義事件搬上銀幕，於是我又花了時間寫他一寫，所以，寫及清朝。但是最後真正端出來示人的，終究只是這部《鴛鴦六七四》裡的哨牙炳，他彷彿陰魂不散，在我腦海徘徊，不斷召喚：「快寫我，快寫我，否則太對不起我！」我受不了他的囉唆，安安份份地坐到書桌面前，寫了又刪，刪了再寫，兜兜轉轉，總算對哨牙炳的悲涼情事和江湖恩怨有了交代。

往下去，該寫第三部曲了。直覺這將比前兩部小說的難度更大，因為七十至九十年代我已出生，太貼近了，太熟悉了，遂有一種「近鄉情怯」的心虛與躊躇。然而我是個頑固的中老年，you gotta do what you gotta do，唯有加倍努力，否則他日正式老去，必有遺憾，我可不願意做個不快樂的老頭子。

而如果第三部曲寫完，再寫饒木，再寫洪春魁，由三變五，漫漫的寫作歷程肯定成為我老去之後的最大消遣。開心。但我暗暗好奇：三部曲變五部曲，我是否有機會由經典作家變成「超經典」作家，哈，打敗巴金？

馬家輝

文學森林 LF0127

鴛鴦六七四

作者

馬家輝

一九六三年生，香港灣仔人也。台灣大學心理學系畢業，美國芝加哥大學社會科學碩士，美國威斯康辛大學社會學博士。曾任職廣告公司、出版社、雜誌社、報社、大學，曾以為自己愛拍電影，曾以為自己愛做研究，曾以為自己喜愛旅行，但現在才知道，最愛的是什麼都不做，只愛偶爾坐在書房內，面對電腦，按鍵寫作。

父親是資深報人馬松柏，他為了李敖，離港赴台。專欄寫作三十餘年，嬉笑怒罵中浪漫多情，年過五十終於決心完成內心最看重的創作形式：小說。

已出版作品有：《死在這裡也不錯》、《愛江湖》、《回不去了》、《中年廢物：唯有躲在戲院裡》、《愛上幾個人渣》，以及與楊照、胡洪俠合著《對照記@1963》三部曲。

其他文章可見於微博「馬家輝在香港」：weibo.com/majiahui

封面設計　廖韡
作者攝影　廖偉棠
編輯協力　陳柏昌、李岱樺
行銷企劃　楊若榆
版權負責　李佳翰
副總編輯　梁心愉

初版一刷　二〇二〇年五月十八日
定價　新台幣四二〇元

ThinKingDom 新経典文化

發行人　葉美瑤
出版　新經典圖文傳播有限公司
地址　臺北市中正區重慶南路一段五七號十一樓之四
電話　02-2331-1830　傳真　02-2331-1831
讀者服務信箱　thinkingdomtw@gmail.com
臉書專頁　http://www.facebook.com/thinkingdom/

總經銷　高寶書版集團
地址　臺北市內湖區洲子街八八號三樓
電話　02-2799-2788　傳真　02-2799-0909
海外總經銷　時報文化出版企業股份有限公司
地址　桃園市龜山區萬壽路二段三五一號
電話　02-2306-6842　傳真　02-2304-9301

鴛鴦六七四 / 馬家輝著. -- 初版. -- 臺北市：新經典圖文傳播, 2020.05
416面；14.8×21　公分. --（文學森林；LF0127）
ISBN 978-986-98621-6-5（平裝）

863.57　　109003873